JN336895

山本康治

明治詩の成立と展開

学校教育との関わりから

ひつじ書房

明治詩の成立と展開　目次

資料編

カバー画像　『軍歌集註釈』（国立国会図書館蔵）より

序論

第一章　本研究の意義と目的

　文学史上において、近代詩の嚆矢を明治十五年七月に出された『新体詩抄』とするのは一般的であろう。しかしながら、外山正一、井上哲次郎、矢田部良吉等、東京大学の学者によって物せられたこの、「我国最初の詩集」には、文学史におけるその明快な位置づけとは裏腹に、さまざまな問題が見え隠れしている。そもそもこの詩集が「我国最初の……」という位置にはないという見解、また新体詩の展開に与えた影響の軽重に関する意見、また彼等編者の意図したことなど、この詩集についてはさまざまな角度から、その意味が問われてきた。そういった点からすれば、この詩集の位置づけは甚だ難しいものがあるといってよいだろう。ただしこのことは、次のことを指し示していると言い換えることもできよう。つまり、この詩集から私たちが知らされるのは、その後の近代詩が向き合わざるを得ないさまざまな問題が、それが萌芽的であることも含めて、既にここに内包されているという事実である。

「序」に示された、「夫レ明治ノ歌ハ明治ノ歌ナルベシ、古歌ナルベカラズ」（井上哲次郎）だけみても、「明治ノ歌」を主張するこの詩集が、「古歌」とは一線を画して構想されていることが分かる[注1]。「明治ノ歌」の主張と、「古歌」への否定。ここには既に近代詩が現在にまで抱え込んできた、韻律（七五・五七調）や文体（文語

／口語）の問題が胚胎されている。また、この「明治ノ歌」である翻訳詩や啓蒙詩によって示される「明治」の価値観は、「旧弊」な、近世的な価値観にどう向き合うのか、と同時に、同時代的においては「新たな」革新である自由民権運動とはどのような関係を取り持つか、つまり、さまざまな混迷の中にある黎明期の日本の、文化的、政治的状況とどのような関係を取り結ぶべきかという点においても、この詩集には、後の近代詩が向き合わざるを得ない多くの問題が含みこまれていると言えよう。

そういった意味において、この詩集を起点として、近代詩が展開していったことは事実である。したがって、彼等が実験的であれ、啓蒙的であれ、実際に表したものが、後の新体詩にどのように継承／否定されていったのか、ということを問うことが、重要な問題になっていく。

日本の近代詩はその起点においてさまざまな問題を内包しつつも、人々に認知され、展開し、また変貌を遂げていった。そこには、その時々の文化・政治的な状況から受けた影響の痕跡も見られるであろう。また逆に、新体詩が社会や人々に何らかの影響を及ぼしていったこともみえてくることが予想される。そのような相互補完的な影響関係も含めて、新体詩、つまり明治詩の成立と展開を、社会、特に教育との関わりにおいて検証していくのが本書の主たる目的である。

新体詩と教育との関わりについては、新体詩という新しい文学ジャンルが人々に急速に認知されていく過程において、学校教育が大きく寄与していたことが分かってきている。このことは、「明治ノ」学校教育にとって、新体詩という新しい文学ジャンルが、自らにとって意味ある存在であったことを示している。また、明治三十年代における抒情詩の興隆の際にも、学校教育との深い関係がみてとれる。新体詩と学校教育には、相互補完的な関係をみることができるのである。本書では、この点について重点的に論じていきたい。したがって、新体詩の側からと、教育の側からという二つの極において論が展開されることとなる。

そのような視角のもと、より具体的には、以下の項目について、明らかにすることを目指している。

第一点は、このように成立した新体詩がさまざまな可能性を含みつつも、短期間、つまり五年程度で特定の方向に人々の認知を得ていったそのプロセスを明らかにするという点にある。『新体詩抄』や『新体詩歌』所収詩篇は、忠君愛国の思想を根付かせるために、学校教育において用いられていったという経緯がある。その契機となったのが、明治十九年に発布された「学校令」(「小学校令」「中学校令」「師範学校令」)である。つまり、新体詩の成立と展開については、学校教育、さらに言えば、明治二十年前後の教育行政も含めた政治的意図が色濃く反映しているのである。そのプロセスについて明らかにすることが必要である。

第二点は、新体詩が抒情詩として認知されていくプロセスについての検討である。現在に至るまで、「詩」というと、抒情詩を指すのが世間一般の受け止められ方であろう。確かに昭和の四季派など、いわゆる主要な詩人の作品を抒情詩として、その系譜を辿ることもできよう。そのような詩＝抒情詩という概念の元になったのが、明治三十年の島崎藤村の『若菜集』であることは、多くの詩史の説く通りである。しかし、その『若菜集』がなぜこの時期、つまり日清戦争直後に成立し、また多くの若者に受け入れられていったのかという問題については、さほど明らかにされたとは考えられない。したがって『若菜集』前後の詩壇の状況、社会状況と共に、若者、学生の意識形成の問題、さらには、彼等の置かれた学校教育との関わりを検討する必要がある。

第三点は、学校教育において、新体詩はどのように扱われていったのかという問題である。三十年代、学校教育において「国語」科が成立したが、そこでは、美感の形成による「品性の陶冶」が目指されており、そのため、教材には、文学教材、特に抒情詩が積極的に取り入れられていった。このような流れを形成したのが、ヘルバルト派教育学であるが、同教育学が、国語科教育に与えた影響については、これまでほとんど看過されてきている。「国語」科に、文学教材、特に抒情詩や美文といった韻文教材が積極的に取り入れられていった結果、国語教育＝文学教育という意識が形成されていった事実を踏まえると、このような「国語」科誕生に際し、抒情詩を始めとする文学がどのように関わっていったのかを明らかにすることは極めて重要な問題である。国語教育は現在に至るまで、言語教育的側面と文学教育的側面といった二つの異なった立場から、時代に応じてその一方が強く打ち出されてきたという経緯がある。特に太平洋戦争直後の国語教育においては、文学的側面による教育実践が強く求められており、それを通して人格教育としての教育目的が強く打ち出されていた。しかし、現在の国語教育では、「学習指導要領」に示されるように音声言語活動を重視した「伝え合う力」の修得が目指されており、文学教育的側面はあまり顧みられないようになってきている。ただし教育実践の現場においては、文学教育的側面もまだ強く求められており、「学習指導要領解説」（二〇〇一年）で改めて「文学教育的傾向を廃し～」と指摘され、方向修正を求められるように、学校教育の現場においては、文学教育的側面を重視した授業実践がなされているのが現状である[注2]。

このように現在まで続く、国語教育における文学教育的な側面の源泉に、本書で取り上げたヘルバルト派教育学が大きく関わっていたということは、現在にまで繋がる重要な問題を示唆しているように思われる。例えばこれは、現在、鷗外、漱石、龍之介といった「文豪」を国民の多くが知っており、その知識の出自は、学校教育での授業であり、そのテキストは教科書であるという事実を踏まえれば、このような方向づけが現在にまで及ぼした影響には、大なるものがあったと言えよう。そういった意味において、抒情詩を始めとする文学が「国語」科に関わっていくプロセスを捉えることが必要である。

このように、明治詩の成立過程の追究から、必然的に学校教育との関わりが多くの課題と共にみえてくる。しかしながら、人文科学である文学研究と、社会科学である教育学とでは、学問領域の違いのためか、これまでその重複する領域についての複眼的な研究があまり進んでいないようである。確かに文学研究の立場からと、教育学研究の立場からとでは、自ずと手法が異なり、異なる二つの学問領域から、これらの現象を捉えるのは難しいことである。しかしながら、それ故に見落とされていた問題も多い。本書では、この二つの立場から、この問題を捉えていきたいと考えている。

なお、巻末には、資料編を付した。紙枚の関係から本書の内容理解に資するものに留めたが、他の引用資料については、そのほとんどが国立国会図書館・近代デジタルライブラリーにて閲覧可能となっている。併せて参照頂ければ幸いである。

〔注1〕 ここで言う「古歌」とは、五音七音による音数律を持つと共に、短歌、長歌として位置づけられる伝統的和歌を指す。内容的には、花鳥風月的なもの、そして本歌取りを含む和歌的修辞によるもの、そして平安朝からの和文を踏まえた雅文により作られた歌を指す。しかしながら、新体詩においてもそのような傾向を持つものもあり、その境界線は不明瞭と言わざるを得ない。『新体詩抄』の作者たちは、意識の上では、明確に「古歌」というものとの対立意識を持っていたが、実作においては、そのような「古歌」的側面をみることができる。

〔注2〕 現行の「国語」科教育における文学教材の扱われ方については、拙稿「明治期国語教育の展開——文学教育はどのように生まれたのか——」（助川幸逸郎、相沢毅彦編『可能性としてのリテラシー教育——21世紀の〈国語〉の授業にむけて——』、ひつじ書房、平成二十三年十月）参照。

第一章　先行研究の現在

「詩」と言えば、未だ漢詩を指していた明治十年代において、その序文に「夫レ明治ノ歌ハ明治ノ歌ナルベシ」として、新しい時代の「新体ノ詩」の誕生を宣言した『新体詩抄』は、その後に多くのバリアントを派生させ、それらは、早々に「新体詩」という新しい文学ジャンルとして認知されていった。そのため、新体詩の研究については、かつては主に『新体詩抄』が論じられることが多かった。柳田泉は、『明治初期の文学思想　上巻』（明治文学研究第四巻、春秋社、昭和四十年三月）において、『新体詩抄』の成立事情を実証的に明らかにした。また、矢野峰人も『明治詩人集（一）』（明治文学全集第六十巻、筑摩書房、昭和四十七年十二月）の「解題」において、『新体詩抄』それぞれの詩篇の成立事情について概説している。それ以降、新体詩は、主に「近代文学史」や「近代詩史」が記される際、そのはじめに概説的に取り上げられることが多く、『新体詩抄』、そして続く『新体詩歌』といった詩集自体が論じられるということは、あまりみられない状況が続いた。

しかるに、野山嘉正『日本近代詩歌史』（東京大学出版会、昭和六十年十一月）を嚆矢として、平成に入って以降、そのような状況は変化をみせてきている。野山は、『新体詩抄』を支えたのは、長歌体であり俗体であり、また否定的仲立ちとしての短歌であったとし、この動きが、明治以前から潜在していたことを指摘することで、

「新体詩を孤立現象として扱わずに位置を客観化する道筋」があると捉えている。これは、『新体詩抄』の成立を社会的、文化的な文脈の中で捉えているという点において、新たな視点を提示するものであったと言えよう。

平成に入り、『新体詩抄』自体を取り上げた書物が出された。赤塚行雄『『新体詩抄』前後──明治の詩歌』（学芸書林、平成三年八月）、西田直敏『『新体詩抄』研究と資料』（翰林書房、平成六年四月）がそれである。前者は、ハンガリーにおいて、一八九五年（明治二十八年）に訳された、井上哲次郎の「孝女白菊の歌」を紹介し、新体詩の海外での広がりを指摘すると共に、明治十年代から二十年代にかけての社会状況との関わりから『新体詩抄』とその周辺を論じている。また、後者は、『新体詩抄』の成立に関しての資料、語彙調査、本文の異同など、言語学的な観点も含めて詳細に調査してあり、『新体詩抄』に関する基本文献の一つに位置づけることができる。また、新体詩の傾向と系統を整理した、三浦仁『詩の継承』（おうふう、平成十年十一月）も出された。タイトルに「継承」とあるように、新体詩から後の詩に何が引き継がれていったのかについて、示唆に富む見解が示されている。

これらに共通するひとつの傾向は、社会的な文脈のうちに、『新体詩抄』や他の新体詩篇を位置づけることが進んできたということである。これまで語られる「近代詩史」においては、近代詩の成立を実質的には明治三十年の島崎藤村の『若菜集』に置き、以後の詩の展開について触れることが主流であった。しかし、平成以降の新体詩に関する研究の傾向からは、この抒情詩の季節に新体詩がどのように結びついていくのかという方向において、研究が展開していると捉えてよいだろう。つまり、明治十年代から二十年代にかけての新体詩が、「近代詩史」にどのように接続するのかを問う時期に来ているのである。いずれにせよ、新体詩研究は、「近代詩史」構築のための付随的前史としての位置から、「近代詩史」の基層として、研究対象に正面に据えられるようになってきたと言えよう。

そのような傾向は、ここ十年ほどでより進んできており、新体詩にまつわる研究は急速に展開しつつある。榊祐一「明治十年代末期における「唱歌／軍歌／新体詩」の諸相」（「日本近代文学」第六十一集、平成十一年十月）は、明治二十年前後に起きた新体詩の流行を「唱歌類（うた）」の流行と位置づけ、「軍歌」「運動歌」といった、「身体行為に伴うもの」と、「勧学歌／教訓歌」「新体詩」「その他」といった「徳育」系とに分け、文化現象としての新体詩の展開と受容の様相を捉えている。榊論のポイントは、これまで閑却されていた、新体詩の「歌う」機能、そしてそれに付随する身体的機能に着目した点にある。この点に関しては、本書（I部第四章）において、実際にこれらの新体詩がどのように使われていったのか、教育現場での記録を中心に確認している。またそこでは、「新体詩ブーム」の実態が、明治十九年の「学校令」布告による、学校現場での軍事教練のテキストとしての、『新体詩歌』およびその詩篇を組み入れた『軍歌』の流通であったことを明らかにし、ここに明治政府の教育政策が影響していることを指摘した。

宮崎真素美は一連の論考により、新体詩に関する一局面を開きつつある。宮崎は、「『新体詩歌』の語るもの——文芸・政治・教育の交差する場所——」（「文学」第五巻第三号、平成十六年五月）において、『新体詩抄』詩篇を含みこんだ、『新体詩歌』の編纂が、尊皇思想を軸に、「徳目」に沿ってなされたことを指摘している。このことからやはり、学校教育との関わりが推測されるのだが、『新体詩歌』には、尊皇思想と共に、自由民権運動、特に自由党に関する詩篇が多い点についても気になるところである。青山英正「『新体詩歌』の出版を支えた人々——未紹介資料と諸本調査をもとに——」（「明星大学研究紀要」十七、平成二十一年三月）は、編者である竹内隆信（節）を始め、序や跋を寄せた柳田斗墨、首藤次郎（螨民）、坂部広貫（雨軒）、広瀬要人（桜陵）らの関わりについて実証的に明らかにすると共に、教育、自由民権運動のネットワークがその背景にあることを明らかにしている。

明治二十年頃には、多くの新体詩は軍歌集において、忠君愛国の尊皇思想を歌うようになっていく。一方そこから逸脱し、さまざまな可能性への模索がなされていたことについては、前出・宮崎が詳細な報告をしている。宮崎は、「竹内隆信編『纂評　新体詩選』の試み――〈花柳の情〉をうたうこと――」（「日本近代文学」第七十四集、平成十八年五月）において、『新体詩抄』、『新体詩歌』のどちらの詩集にも、恋愛を扱った詩歌が排除されているのに対し、『新体詩歌』の編者竹内隆信（節）が十九年に編んだ『新体詩選』には、「花柳」に材を得た詩篇が収められており、新体詩において「情」の蘇生が図られていることを指摘し、更に、『滑稽新躰詩歌』の登場――パロディから見る新体詩――」（「文学」第九巻第四号、平成二十年七月）においては、咄々居士の『滑稽新躰詩歌』（栗原書店、明治二十五年十一月）が、実質的な新体詩集である軍歌集をパロディによって反転させ、その啓蒙的・教訓的内容を無化していること、そして、新体詩がパロディの本歌になる程度にまで社会に認知されたことを指摘している。

このように、新体詩の可能性は現在まで考えられていたよりも幅広く、古今の詩歌を自らに含み込みつつ、日本近代の揺籃期に対応する形でさまざまな錯綜を経ていたことが分かりつつある。特に、『新体詩歌』に収められた詩篇は、『新体詩抄』に代表される形の新体詩だけでなく、旧来の長歌体の詩も載せられており、いわば新旧の詩歌が収められている点で、さまざまな可能性の痕跡を示していると言えよう。

日本の近代詩が向き合わざるを得ない、言文一致に代表される用語の問題、また韻律に関する問題も、既に新体詩の段階で顕現化していた。用語に関して言えば、『新体詩抄』同様、『新体詩歌』もその序において、小室屈山が「其平常用ユル所ノ語ヲ以テ其心ニ感ズル所ヲ述べ而シテ之ヲ歌フ耳」と、日常語の使用を主張しているが、ここには、「人に分かるが専一」（『新体詩抄』序、外山正一）と同様、極めて明快な主張が一貫している。勝原晴希は、「「詩歌の近代」をめぐる二、三の考察――『新体詩抄』・中村秋香・近代今様――」（「文学」第九巻第四号、平成二十年七月）において、『新体詩抄』の言葉は、「文化的な記憶」を捨象した「科学」の言葉、つまり「透明な記号」であったことを指摘し、「彼らは日本の近代の方向を主導した明治の政府国家に近い位置にあった」とみているが、この「人に分かるが専一」という考えは、『新体詩歌』にも共通して見られた思想と捉えてよいだろう。

新体詩の用語使用の姿勢から、国家主導の啓蒙的立場が導き出されているが、この視点は『新体詩歌』に限らず、当時の多くの啓蒙書にみられるものである。特に、「児童」でも読むことができるという表現がなされることが多いが、実際に『新体詩歌』詩篇を含みこんだ、『軍歌集』の注釈書として出された『訂正軍歌集注釈』（奥田栄世、明治二十二年七月、資料編①参照）には、その序文に「児童解し難き」ための注釈書であると明記されており、この書物の目的が学校教育における軍歌指導のための補助教材として構想されたことがうかがえる。その点で、確かに勝原の言う通り、実際の新体詩の展開においては、「日本の近代の方向を主導した明治の政府国家に近い位置」でなされたと捉えられるが、その展開においては、より具体的に、学校教育という場でそれがなされたことの意味を改めて考える必要があるだろう。

教育における新体詩

教育から新体詩を捉えた場合、明治二十年前後においては、特に十九年の「学校令」施行により学校教育における軍事教育のために新体詩が使用され、その結果、いわゆる「新体詩ブーム」が引き起こされた現象を挙げることができる。しかし、学校教育現場に新体詩が導入された現象については、特に研究対象として扱われることはなく、扱われる際には、総論的に、そして特に修身教育との関わりにおいて論じられることが多い。この点については、稲田正次『教育勅語成立過程の研究』（講談社、昭和四十六年三月）が、明治政府の内部の人間関係にまで踏み込んだ整理をしている。

また、国語教育における新体詩・抒情詩についてみた場合、特に三十三年の「改正学校令」（「改正小学校令」「改正中学校令」「改正師範学校令」）において、「趣味あること」に向けて教育のベクトルが形成され、そこに積極的に、詩や美文といった文学教材が導入されていったことのプロセスをみなければならない。この根底にはヘルバルト派教育学の実践現場への影響がみて取れるのであるが、これまでのところ、「国語」科教育（教科教育）と同教育学との関係を直接的に示した研究成果は見られない。教科教育における同教育学の影響については、現在未知のことが多いのが現状である。ただ、杉田政夫『学校音楽教育とヘルバルト主義――明治期における唱歌教材の構成理念にみる影響を中心に――』（風間書房、平成十七年三月）が、心情的な面の育成を目指す同教育学が「唱歌」科に与えた影響を指摘している。杉田は、田村虎蔵の、日本初の言文一致唱歌『教科適用幼年唱歌』（明治三十三年）が同教育学から強い影響を受けていることを指摘し、美感の養成のために、歌詞に「童話」重視の姿勢が見られること、また、発達段階にしたがって、より創造的な「国民童話」の希求へと展開していることを指摘している。これは国語教育に関しても重要な指摘で、当然、唱歌と童話の関係については、国語教育における、抒情詩やそれを含む文学教材重視という姿勢とパラレルな関係を示していることが推測される。杉田自身も、国語読本との関係を示唆しているが、残念ながらそれ以上の言及はなされていない。

なお、ヘルバルト派教育学の理論的受容や、その展開については幅広く研究が進められているが、実践的な展開については、稲垣忠彦の大著『増補版　明治教授理論史研究』（評論社、平成七年六月）が、「ヘルバルト主義」の教授理論の「導入・変容・定着」という観点で、教育理論が、実践方法として日本に根づいていくプロセスを明らかにしている。しかしながら、国語科教育、つまり教科教育の観点から、その具体的な教育方法にまで言及した研究については、先に述べたように未だなされていないのが現状である。

I

新体詩の成立と展開
――学校教育との関わりから――

第一章　漢語の流行と『新体詩抄』

明治期当初、明治政府が積極的に推し進めた近代化（西洋化）政策は、よく知られているように西洋的なるもの一辺倒の施策であり、その結果、維新以前の旧物は悉く否定されていった。すなわち「変わるべき現実」（旧物）と「なるべき理想」との二極が少なくとも為政者側には、明確に意識されていた時代と言えよう。そして「理想」に向かっての強いベクトルが――国民の多くがカルチャー・ショックを受けていた現実があるにせよ――内発的に行なわれたのではなく、外発的に即ち政府主導によって形作られていたのは、後に夏目漱石の説く通りである[注1]。また、この「理想」、つまり近代の指し示す方向に鋭い炯眼を向けた詩人・批評家として北村透谷を忘れてはならないだろう。透谷は、近代の欺瞞を自己のあり方との関わりにおいて問いかけ、ありうべき「想」世界を文字通り自らの言葉で捉えようとし、また実人生においては「挫折」していった。この悲劇も、この時代のありようを端的に示していると言えよう。

このような強大な潮流を支えた多くの啓蒙家達は、「変わるべき現実」として儒教的人間観・価値観を取り上げ、それが「虚学」であるゆえ否定し、功利的な価値基準から「実学」としての西洋の思想を「なるべき理想」に据えていった。

このような時代にあって、当然漢学は否定される側に位置していた。思想としての漢学（儒教思想）だけではない。漢文もまた漢語までもが「変わるべき現実」側に位置し、多くの啓蒙家から一括して否定されていたのである。実際に、明治五年の「学制」が発布されると、漢学、そして実際には漢文、そして漢字を学ぶ場であった寺子屋や私塾の多くが閉鎖され、洋学塾が大いに流行することとなった[注2]。

本章では開化によってこのような否定的位相に追いやられた漢学・漢文・漢語が、これまで述べたような状況下において、いかに自己の存在する場を見い出したかを確認し、更にそれらのあり方が当時の啓蒙的な詩集『新体詩抄』の思想をどのように相対化するのかを明らかにし、この初めての新体詩の詩集がどのような存在であったのかを捉えていきたい。

漢語の流行

維新以来、漢学ハ全ク教育上ヨリ斥ケラレタルニ拘ラズ、漢語ハ頻リニ社会ニ行ハルヽモノ是レナリ。（中略）今ヤ我邦ニハ漢学亡ビテ漢語ノ猶ホ盛ンニ行ハルヽ（略）

これは福地桜痴が明治十四年九月に「東京日日新聞」に発表した「文章論」の一節である。桜痴はここで当時における「漢学」の凋落と「漢語」の盛興を指摘している。桜痴が述べるように、当時、漢学の凋落は甚だしかった。漢学は漢詩文によって文章を磨き、儒教的思想を身につけることをその教養としていたため、「自由・平等」を主眼とする西洋思想と、それを身につけることによって新時代を生きていこうとする功利的価値観により否定されていったのである。凋落していった漢学側の人々はこの時代をどのように認識していたのだろうか。

自洋学之盛蠏文横行鳥跡漸少而春涛老人独守旧業

これは森春涛が主宰した雑誌「新文詩」第一巻（明治九年七月）序に示された時代認識である。ここでは「蠏文」（欧文）の流行と「鳥跡」（漢文）の衰退が言われている。時代のニーズを失いつつあった漢学側の人たちも、新時代の潮流を十分に自覚していたことがうかがえる。また時を経て二十年に出された『速成詩文学独習書』の序にも、依田学海が「近時洋学盛行。現漢文如土芥然。漢学者流喪氣。無復人色矣。」と述べ、また三島中洲も「斯文再興」をこの書に記している。彼ら漢学者は、漢文復興を叫んでいるが、裏返せば漢学劣勢という時代認識がここに見られるといってよいだろう。

しかし、興味深いのは、このような漢学劣勢の時流の中において、漢語は「頻リニ社会ニ行ハ」れているという桜痴の指摘である。桜痴は十八年には次のように述べている。

請フ今日ノ文章ノ傾向ヲ見ヨ、一書ヲ著シ、一冊ヲ訳スル毎ニ、支那語ノ新語ハ日ニ月ニ製造セラレテ、其ノ増殖スル様ハ、夏草ノ雨ニ逢ヒテ発生スルニ異ナラズ。

（「文章ノ進化」、明治十八年七月二十五、二十七日「東京日日新聞」）

桜痴は、ここでは新しい翻訳が出る毎に「支那語の新語」、即ち新造漢語が乱造されていると指摘している。先の十四年と同様に「漢語」の隆盛を示すものであるが、その理由として「翻訳」を挙げているのは興味深い。

桜痴のいうように、現在、明治初頭には翻訳漢語の夥しい流行をみたとするのが定説である。当時造られた漢語は現在でも数多く用いられており、例えば「汽車」「電信」など、それまで日本に存在しなかった事象や「社会」「関係」といった西洋思想からの概念語、また「文明開化」「王政復古」などといった四字成句等多くみることができる。その理由として村山吉廣はそこに「漢学と洋学のある種の類似性」を見、また漢語の持つ「自由な造語力」が翻訳漢語の流行に寄与したことを指摘する[注3]。また牧野謙次郎は幕末から明治にかけて、多くの人々がその出身地方による方言の相違にも関わらず交流を持っていたことが、標準語としての漢語の必要性を生んだとみている[注4]。

桜痴の指摘した「漢語の流行」の根拠を、両氏どちらの論においてもよいが、牧野が指摘する庶民の交流の拡大——明治になり自由交通が可能になり、また交通網自体が整備されたことによる交流の拡大——にその理由を求めても、結局これも日本国内における異文化間の「翻訳」といった側面があるので、西洋の文化・言語からの翻訳と同様な位相を持つと言えよう。すなわち「翻訳」が漢語使用の隆盛を起こしたということができるのである。このことはさらに、明治政府の文教政策にも反映している。つまり、異なる方言による意思疎通の不可能性は、軍隊における徴兵された若者への言語教育の必要性を呼び起こし、国民皆教育である義務教育推進の動機となっているのである。

いずれにせよ、漢語はその言語的な側面により、大いに有用なものと意識されていたのであった。

漢語による欧化推進

十五年に刊行された雑誌「初学翻訳文範」にはその刊行の意図が次のように述べられている。

近来少年輩夙ニ洋学ニ従事スルヲ以テ、大抵我邦文字ノ学ヲ攻ムルニ遑アラズ、是ヲ以テ翻訳スル所ノ文、多クハ支離体ヲ成サズ、或ハ晦渋ニシテ其旨ヲ明カニセズ、或ハ繁冗ニシテ其要ヲ弁セズ、

（「初学翻訳文範」序例）[注5]

欧化推進に欠かせない翻訳が明治十年代には「体」を成していなかったことを、この「初学翻訳文範」序例は明らかにしている。「初学翻訳文範」は、十五年八月に第一号が発行され、以来十七年六月の第十四号までが確認されている翻訳の手引書である。毎号英仏独語の原文が載せられ、その原文の下に単語の意味と翻訳するときの順序が番号によって示されている。またその原文の後には品詞別の訳し方のポイントや全体の通訳が載せられており、まさに「翻訳」の方法を教授するための雑誌であったと言える。このような雑誌が少なくとも十四号まで発行され、また毎号毎に内容が厚くなっていったということに注目したい。これは当時このような雑誌を必要とする読者層があったということを示している。

　このような現象を生んだ、当時の時代状況をここで確認しておきたい。政府主導による開化（西洋化）政策は、明治十年代になってようやく民衆に浸透しつつあったとみてよいだろう。それまでの一握りの階層の西洋化だけでなく、民衆をも巻き込んだ西洋化にその潮流は広がり、その結果、西洋思想を一般に流布する型に改める――即ち翻訳の必要性がそれまで以上に大きく浮上してきたのである。そしてその西洋的思想の具現化したのが、多くの民衆の支持を得た自由民権運動であったと言える。それに対して政府はそれまでの方針を一転させる。前田愛によれば「明治初年の開明的、啓蒙的な教育政策を大きく右旋回させ」「自由民権運動の昂揚に備えた思想対策」として、「開明主義教育の後退、修身教育の強化、儒教教育の復活」を明治政府は打ち出すのである[注6]。

　このような時代背景のなか翻訳が求められ、そしてその不完全さが批判されているのである。当時、漢学擁護の立場から発言している中村正直の要点もそこにある。

夫レ方今洋学ヲ以テ名家ト称セラル、者ヲ観ルニ、元来漢学ノ質地有リテ、洋学ヲ活用スルニ非サル者莫シ、漢学ノ素無キ者ハ、或ハ七八年、或ハ十余年、西洋ニ留学シ、帰国スルノ後ト雖モ、頭角ノ嶄然タルヲ露ハサズ、其運用ノ力乏シク、殊ニ翻訳ニ至リテハ決シテ手ヲ下ス能ハサルナリ（中略）有用ノ人物ト推サル、者、漢学者ニ非サルハ無シ（中略）唯漢学ヲ裡ニシテ洋学ヲ表ニスル者有ルノミ（略）
（「古典講習科乙部開設ニ就キ感アリ書シテ生徒ニ示ス」、「東京学士会院雑誌」、明治十六年四月）

「漢学」の素養の有無が、「洋学」の運用や翻訳の可・不可に関わってくるというこの説の主旨は、換言すれば「洋学」のための「漢学」という位相を示していることになろう。ここで「漢学」というのは、言うまでもなく、思想としての「漢学」ではなく、その言語としての「漢学」、つまり「漢文」「漢語」の運用能力のことを指していると考えてよいだろう。前田愛（前出）は「敬宇（筆者注：中村正直のこと）は維新以来漢学が衰微をきわめたにもかかわらず、猶漢学の素養は洋学の摂取に大きな役割を果したことを強調し、漢学再興の要を力説する。ここに彼自身の閲歴と体験から割り出された功利主義的見解が露骨に現われている」としているが、この「漢学」とても、思想、つまり儒教に基づいた「漢学」ではない。氏の述べるように現実には思想としての漢学（儒学思想等）は衰退していた。それにも関わらず中村の「漢学」評価が成り立つのは、漢学から思想的側面を切り捨てることによって、すなわち文化媒体としての言語（漢文漢語）の、時代における優位性を見い出すことによってそれが可能になったことを示しているからである。中村は当時の世相を写して次のように述べる。

明治ノ十年前後ヨリ、識者頗之ヲ憂ヒ、旧物ヲ保存スル議論ヲ起シ、或ハ旧学ヲ振興スル会社ヲ創シ、政府ニテモ洋品ヲ用キルヿヲ節減スルヲ務トセリ、（中略）漢学モ自然ニ流行シ、漢籍ノ価モ俄ニ騰貴セリ、漢学者モ門戸ヲ開キ徒弟ヲ聚ムルニ至レリ（略）

（同前）

中村は十年代に「漢学」の「流行」があったとするが、これも思想としての「漢学」ではなく言語としての「漢学」として解することができよう。

しかしながら、明治政府は、また違った立場に立たされる。それは、近代化によってもたらされた「自由・平等」という「思想」が自由民権運動として、自らに跳ね返ってきたからである。その結果、ここに引用した中村の論題からも分かるように、十六年、東京大学に古典講習科が開設されることとなった。これは先に述べたような「大きく右旋回」した政策の一つの現れである。欧米に留学し、その学問を身につけることが、立身出世を目指す若きエリート達の目標であった時流の中で、留学することと同様に欧米の教官から欧米の言語による欧米の思想を学ぶ東京大学は、まさに「実学」を得る「近代化」そのものの象徴であったと言えよう。その東大が古典講習科を開設するに至ったことの意味はその点でたいへん大きい。明治政府がそれまでの近代化路線を再考・修正せざるを得なかったのも、先に触れたように自らが推進した西洋思想に根を持つ「自由・平等」の精神が自由民権運動という形になって刃向かってきたからに他ならないが、それを抑制するために持ち出したのが旧然たる「儒学思想」に基づいた政策、すなわち古典講習科開設であったのである[注7]。

そこに焦点をあてれば、明治政府のこのような政策転換の動きと、中村の「漢学再興」とは別の位相にあることが分かる。明治政府の意図したところは「思想」の転換であったと言えるが、中村の説は前述したように「思想」から脱却することによって成り立っているからである。すなわち明治政府は「思想としての漢学」を求めたが、中村が求めたもの（厳密に言えば論拠としたもの）は欧化推進主義にのっとった「言語としての漢学」

であり、そこには全く逆の形での「漢学」の「復興」が意図されているのである。ちなみに、古典講習科在籍の教員の多くは、それまでは時代に取り残された、神官、漢学者等であった。ちなみにその一人である、飯田武郷は『新体詩歌』第三集に長歌「遊墨水歌」が入集している。『新体詩歌』にこのような長歌が含まれていることは、この詩集が「新体」だけではなく、これまでの和歌の伝統を直接引き継いだ「古体」を含みこんでいるということ、更に言えば明治政府の目指す方向性を含みこもうとした姿勢を示すもので、この詩集の編纂意図にも関わる問題であろう。この点については次章で詳説したい。

さて、これまで見てきたように、漢学は言語的側面（漢文漢語）が「翻訳」という形で欧化主義に組み込まれることによって、明治という時代における存在価値を見い出してきた。そこには漢学と西洋思想とをつなぐバイパス的な視点があり、その視点ゆえに、十年代の新旧混沌とした時代に存在することができた。しかし多くの欧化主義者は漢学（漢文漢語）を一括して、「旧」の位置に追いやり否定していた。例えば彼らが目指した表記がローマ字であったり仮名文字であったりして、一般には全く根づかなかったのも、図式的なるその現実把握の甘さゆえであったと言えるだろう。

そのような欧化主義者と比較して、前出の福地桜痴が目指した文章改良の案には当然現実的色彩がきわめて濃い。

然レバ我ガ漢語モ、吾人ガ日間ノ談話ニ必用ナリト思フ丈ケ、即チ我邦人ガ普通ノ言語トシテ自然ニロニ話シ得テ、誰彼ヲ問ハズ聞テ解ル丈ケノ漢語ハ、先ズ之ヲ我邦語ナリトスルモ可ナレドモ（略）

（「文章論」・前出）[注8]

先ず日常に用いて聞いて分かる漢語だけを日本の文章にするべきだと桜痴は説く。更に桜痴は「筆ニテ綴リタル文章ヲ読デ、之ヲ聞クモノヲシテロニテ意想ヲ述ベタルト異ナラザル感触ヲ与フルニ至レバ、是ヲ之レ文章ノ能事畢ルト謂フベシ」（同）としている。このことから彼の述べるところは穏やかな「言文一致」の説と言えるものである。更に十八年にも同様の主張をし、「羅馬字会」「仮名会」の主張する表記のみの変更では「「アルファベット」書ノ支那文」「仮名バカリノ支那文」になるだけで、ますます理解し難い文章になってしまうと批判している。

このように桜痴の「言文一致」による文章改良案は、西洋思想を伝達するために現実に目配りした上で形成されていることが分かる。

さて桜痴に示されるような的確な現実認識に基づいた欧化主義者はどれほどいただろうか。当時の実学的な時流の中で多くの近代化運動は理念こそ輝いてはいた。しかしそれまでの現実を「変えるべき現実」（＝旧）と捉え、一括して否定することにより見落とされることになった「現実」は、覆うべくもなく当時の欧化主義者達の思考の射程距離の限界を表している。

『新体詩抄』の漢語否定

近代詩のはじまりと言われている『新体詩抄』に当時の功利的な欧化主義が反映していることは、多くの論者によって指摘されている[注9]。ここではこの詩抄を編んだ三人——外山正一・井上哲次郎・矢田部良吉が漢語に対してどのような意識を持っていたかを確認することによって、彼らの時代把握のあり方を明らかにしたい。

柳田泉は「『詩抄』の人々の求めた新体の詩歌とはいかなるものであるか」として、「序」「例言」等を端的にまとめている[注10]。

1　精神――日本の詩、日本人の詩、現代日本人の詩たるべきこと。
2　用語――今日平常の語、古語漢語（詩語）は原則としてつかわぬ。
3　詩形――西洋風の長詩形たるべきこと、その長詩形も、いろいろあるが、日本人の思想感情の複雑化にともない、新たに抒情詩、叙事詩、劇詩と成長していく順序となること。

ここでは2にまとめられた内容に注目したい。柳田は編者等に共通して見られる認識の一つとして、「古語漢語」の否定を挙げている。彼等の主張を具体的にみてみると、まず井上哲次郎は「先ヅ和漢古今ノ詩歌文章ヲ学ビ、ソレヨリ漸次ニ新体ノ詩ヲ作ル」として、その視野の広いところを示しているが、続けて「夫レ明治ノ歌ハ、明治ノ歌ナルベシ、古歌ナルベカラズ、日本ノ詩ハ日本ノ詩ナルベシ、漢詩ナルベカラズ、是レ新体ノ詩ノ作ル所以ナリ」と述べ、「明治ノ」「日本ノ」という二重の独自性を尊重することの裏返しとして、「古歌」と「漢詩」を排斥している。この「古歌」とは、伝統的韻律による平安以来の和文による雅文であり、枕詞や縁語などといった和歌的修辞に彩られた長歌、短歌を指すのであろう。これらは過去との連続性の上に成立したものとして排斥されている。一方、「漢詩」は、日本に定着していたにも関わらず、非日本的な存在として位置づけられ、排除されている。井上は、新体詩の定義に当たり、歴史的空間的なつながりの切断を宣言したのであった。

矢田部良吉は「西洋諸邦ハ勿論凡ソ地球上ノ人民其平常用フル所ノ言語ヲ以テ詩歌ヲ作ルヤ皆心ニ感ズル所ヲ直ニ表ハスニアラザルナシ我日本ニ於テハ往古ハ此ノ如クナリト雖モ方今ノ学者ハ詩ヲ賦スレバ漢語ヲ用ヒ歌ヲ作レバ古歌ヲ援キ平常ノ言語ハ鄙ト為シ俗ト称シテ之ヲ採ラズ是レ豈謬見ト為サヾルヲ得ンヤ」と述べる。ここで「漢語」とあるのは「漢詩」と解してよいだろう。つまり、ここでも井上同様、「漢詩」と「古歌」が、新体詩から排除される形で述べられていることになる。ただし、使用される用語が、「平常用フル所ノ言語」として明確に述べられていることは、井上より一歩進んだ具体像を示す。

また外山正一は詩抄を「和漢西洋ごちやまぜ」であると述べているが、戯作調で述べられており今一つここでは主張がはっきりしない。しかし外山は十四年に「漢字破」という講演[注11]を行い、漢字廃止によるローマ字表記を主張し、漢語に対する否定的立場を取っている。三人の立場には多少の相違はあるが、新しき日本――それは西洋思想ゆえに新しく、しかも正しいのである――という認識に立ち、それに対して、古き漢文を置く、といった二項対立的思考が顕著に現れていると言えよう。またそれは「新―旧」の対立図式とも「西洋―東洋」の対立図式とも読みとることができる。いずれにしてもこれら二項の対立という図式を越えない以上は、現実に流布している漢文、そしてその用語である漢語を内包した新しい詩語の創造は望めないにも関わらず、そのような姿勢しかここから読みとることができない。彼等はつまるところ近代化された、もしくはそうされつつある日本（と彼らが認めていた）にふさわしいように詩語を規制していったのである。彼等の主張する「日本独自の詩」という概念の「日本」とは、西洋文化に目覚めた、西洋文化圏の一としての「日本」なのであり、その意味では「独自の詩」は西洋的価値観を越える位相にははじめから存在しないのである。その意味ではまた彼等が「詩語」として主張する「思想に対応する平常語」もあくまでも「西洋思想に対応する現代語」でしかないのである。

このように『新体詩抄』における漢語、つまり漢詩の用語としての漢語は、西洋的な価値観に基づいて、一括して否定されるべき位置におかれていたのである[注12]。彼らはこれらの漢語をあくまでも「新—旧」の図式の中で、「旧」の位置に押し込め、「正—否」の図式の中では「否」の位置にそれを押し込めた。勝原晴希は、このように漢語を否定し、「人に分かるが専一」とする『新体詩抄』三人の姿勢から、彼等が求めていたのは「科学」の言葉」、つまり「言葉そのものが文化的な記憶をはらんで」いない「透明な記号」であることを指摘している。そういった点で、「彼らは日本の近代の方向を主導した明治の政府国家に近い位置にあった」（勝原晴希）とみてよいであろう[注13]。

このような『新体詩抄』のあり方は、同詩集を含みこんで出された『新体詩歌』（全五集、明治十五年十月〜十六年九月）が、漢詩訓読体、今様体といった、旧来の詩歌を含みこんでいるのと大きく違っている。特に『新体詩歌』においては、「我国固有之長歌」（第一集「緒言」）の入集も宣言し、古歌を含むことにおいてきわめて意識的である。また、「此編不言古今体詩歌言新体者新体以居其八九也（この編古今体詩歌と言はず、新体と言ふは、新体その八九を居むるを以てなり。）」（同）として、八、九割が新体詩、その他が古体詩というように分けてある。このことは、逆に言えば、なぜそこまでして、『新体詩歌』に古体を入れなければならなかったのかという問いを生起させる。この点については、次章で考察したい。

『新体詩抄』の限界

さて、以上のようにみてくると、『新体詩抄』を編んだこの三人には、桜痴の指摘したような漢語を媒介としての西欧思想の伝搬という現実は全く意識されていなかったと言えよう。彼らは漢語の対立概念として、通用する「俗語」（日常語）を掲げ、それが詩語にふさわしいとしているが、この時点では明確な具体像は持ち合わせていない。その主張の裏には、日常通用している漢語すら「漢語」であるが故に時代遅れであるといった認識があったのであろう。その点から考えると彼等の「漢語」とは「漢文体」「漢学」と一体となった位置に存在し、多くの西洋主義者がそうであったようにそれらを漢学総体として負の系列に位置づけていたと言えよう。彼等は桜痴のように漢学の内実、即ち思想と言語の機能との乖離を見い出すことはなかったのである。

彼等が主張したローマ字表記が実験的啓蒙的な領域を一歩も出ず、また翻訳漢語が巷間に流布し根づいているという現実を汲み取れなかったことを考えれば、当時の実学的色彩の濃い時代の中にあってそれを相対化しきれなかった多くの西洋主義者達と同様に、『新体詩抄』の編者達も自己の立つ立場を相対化しきれず、また限界点を見極められないでいたと捉えてよいだろう。近代詩の先駆けと位置づけられている『新体詩抄』の編者達の思想にはこのように時代が強いた限界があった。しかしそこで生み出された、「新体詩」という新しい試みは、さまざまな課題を孕みつつ、着実に広がっていくのであった。

［注1］「現代日本の開化」（『朝日講演集』、明治四十四年十一月）で述べられている文明観とほぼ等しい。

［注2］三浦叶『明治の漢文』（汲古書院、平成十年五月）には次のように記されている。「明治初年には一般の人々も漢学の素養をもち、なお旧幕以来の鴻儒が生存し、漢学塾があって漢学はなお流行していた。ところが五年に学制が発布されると、今まであった私塾、寺子屋が閉鎖され、代わって洋学塾が盛大となり、世はしばらく西洋文明の崇拝時代となり、漢学は衰退した。」

［注3］村山吉廣「漢文脈の問題――西欧の衝撃のなかで」（『国文学』）、昭和五十五年八月

［注4］牧野謙次郎『日本漢文史』（世界堂書店）、昭和十三年十月。なお、『日本語学研究事典』（飛田良文編、明治書院、平成十九年一月）によれば、明治期に新造漢語が数多く造られた背景が次のように述べられている。「欧米の文

物の日本化のためにとられた第一の方法は、欧米語を漢語をもって日本語の中に移すことであった。それは、明治維新を推進した人々が、漢学の素養を基盤として上代からの漢語受容の伝統を受け継ぎ、また、間近くは蘭語の受け入れに漢語を用いた方法を受け継いだからとみられる。そして、蘭学の受容によって生まれた漢語をそのまま取り入れたり、明治以後、新しく作ったり、または従来の漢語に新しい意味を付与したりして、厖大な西欧の学術用語・文化用語が漢語を通して日本語の中に定着するようになった。」（佐藤武義）と指摘している。また、欧米語の翻訳語として不安定な新造漢語については、例えば「教育（エヂュケイション）」や「真理（トルース）」というように、振り仮名をつけて用いることで、知識人としての資格を強化すると共に、書生や田舎武士の言葉にそのまま欧米語が使われたため、その新漢語が目立つことになったとされている。

［注5］明治十六年三月。第一号第一版は、明治十五年八月に発行されている。現在、東京大学の明治新聞雑誌文庫に第十四号（明治十七年六月）まで所在が確認されている。「序言」には、「少年生徒ノ為メニ」とあり、当時の青少年に向けて作られたことが分かる。ちなみに、号を追うにしたがって、頁数が増大しており、当時の洋学ブームの一端をうかがい知ることができる。この書では、語学翻訳の指示通り学ぶことで、自力で翻訳できる仕組みとなっているが、英語だけでなく、フランス語も学習の対象となっており、本書でも、フランス語の漢文訳がなされている。奥付には「明治十五年九月廿一日出版御届同月発兌　定価金拾弐銭　著者兼出版人　大森惟中　東京小石川区竹早町七番地」とある。大森惟中（解谷）は、天保十五年～明治四十一年（一八四四～一九〇八）。日本の美術工芸の発展に寄与した人物。明治二年十二月に植村蘆洲編『分体古詩註解』の校閲に名前をみることができる。また、十五年五月十四日に上野公園の教育博物館で行われたフェノロサの講演の際には、その翻訳筆記を担当し、それが『美術真説』（明治十五年十一月）として出された。

［注6］初出「中村敬宇」（『文学』、昭和四十年十月）、のち「中村敬宇——儒教とキリスト教の一接点——」（『幕末維新の文学』法政大学出版局、昭和四十七年十月）及び『前田愛著作集』第一巻（筑摩書房、平成元年三月）所収。

［注7］東京大学の全学部（文学部、理学部、法学部）の沿革が記された、『東京大学法理文三学部一覧』（従明治十五年至明治十六年、丸家善七、十五年二月、国立国会図書館蔵）には、古典講習科設置の経緯が記してある。「五月三日新ニ古典講習科ヲ置キ文学部ノ附属トス抑〻本邦従前国学者ト称スル者多クハ所謂古道ヲ祖述シ其他和歌有識等ヲ以テ家ヲ成スモノ間々アリト雖モ皆世運ニ後レ時務ニ適セサルカ為メ往々世ニ無用視セラルヽヨリ其学寖

ク微ニ漸ク跡ヲ絶ントス然ルニ本邦旧典、史類、歌詞、文章等ノ如キハ史家及社会学、政治学、修辞学等ニ従フ者ノ尤モ闕ク可ラサル所ナリ而シテ若シ上ノ景況ニテ今後幾数年ヲ経ハ世間復タ此等ニ通暁スル者ナキニ至リ特ニ国家ノ為メニ甚タ憂フヘキヲ以テ乃チ其専門ヲ開キ永ク其統ヲ伝ヘシムルノミナラス益以テ闡明スル所アラシメトン欲シ是ヨリ先キ十二年十二月ヲ以テ建議スル所アリ而シテ今方ニ裁可ヲ得ルヲ以テ此設アルナリ因テ七月ニ至リ其規則ヲ定メ九月ニ於テ試業ニ合格スル者官費私費生合テ三十六人ノ入学ヲ許ス」

[注8] 桜痴のこの「文章論」に対して、成島柳北は「文章小言」と題して言文非一致論を「読売新聞」紙上に発表したが、柳田泉氏によればこの論は「言語文章の根本問題を論じたものであって、文章としての言語体の文体の出現を否定したものではない」（『明治初期の文学思想』下巻・[注10]参照）とされている。すなわち柳北は「言」も「文」もそれぞれ成り立つべきで、どちらか一方が近づいて「一致」するのはおかしいと主張しているのである。その意味では桜痴に対しての批判というより、言文一致の思考をもとに起こった当時の文章運動全般に対しての批判と言えよう。

[注9] 『新体詩抄』（初篇　外山正一、矢田部良吉、井上哲次郎、丸家善七）は、明治十五年七月刊。所収詩篇全十九篇。うち訳詩十四篇、創作詩五篇である。発刊にあたり次のような広告が出された。「東京大学文学部長外山正一、同理学部長矢田部良吉並文学士井上哲次郎の三先生嘗て古歌や古詩の解し難きを憂ひられしが頃日新工夫を出し平生話す所の語を用ひて一種新体の詩に作り其佳なる物を抄録して此書を合選せられたり蓋し其文の流暢なる其意の精妙なる真に泰西の詩に駕して上らんとす江湖諸彦試みに一読あれ実に古往今来有一無二の珍書なり。十五年八月十六日　丸善」（日夏耿之介『明治大正詩史』、新潮社、昭和四年）。なお、本書での引用は、国立国会図書館蔵を使用した。

[注10] 柳田泉『明治初期の文学思想』下巻（春秋社）、昭和四十年七月

[注11] 明治十七年十一月四月、仮名の会親睦会において行った演説の趣意を著述したもの。（ゝ山存稿）

[注12] 本書でも、また[注4]で触れたように、明治期に成立した、または通用した「漢語」には、欧米の文物思想を日本に移すために積極的に用いられていったという事実がある。しかし、『新体詩抄』の作者たちは、そのような漢語の時代における有用な部分についての理解は見られない。彼等は、伝統的な漢詩に用いられる、つまり詩語としての「漢語」に対する全否定の思いを述べていると言えよう。漢語の持つ時代的な有用性を

全く見落としているところに、彼等の啓蒙的眼差しの限界があったのである。

[注13] 勝原晴希「「詩歌の近代」をめぐる二、三の考察――『新体詩抄』・中村秋香・近代今様――」(「文学」第九巻第四号)、平成二十年七月

第二章　『新体詩歌』詩篇と自由民権運動

『新体詩歌』は第一集から第五集まで、計五十二篇が収められたアンソロジーである[注1]。そのうち、『新体詩抄』からは、所収詩篇全十九篇のうち、十六篇が収められており、その点から『新体詩抄』を含みこんだ詩集ということができよう。『新体詩歌』第一集が出されたのは、明治十五年十月である。所収詩編の多くが収められている『新体詩抄』が同年八月の出版であるので、『新体詩抄』が出て直ちに編集に入ったとしても、その期間は極めて短い。

編者である、竹内隆信（竹内節）は、その奥付によれば、「和歌山県平民」ということになっている。住所は「山梨県下北都留郡甲東村百十一番地寄留」となっており、竹内はこの地で、小学校の教師をしていたという。序文には、小室屈山が稿を寄せ、奥付に、「発兌書林　東京　山中市兵衛／同　吉川半七／同　小笠原書房／大阪　柳原喜兵衛／同　岡嶋新七／　静岡　廣瀬市蔵／甲府　徴古堂」とされているところから、全国の書物の流通ルートにはじめから乗っていたようである。また、これらの書籍取次店、書林が教科書の販売に関して、各地方で力を持っていたことからすると、学校教育との関わりが推測されよう[注2]。

『新体詩歌』第一集の「緒言」には、編者竹内節により、『新体詩歌』所収詩篇の大まかな傾向が述べられている。

一　此編数首泰西之詩家シェーキスピーヤ氏之原撰而我邦洋学家之係于翻訳

一　誠忠遺訓外二三首者我邦固有之長歌也

一　又長歌中撰者姓名等属于漫然者有一二首今不暇撿正読者幸諒之

一　此編不言古今体詩歌言新体者新体以居其八九也亦不言詩撰而言詩歌者在彼言篋在我言歌其理同也観者莫為異以焉

一　編中僅々評語其不附者他日為有所請諸先輩

つまり、この集には西洋の訳詩が数編、日本古来からの長歌が二、三首が入っているが、その他、八、九割は新体詩であるという。第一集収録詩篇十二編のうち、「ヘンリー四世」（外山正一訳）、「ハムレット」（矢田部良吉訳）、「ウルゼー」（外山正一訳）の三篇が「訳詩」ということになる。また、「長歌」、つまり古歌は、「誠忠遺訓の歌である「楠木正成桜井駅に於て正行へ遺訓の歌」（浅見絅斎か）の外、「直実敦盛を追ふの歌」（作者不詳）、「月照の入水を悼みて読める歌」（平野次郎国臣）、「舞曲に擬して作る歌」（久坂通武）が挙げられよう。この「長歌」を除いた、八編（含「訳詩」）が新体詩ということになろう。

その傾向について、阿毛久芳は次のように述べている。

兵士や戦闘を歌った詩、人生無常哀詩、人生訓戒詩、自然讃美詩、近代思想啓蒙詩、劇の一節の翻訳詩という要素を持った『新体詩抄』と重なりながら、『新体詩歌』に加わった要素は、日本史上の事項に材をとったもの、忠君愛国への意識高揚、日本の自然を寿ぐものである。すなわち〈日本〉の濃い色合いである[注3]。

ここに述べられている通り、『新体詩歌』には『新体詩抄』所収詩篇のほとんどを含みこみながら、忠君愛国や日本に対する自然詠など、確かに「日本」が詠み込まれている。宮崎真素美は、『新体詩歌』を編纂した竹内の、後の編詩集『新体詩選』との比較を通して、『新体詩歌』には、男女の恋愛といった「情」に関する詩篇が入集していないことを指摘している[注4]。確かに教育の場での使用を前提として、これらが除外された可能性はあるだろう。ただし、『新体詩歌』の編纂において、「東洋学芸雑誌」を中心として、東京大学関係者が関わった雑誌からの入集がほとんどであること、また「花柳の情」を含む日本伝統風俗的なもの、例えば都都逸、戯れ歌などは、当時の各詩集の多くにみることができないのも事実である。またその序文に共通して見られるのが、「俚歌」への否定である。それらを踏まえると、「花柳の情」が排除されたというだけではなく、それを含む多くの伝統的且つ庶民的な「歌」が取り入れられなかったのだと考えてよいだろう。ちなみに、教育の場においては、三十年代の抒情詩の季節においても、恋愛詩だけは、意図的に教科書採択教材からは避けられている。

自由民権運動と『新体詩歌』

ここでは『新体詩歌』所収詩篇のうち、自由民権運動を題材に含んだ詩篇について触れていきたい。その理由は、自然詠や人生訓戒詩、近代思想啓蒙詩といったものは、十年代には、既にその内容については、安定的な意味を持ち得ており、いわば時代のベクトルとはさほど異なっていないと推測できるが、自由民権運動に関する詩篇は、まさにリアルな政治問題であり、それらをこの詩集に収めたことに、この詩集のまた違った側面をみることができるのではないかと考えるからである。

先にも触れたように、『新体詩歌』には、啓蒙および忠君愛国といった「日本」に関する詩篇が多く含まれている。その中に、自由民権運動に関する詩篇が収められているのは興味深い。というのも、十年代の後半、特に十五年からの数年間は、自由民権運動の激化とそれに対する当局の取り締まりが頂点を極めた時期であったからである。そもそも天皇を中心とする国家体制を急遽構築した理由は、自由民権運動に対抗するためであり、その点においては、忠君愛国と自由民権運動といった異なる二つの傾向の詩篇群が『新体詩歌』に収められているのは興味深い事柄である。ただし、自由民権運動が当事者にとっては、必ずしも、反天皇制ではなかったことに注意したい。自由民権運動がナショナリズムと癒着していることは、例えば政治小説において、民権の志士の活躍が明治ナショナリズムに沿った形で描かれていることからも分かる。稲田正次は、自由民権側の忠君愛国のあり方について指摘し、「我国ノ今日在テ斯の自由主義ヲ拡充スルニ勉励スルハ尤仁義ヲ致スノ大ナル者ト為ルナリ」[注5]という「自由新聞」の一節を引いているが、ここでは、「自由主義」と「仁義」がひと続きのものとして捉えられていることが分かる。松尾章一も、尊王思想と自由民権思想とが、全く相容れない性格のものであるとするのは誤りで、「当時の人々にとって、尊王思想は自明のことであると考えていたのが、むしろ一般的であった」[注6]と述べ、「自由民権思想のなかにも、天皇尊崇の思想が流れており、自由民権運動が幕末尊王運動と連関性をもって展開されたところに日本近代の特殊性」があるとしている。

自由民権運動は、大きくは、穏健な立憲改進党とより過激な自由党との二つの流れで捉えられているが、『新体詩歌』所収の自由民権運動を題材にした詩篇については、自由党の流れを汲むものが多いようである。というのも、板垣退助受難を歌った「刺客を詠ずるの詩」(八門奇者)、また植木枝盛の自由民権論を下敷きにした「自由の歌」（小室屈山）など、自由党の中心人物との関わりが見られるからであるが、後に触れる、「湘南秋信」（小川健太郎）についても、同様の傾向と推測できる。

このように捉えるならば、『新体詩歌』においては、「過激な」自由党系の自由民権思想と、尊王思想が並存していることになる。植木枝盛が、尊王思想に対して「徹底的な批判」をしていたのはよく知られているが、前出・松尾が指摘する通り、「今也我皇上は已に詔を発して、議員を召し国会を開くの期を定め、乃ち将さに丕ひに立憲政体を興さんと為し給ふまでに及びたり、我廟堂の吏と我江湖の民とは、豈一日も其経画の責を尽し、其聖旨に対揚するの任を達するの図を効さざる可けん乎哉」（十五年十一月稿）という、植木の言葉を捉えるならば、民権の志士、植木をしても、尊王の想いがその基底にあったとみてよいだろう。

一方、尊王の想いを述べた詩篇について注意したいのは、題材として、幕末の尊皇思想に源泉を持つ詩篇がほとんど総てであるということである。これは、もちろんそのような時事的な枠組みの中で他に忠君愛国の詩篇がなかったと言えばそれまでであり、明治政府をしても国民教化においては、例えば「楠正成桜井駅に於て正行へ遺訓の歌」等を用いていくこと以外に他の選択肢はありようもないが、いわば「現在／過去」という枠組みにおいて、「過去」のものである、幕末の尊王思想を歌った詩篇が入集させられている点は極めて特徴的というべきだろう。

『新体詩歌』に収められた詩篇群のうち、歴史に取材し皇室の威光を高める位置づけを持つ尊王を主題とした詩篇群と、自由民権運動に取材した詩篇群はおよそそのような関係として捉えることが可能なのではないだろうか。このように捉えるならば、「我国固有之長歌」（「緒言」）である「楠木正成桜井駅に於て正行へ遺訓の歌」は、この詩集に入った時点で、つまり単独の時とはまた違った枠組みの中で捉えなおされることになる。単独でこの詩篇を捉えた場合は、忠君愛国の詩篇として理解されようが、詩集『新体詩歌』に収められた時点においては、自由民権運動との関わりとは矛盾しない意味における「忠君愛国」の詩篇として位置づけられることになる。先に触れたように、自由民権運動自体に、このような尊王・忠君愛国の思いが内包されているとすれば、この詩集自体を忠君愛国だけでなく自由民権運動との関わりにおいても捉えることのできる可能性が見えてくるのである。

次に「新体詩歌」の傾向を分類してみたい。三浦仁は『新体詩抄』の詩篇の傾向として、「自然詠／軍歌／叙事の詩／談理教訓の詩／人生的感慨の詩（即時の述懐／劇的告白）」に分けているが、『新体詩歌』の傾向を改めて分けてみると次のようになるだろう[注7]。この分類は、『新体詩歌』のおおよその傾向を知るためであり、筆者の主観的判断によるものであることを断っておきたい。なお、題名は「　」に収め、『新体詩歌』の各詩篇に付されたものを用いた。「　」は、その詩篇の題材や、表現的な特徴を記した。また行末の（　）の『詩抄』は、『新体詩抄』を、第〇集は、『新体詩歌』所収集を示してある。

『新体詩歌』の傾向分類

■尊王、忠君に関わる内容を持つ詩篇［十五篇］

「舞曲に擬して作る」［七卿都落ち］（久坂通武）（第一集）

「抜刀隊」［西南の役］（外山正一）（『詩抄』・第一集）

「花月の歌」（小室弘）（第一集）

「楠正成桜井駅に於て正行へ遺訓の歌」（第一集）

「熊谷直実暁に敦盛を追ふの歌」（第一集）

「月照僧の入水をいたみて読める歌」（第一集）

「ウルゼー」（外山正一訳）（『詩抄』・第一集）
「故里の益子か許より蘭に長歌そへておこさりければ」［古体］（藤田東湖）（第二集）
「俊基朝臣東下」（第二集）
「詠和気公清麻呂歌」［古体］（久米幹文）（第三集）
「小楠公を詠するの詩」（第四集）
「詠史」［古体］（第四集）
「吊忠魂歌」［古体］（毛利元徳）（第四集）
「佐久間象山の謫居の歌」［松蔭事件連座・古体］（佐久間象山）（第五集）
「西南の役より凱陣せし人を祝するの歌」［古体］（第五集）

■**自由民権に関わる内容を持つ詩篇**［五篇］
「自由の歌」［植木自由民権論］（小室屈山）（第一集）
「刺客を詠する詩」［板垣遭難］（八門奇者）（第二集）
「外交の歌」［攘夷・不平等条約］（小室屈山）（第二集）
「見二燭蛾一有レ感」［反自由党］（犬山居士）（第五集）
「湘南秋信」［自由民権運動・脚韻］（鈴木券太郎）（第五集）

■**自然詠の詩篇**［六篇］
「春夏秋冬の詩」［脚韻］（矢田部良吉）（『詩抄』・第二集）

「シャール、ドレアン氏春の詩」（『詩抄』・第二集）
「題秋（西詩和訳）」（望月秋太郎訳）（第三集）
「遊墨水歌」［古体］（飯田武郷）（第三集）
「虞禮氏墳上感懐の詩」（矢田部良吉）（『詩抄』・第四集）
「詠松島歌」［古体］（遠藤信道）（第五集）

■啓蒙・勧学・人生［十三篇］

「西詩和訳」［脚韻］（坪井正五郎訳）（第二集）
「朝貌の花に寄せて学童を奨励す」（小川健次郎）（第三集）
「大仏に詣でゝ感あり」（矢田部良吉）（『詩抄』・第一集）
「勧学の歌」［立身出世］（矢田部良吉）（『詩抄』・第二集）
「ロングフエルロー氏人生の詩」（外山正一訳）（『詩抄』・第三集）
「ロングフエロー氏児童の詩」（矢田部良吉訳）（『詩抄』・第三集）
「社会学の原理に題す」（外山正一）（『詩抄』・第三集）
「玉の緒の歌」（井上哲次郎訳）（『詩抄』・第一集）
「代悲白頭翁歌」［無常］（大竹美鳥）（第四集）
「寒村夜帰」［怪奇］（小川健次郎）（第四集）
「世渡りの海」（小川健次郎）（第五集）
「夏夜即事」（小川健次郎）（第五集）

「送学友帰郷歌」［立身出世］（大竹美鳥）（第五集）

■**外国文化**［六篇］
「ヘンリー四世」［シェークスピア］（外山正一訳）（『詩抄』・第一集）
「ハムレット」［シェークスピア］（矢田部良吉訳）（『詩抄』・第一集）※『新体詩歌』第一集では、「井上哲次郎譯」とされている。
「西詩和訳」［ブレットハート・怪奇］（大竹美鳥訳）（第四集）
「カムプベル氏英国海軍の詩」（矢田部良吉訳）（『詩抄』・第二集）
「テニソン氏軽騎隊進撃ノ詩」（外山正一訳）（『詩抄』・第三集）
「チャールス、キングスレー氏悲歌」（外山正一訳）（『詩抄』・第五集）
■**未分類**［七篇］
「小督の歌」［古体］（第二集）
「東の花」［古体］（第二集）
「長恨歌」［古体］（第二集）
「桜がり」［古体］（第二集）
「芙蓉を詠するの歌」［古体］（第二集）
「西行の歌」［古体］（第二集）
「詠石菖歌」［古体］（滋野貞融）（第五集）

『新体詩抄』には見られなかった傾向の詩篇としては、忠君愛国と共に自由民権運動の詩篇が多いのが分かる。忠君愛国を扱った詩篇の多くは、「我邦固有之長歌」（「緒言」）であるが、一方、自由民権運動を扱った詩篇は、時事的な事柄であるためか、「新体詩」の形をとっている。

一方、『新体詩抄』より『新体詩歌』に入らなかった詩篇は三篇。外山正一の訳詩「ブルウムフ井ールド氏兵士帰郷の詩」、「シェーキスピール氏ハムレット中の一段」の二篇と、矢田部良吉の訳詩「テニソン氏船将の詩」一篇である。未入集の理由はさまざまに考えられるが、『新体詩歌』に新しく加えられた詩篇の多くが忠君愛国の情を掻きたてるもの、そして自由民権運動に関わるものであることからすると、「ブルウムフ井ールド氏兵士帰郷の詩」は、その厭戦的な内容が収められなかった理由と考えることもできよう。「軍の神をのゝしれり　名誉の淵に落ち入りて／可惜(あたら)勇士の失せぬるハ　実に傷敷き事ぞかし／殺傷放火分捕の　其有様を熟／＼と／今更思ひめぐらせバ　あら恐ろしやむごたらし／我身を守るたからぞと　頼み頼める剣(つるぎ)こそ／我身の罪をかさねたる　仇と思へバなほさらに」という内容は、例えば「抜刀隊」の一節「敵の亡ぶる夫迄ハ　進めや進め諸共に／玉ちる剣抜き連れて　死ぬる覚悟で進むべし」と内容的に矛盾する。また、「目元涼しき小女子に　腰打屈め老人ハ／これナンセーと手を取りて　口を合ハすもあまる愛」という箇所も、まさに「情」を感じさせる場面として、除外されたのだろう。

「テニソン氏船将の詩」は、「英国海軍の古譚」と付されている。その内容は、自船の乗組員に対して「圧制」をもって自由を抑圧し、憎まれていた船将に対して、乗組員は、敵艦との遭遇に際しても、その将の手柄となることを避けるため、大砲も放たず、敵艦の攻撃を受け、そのまま沈んでいったという内容である。この詩篇がどのような理由で『新体詩歌』に収められなかったのかは分からないが、尊王、忠君に反する内容として除外された可能性はあるだろう。

残る外山の「シェーキスピール氏ハムレット中の一段」は、矢田部良吉訳の「シェーキスピール氏ハムレット中の一段」と、翻訳の競合になっており、矢田部の訳は「ハムレット」と改題され、『新体詩歌』第一集に収められている。

このように、内容として詩集の不統一を避けること、また重複を避けること以外は、『新体詩歌』は全面的に『新体詩抄』を継承したのである。

さて、その上で新たに付け加えられた、忠君愛国の詩篇群と、自由民権運動に関する詩篇群のうち、特に後者についての検討を進めていきたい。どちらの傾向の詩篇も『新体詩抄』には見られないが、忠君愛国の詩篇については、『新体詩抄』において、翻訳詩も含めて、接続できる内容は多い。しかし、自由民権運動に関する詩篇については、『新体詩抄』には全く見られなかった傾向の詩篇であると言ってよいだろう。

自由民権運動を扱った詩篇には、小室屈山「自由の歌」（初出不詳）、八門奇者「刺客を詠ずるの詩」（初出「東洋学芸雑誌」第十三号、明治十五年十月）が挙げられるが、他にも犬山居士「見燭蛾有感」（燭蛾を見て感あり）、鈴木券太郎「湘南秋信」がある。

小室屈山「自由の歌」は、既に関良一が指摘するように、植木枝盛『民権自由論』（集文堂、明治十二年四月）の付録「民権田舎歌」から影響を受けている[注8]。すなわち、その末尾にある、「人の自由といふものは。天地自然の道なるぞ／つとめよ励め諸ひとよ。卑屈の民と云はるゝな」の一節は、「民権田舎歌」の一節「自由は天の賜じや（中略）人間も自由でこそよけれ　自由がなければ人形よ　卑屈さんすな圧制受けな」を受けてのものだろう。「つとめよ励め諸ひとよ」の調子には、外山正一「抜刀隊の歌」の「進めや進め諸共に」が影響していることに注意したい。このフレーズは多くのバリアントを生んでおり、例えば詩篇「軍歌」の「来れや来たれいさ来たれ　御国を守れや諸共に」等、当時の他のさまざまな詩篇にみることができる。そういった点では、この詩篇も、当時の新体詩の気圏において作られたことが分かる。ここでは「自由の歌」が、自由民権運動の主張そのものの内容を持つ詩篇であることを確認しておきたい。

八門奇者「刺客を詠ずるの詩」は、「大学のはかせたちのものせられたる新体詩抄の体に傚ふ」と詞書が付されている。作者「八門奇者」については、不詳であるが、「八門」とは方位学の一つを指す。「奇者」は「記者」をもじったものか。内容は、十五年四月に岐阜での遊説中に板垣退助が刺された事件を扱ったもので、刺客（相原直文）の心情を描いたものである。「国賊」とされた「板垣」は、末尾になると「されど敵と見ひがめし其の紳士は世にためし。すくなきまでにあつかりき。君に忠なるこゝろざし」と賞され、板垣が世の中のためになり、君（天皇）への忠誠があるとして、評価が一転する。これは、宮崎真素美が指摘するように、「この変化は、刺客の心情に寄り添うところから、語り手の心情の表出へと転じられたことを示して」[注9]いると見られるが、自由民権と尊皇への思いが並存する観点となっている点で興味深い内容である。いずれにせよ、『新体詩歌』第一集が同年十月の刊行であるので、極めて時事的な傾向を持つ詩篇として受け取られたことが推測される。

犬山居士「見燭蛾有感」（燭蛾を見て感有り）、鈴木券太郎「湘南秋信」の二篇は、第五集に収められている。ここではこの「湘南秋信」について詳しくみていきたい。

鈴木券太郎「湘南秋信」について

湘南秋信

鈴木券太郎

昨日けふと思ひしも
旅にはなれぬ苦しさよ
雲の通路断えずとも
あすは来にけん友だより
たまにはあれど其れさへも
有るものとては無りけり
いかに見物か其とても
泣くになかれず兎や角と
知るや知らずや秋の霜
哀れを見舞ふ気合なり
あるは馬入に馬を侶（とも）
大和心のやる瀬なき
都の人にしらせんも
今年のみのり豊けさよ
来るや春の事までも
君が代なれや有がたし
田舎の住居よし然かも
酔て管まく其代り

早一月の旅衣
眺むるものは空の雲
断え〳〵なるは文の面
あさては又親や妹（いも）
要事のけては何もかも
まいて王子の紅葉だも
想ひやるのみ詮術（せんすべ）も
案じ暮すは愚か〻も
千艸にかゝり照月も
木の葉に落る音づれも
または雨降（あふり）に雨に菰（こも）
思案なげ首池の鳧
外にはあらじ是はそも
民の命のかゝる紐
嬉しく思ひ云まくも
白きを語る丹（あか）き肝（きも）
露の恵みの深きにも
東京（あづま）の模様知らせたも

蜻民評云句詞精巧押韻自在敬々服々

『新体詩歌』第五集所収。初出は十六年二月二十五日の「東洋学芸雑誌」第十七号である。初出には、「湘南秋信　倣新体　相模　鈴木券次郎郵送」と付されているが、本書にあるように、「券太郎」が正しい。鈴木券太郎は、文久二年（一八六二年）、神奈川県生まれ。立憲改進党系の「桜鳴雑誌」「東京横浜毎日新聞」「日本立憲政党新聞」の記者として活躍し、十四〜十六年にかけては、フランス系の自由主義を奉ずる「国友会」に所属していた。十八年には「山陽新報」主筆となる。後、教育界に転じ、各地で校長職を務め、昭和十四年（一九三九年）に没している。

本詩篇から分かるように、鈴木は「湘南」においてこの詩を作ったようである。彼は、十五年十一〜十二月にかけて、「湘南講学会」の講師を務めており、その際に作られたとみてよいだろう。「湘南講学会」とは、神奈川県大住、淘綾両郡に設置されていた自由民権運動学習結社である。この詩篇の内容とも関わると推測されるので、しばらく「湘南講学会」についてみていきたい。

十五年一月二十一日の「東京横浜新聞」には、「湘南講学会」について次のような記事がある。

神奈川県大住郡伊勢原村に設立する湘南講学会ハ、昨年中中島信行君が其他の有志者山口左七郎氏等と相謀りて之れを設け、歴史・経済・法律・政治の大要を書籍に就きて研究する目的にして、当時澤田弼ハ之れか講頭となり、会員六十余名と日々切磋研究に従事せらるゝとのこと（略）

「湘南講学会」の概要がうかがわれる記事であるが、中島信行、山口左七郎等が中心となり、定期的な勉強会を催していたことが分かる。講師は地元以外から雇い入れ、その常勤の講師である「講頭」は澤田弼が務めていた。しかし、十五年十一月六日付の山口左七郎宛書簡によれば、澤田は、直ちに職を辞して帰京する旨伝えている。つまり十一月以降はその分の講義が開かれなくなったようである。鈴木券太郎はその後任として、十一〜十二月にこの地に滞在し、講義を行なっていたらしい。「湘南講学会出納簿」の「仕払之部」には、「十一月三十日　一金三拾円　鈴木券太郎殿」、「十二月廿五日　一金弐拾五円　鈴木券太郎殿」と、講師報酬の支払記録が残されている[注10]。十五年四月より、澤田弼と同じように講師として雇われていた細川瀏への支払いが「一金弐拾五円」（七月）であるため、鈴木についても単発の講義ではなく、しばらくこの地へ逗留しての講義・指導であったと考えてよいだろう。

鈴木の講義内容について、残念ながら不詳であるが、細川が同年十一月に自由党に入党したこと、またこの「湘南講学会」が、この時期、いわゆる勉強会から政治結社的な活動に軸足を移す時期と合致していることからすれば、自由民権思想、特に自由党系の思想についての講義がここで求められていたと考えてよいだろう。

注目すべきは、自由党の中心であった、植木枝盛ともこの時期、「湘南講学会」に直接接点を持っていたことである。十五年十二月十三日の「自由新聞」の記事「懇親会」には次のようにある。

相模国愛甲大住陶綾三郡の有志者ハ去ぬる十日伊勢原なる玉川楼に会して忘年懇親会を催ふされしか当日相会する者七十余名に至り且つ山口左七郎宮田寅治三橋村雄四戸喜代治氏等の周旋頗る宜しきを得て席上も善く調ひ又同地の講学会に尽力せらるゝ細川瀏鈴木券太郎高橋正信等の諸氏も座に列して演説なし当地よりハ弊社の植木枝盛か之れに赴きたりしか中々盛会にてありきと一昨夜帰京して語りし儘を斯くハ記しぬ（傍点、筆者）

十五年末頃に最高潮に達していた、神奈川県下の自由民権運動の様子を示す史料であるが、湘南講学会はこの時期、まさに自由党に接近しており、この懇親会前後には、多くの参加者が自由党に入党している。この懇親会も自由党との深いつながりを示すものであるが、ここにおいて鈴木は、細川同様、「演説」を行ったという。このことからも、鈴木の、自由党との深い関わりが想定できよう。

以上のように、本詩篇成立の背景を考えると、自由民権運動との関わりを想定して読解することが強ち誤っていないと考えられる。以下、本詩篇の読解を試みたい。

詩形は、多くの新体詩同様、七五で一句を成し、二句一行による、計十八行から成っている。「蜻民」が、「押韻自在」としているように、四句一纏まりで見た場合、第三句以外は、「む」で脚韻を踏んでいる。この極めて意識的な試みについては、後に触れたい。

内容としては、「湘南秋信」、つまり「湘南」から「東京」への私信の形を取っている。詩篇前半は、次のようになろうか。王子の紅葉も、いかに見頃だろうか、それとても想像するだけで、知るべき手段もなく、都からの手紙が来ても、そこに記されているのは「要事のけては何もかも／有るものとては無りけり」、つまり必要最小限な事柄のみが記されているだけであり、当然、「王子の紅葉」の様子などといった風流事は書かれていない。「王子」は現在の東京都北区王子で、江戸時代から桜の名所としてよく知られている飛鳥山公園を指してのことだろうか[注11]。つまり、ここまでは東京への「望郷の念」が込められた内容と言えよう。ちなみに「術も」は次行「泣く」＝（無く）に掛かり、「術も…無く」、つまり「どうしようもない」という意味を形成する。

後半は、逗留している場所のことが述べられる。「あるは馬入に馬を侶／または雨降に雨に菰」の一節の、「馬入」は、相模川の別称「馬入川」を、また、「雨降」は、伊勢原にある大山の別称「雨降山」（あふりやま）に掛けてあり、彼が逗留した「湘南」の地が織り込まれている。ここでの解釈は、「ここにいるのは馬入川を馬供にいく旅人だけだ／または雨降りに、雨具（菰）をつけ、行き過ぎてしまう旅人だけだ」と、どちらも自分のところを訪れる者はいない孤独感を示している。また、「あふり」には馬の左右に垂らす泥よけ「障泥（あふり）」の意が掛けられており、上句「馬」と縁語的に響くことから、鈴木が和歌的修辞を存分に駆使して作っていることが分かる。

「大和心のやる瀬なき」は、自らの「大和心」を発露する場のなく、心のやりどころがないことを嘆いていることになろう。「都の人にしらせんも／外にはあらじ是はそも」は、「都の人に知らせようとすることも、これらの外にはなにもない」ということになろうか。ここで知らせたいのは、「今年のみのり豊けさよ／民の命のかゝる紐／来るや春の事までも」ということ、つまり、今年は豊作であったたため、来春までここの民は命をつなぐことができるということ、このことを「嬉しく思ひ云まくも」、つまり、嬉しい知らせとして伝えたいというのである。ちなみに「紐（日も）…来る」、そして「紐」の縁語として「春（張る）」と、ここでも和歌的修辞をみることができる。

このように読み取っていくと、続く「君が代なれや有がたし」は、豊作がもたらされたことに対して、天皇の盛徳を讃える「頌」に当たり、続く「白きを語る丹き肝」は、赤心、つまり忠誠心と一旦は読むことができよう。またここは、そのまま「日の丸」と解くこともできる。しかし、「露の恵み」ということは、つまり「ほんのわずかな恵み」ということで、その「尊皇」へ思いは屈折して示されることとなる。いずれにせよ「民」から「尊王」までが屈折しながらも捉えられているのが分かる。自由民権運動と尊皇への思いの並存については、先にも触れたが、この詩篇からその考え方を直接読み取ることができるとみてよいだろう。

ただし、最後の「酔て管まく其代り／東京の模様知らせたも」は私信と考えると不思議な表現である。「酔て管まく」とは、不平があるからであろうが、この不平を言い立てているのは自分ではなく、相手ということになろう。したがって、「酒に酔って管を巻く代わりに、東京の様子を知らせてほしい」と解することができるが、そうなるとこれは書簡というより、その場にいる人物に向けた言葉と考えるのが自然である。この詩篇は、私信の形を取りつつも、「東京」から来た人物に対して、自らの思いを向けた意味を持つと考えてよいのではないだろうか。確証はないが、先ほど触れた、十五年十二月十日の伊勢原・玉川楼での懇親会において、鈴木と植木枝盛との何らかの関わりをここに推定するのは誤りであろうか。これはわざわざ詩として仕立てたこととも関わると思われるが、その委細については現在のところ不明である[注12]。

東京大学との関係

『新体詩歌』第一集には、当時東京大学理学部の一年生であった坪井正五郎の訳詩「西詩和訳」が収められている。初出は十五年六月「東洋学芸雑誌」第九号であるが、この詩篇にも脚韻に対する工夫が見られる。鈴木券太郎と坪井とは実は接点がある。鈴木は、十七年に坪井正五郎の「じんるいがくのとも」(日本人類学会設立に参加し、二十二年にはその機関紙である「東京人類学会雑誌」第四巻三十九号に「謀故殺ノ原因ニツキテ人類学的観察」、同四十二号に「旧化生存の話」、二十四年には同六巻六十号に「遺風研究の中」を掲載している。二人の接点がいつからなのかは明らかではないが興味深い事実である[注13]。

鈴木が、坪井の詩篇の脚韻を意識していた可能性はあるのだろうか。

西詩和訳　　　　坪井正五郎

息の出入りとからだの血　　しかのみならずよき心地
清きたましひこれ命　　時計のめぐりは早やくたち
遽に変る針の位置　　歳はすぐともわざとさち
なきは則ち無能無智　　多く考へ気をたもち
よきはたらきを為せる後　　長しと言はんこのいのち

井上巽軒曰。押韻自在。可喜。又曰。学者日誦之以自勗。則其進歩可期而竢也。

「西詩和訳」では、すべての句末において「chi」と脚韻が踏まれている。対して、「湘南秋信」では、一、二、四句末に「mo」と韻が踏まれており、基本的に、これの繰り返しである。つまり四句一括りで、漢詩の七言絶句と同様なスタイルをとっている。

どちらの詩篇もその「押韻」を評価する評が付されているが、坪井の「西詩和訳」に付された、井上哲次郎（巽軒）の評は、そのまま、井上の詩篇「玉の緒の歌」を思い起こさせる。「玉の緒の歌」では、「七五調五句構成の各節は、第一句と第二句、第四句と第五句が韻を踏む形式」[注14]になっており、井上自身、付記に「二君（外山・矢田部のこと、筆者注）ハ韻ヲ踏マズ余ハ試ニ韻ヲ踏ム、是レ其差ナリ」と記しているように、「押韻」に対して意識的である。井上の「玉の緒の歌」の初出が十五年四月二十四日付の「郵便報知新聞」、坪井の「西詩和訳」同年六月の「東洋学芸雑誌」であるので、坪井が井上の新体詩を意識した可能性はあるだろう。また、十五年当時、東京大学理学部一年に在籍していた坪井は、理学部教授であった矢田部および同学部で英語を講じていた外山を通して、井上と接点があったとも考えられる。いずれにせよ、井上、坪井、鈴木と「韻」に関して、直接的、間接的に関心の連鎖が見られる。

また、先に鈴木と植木との関係についての推論を述べたが、植木は、十五年十月二十五日に東京大学学位授与式に臨席している。この時期、植木は、スペンサーに対して強い関心を持ち、同月十三日には「フランスに遊び斯辺撤（スペンサー）に会し談話したること」を夢にみる程であった。当然、日本におけるスペンサーの紹介者の一人で、同年四月に詩篇「社会学の原理に題す」を出していた外山正一との関わりが推測できよう。また、「社会学の原理に題す」が掲げられた、スペンサー著、乗竹孝太郎訳の『社会学之原理』（明治十五年四月）は、植木の所蔵図書として目録にその名をみることができる。植木は、十一月二十二日には、「天賦人権論」の執筆を終えている[注15]。

次に挙げる詩篇も自由民権運動に関する内容と考えられる。

見二燭蛾一有レ感

犬山居士

時しも夏の闇の夜に　文書(か)んとて我庵の
東の窓の其下に　燈(あかし)ともせば庭の木の
涼しき風を送り越し　衣を通し吹くにつれ
いと美しき蝶々の　翻(ひら)めき来り燈(あかし)みて
取らまくぞする有様を　見れば悟の有磯海
深く心に蔵(おさ)め置き　守らんとする事ぞある

抑も難を企つは
又其本を見ざりせば
等しき業やなすならん
取まくするは愚ならずや
なさまくするは愚なり
其身失せては遂がたし
しめて其身も焼もせず
進みて後にほまれ得て
名誉の人と呼ばはれん

悪きことにはあらねども
今しも来たりし蝶々の
焼ても思ふ其火をば
死しても難き其事を
其身ありてぞ事遂ぐる
されば撓まぬ心をば
死しもなさぬ道をとり
後に鑑を残すべき
名誉の人と呼ばはれん

作者の犬山居士については、詳しいことは分かっておらず、また、他の詩篇もみつかっていない。初出も不明である。内容は、手紙を書こうとして、部屋の燈火を灯すと、美しい蛾たちが燈火に飛び込んできて、それをみて思ったことを教訓として胸に刻むということになろうか。「深く心に蔵め置き／守らんとする事ぞある」は、この詩篇の末尾までを指す。「難を企つ」の「難」とは、「身を危うくするようなこと」の意[注16]。「死しても難き其事」は「難」と同じ内容を指すと考えてよいだろう。それを踏まえて、「しめて其身も焼もせず／死しもなさぬ道をとり／進みて後にほまれ得て／後に鑑を残すべき」を読んでみたい。ここは、「わが身を危険に晒さず、死なないような道を取り、そして名誉の人と呼ばれ、後の手本となるべき」と読めるが、果してそのような読解でよいのだろうか。このないわば安定的な立身出世を肯定的に述べる詩篇にしては、「深く心に蔵め置き」、「死しても難き其事」と大仰な表現がとられていることが気に掛かる。そのように考えると、この「難」、つまり「死しても難き其事」とは、やはり当時の禁事である自由民権運動、過激な自由党的な民権運動のことを指しているのではないだろうか。「その物事の根本を見ないでいると／今まさにやってきた蛾と／同じ様に死んでしまうだろう」と述べられるが、ここで「其本」とは、目先のことでなく、自己の一生であり、そこにおいて立身出世すべきことを指すのだろう。そのように解釈すると「自由民権運動が掲げる理想「思ふ其火」は大切だが、死んでもやり遂げることが難しいその事を／無理に為そうとするのは愚かであろう」という意になろう。ここには自由民権運動に対するシンパシーと距離感という作者の態度が表されているとみてよいのではないだろうか。この詩篇の収められた『新体詩歌』第五集は、序文などから推測すると十六年の夏頃には完成していたとみてよい。この時期、緊縮財政により、全国に不況が拡大し、自由党急進派は、例えば十五年十一月に数千人の党員と農民とで福島に蜂起（福島事件）するなど、各地に運動の激化が見られた。そしてそれに対する官憲による弾圧も行われ、多くの活動家が追われることになった。本詩篇は当時激化していた急進派に対する批判的な態度表明とみることもできるが、「難を企つは／悪しきことにはあらねども」に見られるように、急進派に対するシンパシーも充分に感じ取ることができ、作者の自由民権運動に対する想いの振幅を読み取ることができるのではないだろうか。

また、本詩篇にあるような「名誉の人」と呼ばれたいがために我が身を守るという姿勢には、明治初期の、立身出世を肯定的に捉える価値観が背景にあることを併せみるべきであろう。そういった意味においても、明治の「現在」の一面を捉えた詩篇と言うことができるだろう。

自由民権運動と新体詩ネットワーク

ここまで、自由民権運動と『新体詩歌』および『新体詩抄』所収詩篇との関わりを中心にみてきたが、詩篇の作者たちは、東京大学を中心として、自由民権運動に関して、それぞれ何らかの関係を持ってきたようである。多くの詩篇が、東京大学教員が実質的に取り仕切っていた「東洋学芸雑誌」に掲載されていたのも頷けよう。次章では、東京大学文学部長であった外山正一と、その総長であった加藤弘之の、「人権」を巡る論争について、外山の詩篇「社会学の原理に題す」を通してみていきたい。

［注1］『新体詩歌』所収詩篇五十二篇のうち、『新体詩抄』から、全詩篇十九篇中十五篇が収められている。第一集（十二篇）は明治十五年十月に甲府徴古堂より、第二集（十五篇）は十五年十二月に、第三集（八篇）は十六年四月、第四集（七篇）は十六年六月、第五集（十篇）は十六年九月にそれぞれ刊行された。編者・竹内隆信（隆・嶰谷）については、奥付によれば、「和歌山県士族」とあり、山梨県下において小学校の教師をしていたと言われている。竹内節については、青山英正「『新体詩歌』の出版を支えた人々――未紹介資料と諸本調査をもとに――」（「明星大学研究紀要」十七、平成二十一年三月）が、詳細な資料を踏まえ、その経歴等について明らかにしている。なお、本書での引用は、単行本初版（徴古堂）によった。

［注2］当時の設立された地方書店の多くは、教科書販売を主としたもので、例えば、広瀬市蔵は、小学生向けの習字教科書「旁訓単語篇 初編」（明治七年）、中学生向け教科書「幾何学原礎例題解式」巻一、二（川北朝鄰編、明治十三、十五年）など、明治期前半の静岡県下における教科書販売の中心となった人物である。その他の出版人についても、「販売人」として明治前半の教育関係書物の奥付に頻出する人物である。

［注3］新日本古典文学大系明治編第十二巻『新体詩・聖書・讃美歌集』解説（岩波書店）、平成十三年十二月

［注4］宮崎真素美「竹内隆信編『纂評　新体詩選』の試み――〈花柳の情〉をうたうこと――」（「日本近代文学」第七十四集）、平成十八年五月

［注5］稲田正次『教育勅語成立過程の研究』（講談社）、昭和四十六年三月

［注6］松尾章一『増補改訂自由民権思想の研究』（日本経済評論社）、平成二年三月

［注7］三浦仁『詩の継承』（おうふう）、平成十年十一月

［注8］関良一　近代文学注釈大系『近代詩』（有精堂）、昭和三十八年九月

［注9］新日本古典文学大系明治編第十二巻『新体詩・聖書・讃美歌集』（岩波書店）、「刺客を詠ずるの詩」注釈、平成十三年十二月

［注10］大畑哲・他『山口左七郎と湘南社　相州自由民権運動資料集』（まほろば書房）、平成十年五月

［注11］飛鳥山公園は、東京の五大公園の一つとして明治六年に制定された。

［注12］青山英正（［注1］参照）は、『新体詩歌』の出版の背景に、「相州自由民権運動の人脈があったと考えられる」と指摘している。

［注13］鈴木の著作は、人類学、経済学等多分野に亙っており、『やまと経済学』（尚古堂、明治十四年）、『日本婚姻法論略』（日野九郎兵衛、十九年）、『亜細亜人』（政教社、二十四年）や翻訳書として『治肺新論』（コングレーヴ著、十六年）、『貨幣論綱』（ブライス著、十七年）を出している。

［注14］西田直敏『『新体詩抄』研究と資料』（翰林書房）、平成六年四月

［注15］明治十五年十一月二十二日付「日記」には、「十余日前より天賦人権論を著はす、今了る。」（『植木枝盛集』第七巻、岩波書店、平成二年二月）とある。この「天賦人権論」は、翌年一月に出された『天賦人権弁』の稿だと考えられる。

［注16］『日本国語大辞典』（小学館）、昭和五十年五月

第三章　「社会学の原理に題す」を読む

　外山正一の新体詩「社会学の原理に題す」は、近代思想啓蒙詩として位置づけられる詩篇であろう。『新体詩抄』に収められているが、初出は十五年四月に刊行された乗竹孝太郎訳、H・スペンサー『社会学の原理』の序として出されたものである。明治十年前後から広まったスペンサー（Herbert Spencer）の哲学は進化論を根底におき、人間だけでなく政治・経済・教育・心理・生物など全ての分野にわたっての現象を認識する「総合哲学」（Synthetic Philosophy）と称されるものであった。その一つに当然文芸も入れられていた。外山がスペンサー哲学と出合ったのは、三年から九年までの渡米した際である。当時欧米ではスペンサー哲学は隆勢を誇っていた。外山は帰国後、東京大学文学部教授として、英語、歴史の講義にスペンサーの著作をテキストとして使用している。

　これまで詩篇「社会学の原理に題す」は、それがスペンサー著作の翻訳本の序であることから、スペンサー社会学紹介の詩として位置づけられてきた。「スペンサーの進化論的社会学が一切の科学の根本を説明すること、また文芸においても同じであることを主張している」詩篇（太田三郎）[注1]、また「スペンサーを解説しつつ「適者生存」の理を説いた長詩」（猪野謙二）[注2]としてこれまで見られてきたのである。しかし、この詩篇はスペンサー紹介だけの詩篇ではないのではないだろうか。前章でも触れたように、外山の周りには、自由民権運動を巡り、さまざまな人の動きがあり、また、彼自身、「人権」を巡って、加藤弘之と論争をしており、その意味でこの詩篇の理解に際しては自由民権運動を視野に収めることが必要であるように思われる。本章では「社会学の原理に題す」（明治十五年四月）前後の外山のスペンサー理解を探り、改めて「社会学の原理に題す」を読み解いていきたい。

日本におけるスペンサー受容

始めに、「社会学の原理に題す」を引用しておきたい。

社会学の原理に題す　　ゝ山仙士

宇宙の事ハ彼此の　別を論ぜず諸共に
規律の無きハあらぬかし　天に懸れる日月や
微かに見ゆる星とても　動くハ共に引力と
云へる力のある故ぞ　其引力の働ハ
又定まれる法ありて　猥りに引けるものならず
且つ天体の歴廻（へめぐ）れる　行道とても同じこと
必ず定まりあるものぞ　又雨風や雷や

地震の如く乱暴に
一に定まれる法ハあり
地をハふ虫や四足や
其組織より動作まで
又万物ハ皆共に
あらざる物ハなきぞかし
別を論ぜず諸共に
遺伝の法で子に伝へ
適せぬものハ衰へて
桔梗かるかや女郎花
牡丹に緑の唐獅や
木の間囀る鶯や
雲居に名のる杜鵑
友を慕ひて奥山に
訳も分らで貝の音に
羊に近き歳ハまだ
霊とも云へる人とても
元を質せば一様に
積みかさなれる結果ぞと

外面ハ見ゆるものとても
野山に生ふる草木（そうもく）や
空翔けりゆく鳥類も
都て規律のあるものぞ
深き由来と変遷の
鳥けだものや草木の
親に備ハる性質ハ
適するものハ栄ゑゆき
今の世界に在るものハ
梅や桜や萩牡丹
菜の葉に止まる蝶てふや
門辺にあさる知更鳥（こまどり）や
同じ友をバ呼子鳥
紅葉ふみわけ啼く鹿や
追ハれてあゆむ牛羊
愚なことよ万物の
今の体も脳力も
一代増に少しづゝ
今古無双の濶眼で

見極ハめたるハこれぞこれ
優すも劣らぬ脳力の
これに劣らぬスペンセル
化醇の法で進むのハ
動物而已にあらずして
活物死物夫而已か
区別も更になかりしを
感ずるも尚あまりあり
思想智識の発達も
社会の事も皆都て
既にものせる哲学の
生物学の原理やら
土台となして今更に
書にものさるゝ最中ぞ
そも社会とハ何ものぞ
其結構に作用に
種族と親と其子等の
男女の中の交際や
取扱の異同やら

アリストートル、ニウトンに
ダルウヰン氏の発明ぞ
同じ道理を拡張し
まのあたりみる草木や
凡そありとしあるものハ
有形無形〳〵の
真理極めし其知識
されバ心の働も
言語宗旨の改良も
同じ理合のものなれバ
原理の論ぞ之に次ぐ
心理の学の原理をバ
社会の学の原理をバ
此書に載せて説かるゝハ
其発達ハ如何なるぞ
社会の種類如何なるや
利害の異同如何なるや
女子に子供の有様や
種々な政府の違ひやら

違ひの起る源因や
其変遷の源因や
智識美術や道徳の
遷り変りて化醇する
論述なして三巻の
最とも目出度き美学こそ
読たる者ハ誰ありて
実に珍敷しき良書なり
何から何とせハをやく
走り書きやらからしやべり
天下の事ハ一と飲みと
新聞記者や演説家
人をあやまる罪とがの
月日の事や星の事
夫等の事ハさて置きて
畳一枚させバとて
長の年月年季入れ
出来る事にハあらざるに
年季も入らず学問も

僧侶社会のある故や
儀式工業国言葉
時と場所との異同にて
其有様を詳細に
長き文にぞせらるべき
既に出てたる一巻を
此書を褒めぬ者ぞなき
社会の事に手を出して
責任重き役人や
舌も廻ハらぬくせにして
法螺吹き立てゝ利口ぶる
此書を読みて思慮なさバ
少しは減りもするならん
動植物や金属や
凡そ天下の事業ハ
足袋を一足縫へバとて
寐る眼も寐ずに習ハねバ
濁り社会の事計り
するに及バぬ訳なれば

a
新聞記者や役人と
か様な者が多ければ
尚ほ恐ろしき虚無党の
揉め揉めたる其上句
秩序も建たず自由なく
再び浪風静まりて
百年足らず掛らんハ
有様見ても知れたこと
妄に手出しする勿れ
広き世界の其中に
盲目同士の戦に
覘ひきまらぬ棒打の
今の世界ハ旋風(つむじかぜ)
烈しき中へつい一寸
足も据ハらず瞑眩(めくるめ)き
ぐる／＼／＼と廻されて
上句のハてハ空中へ
初て悟る其時ハ
後悔先きに立ぬなり

成るハ最と最と易けれど
忽ち国に社会党
起るハ鏡に見る如し
虻蜂取らずの丸潰れ
泥海にこそなるべけれ
大平海と成る迄ハ
革命以後の仏蘭西の
そこに心が付きたらバ
妄にしやべること勿れ
恐るべきもの多けれど
越したるものハあらぬかし
仲間入りこそあやふけれ
烈しく旋る時なるぞ
絡(ま)き込まれたら運の尽
頭ハいとゞぐら付きて
すき間もあらず廻ハされて
絡き上げられて落されて
早遅蒔の辣椒
颶風烈しく吹く時ハ

其吹く中へ過ちて　　船を入れぬが楫取の
上手とこそハ云ふべけれ　　政府の楫を取る者や
輿論を誘ふ人たちハ　　社会学をバ勉強し
能く慎みて軽卒に　　働かぬやう願ハしや

（傍線、筆者）

全八十七行にわたる長詩である。詩篇の内容に触れる前に、まず、スペンサーの考えが日本においてどのように受け入れられていたかをみておきたい。彼の哲学が、進化論的な適者生存の原理から諸現象を説明する哲学であるとは先に触れた通りであるが、その特徴は「政治はできるだけ国民に干渉しないこと国民各自の政治上及び道徳上の自由は保証されるべきこと、これらがスペンサーの根本的な考え方」[注3]であるとされている。このような側面はそのまま当時の自由民権運動の理念につながる。スペンサー哲学は当時の自由民権運動の理論的支柱になっていた。日本におけるスペンサー受容を整理すると、スペンサーが日本の社会学の主流を為していたのは、明治十年前後から三十年に至るまでである[注4]。十四年に出された、スペンサーの『社会平権論』（『Social Statics』松島剛訳、報告社）は、自由民権運動の根本的理論書として、板垣をして「民権の教科書」と言わしめるものであった。この翻訳書はかなり売れたようであり[注5]、当時の人々への影響力の強さがうかがえる。しかし、このような自由民権運動の理論書としての側面を持つスペンサーの思想が、一方ではまた反自由民権運動でなくとも、少なくても自由民権運動の積極的推進者とは見られない、外山の思想的バックボーンとなっていたことには注意を要する。それはスペンサーの思想の、現実社会に向き合った際に起きる二面性にその根拠があるようである。

内藤莞爾は「明治初年、スペンサー理論が、その有機体的漸進論の点からは絶対主義政府の御用哲学となり、また主権在民を説く点からは、自由民権論者のイデオロギーとなった」[注6]と説く。有機体漸進論というのは、「機能と分化の連帯」との点で社会を生物的な有機体との類似性の上に取り上げることである[注7]。すなわち国家社会の構成要素として個人がそれぞれ異なった機能を持つことで、全体を形作っていくという見方である。スペンサーは、社会の「進化」をそのような「集中」と「分化」という観点で捉えているのである。個の存在を、全体の構成要素として捉えるならば、これは誕生直後の明治政府にとって大変都合のよい考え方となる。つまり、社会を構成するために個の存在理由があることになり、その点からは個がそれぞれ勝手に自由な活動をすることは認められないということになる。そういった面が、スペンサー哲学の国家御用哲学側面といわれるものである。一方、「個人は細胞異なる自由の主体であり、社会はむしろ個人の福祉のために存するもの」という見方も併記されており、それは容易に自由民権派の理論的支柱に転じていくのである。

スペンサー思想が、当時の日本の社会状況下では反目する二つの立場の理論的支柱であることに対して、外山がどのような理解をし、またどのように自己の思想として消化していったかというのは、『新体詩抄』を考える上で重要なことになる。前出の猪野によれば、この「社会学の原理に題す」には「当時の自由民権運動に対する支配者層の意向が余りにもあらわに謳いあげられているという。そして、そこにはいわば、「上から」の文学改良運動そのものの本質もみられる」とされている。はたして外山は自由民権運動をどう捉えていたか。猪野の見解は外山が自由民権運動を否定していたかのように受け取れるが果たしてそうなのであろうか。まずその点をみていきたい。

確かにそう解釈できるくだりはある。詩篇の傍線部aの部分は、前の「社会の事に手を出して／何から何とせハをやく／責任重き役人」や「走り書きやらからしやべり／舌も廻ハらぬくせにして／天下の事ハ一と飲みと／法螺吹き立てゝ利口ぶる／新聞記者」を踏まえて次のように解することができる。「このようなものが多いと、「社会党」「虚無党」による革命がおき、社会混乱し、「秩序も建たず自由なく」なり、落ち着くまでに「百年」掛かるのはフランス革命の有様を見ても分かること」である。それ故に、「妄に手出しする勿れ／妄にしやべること勿れ」、ということであろう。確かに、暴力革命的な社会変革に対する批判はみて取ることはできる。しかし、ここではそれ故に「社会学」を学ぶことの大切さを標榜しているのであり、社会学の勉強を怠れば「革命以後の仏蘭西」のような「秩序も建たず自由なく／泥海にこそなる」ということである。ここからは自由民権運動への直接の否定は見られない。ここにあるのはあくまでも無秩序への回避の意図であり、それ故に「秩序も建たず自由なく」ということで、急進的な革命に対する批判と取ることができよう。

明治十年代に入って盛んになった自由民権運動は、十三年の暮れには国会開設期成同盟大会の代表が二十四万人の署名をもって、政府に即時国会開設を請願するほどの盛り上がりをみせる。また十四年七月から九月にかけて、藩閥の不正払い下げ事件を、都下の新聞雑誌は筆をそろえて攻撃。そのため国論沸騰し反政府運動が高まり、ついに十月国会開設の詔勅が下った[注8]。しかしこの頃から政府側の規制が強まり、十五年六月には「集会条例」の「追加改正令」施行により結社の解散・改組が強制的になされ、十二月には「太政官布告」によって地方民会闘争は非合法下に追い込まれている。『新体詩抄』はこの年八月に上梓され、また詩篇「社会学の原理に題す」は、初出の際、十五年四月の日付が付されている。これらを踏まえれば、「社会学の原理に題す」にも触れられているフランス革命的な危機勃発の危険性を、外山が意識していたと考えてよいだろう。この詩篇において外山は確かにフランス革命のような暴力革命は否定をしている。しかし、そのことは自由民権運動全般の否定とはなりえない。当時の自由民権の結社の傾向はフランス的な自由党系、イギリス的な改進党系の二系統に分けられる。柳田泉によれば、自由党は「フランス民政を理想とし、主権在民、反官、反帝王、急進過激、暴力革命是認、民権第一と自由平等をもってその立憲思想の基礎」としているという。一方、イギリス的な改進党は「自由平等は尊重するが、君主を認めての上のことで、自由党ほど過激ではな」く、「平和主義で、戦争暴力否定」であるとされる[注9]。この二つの考え方の大きな違いは、日本の現実に即して言えば、君主制の是非についてであろう。しかし先にも触れたように、日本の自由党は、過激な闘争により、明治政府の転覆までも画策してはいても、天皇制に対して穏便で、肯定的ですらあった。自由党が「フランス的」な傾向を有していたとしても、君主制、つまり天皇制については是認する立場にあったことは留意すべきことではないだろうか。またこの時期、前章で触れたように、自由党の志士、植木枝盛が外山との交友があったことも分かっている。にも関わらず、外山のこの立脚点が分かり難いのは確かである。そのことを明らかにするため、『新体詩抄』刊行から数ヵ月後の十六年一月から三月にかけて「東洋学芸雑誌」誌上で、外山が東京大学総理加藤弘之と、スペンサーの解釈を含む人権論で議論を戦わせた際の彼の発言を通して、彼のスペンサー理解と自由民権運動に対する考え方、特に穏和な自由民権運動への考えを抽出してみたい。

「人権」を巡る論争

外山対加藤の論戦のそもそものきっかけは加藤の「転向」にある。加藤弘之は明治三年に『天賦人権論』を出版し、「人権」というものは人間が生まれながらに持っているものであることを世に示した。しかし、十五年に突然、転向し、「人権」は人間が初めから持っているものではなく、競争による優勝劣敗の結果得られるものであるとする『人権新説』（明治十五年九月）を発表する。つまり、「人権」を所与のものとする自らの考えを全面的に否定するのである。この転向は自由民権論者から大きな非難を浴びる。そのような状況の中で、外山と加藤の「人権」を巡る論争が起きる。

論争は「東洋学芸雑誌」誌上で繰り広げられた。十六年一月、外山が加藤弘之の論に反駁して、加藤の『人権新説』が決して新しさを持っていないことを発表すると、次号の十六年二月で加藤は反論し、国家の存亡を左右するような天賦人権説への非難は多いが、静穏なる天賦人権説を批判している論はなく、自らの論のみが過激・静穏両方の天賦人権説を全的に否定している唯一のものだとする。加藤によれば、「過激なる天賦人権主義」とは「ルウソウ派若くは仏国顚覆党の如く人々個々何事に就いても自由なり平等なり杯云ふ事を主張する」ものであり、一方「静穏なる天賦人権主義」とは「吾人が皆実に人類たるに足る品位を保有して他の為めに妄りに非人、奴隷視せられざる」ことであるとされる。これは前者が自由党、後者が改進党を指すと考えてよいだろう。

加藤は「過激」「静穏」に関わらず、すべての「天賦人権主義」が誤っているのは、これらの根底に「吾人々類の真に他動物と同源に出でたるものなるを知らずして独り吾人々類のみは全く特殊貴重のものなりとの自惚れ心」があるからだと言う。つまり人間を他の動物と差別区別しているために人権を「天賦」のものと勘違いするのであるとみている。加藤は人間の自らに対する「高尊」の思いが、他動物を差別してそれらを自由に「使用し或は屠殺する」ことになるとして天賦人権説の全面否定をするのである。この否定の根拠に「進化主義」が据えられていることを見取るのはたやすい。加藤は「人間の真に他動物と本源を同くして本来は決して尊卑貴賤の別あるものに非ずと云うの理は近世進化主義に據て始て明瞭となれる事」と、進化論を根拠にして「天賦人権主義」が成立しないことを述べる。

彼動物世界に行はるゝ競争淘汰の作用も亦吾人々類世界に行はるべく而して競争淘汰の動物世界に行はるゝは動物遺伝と変化とに於て優劣の等差あるより優者劣者の別起るに源するものなれば、此事も亦吾人々類に於て同一なるべきは当然の理と云はざるべからず。果て然らば吾人個々の身心は本来互に優劣強弱ありて決して平等なるにあらざるものなれば優者劣者の競争に於て優者が勝ち劣者が敗るるは決して動すべからざる万物法の定規たる事明かにして、是れ即ち人々個々に天賦人権存せざる所以の最も確明なる証とすべきなり。

（「東洋学芸雑誌」十七号、明治十六年二月）

加藤がここで展開した進化論はすぐに外山の再反駁を許すことになる。外山正一は翌月号にて反論する。「負惜の強き人権新説著者に質し併せてスペンセル氏の為に冤を解く」と題された反論から、外山の進化論理解、そして自由民権運動に対する立場が明らかになる。

外山は、「余が加藤氏に返して主張する所の論旨は左の如し」として、次のように示す。

第一　近時の進化主義者にあらざるものにも静穏なる天賦人権主義を駁撃せしものあること

第二　ベンサム等は特に過激なる天賦人権主義を排撃せしものにあらずして総て天賦人権主義を排撃せしものになること

第三　スペンセル氏は吾人々類は他動物而已ならず植物と同源に出でたるものなるを主張する人なること

第四　静穏なる天賦人権主義を駁撃するものは加藤氏並に一二の独逸人に限らざること

第五　加藤氏こそ却つて過激なる天賦人権主義而已を駁撃せられし人の如く見ゆること

第六　加藤氏は最初は進化主義者にあらざるものの中にも静穏なる天賦人権主義を駁撃せしものもありと思はれしか　但しは似て非なる非天賦人権主義者流を探し出さんと骨を折られしに相違なきこと

第七　加藤氏の進化主義は甚だ怪しきものなること

外山が「第一」として挙げたのは、静穏なる天賦人権主義（穏やかな自由民権論者）に反論するものは進化論者とは限らない、ということになろうか。具体的に「ミル氏の如き進化主義家にあらざるものの中にも随分静穏なる天賦人権主義を駁撃するもの」がいると述べる。すなわち静穏なる天賦人権主義に反駁するのに特に進化論は必要ない、ということになる。

「第二」は加藤が「静穏なる天賦人権主義」批判をした初めの人物でないことを示し、「ベンサム」を例に挙げて主張する。ベンサムが「仏国転覆党に関して天賦人権主義而巳を駁撃」していることから、加藤は彼を「過激なる天賦人権主義」のみを批判していると勘違いしているようだが、実際は全ての「天賦人権主義」を批判しているのだという。

この二つの反論は、加藤論のプライオリティーに関する批判に過ぎず、本質の批判にはなり得ていないだろう。

「第三、六、七」では、加藤の進化論理解に対する批判が展開される。加藤は進化論とは相入れない、「劣勝優敗」という考えをしているという。外山によれば「虚無主義者は果て劣者ならば此輩が勝を得んことは固より出来ざること」なので、それを「恐怖する理」はないとする。そして、「優勝劣敗」の法則は常に続いているので、優者には、優者たるべき理由が必ずあると指摘する。

往年仏国の転覆党の如き現時諸邦の社会党の如き、一秒時間と雖も存在すべき理由なくして存在せんものにはあらざるなり、其存在する時に当て存在すべからざるものが存在する杯と思ふは甚だ不條理なる考なりもし「転覆党」が存在するときは、それが存在する理由が必ずある、ということである。したがって、加藤が「劣者」である「虚無党」「転覆党」を恐れているのは、進化論と矛盾するというのである。

この外山の主張から、彼の進化論理解の一端を読み取ることができるだろう。つまり、「優勝劣敗」の法則が支配する社会において、「優れたもの」は「存在すべき理由」を持つことで存在しているという考えである。これは確かにスペンサーの思想であり、詩篇「社会学の原理に題す」からも読み取れる考えである。そしてこの考え方によれば、現前の事象はすべて否定できないことになる。

自由民権運動との関わり

それでは現実の自由民権運動に対して外山はどうであったか。詩篇「社会学の原理に題す」では確かにフランス革命を否定的に描いてはいるが、それは現前に起こり得ている事象ではない。起きていないことへの意見である。そして現前にあるのは、自由民権への人々の運動である。彼の「優勝劣敗」の原則からみれば、現前に展開している、自由民権運動自体はそれなりに「存在すべき理由」を持っているということになる。つまり彼の考え方は、そのようなプラグマティックな特徴を持っているといってよいだろう。詩篇の、「勿ち国に社会党／尚ほ恐ろしき虚無党の／起こるハ／鏡にみる如し」とあるのは、未だおきていない社会の混乱に対してである。現前にないもの、つまり未だ起こっていないものに対しての警告である。ここで述べられるのは、「社会党・虚無党」が存在する理由を作ることへの警戒で、それには「新聞記者や演説家」がスペンサーの「社会学の原理」を勉強すれば起きないということが述べられているのである。「適者生存」という「真理」が広がれば、フランス革命的混乱は起きないというのである。

前章でも触れたが、自由民権運動の指導者の一人である植木枝盛とは、実際に交流があり、植木は十五年十月二十五日には東京大学学位授与式に招かれているが、その三日前に「天賦人権論」を脱稿している。そこには、スペンサーの考えが色濃く反映している。

越智治雄は「「新体詩抄」の背景」[注10]の中で、「スペンサーの、そして外山の発想の基本的図式が表現されている」として外山の「政府職権の範囲」を引用しているが、それを次に引く。

自然の物を観るに皆な厳しい訓練を受けないものはありませんが、其訓練は少しむごいものではありますが、それは却て深切な為であります。下等動物の間に一般に行わるる弱肉強食の競争は仁者の往々心を悩ます所ですが、情実上より考へれば其実は却て慈悲の深き恩典であります。老衰して生き甲斐もない草食動物に取つては堪へ難き苦痛の間に余命を繋ぎ上句のはてに、餓死をするよりは、寧ろ肉食動物の為に一と思ひに食ひ殺されてしまう方が、却てよう御座いませう、斯くて一方に於ては生活が荷にならざる中に生活を絶ち、又一方に於てはまだ快楽の多き若手の為に席を明くる訳にて此交代にて動物の快楽は出来るものであります。其上に、此の優勝劣敗の法は動物を改良して、周囲の事情に善く適して、最も多く幸福を出来す様な動物のみ残す様なものであります。

「これはまさに俗解でしかない」(越智)見解である。越智によれば、スペンサー本人が日本人を劣敗の民族とみていたことを、外山は知っていたという。日本という劣国が生き残るには進化する状況をいかに作るかに腐心しなければならず、越智のいうようにそこには、「教育法も、法律も、政治も、陸軍も、文芸も、文学も、そして兵備と詩を同じ場所で考えるというほど外山の仕事の特徴を説明するものはない」ということになる。競争して負けないようにする、明治ナショナリズムの源流と詩のルーツが密着している様相がそこには見られる。これはたとえば「漢字破」（明治十七年十一月）に見られるような、自国の文化・言語などを守る意味のナショナリズムではなく、生き残るための切実なナショナリズムの発動と捉えてもよいだろう。その意味では、やはり越智も指摘しているのだが、外山の考えは自由民権運動と「無関係」ではなく、むしろ自由民権運動がそののちに進んだ、外国との平等と同じ位相にいたと言えるのではないだろうか[注11]。

外山が直接に自由民権運動を否定していないのも、一つは先に触れたように、存在しているものは存在理由があるからという彼のスペンサー進化論の理解によるものであろうし、二つには、まず、西欧に追いつかなければ、日本の存立が危なくなると感じ取ったことが根底にあり、それにスペンサー的なものの見方が一致して、外山の思考のベクトルが形成されたためと考えるべきであろう。自由民権運動との関わりについても、そのような立場であったと推測できる。

[注1]　太田三郎『比較文学』（研究社出版）、昭和三十年七月

[注2]　猪野謙二『明治の作家』（岩波書店）、昭和四十一年十一月

[注3]　[注1]に同じ。

[注4]　馬場明男「日本社会学――スペンサーとコント――」（『日本大学創立七十年記念論文集』第一巻）、昭和三十五年十月

[注5]　予想外の売行きのため、訳者松島剛は、翻訳料二十五円の代わりに二千五百円を受けとることになった。また自由民権運動の指導をしていた土佐の立志社からは数百部ずつ電報で注文がされ、加波山事件に加わったあるものは、この一書を読んで一味に加わることを決意したという。（清水幾太郎、世界の名著三十六『コント・スペンサー』解説、中央公論社、昭和四十五年二月）

［注6］内藤莞爾 講座社会学第九巻『社会学の歴史と方法』（東京大学出版会）、昭和三十三年七月

［注7］馬場明男によれば、スペンサーの「有機体漸進論」というのは、次の通り。「スペンサーの進化概念は物質の集中作用と分化作用であつた。彼の著述「第一原理」はこの進化法則である集中作用と分化作用とを取り扱つたものであった。進化はこの集中作用から分化作用にいたる変化を示すとともに、同質状態から異質状的状態にいたる変化が行われる。彼はこの進化法則にしたがつて無機物から有機物の進化を、そして最後に超有機、すなはち社会有機体を説明した。」

［注8］明治二十三年に国会開設することが確約された。［注4］参照。

［注9］柳田泉「政治小説の一般」（『明治文学全集』第五巻、昭和四十一年十月）。柳田によれば十三年以後の政治小説の背景である政党は次のように区分できるという。以下に柳田の政党の分類と性質分析を引いておく。「自由党、それは、今もいう通り急進主義で、フランス民政を理想とし、主権在民、反官、反帝王、急進過激、革命暴力是認、民権第一と自由平等をもってその立憲思想の基盤とする。」、「改進党にいくと、万事イギリス式で、主権在官民とはいうが、立憲政治の基礎は国会即ち議会にあるとみる。自由党に比べると漸進ではあるが、然し政府官僚に比べると、やはり急進、革新的色彩がつよい。自由平等は尊重するが、君主を認めての上のことで、自由党ほど過激ではない。平和主義で、戦争暴力否定ではあるが、国防をゆるがせにするというのではない。中央集権を抑え、地方自治を主張する。」、「帝政党は、漸進主義で、いわれる如く保守頑固主義ではないが、その立憲主義、その憲法論、主権論、すべて政府と同調し、政府を保護し、果ては政府の政策を弁護する余り、薩長藩閥までも弁護し、軍人政治出現の道を開いたところが見える。然し彼等自身、歴史的ナショナリズムをもって任じていたところも見えるが、然しそのナショナリズムは、却って政府が大いに迷惑がるところでもあった。それで三党の中でも一番気勢が揚がらなかった。」このうち「自由と改進は民権的、帝政党は官権的」であり、民権の内でも自由党が「最も急進」とされている。

［注10］「国語と国文学」、昭和三十一年十一月

［注11］『新体詩抄』と自由民権運動との関係を述べたものに、矢野峰人「創始期の新体詩」（『明治文学全集』第六十巻「明治詩人集（一）」、昭和四十七年十二月）がある。矢野によれば「社会学の原理に題す」の後を継いだのは、明治十九年の小室屈山「自由の歌」（『新体詩歌』第一集）「外交の歌」（同第二集）、そして同二十年、植木枝盛『自由

詞林』などであるとされる。注目すべき捉え方である。

第四章　新体詩流行の背景と軍歌

――明治期学校教育における力学――

前章までに、新体詩の持つ忠君愛国の念と自由民権運動に対する思いをみてきたが、十三年を頂点として、十四、十五年と全盛を経て十七年十月の自由党解党に表されるように衰退をしていく自由民権運動は、黎明期の近代日本の振幅を示している。しかし自由民権運動の季節が終わり国家体制が強化されていくと、新体詩には新たな役割が与えられていく。本章では十九年頃に起きた「新体詩ブーム」をみることで、新体詩が国家体制に組み込まれていくプロセスをみていきたい。

新体詩が短期間のうちに流布し、若者を中心に認知されていったことはよく知られているが、なぜ短期間で人々に認知され、急速に受容されていったのかについては、これまであまり明らかにされてこなかった。本章では、明治十九年に発布された「学校令」(「小学校令」、「中学校令」「師範学校令」)が大きな役割を担っていたこと、またそのような政治的意図により作り出された「新体詩ブーム」が、教育現場にどのような影響を与えていったのかについて述べていきたい。

新体詩というジャンルが人々に知られるようになったのは、十五年八月刊の『新体詩抄』によってである。

もちろん、『新体詩抄』に収められた詩篇は、「東洋学芸雑誌」を中心としたいくつかの雑誌に既に発表されたものなので、『新体詩抄』によって新体詩が成立したということはできない。ただ、新体詩が文芸の一ジャンルとして人々に認知される契機を作ったのは、『新体詩抄』であるという見方は首肯してよいだろう。そしてその新体詩は、「夫レ明治ノ歌ハ明治ノ歌ナルベシ、古歌ナルベカラズ」（井上哲次郎）という言葉にある通り、「明治ノ歌」として、人々に認知されていった。新体詩が全国に、飛躍的に広がった例として、国木田独歩の『抒情詩』（明治三十年四月）序の一節がよく挙げられる。

斯る時、井上外山両博士等の主唱編輯にかゝはる『新体詩抄』出づ。嘲笑は四方より起りき。（中略）『われは官軍わが敵は』てふ没趣味の軍歌すら到る処の小学校生徒をして足並み揃へて高唱せしめき。

『新体詩抄』のみならず、後続の新体詩集についても、「調子変はりの名作ひきもきらず現はれ出で、寒村僻地の隅々にもその声を聴くに至りしは、実に盛んなる事にぞある。」（大和田建樹編『新調唱歌　詩人の春』序文、明治二十年九月）とその隆盛を知ることができる。

このように「到る処」、「寒村僻地の隅々」にまで新体詩は広がったようで、杉本邦子はこれを「新体詩ブーム」[注1]と読んでいる。確かに当時「新体詩ブーム」ともいうべき状況が生み出されていたと言えよう。さて、問題は、このような「新体詩ブーム」の内実がいかなるものなのか、またなぜこのような「ブーム」が起こったのか、ということにある。新体詩の流行に関しては、第二章で触れた『新体詩歌』が大きく関わっている。

先にも触れた通り、『新体詩歌』は、十五年十月から十六年末にかけて、第一集から第五集まで発行された、創作詩・訳詩からなる新体詩五十二篇を収めたアンソロジーである[注2]。『新体詩抄』の詩篇を再録した点からも、『新体詩歌』は『新体詩抄』の後を継いだ詩集と言えるのだが、この『新体詩歌』は、十九〜二十年前後に、第一集から第五集までを纏めた合本形式で数多く流布している。現在残されている合本だけでも、版元、サイズ、装幀、組版を違えたものが三十余種あり、当時の多くの書肆がこぞって『新体詩歌』合本の出版に傾注していたことがうかがわれるのである。つまり「新体詩ブーム」とは、実質、合本『新体詩歌』ブームと言い換えることができるほどなのである。そのような疑問が生起するのは、なぜこの二十年前後に『新体詩歌』が多く読まれ、また多くの出版社が版を重ねたのだろうか。なぜこの時期にという問いと共に、十六年には第五集の出版を終えた『新体詩歌』が、何年かの空白期を経て、改めて十九年から大量出版されたことに対して不自然さを感じるからである。この極めて不自然な現象には何らかの背景があると考えてよいだろう。

本章では、これらの現象を明らかにするため、『新体詩歌』合本の成立とその流通事情を探り、さらには、そのような現象を生みだした隣接メディアとの関係、また、それらを取り巻く社会的、政治的背景にまで論を進めていきたい。

『新体詩歌』合本群の成立

まず、『新体詩歌』が、この時期どのように読まれていたかを、いくつかの回想によって明らかにしたい。

少し後になつて袖珍本『新体詩歌』（明治十九年版）が出た。この廉価本は恐らく偽版で、内容に雑駁の嫌ひはあるが、「新体詩抄」中の創作翻訳は悉く載せてある。わたくしたちの手に渡つたのはこの本である。わたくしはその当時、姉と二人で競つて、何がなしに集中の詩を暗唱してゐた。わたしはその中でも異彩を放つ翻訳の詩を殊に好んだ。／山々かすみいりあひの／鐘はなりつゝ野の牛は／徐に歩み帰り行く……

／やがて羊の鈴が聞え、梟が月に訴ふるといふその詩のはじめの方の句が、今でも切れ切れながら口拍子に乗つて思はず吟じ出されることがある。これはグレイが数年刻苦の作として聞ゆる「墳上感懐の詩」である。（中略）調子が急に勇壮になる。テニスンの「軽騎隊進撃の詩」に移つたからである。／またどうかするに「自由の歌」を歌ふ。激越な字句が快心に聞える。

これは、三十年代に象徴詩人として名をはせた蒲原有明の回想である[注3]。当時の若者が新体詩の暗唱を競っていた様子がうかがわれる。十九年の「袖珍本」とあることから分かるように、ここで読まれた『新体詩歌』は合本のものである。

また江見水蔭は『明治文学史』（昭和二年十月）で次のように回想している。

その頃の学生で、外山正一他先生の『新体詩抄』といふ袖珍本を読まぬ者は、殆ど無いといつても好かつた。太平記の――落花の雪に踏み迷う――や、西南戦争の『抜刀隊』や、テニソンの『軽騎隊の歌』や、ロングフエローの『墓畔の歌』や、ごツちやに編成したまゝであつた。

これも当時の若者が新体詩を好んで読んでいたという事実を明らかにするが、ここに出てくる『新体詩抄』が実は『新体詩歌』であることに注意したい[注4]。それは、『新体詩抄』には「太平記」の詩篇はなく、『新体詩歌』所収の「俊基朝臣東下」がそれに当たること、また多くの詩篇を「ごツちやに編成」してある合本として想定できるのは、まさに『新体詩歌』に他ならないからである。

土井晩翠も、少年期にグレイの「哀歌」（「グレー氏墳上感懐の詩」）に感銘したことを述べている。

前の「新体詩抄」及び之から出発した竹内節の新体詩歌に帰るが、其中に井上博士はロングフエローの『人生の歌』を訳した。此原詩は米国の少年達は皆悉く暗誦して居るだらう。日本の少年達もさうするがよい。霊魂不滅と敬神と発奮努力と希望とを歌つてゐる。後に相模の海岸で溺死した矢田部理學博士は尚今居士の號でグレイの『哀歌（エレヂイ）』を譯した。／『山々かすみ入相の・鐘は鳴りつつ野の牛は・徐に歩み歸り行く・耕す人もうち疲れ・やうやく去りてわれ獨り・たそがれ時に殘りけり。』（首節）／『此處に生れてこゝに死に・都の春を知らざれば・其身は淨き蓮の花・思は澄める秋の月・實（げ）に厭ふべき世の塵の・心に染みしことぞなき』（十九節）／『これより外に此人の・善悪ともになほ深く・尋ぬるとても詮は無し・たましひ既に天に帰し・後の望を抱きつつ・神にまぢかく侍るなり』（終節）／恐らく当時第一の好訳詩であらう。曰ふ迄もなく原詩は不朽の傑作である。私は十四五歳の頃、この譯詩を非常に愛讀した。そして親戚の庄司（當時駒場農学校生「わかもと」の澤田博士の友）が原詩を有したのを借りて来て覚束なくも読んで見た、或は寧ろ（当時やつとABCを習つたばかりだから）眺めたといふ方が正しからう。西詩に対する私の愛好は多分これからであつただらう。／『ハムレット』中の有名の獨語“To be or not to be......”の譯も詩抄中にあつた。

（「新詩発生時代の思ひ出」、昭和十年七月）

「私は十四五歳の頃、この訳詩を非常に愛読した」ということからすると、明治四年生まれの晩翠にとって、これも十八、十九年の出来事ということになり、読んでいたのは『新体詩歌』と考えてよいだろう。

これらの回想から分かるのは、『新体詩歌』合本が確かに明治二十年前後に、多くの人々に読まれていたという事実である。『新体詩歌』発行状況に関して私に纏めた表（表1）を次頁に挙げたい。

表1　『新体詩歌』発行状況

販売所	出版地	定価	所在	『軍歌』との関係
発兌書林　東京　山中市兵衛吉川半七　小笠原書房　大阪　柳原喜兵衛　岡嶋新七　静岡　廣瀬市蔵　甲府　徴古堂	山梨県	12銭	甲州文庫 （書目集成）	岡嶋新七、明19.8に『軍歌』A（真北）を発行
発兌書林　東京　山中市兵衛吉川半七　小笠原書房　大阪柳原喜兵衛　岡嶋新七　静岡廣瀬市蔵　甲府　徴古堂		12銭	甲州文庫 （書目集成）	岡嶋新七（真七）、明19.8に『軍歌』Aを発行
製本発兌　甲府徴古堂　売弘書林　東京　山中市兵衛　吉川半七　春陽堂　大阪　岡嶋真七静岡　廣瀬市蔵　甲府　芳文堂		12銭	甲州文庫	芳文堂、明20.1に『軍歌』Bを発行
発兌書林　東京　山中市兵衛吉川半七　小笠原書房　大阪柳原喜兵衛　岡嶋新七　静岡廣瀬市蔵　甲府　徴古堂	山梨県	12銭	書目集成 国会図書館	岡嶋新七（真七）、明19.8に『軍歌』Aを発行
製本発兌　甲府徴古堂		12銭	高森文庫（高知） 山梨文学館	
発兌書林　東京　山中市兵衛吉川半七　厳々堂　青陽堂　甲府　徴古堂甲府書林　徴古堂印行	山梨県	12銭	甲州文庫 高森文庫（高知） 山梨文学館 （書目集成）	
		8銭	甲州文庫	
	山梨県	8銭	書目集成	
	東京府	30銭	日本近代文学館 書目集成	
	東京府	30銭	書目集成	
	東京府	20銭	日本近代文学館	
売捌人　青木鏈之助 京橋区南拐町一番地	東京府	20銭	国会図書館	
	東京府	15銭	国会図書館 書目集成	

書名	出版年月	形態	編　者	出版者・住所
新体詩歌　一集	明15.10 （明15.11）	出版	編輯兼出板人 和歌山県平民 竹内隆信	竹内隆信 山梨県下北都留郡甲東村百十一番地寄留
新体詩歌　二集	明15.12 （明16.1）	出版	編輯兼出版人 和歌山県平民 竹内隆信	竹内隆信 山梨県下北都留郡甲東村百十一番地寄留
新体詩歌　三集	明16.□ （奥付：明治十五年十月三日御届）	出版	編輯兼出版人 和歌山県平民 竹内隆信	山梨県下北都留郡甲東村百十一番地寄留
新体詩歌　三集	明16. 4	出版	編輯兼出版人 和歌山県平民 竹内隆信	竹内隆信 山梨県下北都留郡甲東村百十一番地寄留
新体詩歌　五集	明16.□ （奥付：明治十五年十月三日御届）		編輯兼出版人 和歌山県平民 竹内隆信	竹内隆信 下北都留郡甲東村百十一番地寄留
新体詩歌　四集	明16.6 （明16.9）	出版	編輯兼出版人 和歌山県平民 竹内隆信	竹内隆信 山梨県下北都留郡甲東村百十一番地
新体詩歌　五集	明□．8 （奥付：明治十七年五月廿三日翻刻御届）	出版	編輯兼原版 和歌山県平民 竹内隆信	翻刻人 山梨県平民　内藤伝右衛門 西山梨郡常盤町四番地
新体詩歌　三集	明17. 9	反刻	竹内隆信編輯	内藤伝右衛門
新体詩歌 （和楽堂）	明19.2	反刻	竹内隆信編輯	夏目鉉三郎 本郷区湯島三組町
新体詩歌 （和楽堂）	明19.4	反刻 再版	竹内隆信編輯	夏目鉉三郎 本郷区湯島三組町
新体詩歌 （春祥堂）	明19.4	反刻	竹内隆信編輯	近藤音次郎 京橋区弥左衛門町 阪本金次郎 京橋区銀座四丁目四番地
新体詩歌 （有楽堂）	明19.4	反刻	竹内隆信編輯	近藤音次郎 京橋区弥左江門町七番丸山方
新体詩歌 （春庭堂）	明19.4	反刻	竹内隆信編輯	大庭新八 神田区材木町

以下、合本（明19.2 和楽堂本以降の各行）

販売所	出版地	定価	所在	『軍歌』との関係
発兌元　鶴声社 辻岡文助（横山町三丁目）	東京府	25銭	国会図書館 日本近代文学館 書目集成	
	東京府	10銭	国会図書館 日本近代文学館 書目集成	
吉田卯太郎（宮城県仙台国分町三丁目百二十七番地）野村銀二郎（京橋区鎗屋町十四番地）	東京府	25銭	日本近代文学館 （書目集成）	伊東、吉田、野村、明19.6に『軍歌』Cを発行
吉田卯太郎（宮城県仙台国分町三丁目百廿七番地）		15銭	日本近代文学館 （書目集成）	伊東、吉田、明19.6に『軍歌』Cを発行
	愛知県	25銭	国会図書館 （書目集成）	木田吉太郎、明25.9に『軍歌一萬集』発行、「新体詩歌」の入集多し
	東京府	25銭	国会図書館 （書目集成）	
	大阪府	15銭	国会図書館 （書目集成）	津田市松、明19.8『軍歌』Dを発行
	東京府		国会図書館	
	東京府	15銭	国会図書館 書目集成	野村、伊東、吉田、明19.6『軍歌』Cを発行
	大阪府	25銭	国会図書館 書目集成	三谷平助、明19.8『軍歌』Eを発行
精文堂 川勝徳治郎（京都寺町通綾小路南入）		25銭	日本近代文学館	川勝徳治郎、明19.8『軍歌』F、明21.3に『新撰軍歌抄』Gを発行
船井弘文堂	兵庫県	6銭	国会図書館 書目集成	船井弘文堂、明19.11に『軍歌』Hを発行
開文堂	東京府	5銭	国会図書館 書目集成	吉澤富太郎明19.10『軍歌』Iを発行
	大阪府		国会図書館 都立中央図書館 6版（明26.5）	津田は明19.8「新体詩歌」出版、本集へ「新体詩歌」多く入集
	大阪府		国会図書館	表紙に［学園の信友］とある

書名	出版年月	形態	編　者	出版者・住所
新体詩歌 （鶴声社）	明 19.4	反刻	竹内隆信編輯（竹内節編小室屈山閲）	本田清三郎 浅草区元鳥越町十一番地
新体詩歌 （金泉堂）	明 19.5	反刻	竹内隆信編輯	鈴木金次郎 日本橋区通一丁目一番地
新体詩歌 （晴庭堂）	明 19.6 （明 19.7）	反刻	竹内節編輯	伊東留吉 芝区兼房町十一番地
新体詩歌 （二葉堂）	明 19.6	反刻	竹内隆信編輯	伊東留吉 芝区兼房町十一番地
新体詩歌 （東雲堂）	明 19.6 （明 19.8）	反刻	竹内節編輯	木田吉太郎 名古屋区本町
新体詩歌 （三香堂）	明 19.7 （明 19.8）	反刻	竹内隆信編輯	三好守雄 日本橋区亀井町十七番寄留
新体詩歌 （耕雲閣）	明 19.8 （明 19.10）	反刻	竹内節編 小室屈山閲	津田市松 府下東区安土町二丁目廿七番地
新体詩選 （春陽堂）	明 19.9		竹内隆信編	
新体詩歌 （二葉堂）	明 19.10	反刻	竹内隆信編輯	野村銀治郎 京橋区鎗屋町十四番地
新体詩歌	明 19.10	反刻	竹内隆信編輯	三谷平助 東区安土町四丁目
新体詩歌 （鴻寶堂）	明 20.2	反刻	竹内隆信編輯	高橋平三郎 東京日本橋区村松町七番地
新体詩歌 （船井弘文堂）	明 20.2	反刻	竹内隆信編	山川霍吉 摂津国神戸区浜宇治野町六十七番地
新体詩歌 （開文堂）	明 20.4	反刻	竹内隆信編輯	吉澤富太郎 本所区松井町三丁目十番地
明治新体詩歌選	明 20.4		佐藤雄治（碌々庵居士）編	津田市松
新体詩歌 （井上臧版）	明 25.6		竹内隆信編輯	井上市松

これらは国立国会図書館、山梨県立文学館（甲州文庫）、日本近代文学館所蔵によるもの、または『明治前期書目集成』等によって確認されたものである。左より順に、書名、出版年月、出版者、販売所（取次）、定価等を記した。この表から分かるように、十九年二月の和楽堂版が出てから、四月に同じく和楽堂版、そして春祥堂版、有楽堂版、鶴声堂版から、と五点、以後五月一点、六月三点、七月一点、八月一点……とほぼ毎月さまざまな出版元から『新体詩歌』合本が出されていることが分かる。また取次店も東北（仙台）から関西（神戸）と広きにわたっており、それだけ広範に多量の『新体詩歌』合本が流通していたことが分かる。これらが当時出された『新体詩歌』合本の全てではないだろうが、おおよそ「新体詩ブーム」と言われている現象は、ここに示された『新体詩歌』合本の異本群の大量出版とその流通と言ってよいだろう。

明治十九年における『軍歌』の大量出版

明治初期の書物の出版状況を知る手掛かりとして、当時内務省図書局が出した「出版書物月報」がある[注5]。この「出版書物月報」は、内務省に版権の有無等も含めて、出版許可の届けを出したものの記録であるが、ここから当時の書物の出版状況がある程度推測できる。それによれば、『新体詩歌』異本群が成立し始めた、十九年四月から、『軍歌』も矢継ぎ早に出版されていることが分かる。これもいくつかのバリアントを含みながらも、基本的には、有則軒から出された河井源蔵編『軍歌』（以下、河井版『軍歌』）の異本として出版されている。河井源蔵については、詳しいことは分かっていないが、ただ、十七、十八年における体操伝習所の「体操之部」の教科書に、河井が編輯した『体操教練書』（明治十六年五月）が使われた記録がある。また二十年代に主に陸軍関係の書物の編著者としてその名をみることができる[注6]。

軍歌と言えば、『新体詩抄』所収の「抜刀隊の歌」が、十八年に陸軍軍学楽長であったフランス人ルルーによって「軍歌」とされたのが有名だが、同年末には正式に「陸海軍喇叭吹奏歌」が制定されている。それが河井編『軍歌』の出版に繋がったと考えられるが、その詳しい経緯は分かってはいない[注7]。

『軍歌』の内容は、「喇叭吹奏歌」として、「君が代」「海ゆかば」「皇御国」「国の鎮め」「命を捨てゝ」「扶桑歌」「あらきいはね」「おほ君の」「ふきなす笛」の九篇、また「左の諸篇は吹奏歌の号中に非ずといへども亦鼓勇の一助に」として、詩篇「軍歌」「抜刀隊の歌」「行軍歌」「進軍歌」「軍旗の歌」「扶桑歌」「復古の歌」「カムプベル氏英国海軍の歌」「テニソン氏軽騎隊進撃の歌」「楠正成桜井駅に於て正行へ遺訓の歌」「小楠公を詠ずるの歌」「詠史」「日本魂」の十三篇、計二十二篇が収められている。このうち、先に触れた「抜刀隊の歌」「カムプベル氏英国海軍の歌」「テニソン氏軽騎隊の歌」が既に『新体詩抄』、『新体詩歌』に収められていた詩篇で、また「楠正成桜井駅に於て正行へ遺訓の歌」「小楠公を詠ずる歌」「詠史」が『新体詩歌』のみに収められた詩篇であるので、河井編『軍歌』は、すでに当初より新体詩（『新体詩抄』、『新体詩歌』）を含み込んでいる「詩歌集」であったと言える。そして『軍歌』異本群も内容はほぼ河井版『軍歌』を踏襲している。

次に軍歌の出版状況に関する表（表2）を挙げたい[注8]。


『軍歌』異本群は、十九年四月に東京・有則軒から出されたのを皮切りに、翌五月には七点、六月には四点、と十九年末までに五十点余出版されている。これらの多くは異なる出版元から、それぞれ別に版を組んで出されており、その点でも『新体詩歌』異本群と、『軍歌』異本群は、ほぼ同等の成立過程を経ていることが分かる。

さらに、ここで注目したいのは、『新体詩歌』と『軍歌』という二つの異本群の多くが、同じ版元から出版されているという事実である。『新体詩歌』を出した出版元は、ほとんど時期を同じくして『軍歌』も出しているのである。表2の左欄のA～Hと、表1右欄「『軍歌』との関係」を照合すれば、『新体詩歌』と『軍歌』

表2『軍歌』発行状況（国会図書館蔵）

タイトル	発年月	編者	出版者	出版地	備　考
軍歌	明19.4	河井源蔵編	有則軒	東京	
軍歌	明19.5		錦松堂 （平野伝吉）	東京	元版人：河井源蔵
軍歌	明19.5		近藤新太郎	東京	
軍歌	明19.5	河井源蔵編	土田吉五郎	東京	
軍歌集	明19.5	斎藤善友編	浅野三藏	仙台	
★軍歌集	明19.5	井上茂兵衛編	井上茂兵衛	東京	『新体詩歌』からの入集多し
軍歌	明19.5		星野瀬平	長岡	
軍歌	明19.5		堀口音次郎	東京	原板人：河井源蔵
C 軍歌	**明19.6**		**伊東留吉**	**東京**	
軍歌	明19.6		長谷川繁三郎	京都	
軍歌	明19.6		丸山伝三郎	東京	元版：河井源蔵
軍歌集	明19.6		浅野三郎	仙台	原版：斎藤善友
軍歌	明19.7		東浦栄二郎	甲府	元版：河井源蔵
軍歌	明19.7	都村源吉編	丸亀活版所	丸亀	
新撰軍歌抄	明19.7	大場景陽編	多田直勝	東京	
A 軍歌	**明19.8**		**岡島真七**	**大阪**	
F 軍歌	**明19.8**		**鴻宝堂 （川勝徳治郎）**	**京都**	
軍歌	明19.8		小島鋒一郎	埼玉 鴻巣町	原版：河井源蔵
軍歌	明19.8		（関谷初太郎）	東京	原版：河井源蔵
軍歌	明19.8		田中作治郎	東京	
D 軍歌	**明19.8**		**耕雲閣 （津田市松）**	大阪	
軍歌	明19.8		藤田信義	京都 亀岡町	
E 軍歌	**明19.8**		**三谷平助**	**大阪**	**原版：長谷川繁三郎**
軍歌	明19.9		金田仙吉	東京	原版：河井源蔵
軍歌	明19.9		佐藤音三郎	名古屋	
軍歌	明19.9		鈴木喜右衛門	東京	元版：河井源蔵
軍歌	明19.9		矢田藤兵衛	名古屋	元版：河井源蔵
喇叭吹奏歌軍歌	明19.9		小寺庄太郎	名古屋	原版：河井源蔵
I 軍歌	**明19.10**		**開文堂 （吉澤富太郎）**	**東京**	**原版：河井源蔵**
軍歌	明19.10		（関谷初太郎）	東京	再版
軍歌	明19.10		土屋豊丸	甲府	原版：河井源蔵
軍歌	明19.10		中村芳松	大阪	
軍歌	明19.11		蓄善館 （小川新助）	大阪	
軍歌	明19.11		内藤加我	東京	原版：河井源蔵
H 軍歌	**明19.11**		**舟井弘文堂 （山川霍吉）**	**神戸**	**原版：河井源蔵**

タイトル	発年月	編者	出版者	出版地	備　考
軍歌	明19.11		開文堂	東京	原版：河井源蔵
軍歌	明19.11	水野義三郎編	水野義三郎	富山	
軍歌	明19.11		世渡谷文吉	徳島	原版：長谷川繁三郎
傍訓軍歌	明19.11	牧野一平編	雲根堂	金沢	
軍歌	明19.12		桜井忠七	松江	原版：長谷川繁三郎
軍歌	明19.12		嵯峨野彦太郎	東京	原版：河井源蔵
軍歌	明19.12		辻岡文助	東京	原版：河井源蔵
軍歌	明19.12		寺尾新平	熊本	
軍歌	明19.12		西村虎太郎	名古屋	原版：河井源蔵
軍歌	明19.12	上山松蔵編	宮川博古堂	山口 山口町	装丁和装
新選軍歌抄	明19.12	大庭景陽（雲心酔士）編	西門次郎兵衛	大阪	
新撰軍歌抄	明19.12	大庭景陽編	三谷平助	大阪	
帝国軍歌選	明19.12	三尾重定著	興学書院	東京	2版初版：明治19年9月刊
軍歌	明20.1		石丸弘人	宇治山田	原版：河井源蔵
軍歌	明20.1		榊原友吉	東京	原版：河井源蔵
軍歌	明20.1	中越久二編	中越久二	金沢	和装
B 軍歌	**明20.1**		**芳文堂** **（青柳詢一郎）**	**甲府**	**原版：河井源蔵**
軍歌集：附・詩集	明20.1	八百久太郎編	倉知新吾	金沢	
喇叭吹奏歌軍歌	明20.1		寺本松太郎	名古屋	共同刊行： 相馬淡月堂
新撰軍歌抄	明20.1		津田市松	大阪	
軍歌	明20.2		大芦庄次郎	松江	原版：長谷川繁三郎
軍歌	明20.2		山田安貞	大阪	
軍歌	明20.2		杉本武次郎	京都	
新撰軍歌抄	明20.2	大庭景陽編	小川儀平	大津	
軍歌	明20.3	長谷川繁三郎編	梅原亀七	大阪	原版：長谷川繁三郎
軍歌	明20.3		遠藤平左衛門	京都	
軍歌	明20.3	大塚宇三良編	田中太右衛門	大阪	
軍歌	明20.3		都村善平	大阪	原版：長谷川繁三郎
軍歌	明20.3		若山文次郎	愛知	
新撰軍歌. 第1集	明20.3	浅井磯次郎著	篠原広吉	高崎	
軍歌	明20.3	長滝弥太郎編	田中文求堂	京都	
軍歌	明20.4	奥野惣之助編	益嶸堂	石巻	
軍歌	明20.4		御園生七太	東京	元版：河井源蔵 装丁和装・絵入り
軍歌集	明20.5	吉村千太郎編	吉村千太郎	京都	改正増補
万国軍歌集	明20.6	山口忠顕著	吉沢富太郎	東京	
軍歌：羅馬字解	明20.7	岡本渓石(経朝)訳	榊原友吉	東京	
新体軍歌大全	明20.8	中山竹峰編	図書出版 名 倉知秋閲	大阪	

タイトル	発年月	編者	出版者	出版地	備　考
G 新撰軍歌抄	**明 21.3**		**川勝徳治郎**	**京都**	
新撰軍歌抄	明 21.3		中村芳松	大阪	
新撰軍歌抄	明 21.4		吉田伊太郎	大阪	
新撰軍歌抄	明 21.6		山口恒七	大阪	
軍歌	明 21.6	岡本経朝訳	柏原政次郎	大阪	ローマ字併記
軍歌　第二部	明 21.6	河井源蔵編	黒田友二郎	東京	
新撰軍歌：絵入	明 21.8	大畠章編	吉田惣六	鳥取	
新撰軍歌	明 21.9	小林虎吉編	小林虎吉	東京	
軍歌・漠々歌・凛々歌	明 21.10	北溟散士編	長谷川芳三	千葉市川村	
新撰軍歌集	明 21.12	長崎次郎	楽善堂	熊本	
本朝正気歌：教育軍歌. 上編	明 22.4	木村弦雄著	永井勝太	熊本	
軍歌	明 22.4		寿盛堂	東京	
新編軍歌指鍼：音譜・歌詞教授法	明 22.6		頴川書籍部	長崎	内容細目軍歌教授要略、軍歌歌詞
新軍歌	明 22.7		寿盛堂（三浦伊七）	東京	
新撰軍歌集	明 22.10	村上接造編	村上勘兵衛	京都	増訂版
軍歌集. 巻 1	明 22.10	永井建子曲	鈴林閣　小杉他閲	東京	
軍歌集	明 22.11	高島文吉編	高島文吉	名古屋	
軍歌集註釈	〔明 22〕	奥田栄世（霞村樵夫）編	〔未詳〕		版表示訂正
生徒必携新撰軍歌. 第 1,2 編	明 21.23	蔵知重編	岡山教育書房	岡山	
軍歌集：新撰楽譜. 第 1,2 集	明 22.24	倉知甲子太郎著	篠佐吉曲	東京	中央堂〔ほか〕共同刊行：敬文堂
軍歌大成	明 23.2	河井源蔵編	河井源蔵	東京	
新撰軍歌	明 23.5	藤井準一編	寿盛堂	東京	
軍歌精撰	明 24.6	篠田正作編 永井岩井合調	渡辺弘人閲		鐘美堂　大阪
軍歌集	明 24.9		岩田与七	四日市	増訂版
新撰軍歌集. 第 2,4 編（正成卿）	明 24	菟道春千代著	金港堂	東京	
新撰軍歌大成	明 24.6	橋本島一編	中島抱玉堂	大阪	
新撰軍歌大全：附・さつま琵琶歌	明 24.10	栗原吉五郎編	栗原雑誌店	東京	
新体軍歌全集	明 24.10	林道広著	東雲堂	名古屋	
軍人必携軍歌詩集	明 24.7	三野耕夫編	富田政吉	高崎	
軍歌壱万集	明 25.9		共同出版社	名古屋	

の出版元の多くが重複していることが分かる。例えば、十九年六月に出された晴庭堂版、二葉堂版『新体詩歌』の出版元となっている「伊東留吉」は、同年同月に出された『軍歌』Cの出版元でもあり、また十九年八月、十月にそれぞれ出された二種の『新体詩歌』は、それぞれ『軍歌』D（津田市松）、E（三谷平助）の出版元と一致している。また表1の十九年六月に愛知・名古屋で出された『新体詩歌』の木田吉太郎は、二十五年九月に『新体詩歌』所収詩篇を再録した『軍歌一萬集』を出した人物であり、新体詩と軍歌という二種のテキストが、出版メディアにおいて融合しているという現象をそこにみることができる。

このように『新体詩歌』と『軍歌』が、十九年四月以後、ほぼ同じ複数の出版元から一挙に出版されていったことが分かるが、このような出版元の共通化という事態は、異なるメディア系列の出版流通における融合といった観点を越えて、新体詩の軍歌化、または軍歌の新体詩化といった、ジャンル自体の融合、または受容者側におけるテキストの本質的な融合を起こしていたとも言えよう。実際、同年五月に井上茂兵衛が「編輯兼出版人」となって出された『軍歌集』（表2★印）は、河井版『軍歌』所収詩編の後に、他の異本には見られない『新体詩歌』所収詩編が四編（「熊谷直実暁に敦盛を追ふの歌」「月照僧の入水をいたみて読める歌」「花月の歌」「玉の緒の歌」）収められている。まさに『軍歌』と『新体詩歌』が連続したものとして意識されていたことがうかがわれる。

このような現象の背景を明らかにするため、具体的に出版流通に作用した力学、国家権力による教育の場への関与のありようについて検証し、その上で、新体詩と軍歌の、実際の融合例の検討に移りたい。

学校教育への軍歌の導入

新体詩とならび、その類縁性が指摘されるのが、『小学唱歌集初編』である。当時の師範学校学生のノートに、『小学唱歌集初編』所収の、仁徳天皇の徳を讃えた唱歌「雨露」について、次のような教師の言葉が残されている。

　此うたは他の軍歌遊ぎの唱かの如くかるがるしくうたはないでつゝしんでおうたひなさい[注9]。

　ここから、既に榊祐一の指摘にあるように[注10]、「唱歌ヲ授クルニハ須ク先ヅ歌曲ノ意味ヲ講授シテ其ノ趣旨ノ在ル所ヲ了解セシメ」（「新令小学校学科程度解説」、『教育時論』、十九年九月）という、唱歌の歌詞内容に対する訓話が唱歌授業において行われていたという事実を知ることもできるが、ここでは特に「軍歌遊戯の唱歌」という、唱歌と軍歌の融合が、実際に師範学校において、おそらく一般的に意識されていたという事実を指摘しておきたい。これは一例に過ぎないが、教育の場、特に師範学校という教員養成の場における唱歌と軍歌の融合には著しいものがあったのである。

　教育の場に関するそのような現象がなぜ生まれたのか、つまり学校教育に軍事的、教練的な要素がなぜ導入されたのか、その政治的な背景について整理しておきたい。稲田正次によれば、このような学校教育の軍事化には、文部省御用掛・森有礼の教育政策が根底にあるという[注11]。森は小学校教育こそが、国家の命運を握るとして、十八年八月、東京師範学校に対して、兵式体操を課した。森は自己の求める教育方針「従順　友情　威儀」を体現するためには、兵式体操が最も有効な手段だと考えたのである。

　当時、彼（筆者注・森有礼のこと）は埼玉師範学校に赴き、同校教員に対し演説したが、その中で学科を伝授してその記誦を能くせしめるをもって教育の事了れりとしてはならない、教員たる資格を備えた善良の人物を養成するためには従順なる気質を開発し、友情の篤厚を培養し、威儀ある人を養わなければならないとし、この従順、友情、威儀の三気質を具備せしめるためには兵式体操が最も有効な手段であると説き、また、日本男児たるものは我が日本国がこれ迄三等の地位にあれば二等に進め、二等にあれば一等の地位に進め、遂には万国に冠たることに勉めなければならないが、これをなすために恃む所は普通教育の本源たる師範学校においてよくその職を尽すにあると述べたのであった[注12]。（傍点、筆者）

十九年四月に初代文部大臣に就任した森は、直ちに「学校令」（「小学校令」、「中学校令」、「師範学校令」）を発布し、その実行を推し進めた。この法令を契機に、教育現場では、忠君愛国を目指して、教育に軍事的色彩が濃くなっていった。第一条に、順良、信愛、威重を掲げ、また実際に兵式体操の導入を行った[注13]。その前月には、高等師範学校（明治十九年に「東京師範学校」から改称）に陸軍歩兵大佐山川浩が校長として着任し、兵式体操の外、行軍旅行、寄宿舎の軍隊的分団組織を実施している。この風潮は、師範学校に限らず、小学校、中学校においても拡がり、二十年夏頃には、「体操一科ハ文部大臣ノ管理ヲ離レテ之ヲ陸軍省ノ施措ニ移シ、武官ヲ簡撰シ、純然タル兵式体操ノ練習ヲ以テ之ニ任ズルニ在リ」と体操科目の兵式体操化という、教育の一部を陸軍に移管することを進言する森の、「兵式体操に関する建言案」まで草される事態になっていく。

このように、学校教育における軍事化は、その教練の現場において、身体を特化して扱う風潮を生みだしていったと考えてよいだろう。

さらに、このような状況とは別に、教育の現場では教科書の採択を巡って苛烈な営業競争が行われていたことも忘れてはならない。十九年三月二十九日付の文部省編輯局第三課からの大臣宛文書「教科用図書検定条例並ニ同手続伺ノ件」には、「書肆輩ノ相競ヒテ其何レノカ府県ノ教科書ニ採用セラレンコトヲ冀ヒ新奇ヲ争ヒ咄嗟ニ出板ヲ了スルノ弊ヲ醸シ夫レカ為メ杜撰ノ図書雑然紛出殆ント其停止スル所ヲ知ラサルノ形勢相見エ候此儘ニシテ放過候トキハ帝国学政上ノ体面ニモ関シ候儀ト存セラレ候」とあり、出版元の苛烈な売り込み、また新奇を衒った杜撰な教科書が蔓延していることに対する危惧の念がうかがわれる。また元文部図書課局長・渡部董之介の回想によれば、「明治十三四年頃より就学児童が愈々増加し来つて、教科書の利益益々多きを加ふるに至つたので、教科書売込の競争熱漸次に昂騰し、十七、八年の頃は其の弊殆ど勝ふべからざるやうになつたので、森文相は教科書審査会を各府県に設けさせ、学務当事者の実権を殺いで其の弊を絶たうと企てた。」[注14]とある。明治に起きた、教育を受ける者の数の増大は、教科書出版業者にとってはそのまま、市場の発生・拡大として受け止められていたのであった。そのような事態に対し、森が文教政策の最高責任者として、教科書問題に大なたをふるったのである。

そしてここに、日本を西洋列強と並べるため、教育現場に軍事教練の導入という形で直接強権発動していた文部大臣・森有礼の起案した法令が施行されることになる。これが先に触れた「小学校令」「中学校令」「師範学校令」である。ここにおいて、小・中学校での使用教科書は、文部省指定（検定）のものと決められ、また翌五月に公布された「教科所用図書検定条例」においてその細則が定められたのであった。

先に述べたように、この時期、つまり十九年四月は『新体詩歌』『軍歌』それぞれの異本が大量出版され始めた時期と一致する。その点から類推するならば、この時期に、『軍歌』が大量に出版され、全国に伝搬していったのは、森の文教政策にしたがって、軍事教練的な側面を強化していった学校に対して、その市場動向を読み取った有象無象の出版元が、『軍歌』を売り浴びせかけた結果であり、また一方では「抜刀隊」を始め、いくつかの「軍歌」を併せ持ち、さらに勧学教訓の詩篇が収められている『新体詩歌』も、同様の力学のもと、多くの出版元に注目され、『軍歌』同様大量出版の位置に置かれたのだと考えることが可能となろう。これらの書物が、森の施行する学校教育に適合するのは間違いないからである。ただ、これらは直接「教科書」として採択されることはなかったようである。おそらくそれは教科目との対応が取れないのが理由であろう。しかし、十九年の『新体詩歌』『軍歌』の大量発行と、その後に展開されていくそれらのバリアントとしての書物、つまり河井版『軍歌』から派生した多くの「軍歌集」、徳育目的で新体詩の替え歌を収録した「勧学歌」、行進のための「運動歌」といった書物等が、それぞれ領域を融合、重複させつつ、大量出現してくる事態を鑑みれば、国家による文教政策と、全国的に整備されつつあった出版流通機構の、特に教育関係の出版元の動き、この二つのベクトルとの関連において、十九年の『新体詩歌』『軍歌』の大量出版と、その後の新体詩―軍歌の拡大という現象は理解されるべきであると考えられる[注15]。

新体詩・軍歌・教育の癒着

それでは、新体詩が軍歌として扱われた例、教育の現場における新体詩、軍歌の導入例などを検証していきたい。

これまで述べてきたことからすると、本章のはじめに挙げた国木田独歩の回想、「小学校生徒をして足並み揃へて高唱」というのは、これまで言われてきたような新体詩の読者層の拡大という点で理解されるのでなく、学校における行軍、つまり新体詩と学校教育、そしてそこにおける軍事化ということの様態が端的に表された実例として理解されなければならないだろう。同様に、大和田建樹の「寒村僻地の隅々にもその声を聴くに至りし」も、これも実際にあちらこちらで響き渡った行軍しつつの朗吟である可能性が高い。

そういった観点からすれば、十八年十月に植村正久が『十二の石塚』序文で述べた、「官ニ依リテ詩歌ヲ改良シ官ニ依リテ詩人ヲ模造セントス其ノ妄想此ニ至リテ極マレリ」という批判は、軍歌による教練教育を始めた学校教育に無自覚に追従する新体詩に対しての批判であったと考えられよう。これは『新体詩歌』『軍歌』

の大量流通する半年程前のことではあるが、既に教育の現場では、軍事化の予兆は充分に見られたのである。そのことを踏まえて、新体詩と軍歌とが学校教育の場において融合している例をいくつかみていきたい。二十一年十二月に刊行された『唱歌之友』に「新撰軍歌」という項がある。

第一高等中学校にては一昨年より歩兵操練を学課中に加へられしに付ては生徒の行軍する時長途に倦んことを恐れ教師鳥居忱氏を聘し軍歌の稽古を始められしが何分元の音楽取調所で出来たる唱歌にては足踏み距離縮り自然と軍気の萎靡するが故何卒して調子能く足踏に合い勇烈の文句なる軍歌を作らんと鳥居教師を初め該校の教諭等は種々苦心して工夫せられし処夫の戊辰の役に伏見鳥羽の戦ひより破竹の勢ひにて奥羽を席巻したる官軍が歌ひ歌つて勇気を鼓舞したる錦の御旗を知らないかトコトンヤレナの歌これ最も足踏の調子に合ふことが分り愈よ軍歌は此歌の詞曲と極り今度勇烈なる新歌を作り此歌の節にて歌ひて一行軍を催せらるゝ由なり

冒頭「一昨年より」とあることから分かるように、十九年四月に導入された「歩兵操練」のため、現場ではその当初からさまざまな試行錯誤があったことがうかがわれる。ここで述べられているのは、行軍を支えるものとして、『小学唱歌集』は不向きで、試行錯誤して行進のための軍歌を探し出した、ということだが、当然、他の多くの学校においても、行進のための歌、つまり「軍歌」が求められていたということになろう。そしてここに引用した『唱歌之友』自体が語っているように、そのような現場の求めに応じられる書物として、「本書」が有用であるという。自らの効用についても、『唱歌之友』は極めて自覚的であったのである。

また、『隊列運動法』（松石安治編述、金港堂、明治十九年二月）でも、「此書ハ小学校生徒ノ年齢凡十以上ノ者ニ隊列運動ヲ課センカ為生兵学第一部第一章中ノ諸運動ヲ折衷シタルモノニシテ（略）」とあり、小学校上級生に向けて、新兵同様の運動を課すべきことが述べられ、やはりそのために「本書」の有用性が説かれるのである。

『新体勧学歌』（新体詩学研究会編集、文学改良書院、明治二十年五月）や『体操歌』（日山豊次郎編集発行、同名出版、明治二十年五月）においても、『新体詩抄』『新体詩歌』に収められた軍歌「抜刀隊」の替え歌が、勧学、体操についてで行われ、これらもやはり教育の場における有用性を前提に作られていると言えよう。これらの書物が語るのは、教育の側からのニーズを捉え、「必要」な書物を時機を逃さずに供給していく、供給者側の極めて近代資本主義的な姿勢である。

さらに、新体詩と軍歌の融合例として、二十年二月、佐藤雄治（篠々庵居士）の編集で、吉岡宝文軒（大阪）から出された、『明治新体詩歌選』をみてみたい。この詩集は『新体詩歌』五十二篇から三十二篇を、また『軍歌』の基本形ともいうべき河井源蔵編『軍歌』から十三篇を収めており、まさに新体詩と軍歌の融合を示した詩集と言えよう。その「緒言」には、次のように記されている。

一　本書は当時人ノ専ラ頌謡欣和スル玉句錦章「但シ居士ノ鈍作ヲ除ク」ノ新体詩ヲ編輯セシモノナリ
一　本書ハ最モ兵士ノ奨励楠氏ノ頌賛及ビ勧学教訓ニ係ル篇ヲ数多トス蓋シ本書編輯ノ由テ基スル所ナレハナリ

つまり、本書は、時世をたたえる歌や、心よろこび、なごむ、すばらしい新体詩を収めたもので、兵士を励まし、楠正成を讃え、学問を勧め、教訓を教えるといった詩篇が数多く収められた詩集である、ということに

『明治新体詩歌選』（第六版）表紙

なる。そして本書を編んだ理由もそこにあるとされる。これはこれまで挙げてきた諸本と同様、教育の場における軍事的側面を新体詩という形式により強調したものである。

それを象徴的に表したのがその表紙（第六版）である。手前には旭日旗（軍旗）[注16]が翻り、軍帽とサーベルが配置され、その後ろに子どもたちがブランコに乗り、遊ぶ景色が描かれ、さらにその背景に宮城がそびえ立つという構図が示される。これらから教育における、明治ナショナリズムの顕現化を読み取ることは容易だろう。この構図は、「緒言」にいう、「兵士」「勧学教訓」「楠氏」に対応する。つまり、「兵士」は軍旗や軍帽、サーベルに、「勧学教訓」は遊んでいる子どもたちに、そして忠臣の象徴である「楠氏」、つまり楠正成は宮城の図に、それぞれ対応しており、この奇妙なコラージュは、そのまま詩集の指向を表象する仕組みとなっている。そしてこの構図こそが、新体詩が子どもたちに対する教育という場において、軍歌と融合した形で、要請された、時代の力学を象徴的に表していると言えよう。このような意図を含んで流通していった新体詩、軍歌が教育現場で実際にどのように使われたのかについては、次章で実例を挙げて説明したい。

これまで述べて来たように、新体詩が成立してから、五年とかからず、文芸の一ジャンルとして認知されたのは、国家の文教政策、教育の現場からの要請、そして出版ジャーナリズムの商業的判断などが、新体詩固有の問題と絡み合っていたからということになろう。そういった意味で、「新体詩ブーム」は、新体詩自体が自ずと人々の琴線に触れ、また新しい西洋の文化の一形態として受け入れられたというよりは、明治国家の目指した富国強兵政策と分かちがたく結びつき、発生したと考えるべきだろう。

このような意図を担わされた新体詩・軍歌が、実際にどのように流通し、受け入れられていったのか、詩篇個々の読みが必要なのは言うまでもない。特に、『新体詩抄』、『新体詩歌』、『軍歌』、そして最後に触れた『明治新体詩選』といった詩集は、それぞれ編纂する側の意図が重なりつつも微妙に異なっている。個々の詩篇のあり方とそれがどのような関係を切り結ぶのかについても検討することが必要であろう。次章では、そのような観点も含めて論を進めていきたい。

［注1］杉本邦子『明治の文芸雑誌（初期新体詩論）』（明治書院）、平成十一年二月

［注2］明治十五年十二月に『新体詩歌』第二集、翌十六年一月に第三集、四月に第四集、五集は奥付から日付が落ちているが、十六年中に発行されたことが推測されるが、詳細は不明である。

［注3］蒲原有明『創始期の詩壇』、明治四十年一月、のち『明治文学全集』第五十八巻「土井晩翠、薄田泣菫、蒲原有明集」（筑摩書房）、昭和四十二年四月

［注4］矢野峰人『創始期の新体詩』（『明治文学全集』第六十巻「明治詩人集（一）」、筑摩書房）、昭和四十七年十二月。ちなみに「テニソンの『軽騎隊の歌』」となっているのは、「テニソン氏軽騎隊進撃ノ詩」のことである。

［注5］現在、『明治前期書目集成』により復刻されている。［注8］参照。

［注6］『体操伝習所一覧　明治一七、一八』（国会図書館蔵）に記された教科書一覧に、『体操教練書』をみることができる。また、国会図書館には、河井の著した書籍が四十点近く残されており、それらは『軍人読本』（明治二十三年）、『新式歩兵教練』（同二十五年）、『斥候地図用兵』（同三十四年）など、陸軍教練に関係する内容である。

［注7］『軍歌』は、「喇叭吹奏歌」と「新体詩」の二部に分かれて構成されている。「喇叭吹奏歌」の部には、十八年末に制定された「陸海軍喇叭吹奏歌」が収められている。「君が代」「海ゆかば」「皇御国」「国の鎮め」「命を

捨て﹅」「扶桑歌」「あらきいはね」「おほ君の」「ふきなす笛」の九篇がそれに当たる。これらは、十九年に、急速に全国の陸海軍に導入されたようである。明治十九年八月、香港領事である南貞助が、「本邦軍楽隊に御使用すべき日本軍歌楽譜及其軍歌」の送付依頼をし、それが無事と届けられた旨を記した外務文書（「送第二四一〇」明治十九年八月十三日、外務省アジア歴史資料センター所蔵）が残されている。一方、「諸篇は吹奏歌の号中に非ずといへども亦鼓勇の一助に」として『軍歌』に収められた「新体詩」の部は、「軍歌」「抜刀隊の歌」「行軍歌」「進軍歌」「軍旗の歌」「扶桑歌」「復古の歌」「カムプベル氏英国海軍の歌」「テニソン氏軽騎隊の歌」「楠正成桜井駅に於て正行へ遺訓の歌」「小楠公を詠ずるの歌」「詠史」「日本魂」の十三篇である。その多くが、『新体詩抄』、『新体詩歌』に収められた詩篇である。また、この『軍歌』を元本として、他の新体詩を追加した多くの軍歌集が作られた。その中には、唱歌や体操と融合したものも多く、それぞれの序において「子ども」を対象にした書物であることが示されている。

［注8］『明治前期書目集成』（明治文献資料刊行会、昭和四十六年十二月）に収められた「出版書目月報」（内務省図書局）には、版権の届けが出された書物が記されている。それによれば、『軍歌』異本はこの時期、この表に示した以上に出版されていたことが分かる。ここでは、所在が確認できたもののみに留めた。

［注9］山住正己『唱歌教育課程の研究』（東京大学出版会）、昭和四十二年三月

［注10］榊祐一「明治十年代末期における「唱歌／軍歌／新体詩」の諸相」（「日本近代文学」第六十一集）、平成十一年十月

［注11］稲田正次『教育勅語成立過程の研究』（講談社）、昭和四十六年三月

［注12］［注11］に同じ。

［注13］文部省原案の「従順」が「順良」に、「友愛」が「信愛」と改められたのは、元田永孚の意見を天皇が取り上げこれを森に伝えたためであった。つまり、森の文教政策自体は政府内部にあって必ずしも賛同を得られたものではなかったのである。儒学に基づいた仁義忠孝の精神を重んじ、『幼学綱要』『教育勅語』を草した元田は、西洋の啓蒙主義を信奉した森とはことごとく対立していた。しかし、森の「学校令」は、学校を国家須要の人材を養成する手段と捉える発想が根底にあり，国家目的のために奉仕すべき役割を学校種別ごとに定め、特に師範学校に重点をおいていた。

[注14] 国民教育奨励会編『教育五十年史』（民友社）、大正十一年

[注15] 榊論文[注10]ではこれらの現象を、十九年における「唱歌類（うた）」の流行と捉える。そこで「唱歌類（うた）」といわれるのは、「軍歌」「運動歌」「勧学歌」「新体詩」「その他」であり、これらが歌うという行為において共通するという意味において一括りにされているのだが、このうち「軍歌」「運動歌」は、「身体行為に伴う」「うた」として、また「勧学歌」「新体詩」「その他」は、「徳育」のため「うた」としての側面があることを指摘している。その上で、これら「唱歌類」成立の力学を明らかにしているのであるが、榊論が、「唱歌類」／『新体詩抄』（または新体詩）という二軸を設定し、これまで言われていた『新体詩抄』から唱歌類への、単線的な接続を否定しているのに対し、本書では、教育の現場で「唱歌」・「体操」といった科目における徳育的な要素と、行軍・教練といった軍隊的要素とが結びつき、そこで生起した市場に対して「運動歌」「教訓歌」が売り込まれていくのが、十九年の『新体詩歌』『軍歌』の異本群の大量発生の後である、という事実をもって榊論と分かたれている。

[注16] 正式には、「十六条旭日旗」または、「連隊軍旗」と呼ばれ、明治七年に日比谷操練場で日本陸軍近衛第一・第二各連隊に天皇から授けられた。その後、二十二年に「海軍旗章条例」によって「軍艦旗」とされた。『明治新体詩歌選』が出された二十年においては、あくまでも近衛連隊旗ということになる。ここでこの旗が日章旗でなく、旭日旗であるということは、前景に表されているのが、あくまでも天皇護衛を主務とする陸軍であり、後景の宮城とあいまって、この詩集の持つメッセージが自ずと伝わるように意図されている。なお、『明治新体詩歌選』（第六版）は、明治二十六年五月に出されたものである。

第五章　学校教育の場における新体詩の位相

これまで述べてきた通り、十五年から十六年にかけて、竹内隆信（節）の編集により第一集から第五集まで刊行された『新体詩歌』が、十九年二月の和楽堂版『新体詩歌』合本を皮切りに、二十を超える出版元から大量に反刻され、文学史上にいう新体詩ブームを巻き起こしたが、その背景に、学校教育における軍歌の需要が大きく関わっていたことが明らかになった。つまり、十九年における、『新体詩歌』合本、『軍歌』の大量出版は、同年発布された学校令に対応した形で、学校教育の内実に軍事教練的色彩を盛り込もうとする、明治政府の施政方針と全面的に対応した形で生起した現象であり、小学校授業科目の「体操」に導入された行軍や徒手体操・兵式体操といった軍事教練において「軍歌」（新体詩）を歌うという行為、いうなれば「軍歌」（新体詩）による身体運動を伴った思想教育は、新体詩ブームつまり『軍歌』『新体詩歌』の大量出版が、結局のところ国家による要請によって生起した現象に他ならなかったことを示しているのである。十五年の『新体詩抄』により、新体詩が世間に喧伝され、文芸を好んだ多くの若者がこれに興味を持ったのは、これまで先行研究において述べられてきた通りであり、それもまた新体詩黎明期の一つのエポックであることは間違いないだろうが、これはいわば狭いサークル内での限定された出来事であり、国民の義務教育の場としての小学校、そして中学校や教師養成の場としての師範学校に、一斉かつ強制力をもってなされた軍歌・新体詩によるナショナリズム高揚の施策が、明治政府の狙い通り、一定の年齢以下の国民に「効果」的に作用したとみるのは、極めて当然のことであろう。教育の場で身につけられた「音」としての思想が、または「身体」としての思想が、新体詩や文学といった文芸の領域のみならず、ひいては日本人の思想形成に大きな影響を与えたことは容易に想像できる。

本章では、軍歌集の基本形である河井源蔵編『軍歌』（以下、河井版『軍歌』）を取り上げ、そこに収められた新体詩の分析、配列の問題、更にはそれらが実際の教育現場でどのように用いられていたのかを、特に「修身」や「体操」といった、いわゆる教科教育との関わりの中で捉えていきたい。

『新体詩歌』から『軍歌』へ

改めて、新体詩と軍歌との関係を整理しておきたい。新体詩や唱歌を軍歌として捉えるまなざしは新体詩の生成期から既に存在していた。『新体詩抄』、外山正一の「抜刀隊の歌」の詞書には、西洋では戦のときに「士気を励ます」ため、「愛国心を励ます」ために「慷慨激烈なる歌」を歌うことが述べられている。

これまでの近代詩研究においても、内容分類の上からも、新体詩に軍歌的側面があることは既に指摘されている。三浦仁は、『新体詩抄』の収録詩篇の傾向に関して、先行の、「軍歌風のもの／自然を詠じたもの／社会生活や人生に関するもの」（太田三郎）という区分、「人生、社会を詠じた教訓的乃至観念的詩風／自然を歌ったもの／軍歌風のもの」（川口朗）という区分を踏まえた上で、「どこまでを軍歌風とみるか、人生・社会を詠じた詩は全て教訓的ないし観念的と言えるか、といった問題は残る」と留保しつつも、「自然詠／軍歌／叙事の詩／談理教訓の詩／人生的感慨の詩（即時の述懐／劇的告白）」と大きく五つの傾向に分類できるとしている[注1]。その上で実際に「軍歌」に分類できる詩篇として、「カムプベル氏英国海軍の詩」、「抜刀隊」、「テニソン氏軽騎隊進撃の詩」を挙げ、一方「テニソン氏船将の詩」、「チャールス、キングスレー氏悲歌」は軍事的なことを歌っていても、内容上から軍歌には配置されず、「詩人が語り手の立場に立って過去の事件を語りかつ歌う形式」、つまり「叙事の詩」であるとしている。

いずれにせよ、何をもって軍歌とするかで、その分類は変わらざるを得ないだろう。三浦氏は、「『抜刀隊』の系統を引く純然たる軍歌は、自然詠とは逆に『詩歌』（筆者注・『新体詩歌』）にはなく『詞選』（同・『新体詞選』）だけに受け継がれた」としている。つまり軍歌は十九年八月香雲書屋から出された『新体詞選』には見られるが、『新体詩歌』には見られないとしている。しかし、実際には河井版『軍歌』所収詩篇は、『新体詞選』には見られず、むしろ『新体詩歌』において六篇の新体詩をみることができる。このことはある基準において軍歌と分類されない詩篇が、『軍歌』として扱われていたことを示している。なぜそのような現象が起きたのであろうか。これはもちろん「軍歌」の定義に関わる問題ではあろうが、やはり「純然たる軍歌」（と分類された軍歌）が除かれた『軍歌』の、その編纂意図が気になるところである。その点に留意して、以下、『新体詩歌』と河井版『軍歌』との関係について具体的に描いていきたい。

詩集『軍歌』について

河井版『軍歌』には、「喇叭吹奏歌」として、「君が代」、「海ゆかば」、「皇御国」、「国の鎮め」、「命を捨て〻」、「扶桑歌」、「あらきいはね」、「おほ君の」、「ふきなす笛」の九篇が、また「左の諸篇は吹奏歌の号中に非ずといへども亦鼓勇の一助にもと今こ〻に合せしるしぬ」と詞書が付された十三の詩篇、つまり「軍歌」、「抜刀隊の歌」、「行軍歌」、「進軍歌」、「軍旗の歌」、「扶桑歌」、「復古の歌」、「カムプベル氏英国海軍の歌」、「テニソン氏軽騎隊進撃の歌」、「楠正成桜井駅に於て正行へ遺訓の歌」、「小楠公を詠ずるの歌」、「詠史」、「日本魂」が収められている。先にも述べた通り、このうち六篇、つまり「抜刀隊の歌」、「カムプベル氏英国海軍の歌」、「テニソン氏軽騎隊の歌」、「楠正成桜井駅に於て正行へ遺訓の歌」、「小楠公を詠ずるの歌」、「詠史」が『新体詩歌』合本と重複する[注2]。

河井版『軍歌』が出されたのは、十九年五月。前章でも触れた通り、『新体詩歌』合本もほぼ同時期に大量出版されているので、『軍歌』編纂に際し、『新体詩歌』合本が参照されたかどうか断定はできないが、同じくして多くの書肆から大量出版された『軍歌』異本群の多くは『新体詩歌』異本群と同じ出版元から出されており、『新体詩歌』と『軍歌』との密接な関係がうかがわれる。

重複する詩篇の河井版『軍歌』および多くの異本群における配置は、「抜刀隊の歌」（『新体詩歌』では第一集に収録）、「カムプベル氏英国海軍の歌」（同、第二集）、「テニソン氏軽騎隊進撃の歌」（同、第三集）、「楠正成桜井駅に於て正行へ遺訓の歌」（同、第一集）、「小楠公を詠ずるの歌」（同、第四集）「詠史」（同、第四集）となっており、第五集を除いた集から採られている。その配列は、基本的には第一集から順を追って配置されていったものとみえる。ただし、「楠正成桜井駅に於て正行へ遺訓の歌」のみは第一集の位置でなく、「小楠公を詠ずるの歌」との連続性に留意して、後に配置されたのだと考えてよいだろう。この二篇の配列については、後に触れたい。

これら『新体詩歌』に出典を持つ六篇の外、七篇を加えて、『軍歌』所収新体詩十三篇まで広げてその傾向を概括すると、戦それ自体を描いたもの、軍隊での諸事を述べたもの、外国の陸海軍について触れたもの、日本古来の忠君孝行の故事について触れたもの、日本固有の精神について触れたもの、とみることができる。配列の傾向としては、軍隊自体、または軍隊に直接関わることを先に配置（「軍歌」から「復古の歌」まで）し、その上で、西洋と、日本の古今東西に取材した、空間的（「カムプベル氏英国海軍の歌」、「テニソン氏軽騎隊進撃の歌」）、時間的（「楠正成桜井駅に於て正行へ遺訓の歌」、「小楠公を詠ずるの歌」、「詠史」）な座標を設定した上で、ありうべき精神としての矢田部の作った「日本魂」が配置されるのである。全体として、軍事から始まり、西洋に目を配り、それらに対して日本のナショナル・アイデンティティとしての楠正成・正行父子の忠君孝行の故事が対置されているると考えてよいだろう。

『新体詩歌』には、『軍歌』と重複する「楠正成桜井駅に於て正行へ遺訓の歌」、「小楠公を詠ずるの歌」、「詠史」の外にも、尊皇愛国に関する詩篇が多く収められている。「熊谷直実暁に敦盛を追ふの歌」、源義家の奥州征伐における新羅三郎義光の故事を踏まえた「花月の歌」、「俊基朝臣東下」、奈良時代の道鏡事件に取材した「詠和気公清麻呂歌」、幕末の志士「月照僧の入水をいたみて読める歌」、三条実美ら七公卿の都落ちを詠んだ「舞曲に擬して作る」などがそれである。このうち、和気清麻呂や楠正成・正行らは、幕末から明治初期にかけて歌や芝居において、忠君愛国精神の象徴としてもてはやされ、十年代には、天皇崇拝鼓吹のための装置としてメディアに一斉に扱われていった存在である。それらは十五年の『幼学綱要』や、学校教育における「修身」の導入、更には、二十三年の「教育勅語」公布まで一貫して展開された、天皇制ナショナリズム高揚を仕掛けるためのイデオロギー的装置の一端であったのである[注3]。

宮崎真素美は、『新体詩歌』第一集の構成について触れ、古体の長歌体詩篇が小室屈山の「自由の歌」によって、蝶番的に翻訳西欧詩につなげられると述べている[注4]。先に触れたように河井版『軍歌』においても、日本と西洋を対置させる構成意識があったと考えてよいだろう。ただし、『新体詩歌』においては「古体の長歌体詩篇」（第一集序）として示された詩篇、例えば「楠正成桜井駅に於て正行へ遺訓の歌」が、『軍歌』の配列の際には果たして「古体」として扱われていたのかどうかは疑問である。ここには詩篇のスタイルとしての「新体」／「古体」という区分意識よりも、忠君愛国を示す現在性において、この詩篇が位置づけられ配置されていったと考えるべきだろう。

河井版『軍歌』と同年同月に出された、井上茂兵衛を「編集兼出版人」（奥付）とする、『軍歌集』については、前章でも触れたが、河井版『軍歌』に『新体詩歌』所収詩篇四篇が追加されたものである。即ち、河井版『軍歌』所収新体詩十三篇を、配列も含めて全く同じ形式で取り込んだ上に、『新体詩歌』第一集から「熊谷直実暁に敦盛を追ふの歌」「月照僧の入水をいたみて読める歌」「花月の歌」「玉の緒の歌」四篇が追加されている。これら四篇は『新体詩歌』に付されている各作者名も含めて、それぞれ『新体詩歌』第一集そのままの表記であり、井上版『軍歌集』が、『新体詩歌』と河井版『軍歌』を、踏まえて作られたことが分かる。

このように『軍歌』（または井上版『軍歌集』のような『軍歌』派生形）が、『新体詩歌』の存在自体を前提に成立していることは明らかだが、『軍歌』を編む際にはどのような意図が込められていたのか。所収詩篇の分析を通して考察していきたい[注5]。

詩篇「軍歌」について――詩篇「抜刀隊の歌」との関わりから――

『軍歌』の新体詩の部分、つまり「左の諸篇は吹奏歌の号中に非ずといへども亦鼓勇の一助にもと今こゝに合せしるしぬ」と付された十三篇のうち、『新体詩歌』には見られない詩篇「軍歌」について触れたい。「軍歌」は、七五音によって一句を成し、一連六句、全九連によって構成される詩篇である。（原文は総ルビ）

○第一

来れや来たれいさ来たれ　　御国を守れや諸共に　　（七・五／八・五）
寄せ来る敵は多くとも　　恐るゝ勿れ恐るゝな　　（七・五／七・五）
死すとも退くこと勿れ　　御国の為なり君のため　　（八・五／八・五）

○第二

進めや進めいさ進め　　弾は霰と飛び来るも　　（七・五／七・五）
剣は林を為すとても　　ためらふことなく進み行け　　（八・五／八・五）
死すとも退くこと勿れ　　御国の為なり君のため　　（八・五／八・五）

七五のリズム、また連末二句の各連におけるリフレインなど、この詩篇がまさに「歌う」ことを前提に作られていることを推測できよう。言うまでもなく詩句全体には「抜刀隊の歌」（『新体詩抄』および『新体詩歌』所収）の影響を色濃くみることができる。各連はじめの二句、第一連の「来れや来たれいさ来たれ／御国を守れや諸共に」は、「抜刀隊の歌」で繰り返される「進めや進め諸共に」からきたものであろう。第二連の「進めや進めいさ進め／弾は霰と飛び来るも」も同様に捉えることができる。また第二連「剣は林を為すとても」は、「抜刀隊の歌」の「前を望めは剣なり／右も左も皆剣」と同想であろう。更に各連末の二句に「死すとも退くこと勿れ／御国の為なり君のため」が反復されるというスタイルも「抜刀隊の歌」と同じである。この「死すとも退くこと勿れ」は、「抜刀隊の歌」連末の「死する覚悟て進むべし」と響き合い、全体として「抜刀隊の歌」からの影響が色濃い。

ただし相違点がないわけではない。例えば「御国の為なり君のため」は、「抜刀隊の歌」には希薄な意識であろう。「抜刀隊の歌」でこれに該当するのは「忠義」という詩句であろうが、ここでの「忠義」は、むしろ江戸の香りがする語句であり、前代の名残りが色濃いように思われる。それは同様に「武士」という言葉からもうかがわれる。詩篇「軍歌」では、今挙げた「御国を守れや諸共に」「御国の為なり君のため」、「神より受けたる此国は／我身の失せさる其中は／人手に決して渡さすと」（第五連）、「異国の奴隷と成ることを」（第六連）

から分かるように、海外列強の国々に対峙する意識をみることができる。西欧と向かい合った形でのナショナル・アイデンティティが描かれている点が、「敵の大将」(西郷隆盛)と「官軍」(明治政府)の戦いである西南の役を描いた「抜刀隊の歌」との基本的な相違と考えてよいだろう。

詩篇「小楠公を詠ずるの歌」について――「修身」科との関わりから――

○「小楠公を詠ずるの歌」

嗚呼正成よ正成よ
黒雲四方にふさがりて
悪魔は天下を横行し
あなどり果て上とせず
絶る間のなき人馬の音
吉野の山に花見んと
君が御代こそ千代〳〵と
いつれの時にあるなるや
嗚呼大君の御為に
この世の塵を払はんと
遠くあなたを見わたせば

公の逝去のこのかたは
月日も為めに光りなく
下を虐げ上をさへ
吹き来る風はなまぐさく
春は来れども花咲かず
訪ひ来る人は絶てなく
囀る鳥の声聞くは
なげかわしきの至りなり
振ひ起りてけがれたる
する人とてはあらざるか
金剛山は巍峨として

雲の上まで屹立し
見ゆる菊水の其旗は
父の賜ひしこの刀
賊の頭らを斬せむ為
国の仇なり父のあだ
払へば来たる夏の蠅
熟ら思ひめぐらさば
若しも病に冒されて
不忠不幸と誹られむ
死出のなごりに今一度
君の御影を伏し拝み
聞て切なる胸のうち
書き残したる梓弓
誓ひし者は百余人
ものともせずに斬まくり
討死せしはいさぎよく
都も遠き村里の
忠臣孝子の鑑ぞと
天地と共に伝はらん

繁る林の木の間より
実にこそ国の宝なり
腹をきれとの為ならず
にくさもにくし彼の賊等
斬て捨ずに置べきか
頃ハ正平戊子の春
元来よわき此からだ
空しく失せし事あらば
討死するは此時ぞ
願かなへて親面たり
生て帰れのみことのり
哀れといふも愚なり
引きてかへらぬ赤心を
雲霞の如き大軍を
君の方をば枕して
いさましかりける次第なり
女はらべに至まで
誉る其名は香しく
天地と共に伝はらん

先に触れたように、『軍歌』には、「楠正成桜井駅に於て正行へ遺訓の歌」に続いて、「小楠公を詠ずるの歌」が配列されている。これらはそれぞれ『新体詩歌』第一集、第四集に収められていたものであり、『軍歌』においては、続けて配列されたのである。しかし、これは楠正成の遺訓とそれを受けての子正行の故事からして、自然の配列であろう。またこの配列は当時の学校教育における「修身」の教科書類における楠父子の二つの故事の配列と同様である。

楠父子の故事は、幕末から明治初期にかけての、尊皇の社会的風潮を受けて、芝居や歌舞伎などにも頻出し、そういった点で当時全くポピュラーに知られていた「忠臣」のイメージを形成しているのである。明治期の修身書の多くは、その典拠の多くを『太平記』巻二十六、またそれを受けて編纂された『大日本史』に置いていた。ただしこれらは直接的な影響というよりも、複数のテクストが間に入っていることが多い。例えば、前出・宮崎論が指摘したように、「楠正成桜井駅に於て正行へ遺訓の歌」は、『太平記』からの影響が見られるが、これは『太平記』が直接踏まえられたというより、幕末に水戸浪士によってよく歌われていたという浅見絅斎の歌が下敷きになっている、ということが、『訂正軍歌集註釈』（奥田栄世編、二十二年　資料編①三四三ページ参照）から分かっている。

「小楠公を詠ずるの歌」については、直接どのようなテクストが下敷きにされたのかは明らかではない。しかし、当時の修身に関わる教科書類との類縁においてみえてくるものは何であるかについて、次に明らかにしたい。

学校教育の場に、楠父子の故事を公式に導入する契機となったのは、十五年十二月に全国の小学校に下付された、『幼学綱要』である。『幼学綱要』は、明治天皇の命を受けた元田永孚が、儒教を根底にした忠君愛国を全国の小学校に広めようとした書物である。この極めてイデオロギー性の高い書物の「忠節第二」章には、「臣ノ忠節ヲ子ノ孝行ニ並ベテ、人倫ノ最大義トス」として、忠臣・孝行を等価においた上で、大伴部博麻、和気清麻呂、菅原道真、楠正成、楠正行らが忠臣として挙げられる[注6]。もちろんこれは、『太平記』を踏まえたものであり、表現のかなりの部分がそこによっている。教育の場における『幼学綱要』の位置の微妙さについては、また後に触れるが、十九年当時、それでも一つの「カノン」（聖典）として存在していたことは間違いないだろう。

十九年出版の修身教科書『修身啓蒙』（小川昌成編、水琴堂）も楠父子の故事を、『太平記』を踏まえて編纂された『大日本史』から採っている。これは直接、『幼学綱要』を典拠としているのではないが、このような修身教科書群も、基本的には『幼学綱要』から逸脱しない内容で作られている。ここに述べられた楠父子の故事も国家によって規定された枠組みから逸脱しない形で描かれているのである。

『新体詩歌』第一集に収められた「楠正成桜井駅に於て正行へ遺訓の歌」は、『幼学綱要』出版以前に出されたものであるので直接その影響は考えられないが、しかし、『幼学綱要』出版以後に出された「小楠公を詠ずるの歌」（『新体詩歌』第四集所収）には、その影響を考えることができる。また直接の影響でなくとも、『軍歌』編者にとっては『幼学綱要』は決して無視できない存在であり、その編纂においては、『幼学綱要』の指し示した「忠孝」の規範からの逸脱は、決してなかったはずである。以下、「小楠公を詠ずるの歌」と『幼学綱要』『太平記』『修身啓蒙』との比較を試み、そこからみえてくるものを検討したい。

次のa〜eは、「小楠公を詠ずるの歌」からの書き抜き、①〜③は、その書き抜きに対応する、それぞれテクストの該当箇所である。①は『幼学綱要』、②は『太平記』巻二十六（田島象二訂、潜心堂、明治十五年十二月）、③は『修身啓蒙』である。ただし『修身啓蒙』は『大日本史』と内容上の異同はほとんど見られない。

a　元来よわき此からだ／若しも病に冒されて／空しく失せし事あらば／不忠不幸と誹られむ／討死するは此時ぞ／死出のなごりに今一度／願かなへて親面たり

①　臣年已ニ壮ナリ。常ニ待ツコト有ルノ身ヲ以テ、測ラザルノ疾ニ罹リ、上ハ不忠ノ臣ト為リ、下ハ不孝ノ子ト為ラムコトヲ恐ル。今賊ノ渠帥、大挙シテ来リ犯ス。是レ真ニ臣ガ命ヲ効スノ秋ナリ。臣彼ガ首ヲ獲ルニ非ズバ、臣ガ首ヲ彼ニ授ケム。雌雄ノ決、是ノ一戦ニ在リ。願クハ一タビ天顔ヲ拝シテ行クコトヲ得ム。

②　有待の身思ふに任せぬ習にて、病に犯され早世仕る事候ひなバ、只君の御為には不忠の身と成り、父の為には不孝の子と成べきにて候間、今度師直師泰に懸合、身命を尽し合戦仕て、彼等が頭を正行が手に懸て取り候歟、正行正時が首を彼等に取せ候か其の二つの中に戦の雌雄を決べきにて候へば、今生にて今一度君の龍顔を拝し奉らん為に、参内仕て候。

③　臣年既ニ壮ナリ常ニ待ツコトアルノ身ヲ以テ測ラレサルノ疾ニ嬰リ上ハ不忠ノ臣トナリ下ハ不孝ノ子ト為ランコトヲ恐ル

b　聞て切なる胸のうち／哀れといふも愚なり

①、②、③共に該当部分無し。

c　書き残したる梓弓

①　族党百四十三人ノ姓名ヲ、如意輪堂ノ壁ニ題シ、歌ヲ其後ニ書シテ曰ク、「カヘラジト、カネテオモヘバ、アヅサユミ、ナキカズニイル、ナヲゾトドムル。」

②　如意輪堂の壁板に、各名字を過去帳に書連て、其奥に「返らじと兼て思へば梓弓なき数にいる名をぞとゞむる」と一首の歌を書留め、

③　同盟百四十余人ノ姓名ヲ如意輪堂ノ壁ニ題シ歌ヲ其後ニ書シテ曰ク「かへらじと。かねておもへば。あつさゆみ。なきかずにいる。なをぞとゞむる。」

d　君の方をば枕して／討死せしはいさぎよく／いさましかりける次第なり

①　乃呼テ曰ク、已ミヌ、賊ニ獲ラルルコト勿レ。兄弟交刺シテ斃ル。

②　今は是までぞ、敵の手に懸るなとて、楠兄弟差違へ、北枕に臥ければ、

③　正行乃ト呼テ曰ク我事畢ル賊ノ獲ル所トナル莫レト正時ト交々刺シテ斃ル

e　都も遠き村里の／女はらべに至まで／忠臣孝子の鑑ぞと／誉る其名は香しく／天地と共に伝はらん／天地と共に伝はらん

①、②、③共に該当部分無し。

aについては、詩篇の「元来よわき此からだ」に該当する部分が①、②、③すべてに見られない[注7]。また、「不忠不幸と誹られむ」とされている部分についても同様に、①、②、③の引用部分には見られないが、『幼学綱要』の「臣ノ忠節ヲ子ノ孝行ニ並ベテ」(「忠節第二」)という、「忠節」と「孝行」を並置する枠組みと合致する。cについては、①、②、③の内容を承けての要約と見てよいが、dの正行最後の場面では、①、②、③のいずれにも共通して見られる弟正時との刺し違えの場面が詩篇では削除され、正行一人に焦点が絞られている。

ｂ・ｅについては、どちらも他に見られない詩篇のみに見られる内容である。ｂはいわば語り手の想いが述べられた挿入句であり、ｅ、つまり詩篇最後の六句は、正行の行いが「忠臣孝子の鑑」として、「都も遠き村里の／女はらべに至まで」広まるとする「頌」のあり様を示している。この「女はらべ（女・童）」というのは、明治初期に特徴的な啓蒙の文脈に回収できる言い回しである。たとえば『新体詩歌』の第四集の序には、柳田斗墨の「今此編ノ如キ、其語ハ俗其調ハ易、故ニ牧童モ以テ誦スベク、機婦モ以テ読ミ易カルベキナリ」（傍点、筆者）という一節をみることができる。また第三集の序でも、坂部雨軒が「俚歌俗謡の童幼婦女好みてこれを誦する者は……またこれを解すること易なり」（同）と述べている。これらは『新体詩歌』に見られる一例であるが、これに限らず「女はらべ（童）」に対する教化という意図は、新体詩の詩集に限らず、この時代の啓蒙書に多く見られる視点である。こういった点からすれば、「小楠公を詠ずるの歌」は、特に教育的意図が強く打ち出されており、その点で明治以前の表現とは一線を画すると考えられる。前出・三浦仁は「小楠公を詠ずるの歌」は、作者が作中の人物に同化して歴史の状況を再現し、正行その人の心中を記しながら、終連では語り手の立場に戻って締めくくるという方法を、「テニソン氏軽騎隊進撃の歌」に学んだ可能性があることを指摘すると共に、詩篇全体は「抜刀隊の歌」の表現に寄り掛かっていると指摘している。「テニソン氏軽騎隊進撃ノ歌」の語り手の問題については後に触れたい。

ここでは、詩篇の後半部を取り上げたが、前半部はそれぞれに該当する部分は見られない。このようにみてくると、詩篇「小楠公を詠ずるの歌」は『幼学綱要』を始め、当時流布していた楠父子の故事を踏まえ、そこから歴史的説明を削除し、正行の台詞の部分を中心に再構成し、さらにそこに作者の視点が導入された詩篇であることが分かる。そこには『幼学綱要』や当時の修身教科書群が示した枠組みと同じものが提示されていると考えてよいだろう。さらにこの詩篇が『軍歌』において、「楠正成桜井駅に於て正行へ遺訓の歌」に続けて配列されることで、読み手には、自ずと「修身」の諸テクスト、つまり『幼学綱要』をはじめとするさまざまな「修身」の教科書群が想起されるようになっており、忠君愛国の国民を作り出す装置としての二重の効果を併せ持っていたと考えることができる。これは「小楠公を詠ずるの歌」が『軍歌』所収の新体詩として新たに担った側面である[注8]。

ここで、十九年当時の「修身」科の位置について触れておきたい。元田永孚を中心に成した『幼学綱要』は儒教思想を中心におき、そのために中国故事も併記されているが、当時、文部大臣として、教育改革を進めていた森有礼は儒教に力点を置くのを嫌い、十九年以降の「修身」科教科書からは、中国故事の部分はほとんど見られなくなっている。このことは、「修身」科における『幼学綱要』の微妙な位置を示している。

学校教育における教科目「修身」は、十二年公布の「教育令」により、すべての教科目の冒頭に置かれ、以後、十九年公布の「小学校令」においても、「尋常小学校ノ学科ハ修身読書作文習字算術体操トス」とあるように、教科目（「学科」）の冒頭に置かれていた。しかし、その内容についての揺れは大きく、儒教主義を根幹に置く元田永孚ら天皇側近と、儒教主義によらず西欧の道徳に範をおく森有礼らとの隔たりは大きなものがあった。十二年に下された「教学聖旨」により、一旦は儒教主義による教育が図られ、先に触れた『幼学綱要』もこの路線の基に編纂されたのであるが、十九年に初代文部大臣となった森有礼は、「学校令」（「小学校令」「中学校令」「師範学校令」）公布を機に、小学校の修身教科書を、検定の対象外に置くことで、それまでの教科書の使用を抑え、一方、「初等教育ハ我國臣民タルノ本分ヲ辨ヘ倫理ヲ行ヒ」（『学政要領』）とあるように、「修身」の中身を、西洋的な価値規範に近い「倫理」に置き換えていったのである[注9]。例えば、長野県では、二十年三月に県訓令による中学校「修身之部」指定教科書として、箕作麟祥の『改正勧善訓蒙』、『幼学綱要』、そして中村正直の『西国立志篇』の三種が指定されているが、「倫理ハ勧善訓蒙ニ因リテ其理ヲ講シ幼学綱要西国立志篇ニ拠リテ其的例ヲ授ク」とその使用に際して『改正勧善訓蒙』が中心に置かれている[注10]。箕作麟祥の『勧善訓蒙』は前篇をフランスのボンヌの、後編をアメリカ人ウィンズロウの書を基にして翻訳編纂された欧米道徳の書であるので、この書を中心に据えた「修身」は、これまでの儒教に範をおく「修身」から大きく転回していることが分かる[注11]。『幼学綱要』『西国立志篇』の二書はあくまでも『勧善訓蒙』に示された「倫理」の「的例」、つまり具体例を提示するものとして扱われているのである。

このことから分かるように、十九年の森有礼の教育改革は、天皇親政を目指す元田永孚ら儒教的修身教育派との教育路線、さらに言えば国民精神の養成に対する路線を巡る闘争でもあったのである。森が目指したのは、西欧列強のプラグマティックな国家主義、つまり富国強兵を支える国民精神としての「倫理」「修身」であり、決して中国古典に範を置く、儒教的な「修身」ではなかったのである。『幼学綱要』が教科書として残されているのは、いまだその存在自体は否定できない元田ら宮中の一派に対しての配慮であると共に、日本の史実を踏まえた忠君愛国逸話は、それはそれとして森の理念から逸脱していなかったからと考えられよう。

これらのことを踏まえれば、『軍歌』において、楠正成・正行といった忠君愛国詩篇が載せられ、と同時に翻訳詩篇が載せられていることは、まさに当時の「修身」の内実と合致していると判断できる。『新体詩歌』と接続している、河井版『軍歌』、そしてそのバリアントとしての数多くの軍歌異本群が、教育の現場に広く、そして深く浸透していったのには、『軍歌』及びその異本群に込められた意図が直接的に関わっていったと言えるのである。

教育現場における新体詩・軍歌

それでは新体詩としての『軍歌』及び軍歌異本群は、教育の場においてどのような場面で用いられていたのだろうか。いくつかの史料を紹介しておきたい。二十二年七月に三浦伊七によって寿盛堂から出された『新軍歌』の「新軍歌自序」には次のようにある。

世に軍歌と称する小冊子あり能く勇気を鼓舞し士気を砥励せしむるの資あるを以て或は行軍に体操に戸外遊戯に用る大いに益すると有るは江湖の素既に知る処なり

ここに見られるように、教育の場における「軍歌」は、教科「体操」において用いられていたようである。「体操」ははじめ、「心身強壮・健康保持」の観点からなされていたが、十九年の「学校令」発布により、導入された兵式体操が、「体操」の内容を大きく変えていく。

文部省は、教育の場への兵式体操導入を目指し、陸軍省の協力を得て体操伝習所を設置し、そこで兵式体操を身につけた伝習員が、各地の師範学校において教師の卵たる生徒に、兵式体操を教え込んでいった。と同時に、現職の教員に対する「隊列運動講習会」「兵式体操講習会」がこの頃夏期休暇中に開催されている。十九年の「学校令」によって、「体操」に兵式体操が組み込まれた際には、既に全国の多くの小学校・中学校ではぼ事実上の導入は完了していたのである[注12]。

学校への軍隊教育導入により、学校行事における軍隊化が招来されたのは言うまでもない。隊列をなしての行軍は、そのまま学外への「遠足」を意味し、また敵味方分かれての演習は、「運動会」として定着していく。実際は、校庭を持たなかった学校が多かったため、これらは「遠足運動会」という形で二十年前後から全国に普及することとなった[注13]。

二十一年五月に、長野県下高井郡日野尋常小学校で行われた「遠行運動会」については詳細な「要項」とその「記録」が残されている。午前七時に出発して、午後四時に帰校するという、この「遠行運動会」は、参加者は「三級以上」（九歳）とされ、児童には「指揮官」「参謀官」「伝令使」「記録掛」「輜重掛」等の役割が当てられ、「進行ノ際ニハ隊伍ヲ作リ伝令司令官ノ命ヲ以テ進退ヲ決ス」とされ、さらに「行軍規定」においては隊伍の編成、部隊長の職権、行進の際の歩調等まで詳細に定められている。そしてここで着目したいのが「行軍間生徒ニ軍歌ヲ吹奏セシム」という指示である[注14]。「遠行運動会」の「記録」には次のようにある。

是ヨリ先キ市中ニ入ルヤ生徒ハ命ニ従ヘ「テニソン」氏軽騎隊進撃ノ歌ヲ唱シ高声天地ニ轟キ数百ノ傍観者ヲシテ無上ノ愉快心ヲ呈出セシメタリ[注15]。

「要項」には「吹奏」とあるが、行軍の実際では「テニソン氏軽騎隊進撃の詩」が歌われていることが分かる。

他にも、静岡県における、「一二三年一一月一日鈴川海岸でおこなわれた富士郡南部連合運動会では、各校校旗を先頭に、職員指揮のもと軍歌を歌いながら行進し、元吉原村海岸に集合して体操遊戯や隊列運動をおこなった」という記録[注16]、「遠州新居宿と参州豊橋辺は昨今大に軍歌が流行し、学校通ひの小供は勿論、子守子までが、「進めや〳〵諸共に、玉ちる剣ぬきがざし、死ぬる覚悟で進むべし」（抜刀隊の歌）、「皇国の為めなり君の為め」（来れや来れ）と謡ひ囃し、芸妓は三味線にあはせてお客の機嫌をとる程なりと。」[注17]、また京都第三高等中学校でなされた軍歌教授の記事として、「鎮台の各隊中、軍歌の上達なし居るは歩兵第二十連隊にて、過日、第三高等中学校より軍歌教授の請求ありしにより、同隊第一大隊第一中隊の上等兵谷栄蔵氏選抜せられて、日々該校の生徒に軍歌を教授するの趣きなり。」[注18]とあり、新体詩・軍歌が、学校の軍隊化を推し進めるために各地各学校で積極的に利用されていたことが分かる。

軍歌注釈書の出現

このように「新体詩」＝「軍歌」は、その成立と同時に、学校教育に導入されていったわけだが、先にも述べたように多くの書肆がその出版を競った結果、数多の軍歌集が出回ることになった。と同時に、さまざまなバリアントを生んでしまったため、その「注釈書」までも出版される状況にまでなっている。

> 一　新撰軍歌抄なるものは世に行はる而して其書中字句誤謬多くして意義通ぜざるもの少からず又原歌の意味高尚にして児童解し難きものあり夫れ既に之を諷唱して而して其意を解せずんは是唯蛙鳴蟬躁のみ亦何の益ならんや

これは二十二年に出された、『訂正軍歌集註釈』（奥田栄世編）の「凡例」からの抜粋だが、「字句誤謬多くして意義通ぜざる」「新撰軍歌抄」が多く、また原歌の意味が高尚なため、「解釈」が必要であるという。これはこの書が「児童」を対象とされているからで、これまで述べてきたように軍歌の教育の現場への流入を前提にして本書が成り立っていることが分かる。

この書で注釈対象となった軍歌は十九編、二三句毎に二三行の傍注が付されていく。標記は、児童対象ということもあり、総ルビである。（資料編①『訂正軍歌集註釈』、二九七〜三四七頁）

先に述べた、行進の際によく歌われたという「テニソン氏軽騎隊進撃の詩」については、次のような注が付される。

一里半は敵軍までの距離なり掛れの令は進めの号令なり士卒たるものは進退生死ともに唯士官の号令に従ふべきものなれば士卒の身分を以て事の入り訳を詮議するは分限を越したるものなり士卒は唯士官の号令に従ひて死するの外はないぞとのことなり

（資料編①『訂正軍歌集註釈』、三一一頁）

これは第一連（『新体詩抄』では「其一」とされているが、ここでは「第一節」とされている）、「一里半なり一里半並ひて進む一里半／死地に乗り入る六百騎　将ハ掛れの令下す／士卒たる身の身を以て　訳を糾すハ分ならず／答をなすも分ならず　これ命これに従ひて／死ぬるの外ハあらざらん　死地に乗り入る六百騎」に付された注であるが、「一里半」や「掛れの令」など、児童が分かり難い語に対する語釈だけでなく、「士卒／士官」の身分についての、身の処し方についての価値判断までも与えられている。このような傾向は本書に一貫しており、例えば「兵士の歌」の注には、「皇国の為君の御為に兵士となるは人民の務めなり既に兵士となりたる上は事ある時に進んで討死にするは兵士の職分にてあたりまへの事なり」と、子どもに対して、強烈に忠君愛国への思いとそれに殉ずることの大切さを教え込むようになっている。

ここで「テニソン氏軽騎隊進撃の詩」の成立背景と、いくつかの問題点において触れておきたい。

「テニソン氏軽騎隊進撃ノ詩」は、ロシアとオスマントルコが戦ったクリミア戦争において、オスマントルコを支援したイギリス軍とロシア軍との戦闘に材を得た詩篇である。この戦いは、ロシア砲兵の移動を阻止するため、軽騎兵旅団六七三名がロシア軍砲兵陣地を正面から攻撃し、実際には二百五十名の死傷をみたというものであった。無謀ともいえるこの突撃は'Charge of the Light Brigade'（軽騎兵旅団の突撃）と呼ばれ、その勇敢さが高く評価され、数多くの絵画や文学、音楽等の題材となっている。「テニソン氏軽騎隊進撃ノ詩」は、Alfred, Lord Tennyson（テニソン）が戦闘の同年、一八五四年に発表した'The Charge Of The Light Brigade'を翻訳したものである。原詩では、'Memorializing Events in the Battle of Balaclava, October 25, 1854'（一八五四年十月二五日、バラクラヴァの戦いを追悼して）と付されているが、『新体詩抄』に収められた本詩の詞書には、「同年同年六月廿五日バラクラバの戦争にて…」と、戦いの「月」が違えている。外山がこの詩篇を翻訳した際の草稿が、外山所蔵の「The National Reading Books」の裏表紙の鉛筆書きで残されており興味深い[注19]。以下、原詩を次に掲げ、筆者による逐語訳を載せておく。既に指摘されているが、最終連（「其五」）の内容が原詩と大きく異なっていることに注意したい。

The Charge Of The Light Brigade[注20]
by Alfred, Lord Tennyson
Memorializing Events in the Battle of
Balaclava, October 25, 1854
Written 1854

Half a league half a league,
Half a league onward,
All in the valley of Death
Rode the six hundred:
'Forward, the Light Brigade!
Charge for the guns' he said:

軽騎隊の進撃
アルフレッド、テニソン
一八五四年十月二五日、バラクラヴァの
追悼して
一八五四年作

半リーグ、半リーグ、
半リーグ進み、
六百騎すべて
死の谷に乗り入れる。
「進め、軽騎隊！
砲兵を撃て」と将は命じた。

Into the valley of Death
Rode the six hundred.

六百騎
死の谷に乗り入れる。

'Forward, the Light Brigade!'
Was there a man dismay'd ?
Not tho' the soldier knew
Some one had blunder'd:
Theirs not to make reply,
Theirs not to reason why,
Theirs but to do & die,
Into the valley of Death
Rode the six hundred.

「進め、軽騎隊！」
この進撃は誤りであると兵士は知っているが、
怖れる者はいるだろうか？
そんな者は一人もいない。
答えることも必要ない、
その理由を聞くことも必要ない、
ただ進んで死ぬだけだ。
六百騎
死の谷に乗り入れ

Cannon to right of them,
Cannon to left of them,
Cannon in front of them
Volley'd & thunder'd;
Storm'd at with shot and shell,
Boldly they rode and well,

右を望めば大砲、
左を望めば大砲、
前にも大砲。
一斉射撃とその雷鳴、
弾丸、砲弾が降り注ぐ、
大胆に騎兵は進んでいく、

Into the jaws of Death,
Into the mouth of Hell
Rode the six hundred.

死の淵に、
地獄の入り口に。
進み行く六百騎。

Flash'd all their sabres bare,
Flash'd as they turn'd in air
Sabring the gunners there,
Charging an army while
All the world wonder'd:
Plunged in the battery-smoke
Right thro' the line they broke;
Cossack & Russian
Reel'd from the sabre-stroke,
Shatter'd & sunder'd.
Then they rode back, but not
Not the six hundred.

抜き身の刀を閃かせ、
かざした刀は空に閃く。
砲兵を襲い斬し、
敵の本隊を攻撃し、
天地すべてが驚嘆する。
弾丸の煙に包まれて、
まっしぐらに通り抜け、敵の陣地を打ち破る。
コサック兵とロシア兵
隊を乱して敗走する。
ここに馬を立て直すが、
六百騎で残っているものはわずかである。
その攻撃に耐えかねて、

Cannon to right of them,
Cannon to left of them,

右を望めば大砲、
左を望めば大砲、

Cannon behind them
Volley'd and thunder'd;
Storm'd at with shot and shell,
While horse & hero fell,
They that had fought so well
Came thro' the jaws of Death,
Back from the mouth of Hell,
All that was left of them,
Left of six hundred.

後ろからも大砲。
一斉射撃とその雷鳴、
弾丸、砲弾が降り注ぐ、
馬や勇士は倒れ行く、その間にも、
華々しく戦いながら、
まっしぐらに死の淵から帰ってくる、
地獄の入り口から戻ってくる、
六百騎、残っているのはあとわずか。

When can their glory fade?
O the wild charge they made!
All the world wonder'd.
Honour the charge they made!
Honour the Light Brigade,
Noble six hundred!

彼等の栄光が色褪せる時があろうか？
ああ、激しい進撃であった！
世界中が驚嘆した。
尊敬すべき進撃であった！
栄誉は光り輝く、
気高く崇高な六百

（翻訳：筆者）

「テニソン氏軽騎隊進撃ノ詩」のうち、既に原詩との違いが指摘されているのが、最後の連「其五」である。

其五

あゝ勇ましきものゝふの　　よに香しき其誉
手柄ハ永く伝へなん　　今のをさなご生立ちて
とる年あまた重りて　　腰ハ梓の弓となり
頭に霜を戴きて　　孫ひこやしやご多き時
六百人の豪傑が　　敵の陣へと乗り入れる
そのふる事を語りなバ　　末代までも名ハ朽ちじ

『高等英語独習書』（吉田幾次郎　東京宝文館　大正五年五月）には、「（附言）以下は早くから外山博士の訳として世に伝はつて居た訳歌であるから茲に録した。しかし所々原文と適合しない所があり、特に末節は全く原文と異なつて居るから、よく注意して見られ度い。」とあり、その後に外山の「テニソン氏軽騎隊進撃ノ詩」が掲載されている[注21]。

確かに、原詩と外山の翻訳とは、その最終連の内容は違っている。原詩では、「頌」として、兵士の勇猛さを讃える内容が記されており、それまでの詩の内容と一続きの内容が記されているといえようが、外山の「テニソン氏軽騎隊進撃ノ詩」では、描かれた事象に対する「解説」的な立場から述べられているといえよう。これは、テニソンが自国の兵士の悲劇に感じて作詩したのと、そのような意識を持たずに翻訳した外山との違いと言えばそれまでであるが、この最終連には、翻訳者外山の存在が前景化し、それが読者に対する啓蒙的な語りとして機能しているとみてよいだろう。これは先に触れたように、作者が作中の人物に同化して歴史の状況を再現し、終連では語り手の立場に戻って締めくくるという方法であり、「小楠公を詠ずるの歌」にまで、その手法は投影していくのである。それぞれ作者は違えども、原詩、翻訳詩、創作詩と展開するにしたがって、明治政府の目指す、ナショナル・アイデンティティの強化に寄り添う形で、これらの詩篇は機能していくのである。同様のことが、この新体詩の注釈書にも言える。

改めて、『訂正軍歌集註釈』に話を戻すと、外山正一の手による「テニソン氏軽騎隊進撃ノ詩」が『新体詩抄』に掲載された際の詞書と、『訂正軍歌集註釈』に付された詞書とでは、異同があるのに注意したい。

『新体詩抄』

左の詩は一千八百五十四年英仏の両国土耳斯を援けて魯西亜と兵端を聞き遂に高名なるクライミヤの戦争となり此間数多の合戦此処彼処に在りたる中最有名なるものは同年六月廿五日バラクラバの戦争にて英国の軽騎隊六百騎が目に余る敵の大軍中へ乗り込み古今無双の手柄を顕はしたれども惜い哉衆寡素より敵し難く其大概ハ討死し或は擒にせられ無難に帰陣したる者甚僅にて有きと当時英国に有名なる詩人テニソン氏が其進撃の有様を吟咏したる者にして何国人に限らず苟も英語を解するもの此詩を暗誦せざるなしといふ

ゝ山仙士

『訂正軍歌集註釈』

此詩は一千八百五十四年英仏の両国土耳斯を援けて魯西亜と戦ひ遂に高名なるクライミヤの戦争となり同年六月廿五日英の軽騎隊六百騎が目に余る敵の大軍へ乗り込み古今無双の手柄を顕はしたれども惜哉衆寡敵し難く其大概は討死した当時英国に有名なる詩人テニソン氏が其進撃の有様を吟咏したるものなり

『訂正軍歌集註釈』が、外山の詞書をもとに作られていることは明白で、書き換え、削除された部分の多くは、難解語句の部分や、大意は変らない部分であり、児童対象という点からするとその方向性は一貫したものだが、しかし、「大概ハ討死し或は擒にせられ無難に帰陣したる者甚僅にて有き」という部分のうち、「無難に帰陣したる者甚僅」の部分は削除されている。つまり、兵士の死を強調するかのようにテキストが削除・改変されているのである。これは本書の注釈全体の傾向であり、そこには、忠君愛国に殉じる行為への誘いが一貫して強調されている。

編者・奥田栄世については、木全清博「滋賀県の教科書のうつりかわり――明治前期の地域版教科書を中心に――」に次のようにある。

奥田栄世は一八七六（明治九）年に、文部省中視学より滋賀県学務課長に転じた人物で、小学校教員養成機関の大津師範学校の設立に力を尽くします。この教科書（『滋賀県管内地理書』筆者注）は一八七七（明治十）年教則に掲げられ、その後のすべての教則にも掲げられ、約十年間県下で使用されました。

（「滋賀大学附属図書館情報 第回記念教科書展特集号」、平成十七年十一月）

つまり、「明治初期滋賀県の教育制度整備の中核を担った人物」（木全）ということになり、やはり当時の教育、特に教員養成に関して忠君愛国への教化が著しく進められていったことが裏付けられる。また『訂正軍歌集註釈』には、「楠正成桜井駅に於て正行へ遺訓の歌」「小楠公を詠ずるの歌」が収められているが、前者の注釈は次の通りである。

此歌は延元元年五月楠正成後醍醐天皇の詔を奉じ賊将足利尊氏を兵庫湊川に防がん為め摂津へ下向の途中桜井の駅に至り子正行を本国河内へ帰す時の遺訓を浅見炯齋先生の謡曲に作りたるものを誰人か軍歌に取直したるものなり遺訓とは申し遺しの訓へといふ事にて遺言なり

（資料編①『訂正軍歌集註釈』、三四三頁）

ここから、先に述べた通り、「楠正成遺訓の歌」が「浅見炯齋先生の謡曲」を下敷きに作られていることが分かる[注22]。

『訂正軍歌集註釈』は、丁寧に詩篇の成立過程についても伝えると共に、分かりやすい解説を付すことで、読者である児童・生徒らに理解と共感とを求めていく。「之を諷唱して而して其意を解せずんは之唯蛙鳴蟬躁のみ亦何の益ならんや」（凡例）に述べられている通り、児童・生徒に対する啓蒙の装置として、そして忠君愛国へいざなう強力な装置として、教育の現場へ強い影響を与えることになるのである。「注釈」による詩・歌の内容の自明化は、そのまま詩を歌う際に、当然、その意味が身体に浸透するために不可欠な前提として機能していく。その意味でも、このような注釈書の出現は、学校教育の場における軍事化、忠君愛国へのベクトルを一層強化させるものであったと言えよう。

［注1］　三浦仁『詩の継承』（おうふう）、平成十年十一月

［注2］　『新体詩抄』に収められた詩篇もあるが、それは『新体詩抄』から『軍歌』編纂者が採ったというより、『新体詩歌』とも重複している点から、やはり一括して『新体詩歌』からの採取がなされたと考える。

［注3］　中村格は「天皇制下における歴史教育と太平記――正成・正行像の変容――」（『研究紀要』第一分冊、人文学部九、

平成十年十二月）、「歴史唱歌の光と影──『桜井の訣別』をめぐって──」（『言語と文芸』百二十三号、平成十八年十二月）等において、皇国史観によって歪められた楠父子像が教育（特に小学校教育）によって国民に浸透し、「天皇の軍隊」の形成に寄与していったプロセスついて詳細に述べている。

［注4］宮崎真素美「『新体詩歌』の語るもの──文芸・政治・教育の交差する場所──」（「文学」第五巻第三号、岩波書店）、平成十六年五月

［注5］「訂正軍歌集注釈」（資料編①、二九七～三四七頁）には、注釈付きであるが、各詩篇が掲載されている。参照されたい。

［注6］『幼学綱要』自体、元田が「史料ニテ神武天皇、崇神天皇、後三條天皇、成務天皇、後光明天皇及楠正行、源親房、小早川隆景、加藤清正、細川忠利等、漢史中伝説蕭何、狄仁傑、郭子儀、程顥、李綱、岳飛、文天祥、劉基等、余カ筆鈔スル所ナリ、十二年ノ夏起稿シ十三年経十四年夏ニ至テ書成ル序文ハ余ガ撰スル所ナリ」（「古稀之書」元田文書）と記すように、オリジナルではなく他の「史料」を踏まえて編纂されたものである。

［注7］詩篇の後に成立した修身教科指導書『修身鑑画解説』（二十三年）には「稟性羸弱常」とあり、正行が生来虚弱であったことが記されている。

［注8］当時の楠正成・正行観については、学校教育の場だけではなく、歌舞伎や芝居といった文字テキスト以外のものをも含め、どのようなイメージが人々に形成されていたか、更なる調査が必要であろう。

［注9］「中学校令」においても、「修身」ではなく、「倫理」が第一の科目とされた。

［注10］長野県教育委員会「訓令第百三十六号教科書用図書・学科課程制定につき県訓令」（『長野県教育史』第十一巻資料編五）、昭和五十一年九月

［注11］長野県で教科書として採択されたのは、明治十四年十二月に柳河梅次郎を出版元として出された、「前後篇十二冊」のものである。「自由ノ権」を掲げる後篇、続篇の部は、十三年には教科書としての使用が禁止されていた。

［注12］『軍歌』を出した河井源蔵は明治十六年四月に『体操教練書』を「内外兵事新聞局」から出版したことが分かっているが、詳細は不明である。

［注13］『長野県教育史』第二巻総説編によれば、校庭運動会が広まるのは、学校における運動場の必置が規定された

[注14] 明治三十三年に出された改正「小学校令」施行以降のことである。長野県教育委員会「明治二十一年五月下高井郡日野尋常小学校遠行運動会「要項」」(『長野県教育史』第十一巻史料編五)、昭和五十一年九月

[注15] [注14]と同じ。

[注16] 静岡県教育委員会『静岡県教育史通史篇上巻』、昭和四十七年十一月

[注17] 「静岡大務新聞」、明治二十年一月十九日

[注18] 「朝日新聞」、明治二十年十二月十六日

[注19] 久松潜一「『外山正一と文学論』追記」(「国語と国文学」)、昭和二十一年十一月

[注20] 原詩の出典については以下の通り。This poem, including punctuation, is reproduced from a scan of the poem written out by Tennyson in his own hand in 1864. The scan was made available online by the University of Virginia.

[注21] 西田直敏『『新体詩抄』研究と資料』(翰林書房、平成六年四月)では、明治四十一年九月に同じ宝文堂から出された『最新最詳高等英語独修書』(中学英語研究会編、宝文館、明治十一年九月)に記された同様の指摘を紹介している。

[注22] 山宮允は『日本現代詩体系』第一巻解説(河出書房、昭和二十五年)の中で、この「楠正成遺訓の歌」の作者を「浅見炯齋」としている。浅見炯齋は、承応元年(一六五二年)に生まれ。近江国(現滋賀県高島市)出身の儒学者である。山崎闇斎に師事し、闇斎門下の俊英であったと言われている。主著『靖献遺言』(一六八四年)は、屈原、諸葛孔明、陶潜、顔真卿等の評伝として、幕末志士たちに大きな影響を与えたと言われている。

Ⅱ

新体詩の変容
――日清戦争と抒情の成立――

第Ⅰ部において、『新体詩抄』、そしてその詩篇の多くを受け継いだ『新体詩歌』が、「明治」という新しい時代で何を主張しようとしたのか、そして社会とどのように関わろうとしてきたのかについて述べてきた。そして明治二十年前後、新体詩・軍歌が学校教育において、その忠君愛国の意識を高揚させるための装置として機能していたことについて詳説してきたつもりである。第Ⅱ部では、日清戦争という明治政府初の対外戦争において、これまであくまでも実を伴わない虚構、イメージとしての「戦（いくさ）」を歌ってきた、軍歌・新体詩が、現実の戦争に向き合い、現実化または現実に裏打ちされたイメージを強いられる中でどのように変容し、そして戦後にはどのように変わっていったのかを明らかにしたい。さらに三十年代に花開く、抒情詩が、そのような状況とどのような関係にあるのかを中心に論じていきたい。

第一章　日清戦争と新体詩

明治十五年の『新体詩抄』以来、新体詩は国家体制や教育制度からの影響を大きく受けながら、『新体詩歌』や『軍歌』の大量出版という形で、一旦は新しいジャンルとして成立しかけていったようにみえる。しかしながら、十九年の「学校令」発布をきっかけとした、いわば外発的な形でのブームでは、新体詩はジャンルとして自立できるはずもなかった。つまり、新体詩のうち、特に、軍歌が目指す、忠君愛国的内容、そしてその思想を身体化するために行われた行軍に適合させるための七五、または五七のリズムは、どちらも新体詩の表現としての可能性を極めて低いものにしていったのである[注1]。

その結果、「新体詩ブーム」ともいうべき、その隆盛も二十年代初頭まで終息し、その後は「新体詩」の定義についての堂々巡りが多くなり、ジャンルとしての完成もなし得ず、また新しい見地からの切り開きもなく、いささか閉塞状況に陥っていった。これが二十年代中頃の新体詩の有様であった。日清戦争はそのような状況下において勃発する。

一旦凋落せる新体詩（若し果して生長繁栄すべきものならば）此の際に於て再び芽しはじめて其の体を成就す

るに至らん

これは日清戦争が「如何なる影響を我が文学界に及ぼすべきか」として、開戦直後に「早稲田文学」六十九号（明治二十七年八月）に載せられた一文である。ここでは戦争によって、「凋落せる新体詩」の「生長繁栄」することが、つまり新体詩再生が予見されている。またこの筆者は予測される文学傾向として次のようにも述べている。

最も多感なる詩人の熱腸を刺戟しては或は光焔万丈の妙想なり或は鬼神を感動するの詩文とならん／詩歌はおのづから主観的となり多くは或一時の感想を歌ふものとなり（略）

ここでは、「感動」「主観的」などといった、主情的傾向の詩歌（新体詩に限らず和歌漢文も含む）が想定されている。このような傾向はこの戦争下の詩歌の傾向を先行して言い当てている。

実際、翌月には「花鳥風月を主題とせるもの極めて尠なく軍事に関するものゝみ多くなりぬ」（「早稲田文学」）という状況、また「演劇も、講釈も、詩も歌も、流行も、遊戯も、総て戦争化せり」（同）などという有様になり、戦争が文芸を含めて社会一般に急速に浸透していった様子がうかがえる。戦争に材をとった「はやり歌」が各地で喧伝されたのもこの頃である。このような状況において新体詩はどのように変容したのだろうか。

まず第一に挙げられるのが、これまでにも増して進む、新体詩の軍歌化である。二十年代中頃には、森鷗外等による『於母影』（明治二十二年八月）、宮崎湖処子の『湖処子詩集』（明治二十六年十一月）が出されている。前者は、五音七音から解き放たれた、新しい韻律により清新な抒情を歌い、後者は、ワーズワースや陶淵明から影響を受け、文語定型詩による自然詠をその特徴としている。いずれにせよ、新体詩＝軍歌（忠君愛国／五音七音）という枠組みとは違った場所に、新体詩を位置づけようとする試みが始まったばかりであった。また二十五年には、『滑稽新体詩歌』が出され、パロディにより、「軍歌」における忠君愛国の有様を撃っている。いずれにせよ、日清戦争直前までは、新体詩＝軍歌という枠組みを否定し、それを更新しようとする流れが形成されつつあったのである。

ところが、日清開戦後は、「軍歌は殆ど、詩歌の世界を横領せり」[注2]という状況となり、新体詩と軍歌を区別するどころか、それらを同一視することにはなんら疑問も見られない。他にも「日清の戦争起りしより詩人の之れを歌ふ者多し」[注3]とあるように、新体詩の多くが戦争に材を得ていた状況がうかがえる。

次に挙げるのは日清戦争に関する新体詩の傾向を分類したものであるが、当時、新体詩のほとんどが戦争に材を得ている状況からすれば、これはこの頃の新体詩の分類と読み変えてもよいだろう[注4]。

征清に因める新体詩は近来ます〳〵多きを加へたり重なる詩題の範囲を通俗的に区分すれば左の如し

普通軍歌　兵気の鼓舞を主とせるもの、陸戦、海戦、砲戦、抜刀隊、凱旋、進軍、退軍、兵士、日本刀、大和魂、日章旗等に関す

特殊戦闘　成歓役、安城渡、平壌の役、黄海役、九連城役、旅順役、威海衛攻撃、北京陥落等

戦傷逸事　垂死喇叭卒、玄武門先登、平壌の月、西京丸、赤城艦、霊鷹等

情　歌　重に遠征士卒が家族知己相思のもの、生別、死別、空閨嘆、俟帰来等

戦捷歌　時々の戦捷歌の外に日本国民の意気日本帝国の栄光等を歌へるもの

この分類からうかがわれるのが、「普通軍歌」「特殊戦闘」「戦捷歌」などといった、軍威昂揚、国威昂揚の新体詩と、「戦傷逸事」「情歌」といった日本伝統の「挽歌」の系譜につながる新体詩とおよそ二様の新体詩に分けられるということである。どちらも個人と国家の一致した「感動」を歌う点では同じであるが、特に後者は「悲哀」といったより主情的傾向が強いものであるだけに、三十年代の抒情詩に何らかの影響を与えたであろうことは推測することができよう。ただ実際には前者の軍歌が多く流布していた。

またこの分類で気がつくのは、やはり新体詩が軍歌と同様に扱われているという点である。新体詩の軍歌化によって、新体詩はリズム（韻律、音数律）に接近していった。教育の現場に関わることでいえば、当然、多くの軍歌は学校で歌われることを意識されていた。例えば、二十八年六月十四日の海軍省の記録には「東京府知事ハ軍歌三十種ヲ撰ヒ府下小学校ニ於テ適宜唱歌用ニ給スルヲ得トノ告示ヲ発ス」（海軍省公文備考）と残されている。また、当時の軍歌の大流行は、新聞社を中心にした「懸賞軍歌募集」にも支えられており、ここでは必ず韻律が要求されていた。例えば読売新聞社では「国民が敵愾の気を鼓舞せん為に此のたび懸賞して軍歌を募り其の粋を抜きて作譜し以て一般国民に吟詠せしめん」ため、広く軍歌を募る。その「作歌心得」には「軍歌の歌格は、可成一句七五の格に作るべきこと」とされている。これは行軍に際しての「歌う」ためであるという[注5]。また「国民之友」にも士気を鼓舞するため、漢語を用いて五七、七五、七七、五五といった「格調」高い、朗詠調の「新格」を作るべきとの主張が見られる[注6]。このような新体詩―軍歌―リズムの連結が、新聞というマスメディアに載ったことで、軍歌の大流行が起こったのである。メディアを通じて国民全体を一つのリズムで揺れ動かそうとする、それまでになかった軍歌―新体詩の新たな機能をここにみることができる。これが明治中期の初の対外戦争に際して発せられた、国民総体をくるむナショナリズムの発動に直接的に寄与したものであることは言うまでもないだろう。このような状況において個人の「情」を表すものとしての「抒情」はナショナルなものの潮流に呑み込まれざるを得ない。

しかし一方では、このような状況に異を唱える者もいた。音数律への無自覚的な接近を戒める見方も一方では存在していたのである。「戦争が文学に及ぼせる影響の一なる軍歌の大流行は、我邦詩歌の将来に向つて如何なる新生面を開き得べきや」ではじまる「新体詩の将来」は以下のように述べている[注7]。


予輩は信ず詩形革新の第一歩は我邦文字の研究にあることを、七五、五七等旧襲の詩形の外、五三、六四、八六、九八、其他諸種の長句短句の最近数年の間に試みられたるもの一にして足らず、而も概ね失敗に終らざるはなかりき、之れ果して何が故ぞや、七五、五七等の平弱単純なる調を省て他の形は何が故に我詩歌に適せざるか、（中略）蓋し今日の詩歌は七五調の城壁を破らざるべからざるの必要に逼り居るも、而も確実なる失敗の眼前に横はるが為に遂に逡巡進む能はざるの境遇に在るなり

ここでは新体詩が七五もしくは五七調から離れるべきことへの主張と共に、新しい「調」への模索が見られる。またこれまでの七五、五七調以外の「調」が皆失敗に終わったとの見解もうかがえる。この新しい試みへの意志は新体詩―軍歌―リズム（音数律）という当時の主流に抗う主張であったと言える。

また軍歌としての新体詩に対して、内容に対しての批判も散見される。「日清の戦争起りしより詩人の之れを歌ふ者多し、唯惜しむらくは其詠ずる所、殺伐の気多くして大国仁厚の意に乏しき」[注8]という批判もあるが、これはむしろ新体詩の軍歌化を推奨しているととるべきであろう。

「新体軍歌」には軍歌批判が三点挙げられている[注9]。その第一は「詩歌が人を感動せしむるの力は主として語句節奏の末にありとなし、根本たる思想の選錬を疎にす」という点で、現在の詩人は、「今日の日本国民

が一般に有する、種々の感情につきて抽象」した「思想」をそのまま表しており、「何程の想像」も浮かんでこないのだという。ここには「自から感動する所」がないとされる。第二に「内に動くの同情を攄べて外に表白する」ことの欠如が挙げられる。これは「詩人の想像に映じ来たれる事実を陳ぜんには、その方法また詩的ならざるべからず」とあるように、例えば「悲哀を抒べて詩的ならんとせば、我れまづ涙を揮て、而して後に筆を下すべし」という作詩態度のことであり、つまりこれも現在の「新体軍歌」には欠けているというのである。第三は「死語を弄ぶの陋に堪へず」ということ。これは古語を現在の新体詩に用いることを戒めることである。以上三点の批判をここに挙げたが、このうちはじめの二つに着目したい。これらはいずれも新体詩と軍歌を同枠とみる点では、不足であるが、現実の新体詩に対してはなかなか有効な批判を成しているようである。第一の軍歌批判は、軍歌の持つ「抽象」化された「一般」の思想、全体感情の否定をし、その代わり「自ら」つまり「私」の「感動」の表現を主張した点で、後の「内なる私」としての抒情に繋がる萌芽とみてよいように思われる。第二の詩人の作詩態度というべきものは、これも第一に述べた視角がそのまま用いられており、パターン化された軍歌の詠がリズムによって隠蔽され流布していた現状を考えると、これも軍歌の類型化を批判的に捉えている点で貴重である。

ともあれ、国民全体の感情と個人の感情との同一性が、戦争をめぐる言説に見られることであるならば、個人感情のみで成立する抒情はありえず、さらに言えば抒情自体が、それを共有できる共通の感性を必要とするのを踏まえれば、戦争という枠組みの中では、新体詩が軍歌ナショナリズムに吸収されてしまったのは、ある意味では当然であったと言えよう。しかし、そのような状況のなかで、新体詩が軍歌ナショナリズムに抵抗し、閉塞された状況から「詩」として如何に自立しえるのかが、それが問題とされなければならないだろう。つまり日清戦後の抒情成立のためには、形式的にも内容的にも軍歌に拮抗する新体詩が必要であったのである。それが完全な拮抗ではなくその萌芽でもよいのである。
その可能性を外山正一「旅順の英雄可児大尉」に探ってみたい。

外山正一「旅順の英雄可児大尉」

十五年に『新体詩抄』を上梓し、（一応）新体詩創始者としての名を残していた外山正一は、二十八年二月「旅順の英雄可児大尉」を「帝国文学」に発表し、その詩の形態から波紋を投げかける。この詩篇は、同年八月、外山が中村秋香、上田万年、阪正臣らと共に発刊した『新体詩歌集』に収められた。この詩集に収められた外山の詩篇は共通して散文的形態で書かれており、これが音数律をめぐる議論を生じさせたのである。この議論に関しては既に久保忠夫による詳細な整理がなされている[注10]。久保の指摘からは、当時のこの詩篇を巡る毀誉褒貶があらわにされ大変興味深いものであるが、それは韻律の有無を巡ってなされたものである点で、詩篇の内容への批判は見られないようである。この詩篇で述べられた内容も当時の軍歌群からみればいささか奇妙な内容である。それは、先に述べた軍歌の典型である、国民全体の感情と個人の感情との同一性がここでは崩れかけているからである。そしてこれがまた外山の韻律否定に繋がっていったのではないかと思われる。そこで本章ではこの詩の内容の独自性について検討していきたい。

『新体詩歌集』七十九篇中、外山の新体詩は十二篇。収録順に次に挙げる。

我は喇叭手なり　（「太陽」明治二八・四）＊
佐久間玄蕃　（「東洋学芸雑誌」二四・八）
郭公　（「東洋学芸雑誌」二四・七）

忘るゝな此日を　（「帝国文学」二八・七）＊
往け往け日本男児　（「少年園」二七・一〇）＊
我が海軍　（「少年園」二七・一〇）＊
忘れがたみ　（「東洋学芸雑誌」二四・八）
旅順の英雄可児大尉　（「帝国文学」二八・二）＊
画題　（「ゝ山存稿」二三・四）
迷へる母　（「東洋学芸雑誌」二四・五）
弔詞　（「ゝ山存稿」二七・八）
輸卒　（「帝国文学」二八・六）＊

＊印を付してあるのが、日清戦争を直接題材にした詩篇である。このうち「往け往け日本男児」「我が海軍」の二篇は、「少年園」に発表された詩篇で、それぞれ伊沢修二、山田源一郎によって曲が付けられた、子ども向けの「軍歌」である。残りの四篇は、散文体を用いていることに関して、皆ほぼ同様な体を成しており、韻律（語数律）を回避した表現となっている。先に述べたように、形式上の特徴だけでなく、内容的にも他の軍歌に見られないような独自のモチーフを持っているこれらの詩篇のうち、「旅順の英雄可児大尉」を一部引用しておきたい。なお、改行は「／」によって示した。

「旅順の英雄可児大尉」

（前略）／日頃健全強壮の大尉は。此の大切の時に臨み。最も悪性の病魔に侵されたり。進軍には実に恐るべきの病性なり。而かも。総攻撃の時期の迫るに随ひ。病勢は彌々加はれり。／是に於て。大尉の憂苦は幾許なりしを知らず。／身体の苦痛は。大尉の意とせし所には非らざるなり。大尉をして心痛に勝へざらしめたるは。旅順の攻撃に際し。任務を尽す能はざらむかとの懸念なりしなり。／旅順総攻撃の時期は彌々迫まれり。大尉の病は益々重し。大尉の憂苦は益々深し。／彌々明治二十七年十一月二十一日とはなりたり。旅順の攻撃は今日。此の時。／此の日。旅順の攻撃に臨める。我が神州の男児にして。武勇を著はさぬ者は一人もあらざりしなり。然れども。誰か大尉の勇気に及ばむ。／昨夜来。大尉の病勢は彌々加はりたり。身体は衰弱を極はめ。実に。容易ならざるの容態にてありしなり。／然れども。「大尉意気は少しも撓まず。部下を率ゐて。未明より。二龍山砲台の攻撃を始め。雨下する弾丸を事ともせず。身を挺して猛進せり。」／大尉は既に。山頭に達せむとしたり。強堅なる砲台は。大尉の勇気に由て将に陥るに垂むとせり。／重病を冒して能く爰に至りしは。大尉の喜びに勝へざりし所ならむ。遂に能く敵の砲台を陥れむ事は。大尉の誓て期せし所なり。／然れども。天遂に大尉に此の名誉を与へざりしなり。／大尉の猛進は却て大尉の病勢を激烈になしたり。心は彌猛にはやるも。遂に一歩も進む能はざるの窮困に陥りたり。／是れに於て絶体絶命。「大尉は憾を呑んで。任務を部下の少尉に譲れり。」／憐むべし。堪へ難き苦痛を凌ぎ。諸隊に先き立ち我が隊を劇進せしめて。漸くに昇り来りし甲斐もなく。我が手に落ちむ砲台を。みす〳〵後に残し置きて。再び山を下り往けり。／（中略）／傷しや。旅順の山々に響き渡れる凱歌の優声も。大尉の為めには無残なる断腸の響をぞ与へける。／旅順陥落の後。大尉は陣中に在て。鬱々として病を養ひ居りしが。一日飄然として出で往きて遂に還へらず。／翌日に至り急報あり。二龍山の絶頂に於て一士官の自殺せる者ありと。／衆馳せ往きて視れば。即ち前日出で丶行方の知れざりし可児大尉にぞありける。／大尉は銃を以て。見事に咽喉を打ち貫きて自殺を遂げたり。／大尉の懐中せし簡短の遺書は。大尉の心情を明に示せるなり。（中略）／可児氏の如きは。我と我が手を以て死せる者なり。而して其の自殺たる。小心なる婦女子が。精神錯乱の為に遂げたるの自殺には非らずして。意識あり自覚心に富むの丈夫が。沈思熟慮数日の後。強固なる意志を以て静に実行したるの自殺なり。／可児氏の自殺の如きは。日本男児の何者たるかを。普く世界に明示せる者なり。／可児氏の如きは。実に窮困極はまれる悲境に陥り。克く之に処るの道を知れりし人なり。（中略）／可児氏の如きは。実に軍人の亀鑑たり。可児氏の如きは。日本民族の代表者として真に恥ぢざるの士なり。人若し。旅順の英雄は誰なりと問はゞ。予は断然可児大尉なりと答へむ。

忠勇無双の「可児大尉」は、突撃に際して病を得、それが叶わなかった故に自刃するという内容の散文詩である。これは先の新体詩──軍歌の分類に従えば、「戦傷逸事」ということになろうか。にも関わらず当時の軍歌に類型化された「いさぎよい死」からすれば、いささか奇妙な内容であるのも確かである。戦勝に寄与した戦死でなく、その価値観の反転したところに意味を見い出しているからである。しかし当時の反響は、このような内容からではなく、詩の形態が五七・七五といった音数律を全く排した、いわば無律の「詩」であったことに、つまりはただの散文に過ぎないことに非難が集中している。外山自身は『新体詩歌集』の序文で次のように述べている。

七五若しくは五七の調は。抵抗力少なく平穏（なだらか）に。軽々と舌の動く為めに便利なるも。種々の変化ある思想及び情緒は。到底斯る一定窮屈なる体形を以て常に適当に云ひ表はし得べきに非らず。

「旅順の英雄可児大尉」の一風変った内容は「変化ある思想及び情緒」ということになろうか。これまで（当時を含めて）散文という形式ばかりに着目されて、このような内容への検討がなされてこなかったわけだが、この詩では軍歌の特徴である類型化がなされていない、つまり全体の感情の範疇から逸脱する内容が述べられていることに注意したい。同様の詩篇も『新体詩歌集』に収められている。

「輪卒」

惜しむべし。医術の効なく。彼は遂に長眠の客となりしなり。／（略）馬は果して憂ふる所あらざるか。／然れども。更に悲哀に勝へざる者あり。丈夫逝けり。而して家には。老いたる父母の。唯々茫然とする者あり。／丈夫逝けり。而して家には。助なき妻の。人目を忍びて泣し者あり。／丈夫逝けり。而して家には蒙昧き小児の。父の帰りを何時か何時かと。母に尋ぬる者もあり。

この詩篇もまた軍威昂揚といった面からは、他の軍歌と一線を画した詩篇であると言える。戦争の死の悲しみを訴えるという点では、「戦傷逸事」という分類になろうが、それが軍隊という組織における傍系的な位置にある「輪卒」に目を向けるさせるという点で、そして個の悲しみを際立たせている点で、「英雄」に焦点を当て国民総体による感情を歌う他の軍歌との相違が際立っている。

これら二つの詩篇に共通するのは、類型化された内容をとらず、具体的、例外的な個人を描いていることである。多くの軍歌が勇猛果敢な内容を持つことからみれば、戦争のもたらす「死」の有様に焦点を当てたこれらの詩篇は、国威昂揚といった面からはいささか気勢の上がらないものであると言える。「可児大尉」の個人的な死は、確かに一方では当時のイデオロギーの一端を担ってはいただろう。しかし、抒情的傾向の強い「戦傷逸事」「情歌」の中にあっても「可児大尉」は極めて個人的な裁決によって自らの死を決しており、「武士」的な自刃といってもよいものである。また「輸卒」の家族の悲哀も極めて個人的である[注11]。どちらも詩自体の拙さもあり、これを「内なる私」の表現とは到底呼ぶべくもないが、しかし当時の全体感情に繋がらない個、正しくは全体感情からズレた個人の「情」を描いたという点は押えてよいだろう。外山の作為としては、「可児氏の如きは、日本民族の代表者として真に恥ぢざるの士なり」（「旅順の英雄可児大尉」）とあるように、個と全体を積極的に繋げようとしていたのは明白である。しかしこの接続がむしろ詩篇のちぐはぐさを生んでいるのもまた確かである。軍歌の主流が、戦勝に寄与した者を英雄とする当然の基軸を持っているのに対して、「可児大尉」はそうでないことによって「英雄」とされているのである。個人的な死を全体における英雄に祭り上げる、無理な判断がこの詩篇をちぐはぐなものにしているのである。この詩篇の価値は外山の意に反して、個人の「情」の詠出にその中心が置かれているといった点にあるとみてよいだろう。

このような内容に無律という形式が選ばれたこと、これはおそらく無関係ではあるまい。外山自身は「変化ある思想及び情緒」のため、無律を選んだという。ここで五七、七五調を嫌った外山の意図はさほど間違っていないだろう。というのも、日清戦争の軍歌のほとんどがこのようなリズムを持ち、また公募軍歌は、募集細目にこの五七、七五調を前提条件として指示しているように、リズムによる全体感情の表現、言い替えれば感情の全体化にこのリズムが大きく寄与しているからである。リズムという身体表現への接近は、個の詠ならいざしらず、集団詠においては、感覚の共有化に大きく寄与するのは間違いない。そのような軍歌の持つ「リズム―全体感情」という結束に、対峙したのが外山の「旅順の英雄可児大尉」と言える。外山がどこまでこのような状況を見据えて詩法を選んだのかは疑問であるが、他の詩との違いを明確に打ちだし第二の新体詩創設の誉を狙っていた外山にとっては、他と違った新機軸を打ち出したことが、図らずも当時の軍歌＝新体詩の根幹、「リズム―全体感情」という結束を突いたと言ってもよいだろう。そしてこれがリズムの否定、個人の「情」の表出という、いわば軍歌の逆相をとった詩篇を生んだのではなかったのだろうか。

この詩篇に対しては、形式についての論争はまき起こったが、内容に関してはあまり相手にされなかったようである。軍歌―新体詩を、その社会に対する教化という機能により断罪するか、また詩の表現としての有様で評価するか、ここが軍歌を巡る評価がし難い点なのであろう。機能性を否定したとしても、その軍歌に、のちの抒情につながる要素があるかどうかは見極めなければならないだろう。外山の散文詩（反・軍歌としての戦争新体詩）に、三十年初頭の抒情に通ずる要素を抽出することは間違っていないだろう。このように広い意味での軍歌から形成された抒情の萌芽をみることが、三十年前後の詩の状況を把握するためには必要と思われる。

先にも触れたように、当時の軍歌は類型的な全体感情を表現し、また個人の「情」が描かれているとしても、それは多数読者との共有を前提とした、その意味でやはり全体の感情と同一な表現内容を持つものであった。そしてそれは「日本国」というナショナルな意識を外枠にして、その内に総て収められる、いわば「公」とでも言うべきものを持っていた。その「公」の枠のその範疇に収まってしまうのが軍歌の実相であったと言えよう。そのような軍歌＝新体詩という潮流に対しての批判的言説となれば、類型的表現から離れた個人の「情」の表出、またはその主張ということになろう。これが近代の抒情としての「内なる私」へと繋がる「私」の萌芽だと考えてもよいだろう。「新体詩＝近代の抒情」という明治三十年代のロマンティシズムへつながる足場は、この時期、軍歌に触発されつつ確実に形成されていったのである。

抒情詩の前夜

近代の抒情が「内なる私」の表現であるとするならば、田村隆一のいうように「七・五の韻律構造こそ、詩人の「内なる私」を隠匿するのに、もっともかっこうのリズムであった」ということになる[注12]。ここで七五という音数律と対立して、しかしそれ故に潜在している「内なる私」を想定すれば、日清戦争での軍歌がまさに「内なる私」を喚起したのだと言うことができるだろう。日清戦争軍歌の流行による七五・五七調リズムの復権と、またその後の反動を「今や文学の発達につれて、五七やゝ復活せりと雖も、猶以て足れりとせず、さらに五七以前の状態に立戻らむとす」として指摘し、批判する声も当時はあったのである。戦争による五七・七五のリズムの復権は、例えば塩井雨江、大町桂月、武島羽衣らの所謂「大学擬古派」の古雅な詩文を生んだのであるが、この主情的な詩文は、その主情性ゆえに一見軍歌と相対するものである。しかし伝統のリズムによるといった点から見れば、やはり日清戦争（軍歌）の影響下に成ったものであると言えよう。そしてこのリズムにのせた主情が、「内なる私」の表現へのベクトルを持ちつつも、やはり時代の共有感覚を捉えていたのだと言える。韻律の有無で対立する外山と「大学擬古派」とは、詩壇で相対するものとして見られていた。

外山氏一流の新体詩と、他の雨江、羽衣等の典雅を先とするものとは、詩風おのづから相反す、此をもて前者の趣意を賛するものは後者の情を尽くすに十分ならざるを難じ、後者に与するものは前者の非詩歌的に流れ露骨に失するを排す、朦朧体とは前者が後者に附せし名なりといふ（略）

（「新体詩壇」、「早稲田文学」第七号、明治二十九年四月）

しかし、この韻律の有無による、一見対立して見える二極の流れも、「内なる私」への表現獲得のプロセスとしてみれば、さほど懸隔はないように思われる。五七・七五のリズムにのせて表現される「私」は「私」の表層であり、時代の共有感覚の部分のみであったはずで、それはむしろ表現の場から取り残された「内なる私」を逆照射していると考えてよいだろう。近代の抒情の成立過程には、「私」の感覚の表現を自己目的化した、いわば正当な道の歩み方とは別に、押し込められることによってむしろその自立が助けられたという抒情成立のもう一つの道筋が見られるのではないだろうか。戦争による韻律の突出による、新体詩（大学擬古派）とその否定による新体詩（外山）。これらは三十年初頭の抒情の成立、「内なる私」の表現に向けて逆の経路でアプローチしつつあったのではないか。これが軍歌と擦れあった結果起きた、新体詩の新しい可能性であった。

［注1］　明治二十年代後半の新体詩と軍歌との関係については、既に赤坂行雄が、『『新体詩抄』前後』（学芸書林、平成三年八月）において「当時の〈軍歌〉の流行は、わが国における近代詩成立の一つの契機となっている」と指摘している。

［注2］　「軍歌の流行」（「帝国文学」）、明治二十八年一月

［注3］　「戦争詩人」（「国民之友」）、明治二十七年十二月

［注4］　「征清に因める新体詩」（「早稲田文学」七十八号）、明治二十七年十二月

［注5］　「早稲田文学」六十九号（明治二十七年八月）。また、次号には「「読売」の懸賞軍歌また七五に限れり七五は行歩の際吟哦するに適すればなるべし」とある。

［注6］　「早稲田文学」七十二号（明治二十七年九月）にも、「六七五、八五又五七五、七五等の格調は近頃の新体詩歌に往々見る所」といった記事をみることができる。

［注7］　［注2］と同じ。

［注8］［注3］と同じ。
［注9］「新体軍歌」（「早稲田文学」七十三号）、明治二十七年十月
［注10］久保忠夫「詩論の発展と流派の展開」（中島健蔵、太田三郎、福田陸太郎編、比較文学講座II『日本近代詩——比較文学的にみた——』、清水弘文堂）、昭和四十六年十二月
［注11］前出・赤坂氏は、与謝野鉄幹の詩「祭南州先生」（明治二十八年八月）を「壮士的ミリタリズム」と捉えているが、この外山の詩篇もそれに近いものと考えてよいだろう。ただ「鉄幹の野心が当時の社会の野心と一致している」（赤坂）のと較べて、外山の詩篇はむしろ社会とのズレを持ったものと考えてよいと思われる。
［注12］「藤村全集第一巻月報」（筑摩書房）、昭和四十一年十月

第二章　日清戦争後の新体詩をめぐる言説について
――島崎藤村　抒情成立の前夜――

これまで述べてきたように、明治二十年代前半にあっては、新体詩は、『新体詩抄』『新体詩歌』が内包していたさまざまな可能性のうち、特に軍歌的な、または教訓歌的な面を中心として人々に伝播していった。このような新体詩の流行は、十九年の「学校令」に端を発した教育現場の軍事教練化に伴って「体操」「修身」といった科目に軍歌が導入されたことにより起きた現象であった。国家による忠君愛国精神注入のためのイデオロギー装置として、新体詩は軍歌・教訓歌という形で、国民教化に大きく関与することになるのである。

一方、いわゆる詩史で中心的に取り上げられる、西欧の芸術的香りを感じさせる高踏的な詩集『於母影』（明治二十二年八月）や、また浪漫的世界との格闘の跡を残す透谷の「蓬萊曲」といった詩篇もこの時期成立するのだが、このような詩集・詩篇と、国家の教育ネットワークによる強制力をもって歌われる軍歌群とは自ずと位相を異にし、いわゆる詩壇的新体詩と、国家イデオロギーを支える軍歌的新体詩の勢力とは、全く没交渉のようにみえるのである。

しかし、注意したいのは、少なくもこの全く異なってみえる新体詩のこの二つの流れは、同時代的にはひとつのものとして包括的に捉えられていたということである。特に、日清戦争期（明治二十七〜八年）においては、新体詩は軍歌一色に染まっていく。それまでの軍歌は、軍隊、そして教育の場において歌われていたものであったが、日清戦争前後には、国民の多くが歌う歌という存在にまでその地位を上げていったのである。その結果、前章で触れたように、戦前に停滞していた新体詩壇は活況を呈し、戦後には詩のあり方に関する多くの議論が交わされるようになるのである。

二十年代から三十年代における新体詩の問題のひとつは、国家イデオロギーへ加担した形で起きた新体詩隆盛の中で、どのように抒情詩が立ち上がり、その後の詩壇の中心的な位置を獲得して行ったかを明らかにすることにある。その際、常に抒情詩の代表として挙げられるのが島崎藤村の『若菜集』である。『若菜集』については、その成立に関して既に多くの研究がなされており、新たな観点を付け加えるべくもないが、その多くは藤村の個人史といった角度からの照射であり、先に述べたような状況下における藤村の位置を明確に示したものは未だ数が少ないように思われる。その理由の一つは、この時期、つまり藤村から見て『若菜集』前夜ともいうべき二十年代後半は、隆盛跋扈する軍歌に対して彼自身の直接の言説が見られないことにある。つまりナショナリズム高揚期にいる若き藤村が、国家イデオロギーに対して直接的には何の反応も示していないようにみえるからである。これはその後の藤村の文学的営為の展開を考えればいささか不思議に思わざるを得ない。誤解を恐れずに言えば、これが後に『夜明け前』（昭和四〜十年）において彼自身が追求したテーマとも大きく関わる問題だからである。『夜明け前』で示されたテーマは、日本近代が立ち上がっていくその過程への検討であり、そこに自らの家の問題、藤村の個人史を重ねたものであるが、個と国家の交錯点にこそ、彼の問題意識の源があったのではないだろうか。もちろんこれは藤村の長い文学的営為を考えてみれば、その営為の中で醸成されていった問題と捉えるべきことなのであろうが、しかし、このような問題意識は、遡れば、『破戒』（明治三十九年）の、特にその末尾には既に胚胎されている問題であり、さらに遡れば、透谷の近辺にいて、その死を衝撃をもって受け止めた藤村にとっては、決して逃がれられぬテーマであったとは考えられないだろうか。事実、三十二年の詩集『夏草』に収められた長篇詩「農夫」には、日清戦争への「厭戦意識」を持つ人物とおぼしき「農夫」の造型がなされており、間接的ではあるが藤村の日清戦争に対する意識を垣間みることができる。この詩篇についての検討は次章に譲るとして、国家イデオロギーへ加担した新体詩隆盛の中で、藤村はそれらにどのように向き合っていったのかについては、明らかにしなければならないだろう。それを解き明かすことは、『若菜集』のみならず、日本の近代詩がその後、抒情詩に軸足を移して展開していくそのプロセスを知る一端になるのではないかと考えている。本章ではまず、日清戦争直後、つまり二十八年の新体詩を巡る状況を整理し、そこから藤村の抒情詩に至る経緯を考える端緒としたい。

明治二十八年の新体詩を巡る言説空間

振古以来の国民的大活動に際会して国民的精神の蔚勃として昂揚するに方り、滔々たる軍歌は遂に一の注意すべき大作を吾人に與ふること能はずとは、そも〳〵何等の奇観ぞや。一朝雲の如き作家は一夕霧の如く消え去りて、残る所は七五五七の元の杢阿彌のみ

これは、高山樗牛の「明治廿八年の文学界」（「太陽」、明治二十九年一月）の一節である。樗牛の指摘するように、日清戦争に材を得た、新体詩・軍歌は、二十八年四月の日清戦争終結と共に姿を消し、残ったのは、七五・五七の音数律による、古雅な「新体詩」だったのである。軍歌の隆盛は、行軍のためという観点から、七五・五七という音数律を生み出し、それらを前景化させていったが、戦争終結と共に訪れた軍歌衰退の季節にあっ

ては、この音数律の問題が顕在化してくることになるのである。
　そのきっかけとなったのは、前章でも触れた、外山正一らの出した『新体詩歌集』（明治二十八年九月）である。この詩集は韻律を排除した新体詩「旅順の英雄可児大尉」をはじめとし、「朗読」「口演」のための詩篇が収められている。改めて、外山によるこの詩集の序文を挙げたい。

　予が斯の如き新体を用ふるは他の故あるにあらず。予の詩想予の感情を。感情的に語（かた）らむ為めの方便と為すものなり。七五若しく五七の調は。抵抗力少なく平穏（なだらか）に。軽々と舌の動く為めに便利なるも。種々変化ある思想及び情緒は。到底斯る一定窮屈なる体形を以て常に適当に云ひ表はし得べきに非らず。（中略）近年予の作れる朗読体若しくは口演体新体詩を以て。詩にも非らず歌にも非らず杯として排斥せむとする族。世に尠なからざるが如し。然れども。予が創始せる此の新詩形たる。将来大いに行はるべき者とは。予の爰に預言する所なり。

　声を出して読む。このことの前提には、日清戦争下において、軍歌を「歌」う行為により実感された情感の盛り上がりを、新体詩のオリジナルな機能として取り込みたいという、外山なりの戦略があったと考えられる。そもそも新体詩の多くは、誕生の当初から、声を出して読むことが織り込まれてきている。例えば、『新体詩抄』の「序」には、井上哲次郎が「雖閭里童稚。於習聞之。何難之有。」（閭里ノ童稚トイヘドモ。コレヲ習聞スルニ於テ。何ノ難キコトカコレ有ラン。）と記し、また、『新体詩歌』第四集「序」には柳田斗墨が「今此編ノ如キ、其語ハ俗其調ハ易、故ニ牧童モ以テ誦スベク、機婦モ以テ読ミ易カルベキナリ。」と記している。このように、新体詩と「音」との関わりは密接なものがあるが、特に「軍歌」としての新体詩が、言うまでもなく「歌」う行為と不離であり、さらにそれが強化されたのが日清戦争であることを忘れてはならない。つまり、そのような現実において、軍歌を「歌」う行為は、実感された情感の盛り上がりには不可欠なものとなっていたのである。したがって、外山がここで述べていることは、そのような前提のもとで考えなければならないだろう。外山にとっては、声を出して読むということは、自明のことであったのであろう。

> 昨年より今年に掛けて。新体詩及び其の一族なる軍歌の作者は。頓に其の数を増加したり。日清戦争の為めに大いに需要起りしが故なり。殊に軍歌に於て然りとす。／抑も本邦に於ける今の軍歌の嚆矢は。十四年前に予の作りし「抜刀隊」の歌にて。又本邦に於ける第二の軍歌は。其の後久からずして是も予の作りし「来たれや来たれ」の歌なりしなり。当時は勿論。其の後と雖も。物識顔の人々は押しなべて。軍歌杯とは本邦には用無き者と思ひしが如し。然るに。十四年の後なる今日に至り。天下一般に軍歌の必要を認むるの時節は到来せり。（外山正一『新体詩歌集』序）

にも関わらず、「種々変化ある思想及び情緒」を表現するのに、七五・五七といった音数律や雅語など伝統的・和歌的な修辞では不可能であるという主張は、そのまま類型化した現今の軍歌への批判に繋がるものである。しかし、この批判は軍歌の持つ忠君愛国精神の高揚を否定するものではなく、むしろ「朗読」することから醸成される、共同体意識の形成、つまり軍歌の持つ思想的内容に対しては、むしろそれを積極的に推し進めようとしているためと考えられる。

このような外山らの試みに対して、多くの批判が生まれる。日清戦争後、二十八年の詩壇の議論の多くは、外山の主張を（批判的に）取り上げることによって活況を呈することになる。次に挙げるのは、「明治廿八年の新体詩界」（「帝国文学」、明治二十九年一月）の一節である。

一の波瀾を与へたるは、外山博士の『可児大尉』と、上田学士の『はなれ駒』となり。一は、世人が従来の五七七五などの声調に飽きて、ある一思想をあらはすには、必ずこれに適合したる形式によらざるへからすといふ議論のや丶極端なる代表として見るを得べく、一は従来用ゐられたる歌語の、あまりに高古にすぎて、到底縦横の感想をあらはすには不十分なりといふ説の具体せられたるものとして見るを得べし。両者共に世の冷嘲と讃美との間に迎へられて、未だ深く世の人心を敬服せしむるの力なかりきといへど、兎に角声調の自由、用語の自由につきて、多く世人を啓発したることは、決して疑を容れざるところなるべし。（中略）『新体詩歌集』いで丶より、端なく詩の形式と内容とにつきての議論おこりたり。其先鞭をつけたるは本文学の林斧太氏なり。

外山の主張をきっかけにした議論は、確かにここに挙げられた林斧太、つまり高山樗牛によって口火が切られる。多くの批評は、外山の説を批判的に扱っているが、その理由は、外山の主張を認めれば、新体詩と散文との区別はつかないという点にある。これは当時の外山批判が、主として新体詩＝五七調・七五調であるという前提をもとになされていることを示しているのだが、樗牛はそのような外山批判の有様に疑問を投げかける。二十八年十月「帝国文学」に発表された「我邦将来の詩形と外山博士の新体詩」において、樗牛は、外山の詩を支持するのではないと断った上で、外山を批判する際に用いられる、五七・七五でなければ詩でないとする詩観は誤っていると述べる。「五七七五等の古型は、其用語如何に妙なるも、其配列如何に巧なるも、所詮今日の人情を表白する適当の詩形に非ざることは、今や国民が多年の実験によりて殆ど争ふべからざるの事実なり」と説き、「今日の人情」は、五七・七五の伝統的音数律では表し難いことを主張するのである。

当時の外山批判の例を挙げれば、「新体詩集を読む」（署名「巣鴨生」、「国民之友」、明治二十八年十月）にあっては、『新体中の新体』詩歌、此の書に集められたる多くのもの——句頭もなく、節奏もなく、音調もなく、文にあらず、詩にあらざるものを——吟し再吟せんことは到底普通の人力を具備するものゝ為し能ふ所ろにあらず」とし、外山の主張にしたがえば、新聞の論説から相場付に至るまで「日本の新聞紙は総て新体詩」になってしまうとの批判であった。樗牛の主張は、このような新体詩＝伝統的韻律という前提からなされる外山批判に対して、反批判という形をとったものであった。樗牛自身は、「今日の人情」を表白するためには、「律」によらない新しい「適当な形」が必要であると主張する。

これを受けて島村抱月は、「新体詩の形に就いて」を「早稲田文学」（二十八年十一月〜十二月、四分載）に発表する。抱月は、外山の新体詩を巡る議論を、新体詩の「形想関係論」として位置づけた上で、樗牛の論を批判する。抱月は、「新体詩といふもの、第一義は其の抒情的なる所にある」とし、その抒情詩においては「主観」「想」が自ずと「律語」「律」を求めることを主張する。

抱月と樗牛の論点の違いは明確で、抱月が「新体詩」の定義として、「抒情」「律」を挙げているのに対し、樗牛は、「律」を否定する姿勢にある。抱月によれば、樗牛の言う通り五七・七五が「所詮今日の人情を表白する適当な詩形」ではないというのは「満天下の認むる所」ではあるが、「論者（樗牛のこと・筆者注）は七五、五七の不適当なるを断ずると共に、顧みて他種の律格に考へ及ぶことなく、直に一躍して律そのものゝ根底に立ち入り、或る根拠によりて、天地間一切の律語の領分を奪ひ了んぬ」とし、「五七、七五」の「律」の否定が、そのまますべての「律」の否定に繋がることを批判するのである。

しかし、彼らの議論は、相対しているようでいて、実はさほどの懸隔があるようには思われない。というのも、確かに、伝統的韻律や用語に対する姿勢の違いはあるにしても、その限界を認めているという点、そしてさらに重要なのが、新体詩を「抒情」詩として、それを前提に議論がなされている点である。つまり「今日の人情を表白する」（樗牛）詩という詩観においては、彼等の違いはさほどの違いではないのではないだろうか。外山にしてもそうだが、新体詩に対する理解はここに、個人の想いを陳べるということ、誤解を恐れずに言えば、「抒情」という点において、彼らの議論はひとつの気圏に収まりつつあるように見られるのである。これは、日清戦争前の新体詩が可能性として持ちえていた（またはそのように考えられていた）、叙事詩や物語詩の可能性がこの時点ではほとんど消え去ったことを意味している。これはどのようなことであろうか。当時の軍歌においても、結局のところ、人の生死を中心にした、極めて情緒性の高い詩篇に国民の多くが引き寄せられていたことを表しているのではないか。日清戦争下におけるナショナリズム高揚期にあって、そのプロパガンダとしての位置を占めていた新体詩＝軍歌が、高揚感、哀感、達成感を共感させるメディアとして、多くの国民に「歌」うという方法で大きく働きかけた結果、戦後における新体詩の「抒情」としての方向づけがなされたのではないだろうか。日清戦争における、軍歌の隆盛は、それまで可能性としては残されていた叙事詩の可能性を消し去って、新体詩に抒情詩としての可能性のみを開くことになっていたとも言えるのである。

しかし、抒情詩を前提に議論している、その抒情詩の中核たる「想」の内実については、彼らの議論はいささか心許ない。いかに「情」を述べるべきかという議論が中心で、いかなる「情」を述べるべきかということについての言及がほとんどなされていないのである。このことは戦争下においては明確に存在した歌うべき内容（情）が、戦後になって想定すらできないという状況になったことを意味している。当時、韻律の有無、または韻律の内実を巡る議論が活発に行われる中、実はそこに込められるべき「新思想」自体を想定できないところに彼らの問題点が在ったのである。「想」を述べつつ、また「情」を叙べることを主張しつつも、その内実については、彼ら批評家は言及できていないのである。樗牛のいう「今日の人情」、外山のいう「種々変化ある思想及び情緒」（前出）とは、どのようなものが想定されるのか。ここには全く示されていないと言ってよいだろう。

ここで、実際に当時の新体詩がどのようなこと（「想」）を歌っていたのかをみてみると、二十八年に多く読まれていたのは、塩井雨江、武島羽衣らいわゆる「大学擬古派」の詩人の詩篇である。「帝国文学」創刊号（明治二十八年一月）から編集委員として関わった雨江は、創刊号巻頭に新体詩「深山の美人」を、また羽衣も同年六月号に新体詩「小夜砧」をそれぞれ発表し、高く評価されるが[注1]、彼らの詩は、どちらも雅語を用いた七五調の詩篇で、枕詞といった和歌的修辞も使われるという点で、擬古典的な詩篇として受け入れられていた。翌二十九年早々には「朦朧体」として批判されていくのも、いわば詩想の不明確さによるものであった。確かに彼等の詩篇には、内的必然性については分かりにくい詩篇が多く、結果、これまで日本の古典に描かれた「想」「情」の再生産的な側面を持っているようにみえる[注2]。本章冒頭に引用した、樗牛の一文の「七五五七の元の杢阿彌」というのも彼らの詩篇を指してのことであろう。ただし、日清戦争後において、彼等の美文が学生を中心に流行したことも考え併せると、彼等の取った文学的戦略については、別途検討が必要である。このことについては後（第Ⅲ部第二章）に詳説したい。いずれにせよ、この時代、詩壇に求められているのは、時代に応じた新しい「想」であり、そしてそれに応じた「形」だったのである。日清戦争後の詩壇の状況はこのように概括することができよう。

藤村の韻律論

このような日清戦争後の状況を注意深く眺めていた一人に、島崎藤村がいる。藤村は、二十八年雑誌「太陽」

に「韻文に就て」というエッセイを発表する。これは藤村の数少ない詩論の一つとして数えられているが、その冒頭は次の通りである。

今日の韻文ほど多幸なる位置にあるはなかるべし。美妙斎主人が始めて国民の友に韻文論の長篇を掲げられしより、以来評家の韻文に対すること恰も楽人の琴を慕ふが如く、言ふべからざるの妙味と韻音とを隠れたるに尋ねてやまざるものゝ如し。かの声調といひ、音韻といひ、風姿といひ、風情といひ、大家は皆其熱心なる研究と一家の評論とを公けにすることを惜まず、明治の詩に対する想形の論は説き盡くされたるが如くにして、猶韻文に対する論評続々として顕はれ、近くは帝国文学に我邦将来の詩形と題する一篇あり、早稲田文学の評家は常に謹厚なる筆を提げて当世詩壇の記実に倦みたまはざるものゝ如し。

ここで挙げられているのは、前章で触れた樗牛「我邦将来の詩形と外山博士の新体詩」、及びそれを受けての抱月の「新体詩の形に就いて」であろう。彼等のやりとりを藤村自身、関心を持っていたのがうかがわれる。藤村が自らの詩の形式を模索するこの時期にあって、彼もこの論争の気圏において自らの新体詩を考えていたのである。

では、このような議論に藤村はどのように向き合ったのであろうか。藤村は批評家の言によって、詩人が右往左往している様をアイロニカルに述べる。小説は「批評の縄張を笑ひ去らんとする間に、反て韻文は批評家の肩によりすがり、其歩むも自在ならず、其走るも意の如くならず」といった状況であり、さまざまな詩や詩集は出されるが、批評家から「韻文の其花を開かざるは未だ開くべきの時機に達せざればなり」と言われる状況だという。そして韻文は「散文を読むが如きと言ふべからざる妙味を感ぜず」と批判されるが、それは日本語が「単調子に流れ易き傾向」を持っているためであるという。

何が故に韻文は短調子に流れ易きや。吾国の散文は韻文に比して反て声調の変化と自在をみるが如き、声調を重んじ音韻を命とする韻文にとりて極めて嘆ずべき恨事なり。想の乏しきに因る、調の陳腐なるに因る、よろしく新思想に適すべき新詩形を作るべしとは、屢々評家の責めたまふところなれども、調は遂に七五と五七とを離るゝ能はず。

日清戦争後の新体詩の閉塞状況について藤村の認識は、新体詩を批評する同時期の批評家とほぼ同じであることが分かる。その上で、藤村は、「不完全なる言語に変化自在なる韻文を望むべからざることは明らかなり」という。つまり詩の不完全さは、日本語の不完全さが原因であるという。

藤村は、ルソーを踏まえ、フランス語のように「アクセント」「韻語」に力がない言語において「無味なる麗辞を輔綴して不完全なる言語の意味を助くる」ということ挙げ、日本語においても同様の理由で「枕詞」などが用いられているとする。そしてこのような日本語によって「大いなる調べを奏し、十全円満なる声調の変化と音韻の妙味」を持つ詩篇をつくることは困難であるとする。また、これまでの新体詩人、つまり鷗外、美妙、湖処子、羽衣等の多くが雅語を用いているが、雅語は「滑らかなるが為に「アクセント」少なく、流暢にして長短高低の語音に乏し」いという。

このように日本語には「母音に充分なる力なく変化なく、語音に長短高低少なきが故に、西詩漢詩に於てみるが如き声調の妙味」は乏しくなり、散文との区別は「僅かに七五調五七調等の字数」のみでなされるという。そして結論として次のように述べる。

僅に七五、五七等の数のみにたより、高低長短の時と調とに乏しき言語を用ゐ、清濁正変の塩梅を思ふがまゝに活用するの器なくして、大なる調べを奏し、十全円満なる声調の変化と音韻の妙味とを見んとするは頗る難事といはざるべからず。俳調を用ゆるもよし、漢詩を借り入るゝもよし、俗曲を採るもおもしろし、兎に角楽器をして彌々完全なるものに近づかしめざる限りは、韻文と名のついたる琴は充分なる妙音を発すること難かるべし。

藤村が、あくまでも実作者の側から、樗牛、抱月ら評論家とは別の立脚点によって述べていることがうかがわれるが、ここに挙げられた、この言語の問題は、のちの萩原朔太郎が『氷島』で向き合った、日本語の持つ問題点とほぼ同様な問題であると言ってよいだろう。「近代」的ではない、「俳調」「漢詩」「俗曲」などへの志向は、あるいはそこにしか突破口がなかったことを示しているのであり、詩における閉塞状況において、おそらく唯一の可能性を見い出せたのが、この反近代・非近代のものとして自認されていた伝統的な言語の使用なのであった。このような見解は、当時の他の批評家にも見られないではない。例えば、二十八年十一月「国民之友」の「読詩饒舌」と題した一文には、抒情詩の統一を図るべきとの構想の下、新体詩は「詩形に於ても詩想に於ても遂に二三年前のものに超越すれども猶ほ且つ憾む所は西詩のおもかげを学んで其髄脳を奪ふ能はず、辞藻は全く和歌より借来りて他の俳諧或は小唄の趣味を採らず、未だ日本に於ける惣ての抒情詩を統合したりと云ふを得ざるなり。」として、「抒情詩」の元に、古今東西の「詩」の統合が目指されており、「俳諧」「小唄」といった「近世」的なものに対する眼差しが見られる。

藤村が『若菜集』詩篇のいくつかに、「近世歌謡」を織り込んだのはよく知られている。しかし、彼がこの反近代・非近代としての伝統的な言語に向かっていった前提には、これまで述べてきた日清戦争後の詩壇の状況、そしてそれを踏まえた藤村なりの認識があったと考えてよいだろう。少なくとも、実作者藤村がそれを選んだのは、彼個人の「近世」趣味・趣向によるものだけと考えることはできないように思われる。

この詩論の半年ほど前に出された、「聊か思ひを述べて今日の批評家に望む」（『文学界』、明治二十八年五月）と題した一文には、「日本想」についての言及がある。そこにおいて藤村は実作者としての立場から、評論家は「想」を描けというが、どのような「想」を描くべきかについての言及がなされていないことを批判的に述べる。

想形の論も久しいかな。今日の評家が作者に望みたまふや。常に形の巧みになづみて想の霊に及ばざるよしを言ひたまへり。思ふに今日の批評家の謙遜なる、想の形にかなはざるを説きたまへども、多くいかなる想を執れといふことに及ばず。多くの作者もまた想の形にかなはざるを熟知すれども、評家が直ちに是れ詩なり是れ想なりといふべきものを指して作者に教へたまふこと少なきが故に、空しく今日の詩人をして希望と情意とを抱いて岐路に泣くが如き思ひあらしむるぞ口惜し。

「今日の評家」の「想形の論」については、先の「韻文に就て」同様、詩に関する議論に充分な目配りをしていることがうかがわれる。ここでも「評家」（批評家）と異なる自己の立場から主張がなされている。

それでは、日本独自の「想」として何が挙げられているだろうか。この評論は、論旨が取り難いので、これまでさまざまな解釈がなされているが、その一つは確かに十川信介の指摘するように「近世歌謡」であったであろう[注3]。ただし、それまでの藤村の言からすれば、それはやはり明治の「今」を表す「想」であるべきはずであったのではないだろうか。藤村の戦略においては、「声調の変化と音韻の妙味」を「俳調」「漢詩」「俗曲」から借りることはあり得たにしても、「想」に関しては、むしろ「近代」としての「想」、これまでとは違った

「想」を表現すべきだという点において、あくまでも一貫していたのではないだろうか。

そのように考えられるのは、日清戦争後の藤村にとって新体詩とは、「今日の人情を表白する」（樗牛）新体詩、つまり「今日」的な抒情詩として常に意識され続けていたと考えられるからである。日清戦争直前である二十六～二十七年において、藤村の詩は叙事詩を中心に模索されていた。その藤村が叙事詩に見切りをつけ、抒情詩に転向したのは日清戦争後であるが、これまでその転向自体は藤村の個人史の視角から捉えられてきた[注4]。しかし、これまで述べてきたように日清戦争後に形成された、新体詩を巡る言説空間の磁場において藤村の詩観が形成されたのを忘れてはならないだろう。このような言説空間に身を置くことから形成された、藤村の新体詩＝抒情詩観、そしてそれを前提に模索された「日本想」にあっては、当然のことながら「近代」としての「想」が構想されていたと考えるべきではないだろうか。

「情」の表現の場への模索

近代詩の中心が、三十年前後の抒情詩から始まるとは古くから言われてきたことであるが、日清戦争前に見られた、さまざまな試み、主として叙事詩としての新体詩への試みの多くは、日清戦争後には見られなくなっている。「情」を如何に表現するか、そこを巡って形想論も交わされているのである。藤村も、抱月、樗牛同様、そのような気圏において自論を展開していることが分かる。このことは、当たり前のようでいて決してそうではあるまい。確かに韻律、詩語に関して言えば、既に『新体詩抄』序文に、井上哲次郎がその旨記しており、そもそも新体詩の誕生と同時に生起した問題であることは間違いない。しかし、抒情ということを新体詩の前提に考えての議論は、日清戦争以後の詩に関する議論の特徴といってよいだろう。韻律の有無、そのあり方を主張した彼らの論争の前提には、「情」をいかに表現するのかという、共通の気圏が形成されていたのである。

その気圏の形成には、戦争、そしてそれを歌った軍歌が大きく関わっていたのは、言うまでもないだろう。藤村が東北に行き『若菜集』所収詩篇を作り始めるのは、程なくしてのことである。藤村の抒情詩の形成にはこれまで言われてきているように、ひとり静かな環境が必要だったには違いない。そしてまたそのような抒情を受容する層が存在していたのも間違いないだろう[注5]。しかし、そこに至る経路にはこの気圏、日清戦争後の新体詩を巡る言説空間が大きく関わっていたと言えよう。また、「情」への過剰な思いは、新体詩という形態をはみ出し、その延長線上において美文の需要を生み出したと考えられる。この点においては、第Ⅲ部で改めて述べたい。

［注1］羽衣の新体詩「小夜砧」については、高山樗牛が「武島羽衣の『小夜砧』を評す」（「太陽」明治二十八年七月）で絶賛している。樗牛によれば、この詩篇は、独逸の詩人ビュルゲンの「レノン」という詩を、イギリス人スコットが「William and Helen」として翻訳したものを下敷きにして作られたという。「要するに『小夜砧』は『レノン』の事実を取りて之を『ファンタジー』化したるもの」（樗牛）であり、「想の上に於て根本的にけじめ」があるとして高く評価している。ちなみに、雨江も、先にスコットの原作を『今様長歌　湖上の美人』（開進堂　明治二十八年三月）として訳出し評判を得ており、樗牛、雨江、羽衣という東京大学文科、そこを基盤とした「帝国文学」編集委員としてのネットワークがこの背景にあると推測できる。

［注2］中山弘明「『若菜集』の受容圏――〈藤村調〉という制度――」（「国語と国文学」第七十巻第七号、平成五年六月）によれば、理解不能なものを「朦朧」として括り取る論理がここには働いているという。しかし、これも「朦朧体」のみで考えるべきではなく、むしろ日清戦争後の詩的状況、つまり韻律をめぐる大きな論争の中のひとつとして位置づけるべき問題であろう。

［注3］十川信介「『若菜集』と近世歌謡――「純粋なる日本想」をめぐって――」（「日本文学」第三十巻第一号）、昭和

五十六年一月

［注4］中丸宣明「島崎藤村、『若菜集』前後〈叙事詩〉・〈抒情詩〉・〈音楽〉――」（野山嘉正編『詩う作家たち　詩と小説のあいだ』、至文堂、平成九年四月）によれば、次の通り。「明治二十六年以降、滝藤満義が指摘するようにたしかに、〈抒情詩〉は「藤村の主たる関心事ではなかった」（中略）藤村の劇詩や戯曲、今その一々について論評を加えることはできないないが、一口で言ってそれらの仕事は悉く失敗か、中絶であった。（中略）「詩」の困難さに対する認識はその挫折の繰り返しの中で、より深刻なものとなったに違いない。藤村はこの〈抒情詩〉への断念の上に「音楽」としての〈抒情詩〉に向かった。」

［注5］藤村の抒情がどのように認知されていったのかについては、前出・中山の見解が参考になる。

第三章　藤村と日清戦争
――島崎藤村「農夫」におけるナショナリズムを巡って――

　これまで述べてきたように、明治二十年代前後には、『新体詩抄』や『新体詩歌』に収められた、忠君愛国を主想とする詩篇また軍歌的詩篇が、新体詩の流行を支えてきた。しかし、それはあくまでも新体詩の持つ一側面であり、これらの詩集には、全く違った傾向の詩篇、例えば「グレー氏墳上感慨の詩」「ロングフェルロー氏人生の詩」といった人生的感慨を述べた詩や「シャール、ドレアン氏春の詩」「春夏秋冬」といった自然詠の詩篇などが収められている。しかし、これらの詩篇が教育現場で積極的に歌われていた形跡は見られない。国家の求めに応じる形で、忠君愛国を歌う詩篇、軍歌的詩篇が相対的に増加していき、ナショナル・ミリタリズムに主想を移した新体詩が二十年前後を蔽うのである。しかし、二十年代初頭には、西欧の詩篇の持つ雰囲気をそのまま移した詩集も現れてくる。鷗外らによる『於母影』においては、原詩が持つ西欧の浪漫的精神が、その韻律と共に伝えられ、多くの若者が惹きつけられた。さらに北村透谷によるきわめて浪漫精神に富んだ詩篇も現れる。

　従来、詩史を構想する際に、『新体詩抄』から軍歌に至る流れと、『於母影』から透谷そして藤村へと繫がる流れとは断絶して捉えられ、それぞれ二十年代における異なる二つの系列として位置づけられてきた。『詩抄』詩篇を透谷、藤村が踏まえたことについては、既に関良一[注1]や三浦仁[注2]の指摘があるが、それは端的に言えば軍歌的傾向を持った詩篇以外からの受容であり、それらは直接的に彼らの持つ浪漫的気圏に合致するものであった。『詩抄』系列の中心となった軍歌と、いわゆる抒情詩との間には直接的影響関係は見い出されてきていないといってよいだろう。

本章では、この二つの流れを前提とした上で、藤村の抒情が軍歌と全く関わりのない形で成立したのか、またはそうでなかったのか。その問題に向き合っていきたい。それは二十年代に青春を送り、その苦悩の中で自らの抒情詩を創り上げていく藤村の詩的営為が、二十七年の日清戦争を頂点とするナショナリズム高揚期と時期的に重なり、それがまさに抒情詩の時代の前史として、少なくとも新体詩＝軍歌と交錯した時期にあるからである。その様相を藤村の長篇詩「農夫」を手がかりとして検討していく。

詩篇「農夫」に見られるナショナリズム

「農夫」は、三十一年十二月に刊行された第三詩集『夏草』に収められた、全編八百七十行を超える長大な詩篇である。冒頭に加賀藩の十村役であった土屋又三郎の農学書『耕稼春秋』（初巻）の一節を置き、「序」「上のまき」（全四章）、「下のまき」（全三章）によって構成されている。作品舞台となったのは、日清戦争期の農村であるが、藤村自身は、日清戦争後の三十一年四月に友人・柳田（松岡）国男と利根川ほとりの小村・布佐を訪れており、その滞在が本詩篇製作の下敷きになっている。この詩篇には、他の作品同様、外国文学からの影響が見られ、既に『ファウスト』『ウィルヘルム・マイスター』『マンフレッド』『ハムレット』、さらには透谷の「蓬萊曲」との関わりが指摘されている[注3]。本章ではまずはじめに、詩篇「農夫」の読解を通して、

三十一年当時の藤村が造型した、日清戦争下での青年「農夫」のイメージを捉えていきたい

「上のまき」は、対話形式で詩が紡ぎ出されていく。一章は「父」と「農夫」、以下、「母」と「農夫」（二章）、鍛冶の「むすめ」と「老婆」（三章）、「農夫」と鍛冶の「むすめ」（四章）と、西欧対話劇的な形式のそれぞれの対話を通して詩は展開していく。一、二章は、「もろこしの戦」へ出征することを拒む「農夫」（息子）と、「父」、「母」と対立が描かれる。

今こそはかく利根川の
岸辺の草に埋もれて
あしたに星の影を履み
ゆふべに深き露を分け
鋤と鍬とを肩にして
賤しき業はいとなめど
もとほまれあるものゝふの
高き流れを汲める身ぞ

すぐれし馬にむちうちて
風に真弓をひき鳴らし
胸に溢るゝますらをの
ほまれは海の湧くがごと

のぞみは雲の行くがごと
雄々しかりける吾父も
草葉の影の夢にだに
汝が言の葉を泄れきかば
いかにはげしき紅の
血潮の涙流すらむ

げに汝はしも吾家の
高きほまれを捨つるまで
世のことわりもわかぬまで
いくさを恐る心かや

「父」の嘆きと怒りの原因は、息子「農夫」が「いくさを恐る心」で出征を拒むことで、「世の人」から嘲笑され、「ものゝふの／高き流れを汲める」「吾家の／高きほまれ」を汚されることにある。落ちぶれた「父」にとっては、家名を守ることこそ己の矜持となっているのである。それに対して、息子「農夫」は、「いくさを恐る心」によって出征を拒んでいるのではないという。そこにあるのは「剣をとるも畠うつも／深き差別はあらざらむ」という認識である。「農夫」は、農作業中に「空しき生涯一日より／二日につなぐためかとぞ」という懐疑にとらわれ、「時として畠中に／手にした鍬を投げ捨てゝ」「佇むことも」あるという。ここにあるのは自らの「生」に対する根本的懐疑であり、自らの営為に意味を見い出せない青年の姿である。関良一の言葉を借りれば、「深い厭世感」にとらわれた青年ということになろう。「農夫」にとっては、「戦とてもまた同じ」ことで、「嗚呼つはもの丶みる夢の／花や一時（ひととき）春行かば／剣も骨も深草の／青きしげみに埋（うも）るらん」というように、「うき世の闘争（あらそひ）」は所詮「夢」に過ぎないというのである。つまり、「剣をとるも畠（はた）うつも／深き差別（けぢめ）はあらざらむ」という認識に横たわっているのは、「戦」であっても「農」であっても、それら自体を結局のところ自らの「生」の問題としては捉えられない、または実感することのできない「農夫」の感覚であろう。現実的な諸問題よりも「生」に対する形而上学的な問題にのみ、この「農夫」の意識は向けられていて、彼の「戦」は、「戦と／なべてを思ふ吾身なり」、つまり「生」そのものが戦いであるという認識を持っているのである。剣持武彦が指摘するように、ここには透谷の「人生に相渉るとは何の謂ぞ」の一節「吾人は記憶す、人間は戦ふ為に生れたるを。戦ふべきものあるが故に戦ふものなるを」が色濃く反映しているであろう[注4]。

　いずれにせよ、この「農夫」の姿から、「反戦」「厭戦」という時局に対する藤村の批判的意図を直接汲み取ることは難しいように思われる。

　これまで、この「農夫」と「父」との対立の箇所は、藤村の反戦または厭戦意識の現れとする見方があった。日清戦争に対して、藤村がどのような考えを持っていたかについては、僅かにのちの回想が見られる程度であるが、比較的日清戦争期に近い頃の作品で、戦争に触れた詩篇はこの「農夫」のみである。新保邦寛は「祖父の雄姿をうたう〈父〉は、〈軍歌〉を讃美する外山や井上に容易に結び付き、それ故〈ハアトの事〉にこだわり徴兵を忌避する〈農夫〉の造型には、明らかに彼らの詩に対する批判が窺える」[注5]と、詩壇の状況とオーバーラップさせながら、「父」＝好戦、「農夫」＝反戦・厭戦の対立項で捉える。

　先にも述べたように、「農夫」と「父」との関係が対立的に描かれているものの、「農夫」の問題としては、「父」のいう「戦」つまり、征戦自体を積極的に否定しているのではない。そうではなくて、生の認識それ自体が問題の中心にあるのである。

ところで、征戦を願う「父」は、果たして当時において尚武的な人物として造型されているのだろうか。

当時の軍歌に類型的に歌われているのは、国＝天皇のためという観点である。近代天皇制は明治国家自らが、天皇を支配構造の頂点に据えることで、国民統制を狙った極めて近代的な制度であるが、この制度は、先にも述べたように、十九年の「学校令」布告後、「軍歌」という形、または「教育勅語」という形で、主に学校教育を通して国民に注入されていった。日清戦争下における軍歌の隆盛については、第一章でその傾向について触れたが、それら軍歌に共通するのは、国＝天皇への忠誠の観念である。それを踏まえれば、ここで詩篇「農夫」の「父」が述べているのは、もともと誉ある武士の家であるということへの矜持であり、それを理解できない息子「農夫」への怒りと落胆である。「父」は家名を汚す行為を怒り嘆いているに過ぎず、ここには当時の国家ナショナリズムの基盤である、国家＝天皇のためという観点は全く見られない。

同様にやはり征戦を願う「母」にも、この視点は見られない。「母」は、「農夫」の心中をある程度理解しつつも次のように述べる。

軍（いくさ）の旅を厭ひなば
その暁やいかならむ
思ふも苦し罪人（つみびと）と
名にも呼ばれてあさゆふべ
暗き牢獄（ひとや）の窓により
星の光をみるの外

身に添ふ影もあらざらん

ここで述べられているのは、兵役忌避による懲罰への怖れである。その上で「人はこの世に生れきて／得しらぬ途(みち)を行くなれば／げにさま〴〵の山河を／越ゆべき旅の身なるぞや」として、人生の苦難のひとつとして、この出征を位置づけていく。そして「たれか好みてうめる児に／禍あれと願うべき／忍びがたきを忍びつゝ／遠き軍旅(いくさ)に行きねかし」と、母親の情が直截に述べられる。この観点も当時の「軍歌」からは欠落している視点である。

このようにみてくると詩篇「農夫」に見られる息子「農夫」と「父」「母」との対立は、反戦と好戦という図式による、当時の世相に対する積極的批判精神の現れではなく、「農夫」の自己の生に対する懐疑、つまり浪漫的厭世観と、それを理解できない世俗的な生き方との対立として、この段階では捉えることができよう。そしてそのような内容を持つ詩篇「農夫」は、それ故に当時の詩の類型から大きく逸脱したものであったと言える。

さて、問題は、このような農夫の浪漫的厭世観が「世俗」とどのように折り合いがつけられていくのかという点にある。

「農夫」の変容

「母」の願いを聞き入れ、「農夫」は出征を決意し、そのため恋人である鍛冶の「むすめ」に別れを告げる。「農夫」から別れを告げられ、嘆き悲しんだ「むすめ」は、「農夫」出征中にそれがためか病を得て亡くなってしまう。約二年間の従軍を経て故郷に帰った「農夫」に突きつけられたのは、かつての恋人の死であった。

「下のまき」は、「農夫」が見知らぬ「僧」から、「むすめ」の死を知らされたところから始まる。悲嘆に沈む「農夫」は、次のように嘆く。

かの亡き人と亡き我と
魂（たま）と魂とは抱き合ひ
いかに他界の風吹きて
われら二人を飛ばすとも
いかに不断の火はもえて
われら二人を焼くとても
二人の魂は常闇（とこやみ）に
離れじ朽ちじ亡びじと
契らまほしく思ふなり

（「下のまき」二章「深夜」）

ここでは亡き恋人との「魂」の交感が願われている。「想」世界における魂の交感といえば、透谷の「蓬萊曲」における、柳田素雄とその恋人「露姫」との彼岸的精神的な再会が想起される。剣持武彦は、ここにダンテの『神曲』第五歌のパオロとフランチェスカの場面からの影響をみている[注6]。

「農夫」は、このような「想」世界には安住せず、「わが黒髪はぬれ乱れ／わが口唇（くちびる）はうちふるふ／胸の傷みに堪へかねて」と、彷徨するうちに夜が明けるが、ここで「農夫」は「さらばこれより亡き人の／家のほとり尋ね見て／雲に浮びて古里を／のがるゝ時の名残にもせむ」と、故郷を捨てて漂泊に出る決意と共に、「むすめ」の家を訪れる。そこで「農夫」が眼にするのは、娘の父親である「鍛治」が悲しみに耐えつつ自らの仕事に勤しむ姿である。「鍛治」は娘の死を悼み、「うた」を歌いながら槌を振う。

　宝はあはれ
　　砕けけり
　さなり愛児(まなご)は
　　うせにけり
　なにをかたみと
　　ながめつゝ
　こひしき時を
　　忍ぶべき

ここに挙げたのは、「一」から「八」のうち、「一」の箇所であるが、形式からも分かるように、これはまさに「うた」、七五で区切られた「うた」（歌）である。藤村詩篇の「うた」を巡る問題については、『若菜集』との関わりからも改めて問題にすべきであろうが、ここでは「うた」つまり、「声」が、プロットの展開の上において、必然として使われていることを指摘しておきたい。

　われ中槌(なかづち)を

　うちふるひ
ほのほの前に
　はげめばや
胸にうつりし
　亡き人の
語らふごとく
　見ゆるかな
（「六」）

汗はこひしき
　涙なり
労働（つとめ）は活ける
　思なり
いでやかひなの
　折るゝまで
けふのつとめを
　いそしまむ
（「八」）

「うた」ぅ「鍛冶」の声は、「農夫」にも届く。この「うた」を受けて、「農夫」の再生が起きるのである。「農夫」は次のように認識する。

汗はこひしき涙とや
労働（つとめ）は活ける思とや
あゝうらわかき吾身すら
たゞかなしみに掩はれて
利根の岸なる古里に
かへりし日より鋤鍬（すきくわ）を
手に持つ力なきものを
流るゝ汗のしたゝりて
かの白髪（しらかみ）はぬゝるまで
烈火（ほのほ）のなかの紅焔（あかやき）や
濃青（こあを）に見ゆる純鉄は
やがてかはれる紅（べに）の色
うてば流るゝ鉄滓（てつかす）の
光となりて散らば散れ
こひつむせびつ中槌の
力をふるふ雄々しさよ

「農夫」は自らと「鍛冶」とを比べ、「鍛冶」の「労働」の中に「生」の有様を感じていく。この場面は、視覚的にもさざまな色彩、光、動きを感じさせることから、まさに「生」を感じられる場面である。「農夫」は、「鍛冶」の「今の力を鞭ちて／昨日の夢と戦へる／活ける姿」に比して「若き命はありながら／埋れ朽つるに似たるかな」と自らを省みる。そして「烈火（ほのほ）にむかふ人のごと／われもふたゝび利根川の／岸のほとりの青草の／しげれるかたに小田うちて／雄々しき心かきおこし／うれひに勝ちて戦はむ」と、自らの「生」を積極的に肯定していくのである[注7]。

「むすめ」の死による絶望から転じて、自らの「生」を肯定していく「農夫」のこの転換は、当然「上のまき」において「父」と対立したかつての「農夫」が持っていた、生の認識の転換というべきものである。かつての「農夫」は、「生」の持つ意味が分からず、それ故に「農」に身を入れていなかった。「生」きることに対する懐疑があるが故に、「父」が示した、家名大事、世の誉れともいうべき世俗的価値観にも、何ら関わることがなかったのである。

詩篇「農夫」の持つ、そのような構造を踏まえれば、「父」と「農夫」の対立から、直接、反戦・厭戦といった意識をあぶりだすのはいささか無理なようである。ただしここで藤村がプロットとして反戦・厭戦を打ち出さなかったことが、ある意味では時代に対する強固な批判として成立していく可能性はむしろあるのではないかと考えられる。「農夫」が得た「生」の意味、つまり現実に足をつけて生きるという姿勢、ここでは「労働（つとめ）」という語に集約されるが、ここにはやはり透谷に対する意識、否定と怖れの意識があったのではないだろうか。「想」世界を突き詰め、敗北した透谷に対する、否定と怖れ。これがこの作品の基底に存在すると考えるべきだろう。詩篇「農夫」には、主人公「農夫」の、「現実」に立脚した自己確立、さらに言えば、浪漫的自己をみつめることで藤村がのちに到達し得た、いわば「破戒」的世界への萌芽ともいうべき「現実」認識があり、その認識のあり方において、同時代の他の多くの詩篇とは一線を劃した詩篇であると言えよう。これは、日清戦争期のナショナリズム昂揚を終えた後の「個」の模索とその自己確立の様相を示しているという点で、時代に対するひとつの批判として成りえていると考えられる。

次に、ここで示された認識が、遡って日清戦争下においては、どのように存在、機能したのかを考えることで、時代に対する批判の有様を検討していきたい。

藤村におけるナショナリズムとその射程

三十一年の詩篇「農夫」にも見られたように、藤村における「生」の「現実」立脚の傾向は、三十七年の『破戒』に至って具現化するものではあるが、詩篇「農夫」のみならず、三十年の『若菜集』においてもそれが胚胎していたことは、既に先行諸論が指摘している通りである。とするならば、そのような「現実」認識は、二十七〜二十八年の日清戦争期にはどのようになされていたのであろうか。

後年、藤村は日清戦争期について次のように述べている。「日清戦争のころでは私たちの雑誌の六号記事に『秋風蕭条の記』といふものの載せられたことを思い出す。一時、私たちの周囲には戦争あるのみであった」(『市井にありて』、昭和五年十月)。またここで、当時のナショナルアイデンティティを高揚させた文学者の一人、正岡子規を例として挙げておきたい。子規は、日清で戦端が開かれると「今や日清事有り。王師十万深く異域に入る。誠に是れ国家安危の分るゝ所、東洋漸く将に多事ならんとす。僕亦意を決し、一枝の筆を挟み、軍に従はんと欲す。」[注8]として、国家ナショナリズムに酔いしれていく。ここに典型的に見られるのが、「国家安危」のため「意を決」す、という、国家に対しての積極的な自己犠牲の情念である。そしてこの国家がそのまま天皇と読み替えられていくのは、先に指摘した通りである。ちなみに、その威勢によって従軍作家となった子規が経験した世界は、非人間的な異常な世界であり、そこでの苦い経験から、彼は軍に対して急速に批判的な身振りを示すようになる。ただしこれとても、「国家」（天皇）と「軍隊」の乖離として意識化されただけであり、自らが「国家」に対して寄り添うという、いわゆる忠誠心には変わりがなかったと言えよう。

　このような子規の姿を顧みるとき、藤村が日清戦争期にいかなるスタンスでいたかは非常に気になるところである。日清戦争さなかの藤村は周りの現実、国家的な一体感のもとナショナルプライドを刺激されるという状況と、全く没交渉でいられたのであろうか。藤村自身が戦時下にどのように考えていたのか、ということだけではなく、戦後である三十一年の詩篇「農夫」において描かれた世界、つまり「上のまき」の「父」と「農夫」の対立は、作品の構造としては直接的な戦争批判を持ち得ないと結論づけたが、しかし時代の風潮の中に置いてみると、「農夫」のような征戦への消極的姿勢は、子規の場合と比較してその異質性において際立つものであると言わねばならないだろう。

　戦時下の二十九年五月「文学界」に発表された「聊か思ひを述べて今日の批評家に望む」は後に詩集『夏草』に「友に寄するの書」として改題収録されたものであるが、この詩論的エッセイからは、藤村の現実認識および浪漫主義的思考との関わりを探ることができる。関良一は、藤村の詩論としてエッセイ三本を挙げているが、そのうちのひとつがこのエッセイである。ここで注目すべきは、「今の批評家の謙遜なる、想の形にかなはざるを説きたまへども、多くいかなる想を執れといふことに及ばす」と、詩における「想」、つまりどのようなことを詩は歌うべきかということを問いかけ、西欧のさまざまな文学主潮により、「吾国純粋なる日本想」を磨くべきという主張である。そして藤村は「儒教の道か、老荘の教か、佛想か、自然主義か、愛国の念ひか、侠勇の心か、ヘブライの想か、ヘレニズムか、将たまたルウソウ、ボルテエア等が鼓吹せしといふ如き革命的の思想か、バイロニズムか、ウェルテリズムか、いずれか吾風土人情に適し、いずれか吾純粋なる日本想の基となすに適すべきや」と、さまざまな傾向を挙げ、ドイツの「トレエン侯」の話を紹介する。絵画をこよなく愛した「トレエン侯」は、「人物」、「遠景」、「草木」、「花」のそれぞれに長じた画家たちを集めて、それぞれの得意な部分を描かせれば、完璧な「一大作」ができると考え、それを実行した。これは当然のごとく上手くいかず、「遂に画工互いに争いを生じ」、結局は絵ができなかったという話である。藤村は、ここから東西文化の安易な融合は戒めるべきだとする。西洋文芸の素晴らしさを認めたうえで、日本独自の「日本想」を求めなければならないとし、次のように述べる。

他界を尋ねんとせば先ず人間を尋ねざるべからずといふ心より、人間を尋ねんとせば先づ男女の別ちを尋ねざる可からず、父母夫婦兄弟君臣朋友にわたりて、愛憎こゝに起り、哀楽こゝに生れ、明暗こゝに湧き、生死こゝにつながる。然らば深奥にして乾燥せる哲学を離れ、直ちに吾人の眼前に横はれる自然の裡に躍り入り、吾国男性の特色と女性の特色とを極めて、其心に純粋なる日本想の基を尋ね、以て詩の国に吾人の活きたる領土を開拓すべきものなりや。是れ日本の男性なり、是れ日本の女性なりといふべきものを窮めて、其間につながれたる霊妙なる金鎖に、是れ日本想なり、是れ詩なり、是れ世間なり、将た又是れ自然なりといふべき秘訣を学ぶべきものなりや。

要約すれば、日本人を描くためには、感情的側面を知ることが大切であり、その感情を知るためには、男女の関わりを知らなければならないという。そしてそれを「自然」との関わりの中でみつけていくべきものではないか、というのが藤村の主張であろう。ここから藤村が「恋愛」を通して描こうとしているのは、日本の伝統的美意識を踏まえ、しかしながらあくまでも近代の人間、近代の日本人が持ち得る「日本想」であったということがみえてこよう。『若菜集』に和歌的表現が流入しているのは、既に指摘されているが、藤村は自覚的にその方法を選んでいることがここからもうかがわれる。

藤村が日清戦争下においてこのような方法的自覚を得ていたならば、これが彼のナショナル・アイデンティティのあり方であったと考えてよいだろう。つまり周りの喧しい国家ナショナリズムに対して、彼が選んだのは、「国家」＝「天皇」という、明治政府が作り出した「明治天皇制」を無化した、全く違った形のナショナリズムであったのではないだろうか。詩篇「農夫」の「序」に挙げられている、農民に対する眼差しは、後の「草莽の民」（『夜明け前』）にまで通底する、藤村の「国民」への眼差しであったのではないだろうか。そのように考えれば、詩篇「農夫」の冒頭場面は、日清戦争下の状況への彼なりの違和の表明であったと取ることができるだろう。

ここで興味深いのが、この「聊か思ひを述べて今日の批評家に望む」が当時の軍歌批判の観点と軌を一にしている点である。既に一章で触れたが、二十七年十月に「早稲田文学」に発表された、「新体軍歌」には、現今の軍歌、つまり日清戦争をむかえ、夥しく作られる軍歌に対しての批判が三点述べられている。そのうち一つ目が、「詩歌が人を感動せしむるの力は主として語句節奏の末にありとなし、根本たる思想の選錬を疎にす」とあり、「思想」よりもうわべの形式が優先されていることが批判されている。つまり、「今日の日本国民が一般に有する、種々の感情につきて抽象」した「思想」があるだけで、本来のオリジナルな「思想」がないことが指摘されているのである。二点目もこの延長上にあり、詩歌は「内に動くの同情を攄べて外に表白」すべきなのに、現在ではそれがなされていないという。つまりどちらも「詩想」（藤村にとっては「日本想」）の欠如を指摘しているのである。これは藤村の指摘がまさに新体詩全体の問題となっていたことを表している。このような新体詩の閉塞状況（盛況を活してはいるものの）に対しては、これもまた第一章で示したように、外山正一もやはり同様の問題意識を持ち、定型（七五）からの離脱と集団的詠としての軍歌的側面からの離脱を試みるのである[注9]。

外山は、定型からの離脱とその結果得られる（はずの）新しい「思想」「情緒」の表現に可能性をかける。藤村と同じような問題意識を持ちつつも、藤村が七五のリズムを保持したまま、むしろ個の抒情を掘り下げたのと、韻律に関して言えば全く逆の関わりをしているのである。

個の感情と新体詩

本章では詩篇「農夫」を手掛かりに、藤村と新体詩との関係の一面を明らかにしてきたつもりである。多くの新体詩＝軍歌のナショナリズムが、明治天皇制を中心としたいわば官製ナショナリズムに吸収されていった中、藤村のナショナリズムは明確に立脚地をたがえており、その意味で藤村の恋愛詩の持つ時代的意味はこれまでとは違った観点から高く評価されなければならないのではないだろうか。これは当時の状況を考えれば稀有なことで、たとえば外山正一についても、結局のところ、この明治天皇制ナショナリズムを相対化する契機は得られなかったのである。また与謝野鉄幹にしても、個人の「情」を積極的に「国家」に昇華させることで、官製ナショナリズムのプロパガンダを強力に推し進めてしまっている。明治十年代中頃から始まった新体詩の流れが、いかに国家施策の中で翻弄されてきたか、その流れに対して、根本的な違和を感じ、醒めた眼差しでみつめる藤村がつむぎだした恋愛詩の世界。浪漫的な抒情の裏には、醒めた認識があったことを認めざるを得ないのではないだろうか。

［注1］関良一『島崎藤村』（教育出版センター）、昭和五十九年十一月

［注2］三浦仁『詩の継承』（おうふう）、平成十年十一月

［注3］岩村行雄「『農夫』小論」（「比較文学研究」）、昭和二十九年

［注4］剣持武彦「『夏草』注釈」（日本近代文学大系十五『藤村詩集』、角川書店）、昭和四十六年十二月

［注5］新保邦寛「二重写しの「風景」・そして〈実の世界〉へ――「詩文集」という制度から――」、（平岡敏夫・剣持武彦編『島崎藤村　文明批評と詩と小説と』、双文社出版）、平成八年十月

［注6］［注4］と同じ。剣持によれば次の通り。「藤村はケアリーの英訳で『神曲』を読んでいたと思われるが、ここでも直接には平田禿木の「地獄の巻の一節」の文章がひびいていよう。「地獄の風も漸く和ぎて静かなる彼方の空を顧るに、双姿追随して軽風にならびゆくあり。声をあげて彼等をさし招けば、双鳩晴を呼び空をきりて、おのが巣に帰するが如くに二人は立ちたり」」。また、剣持は、この詩篇に混在する「農夫」の「想」のあり方に、「ヨーロッパ文学のまったく違った「想」の系統の混在」が見られ、シェークスピア、ゲーテ、バイロン、ダンテそれぞれの作品を同じ浪漫主義として受け止めた「文学界」のロマンチシズムの集約が見られると指摘している。

［注7］前出・剣持は次のように指摘している。「藤村は『早春』の回想によると明治二五年ごろにトルストイの「労働」という小冊子を読み、トルストイが一農夫の述作をもとにして労働の神聖を説いているのに感銘している。労働と愛と結びつけて説いている藤村の「芙蓉峰を読みて」（「芙蓉峰」明二十九・十二）にはその影響が見られる」とあり、「労働」に対する意識には早いものがあったことが分かる。［注4］参照。

［注8］明治二十八年二月二十五日付　河東碧梧桐・高浜虚子宛書簡による。

［注9］第II部第一章一四四～一四五頁参照。

新体詩と学校教育

――ヘルバルト派教育学との関わりから――

第Ⅲ部では、明治三十年代の新体詩が学校教育との関わりの中でどのように扱われていったかについて検討する。第Ⅱ部において、日清戦争後において抒情がどのように求められ、どのように詩人に認識されていったのかについて触れた。ここでは、学校教育において、抒情がどのように求められていったのかについて、教育実践との関わりを踏まえて検討していきたい。特に、教育実践の場で三十年代初頭より積極的に導入されていた、ヘルバルト派教育学が、「国語」科において情緒的な教材を招来させ、国語教育における抒情詩や美文の積極的導入を進める理論的根拠となったことも含めて検討していきたい。

第一章　「国語」科成立と新体詩の受容

明治三十年代の抒情詩の季節にあって、新体詩がどのような形で、抒情詩として人々に沁みこんでいったのか、本章では学校教育現場において、この時期にどのような形で新体詩が扱われ、人々の意識形成に関わっていったのかをみていきたい。

三十三年の「小学校令」の改正（以後、「改正小学校令」）により、「読書」「作文」「習字」という教科目が統合され、「国語」科が成立した。ここでは、新しい教科目である「国語」が担うことになった内容をその背景と共に検証し、その上で、新体詩がどのように「国語」教材として扱われていったのか、さらに新体詩を含む「文学」が「教育」とどのような関係を切り結んでいったかについて検討していきたい。

「国語」科の成立とその傾向

十九年の「小学校令」により尋常小学校四年間が義務教育とされ、その上に高等科（高等小学校）が二年（または四年）の年限で設置されたが、実際に通う者はさほど多かったわけではなく、その設置も数少ないものであった。しかし、三十三年の「改正小学校令」では、将来の義務教育年限延長を踏まえ、それまで三年、または四年とされていた尋常小学校の修業年限が四年に一本化されると共に、修業年限が二年、または四年の高等小学校については、開設する教科目に違いを設け、年限に応じた学習内容にすることで、尋常小学校との接続が教育内容に応じて連続的に行われるようになった。また、尋常小学校に高等小学校（高等科）を併設することも奨励された。その結果、例えば静岡県では尋常小学校のほぼ半数に高等科が設置（明治三十六年）されている[注1]。このようにして三十年代末には四年＋二（四）年の六（八）年制の初等教育がスタンダードとなっていく。これを契機に、それまでの六割程度の就学率が大幅に向上（明治三十五年には九割超）するなど、日本の近代教育制度の基盤整備については大いに効果があった。

「改正小学校令」では、高等科設置の推奨と共に、小学校教科目も変更された。それまでは「読書」科を中心に「作文」科、「習字」科が配置されていたが、これらは新たに「国語」科として統合され、教育方針にもさまざまな変化が生じることとなった[注2]。そしてこの新しい教科目の誕生と共に、それに応じる形で、多くの教科書が新しく編纂されることとなった。この時期の教科書は、所謂「検定教科書」であり、三十七年に小学校「修身」「国語」「日本歴史」「地理」の四科目が「国定教科書」として一律に定められるまで、さまざまな出版社が「改正小学校令」およびその「施行規則」に沿う形で、それぞれの独自性を打ち出していった時期である。その意味で、「改正小学校令」が施行された三十三年から三十七年にかけては、あくまでも国家意思の枠内ではあるが、教科書作成に当たってさまざまな工夫が求められ、また実際に工夫が見られた時期であり、そこから教育現場で何が行われていたのかを汲み取ることのできる貴重な時期であると言えよう[注3]。

「改正小学校令」の公布を受け、翌三十四年には教科書採択運動の一環として、各出版社から教科書の編纂趣意書が相次いで出された。『実験国語読本編纂趣意書』（右文館、明治三十四年十月、以下「右文館版国語読本趣意書」）では巻頭に「本書は、三十三年八月発布の新小学校令、及び、該令施行規則に依準し、尋常小学校及び、高等小学校の新教科書に充てんが為めに編纂したるものなり。されば、本書は、いふまでもなく、凡ての点に於て、新小学校令の所示に合したれども、編者の本書を編するや、多年の実験に徴し、又、諸教育家の所説を参照したるを以て、本書は、多くの点に於て、従来の読本と、その趣を異にせり。」と述べた上で、従来の読本の欠点が、「(一)難しきに過ぐること、(二)材料の選択宜しからざること、(三)叙述の拙劣なること、(四)無趣味なること、(五)文理の紊れたること」と批判され、「本書」においてはそれを改め、新たな「特色」を打ち出したとして、次の内容を掲げている。

一、実用的(実益)、及び、文学的(趣味)の二面を調和し、児童をして、趣味を感ずる間に、実用的智識を得しめんとはかれる事。

二、従来の読本の如く、記載する事項の多きを貪らず、重要にして趣味ある事実を、精しく叙述せんとはかれる事。

三、仮名遣、送り仮名を一定し、又、其の文章は、凡て、平易簡明にして趣味に富ましめ、且つ、密に、文法に合せしめ、児童をして、綴り方の模範を之に取らしめんとしたる事。

(中略)

本書の大なる特色といふべきは、児童の心身発達の程度に注意したること、及び、全体に趣味あらしめたることの二点なり。

ここから読み取れる、この教科書の「特色」は、①実益のみではなく「文学的」、「趣味」にも配慮した教材が収録されていること、②記載事項は必要最小限にしていること、③児童の心身の発達に留意してあること、ということになろう［注4］。このような傾向は他社の国語読本でも同様で、『尋常高等単級用国語読本編纂趣意書』（小山左文二・加納友市、集英堂、明治三十四年十月）においても、上記②、③の内容と共に、「第四　文字　文章」の項に「一　思想を審美的に発表するの必要なるを認め、尋常用小学校用書の初巻より、毎巻、およそ、二三章を韻文体に記述したり。また、唱歌教授に連絡して国民唱歌の大意を授くるの必要なるをおもひ、尋常小学校用書においては、ことに、この種の歌詞をも加へたり。／一　韻文は、千篇一律の弊をさけて、短歌・長歌・今様体・七七体など種種の形式を用ゐ、口語・半口語または文語などにて記述したり。」と、韻文、つまり新体詩も含んだ韻文教材収録を特徴としている。「右文館版国語読本」の「特色」①と同様、「審美的」な教材として、文学（ここでは特に韻文）尊重の姿勢が打ち出されているのである。

改訂以前の、「読書」科教科書の趣意書である、『尋常小学読書教本編纂趣意書』（須永和三郎編、普及舎、明治二十八年一月）では、「読書ハ、小学校諸教科目中、其ノ中心タルベキ者ナルガ故ニ、本書ハ毎巻ノ首尾ニ、国体若シクハ修身ニ関スル材料ヲ排置シ、其ノ間ニ、地理、歴史、理科、実業、及ビ日常ノ生活ニ必須ナル事項ヲ置キ、其ノ知識ヲシテ品性ヲ陶冶スル資料タラシメ、特ニ国家ヲ愛シ、実業ヲ重ズル精神ヲ養ハシメンコトヲ……」として、「知識」の修得による、「品性の陶冶」が目指されており、ここではあくまでも修身科を頂点とする「忠君愛国」の精神を身に付けること、そして「日常ノ生活ニ必須」な内容を身に付けることが、「読書」科の主眼とされている。ここには、文学（韻文）的教材による、子どもの情緒面に対する教育の必要性は全く述べられていない。

なお『小学国語教授新法』（比佐祐次郎、六合館、明治三十四年七月）によれば「国語」科が設置されたのは、それまでの「読書」「作文」「習字」という名称では、旧来の漢学がそのまま教えられてしまうという弊害が各地で起こったため、それら名称とは別に「国語」として統合し、その中に「読み方」「話し方」「綴り方」「書き方」

を「飽くまでも我が現時の社会に行はるる普通語」を教えるために置いたのだという。そのため漢字の低減、文語の廃止等が起き、これまでの教科（特に「読書」科）に比べて内容が平易になったのだという[注5]。

では、なぜこの時期の「国語」科に文学（韻文）教育の導入が目指されていたのであろうか。「改正小学校令」以前の「読書科」においては、「普通語」を習得させ、明治政府が求めるさまざまな事項、つまり「忠君愛国」の精神とその基盤としての日本の歴史、また産業振興を支えるための西洋的な知識等、これらを学ばせるための、いわば手段としての言語教育がその主たる目的であった。それに対して、「改正小学校令」以降では、それらを受け継ぎつつも、それ自体目的化した「国語」科の成立が図られたとみてよい。つまり、「国語」教科書に文学（韻文）教材の掲載が進められた理由は、その教材自体から他学科の事項を学ぶのではなく、先に触れた各社の教科書編纂趣意書に見られるように、「趣味ある」教材による「品性の陶冶」に主眼が置かれているのである。このような考えの中心となったのが、ヘルバルト派教育学である。

ヘルバルト派教育学は、「趣味ある」ことを教育の中心に置き、児童・生徒の「美感」の形成を通して、「品性の陶冶」を目指す考えとして、高等師範学校（明治三十五年より、東京高等師範学校）を中心に強い教育的価値観を形成していた。三十年代に入り、全国に展開した同校出身の小学校・中学校教師および地方の師範学校教員らにより、そのような方向で各地の教育実践が推し進められていった[注6]。

三十三年の「改正小学校令」においては、ヘルバルト派教育学の「美感」を通した「品性の陶冶」といった教育的価値観により、「国語」科はその中心に文学教材、韻文教材といった抒情的・心情的な教材を導入するという教育傾向を持つようになったのである。このような傾向は、学校教育に限らず、当時の雑誌「児童研究」などでは、ヘルバルト派教育学を踏まえた、絵本、物語の伝え方の実例を散見することができる。新体詩など韻文の採択により、教育現場においては、韻文が教材として重要な位置に置かれていくのである。ヘルバルト派教育学の日本での展開については、第三章で詳説したい。

ヘルバルト派教育学を踏まえつつ書かれた、泉英七『小学教授原論』（明治三十四年八月）の第四章には、「興味」という項がある。そこでは「吾人の渾ての思想及行為の源泉は、興味に在り」とされ、その「興味」は「求知的興味」「審美的興味」「顕我的興味」「社交的興味」「超絶的興味」の五つに分けられる。「各科目は、同様に此五種の興味を誘起し得べきもの」とされるが、このうち「審美的興味」については、「美を好み、醜を去り、調和を求めて美を実現せんとするは、人の自然に享有せる微妙の心情なり、之を審美的興味といふ」と定義づけられる。これは同書にも記されている通り、ヘルバルトの説を踏まえたもので、この「審美的興味」、つまり「美を感じ、及之を実現せん」がために、文学教材、韻文教材が求められるのである。実際に、「教材の内容的選択」の項では、「道徳上」、「生活上」、「審美上」の三つの観点のうち、「審美上」の「選択」において、「図画」「唱歌」「体操」科と共に「国語」科が選ばれ、「国語科は其趣味ある文字詩歌に於て（中略）美育に寄与するもの」[注7]と位置づけがなされている。ちなみに、ここで泉が参照しているのは、ヘルバルトの『一般教育学』である。二十八年には、藤代禎輔訳『教育学（独逸ヘルバルト）』が成美堂より出版されているので、それによったと考えてよいだろう。

国家が、「趣味あること」を「国語」科の中心においたのには理由がある。教科内容を策定するにあたって、当然、ヘルバルト派教育学推進の学者等が関わっていたこともあるが、一方では、ヘルバルト派教育学が主張する品性、人格の陶冶による倫理性の獲得が、そのまま「忠君愛国」といった、明治政府が推し進めるベクトルと一致したことが最大の理由であった。

これは「忠君愛国」といったナショナリズムの精神を、抒情・感傷といった個人の情に訴えることで、内面化しようとする考え方であり、国家の意思する「忠君愛国」によって、個人の情が囲い込まれる危機であったとも言えよう。これは先に触れた、日清戦争末から直後にかけて、夥しく発表された軍歌、つまり挽歌としての軍歌と同様の枠組みである。それ以前の軍歌は、「忠君愛国」のみを強調することに主眼が置かれており、そこには個人の「情」が介入する契機はなかった。しかし、第Ⅱ部第一章で触れたように、日清戦争期の軍歌においては個人の「情」、つまり抒情的な側面が挽歌として前景化していった。「忠君愛国」の情が個々の内面に組み込まれていったのだとみてよいだろう。「改正小学校令」による「国語」科の「趣味あること」への傾斜は、明治政府にとっては「忠君愛国」への傾向をより増長させるものとして意図されていたのである。しかしながら、実際の教育現場では、必ずしもそのような形にならず、ヘルバルト派教育学のもたらした、「国語」科の韻文教材・文学教材の重視の姿勢は、多様な形で子どもたちの情操に語りかけていくことになる。

「韻文」教育の実際——普及舎版『新編国語読本』を中心として

教科書に掲載される「韻文」といっても、万葉集や古今集から、都都逸、短歌、俳句そして新体詩、唱歌までその時期や内容には幅広いものがある。ただし、「改正小学校令」には日常語重視という基本的な方針があるため、実際に中心になっているのは明治以降のものである。ここでは普及舎版『新編国語読本』（尋常小学校・高等小学校用）を対象として、どのような韻文教材が、どのように教育現場で使われていったのかをみていきたい。

この教科書を出版・販売するに当たって作られた、『新編国語読本編纂趣意書』（小山左文二、武島又次郎著　普及舎　明治三十四年八月、資料編②、三四八～三五八頁）では、その特徴が、「韻文の美を感ぜしむるの必要を思ひ、尋常科用巻二より、毎巻、二章もしくは三章を、韻文体として記述したり。」と示されており、やはり「韻文の美」を教育すべきことが強調されている。ちなみに本書の著者である武島又次郎は、詩人・武島羽衣である。

当時羽衣は「帝国文学」を中心に活躍する、所謂「大学擬古派」の新体詩人として、また美文家として著名であった。この普及舎版『新編国語読本』掲載教材については、『新編国語読本編纂趣意書』所収の、「新編国語読本材料配当表」（尋常小学校児童用および高等小学校児童用）（資料編②、三五六～三五七頁）を参照されたい。高等小学校教科書においては、巻一から巻八まで、それぞれに二十二編の教材が載せられているが、そのうち二～三編が韻文教材ということが分かる。一つの学年で二巻を扱うことになるので、すべて授業で扱った場合、年間四～六編の「韻文」教育が行なわれることになる。

この教科書の実売部数については現在のところ詳細な記録がなく分からないが、三十年代初頭の小学校教科書出版は、主に金港堂・文学社・普及舎・集英堂の四社に集中しており、ある程度の規模の採択がなされたと考えてよいだろう。実際、普及舎版『新編国語読本』の「韻文」部分のみを抜き出して、そこに曲を付した書物（指導書）が残されている。

鳥取県師範学校教論である菅沼松彦、永井幸次の手による『新編国語読本　歌曲並ニ遊戯法』（明治三十五年八月）（以下、『歌曲並ニ遊戯法』）（資料編③、三五九～三六七頁）がそれであるが、その「緒言」には、「株式会社普及舎出版ノ新編国語読本尋常高等両小学校教科書中散在セル歌詞ニ曲譜並ニ遊戯法ヲ附セシモノナリ」とあり、さらに「本書ハ主トシテ読書科ト唱歌遊戯両科トヲ関連セシムル目的ヲ以テモノシヌトハ雖モ又之ヲ児童ニ謳ハシムレバ其歌詞ノ材料ニ従テ修身地理歴史等ノ諸学科ニ関連セシムルコトヲ得ベク或ハ又徳性ノ涵養及勇壮ノ気風ヲ培ハム一助トモナルベク又ハ児童ガ倦怠ノ念生ゼシ際、一唱セシメバ以テ他学科ノ為メニ疲労シタル脳髄ヲ一洗スルコトヲモ得ベシ、要スルニ近時唱ヘラル、所ノ統合主義ノ教授ニ便ナラシメンガ為メナリ。」と記されている。つまりこの書が提唱する教授方法および効果は、①「読書科」（「国語科」のことであろう）と他教科の連携（「統合主義」）のために、「歌う」行為を授業で行うこと、②その結果、「徳性」および「勇壮の気風」を養うことができること、③勉学への刺激となること、といった内容である。これらは先にも述べた当時の文部省の教育方針、またはそれを受けての教科書会社の教科書編集方針と一致した内容である。ただし、本書では、数箇所に欧米の教育家の、音楽の効用に関する警句を挿み、忠君愛国を促す明治政府の方針から逸脱した傾向をみせている。この書が教育方法の根拠としている「統合主義」は、当時、樋口勘次郎の『統合主義新教授法』（同文館、明治三十二年四月）が提唱したもので、その発想はヘルバルト派教育学の「中心統合」に基づくものであった[注8]。『歌曲並ニ遊戯法』に見られるようにもヘルバルト派教育学は、教育実践の場において大きな力を持っていたと言えよう。ヘルバルト派教育学の日本での展開については後に詳説するが、ここでは、本書を踏まえつつ、普及舎版『新編国語読本』（高等小学校）から幾つかの詩篇を紹介する。

巻二に収められた「美しき天然」は、三十三年に武島羽衣が作詩したものである。（資料編③、三六四頁）羽衣は当時、東京音楽学校に勤めており、その縁もあってか、佐世保海兵団軍楽隊長兼私立佐世保女学校の音楽教師であった田中穂積が作曲をしている。後に多くの人々に歌われることになった詩篇である。全体に七五調からなる本詩篇は、四季折々の自然の景物を織り込みつつ、それを「神の……の尊しや」という一節で各連末が纏められており、いわば典雅な羽衣調がここに見られるのだが、第一連「大波小波どーどーと」の部分は、次頁に掲げる詩篇版と異なり、対象となる高等小学校一年、つまり十歳の児童が読み（歌い）易いように、口語的表現にされている。なお、この表からも分かるように、曲付けされており、教師はこれにしたがって「歌」として授業を行なうことができるのである。

美しき天然

武島羽衣作詞　田中穂積作

空に囀る鳥の声
峯より落つる滝の音
大波小波とうとうと
響き絶えせぬ海の音
聞けや人々面白き
この天然の音楽を
調べ自在に弾き給う
神の御手の尊しや

春は桜のあや衣
秋は紅葉の唐錦
夏は涼しき月の絹
冬は真白き雪の布
見よや人々美しき
この天然の織物を

うす墨ひける四方の山
くれない匂う横がすみ
海辺はるかにうちつづく
青松白砂の美しさ
見よや人々たぐいなき
この天然のうつし絵を
筆もおよばずかきたもう
神の力の尊しや

朝に起る雲の殿
夕べにかかる虹の橋
晴れたる空を見渡せば
青天井に似たるかな
仰げ人々珍しき
この天然の建築を

かく広大にたてたもう
神の御業の尊しや
――――
手際見事に織り給う
神のたくみの尊しや

（傍線、筆者）

また巻四に収められた「桜井の里」は、落合直文作詩、奥山朝恭作曲で、唱歌「桜井の決別」として、歌われたものである。巻六の「川中島の戦」は、高等小学校三年生、つまり十二歳の児童が対象であるが、この詩篇はどうやら運動会の騎馬戦の口上に使われたようで、現在も北九州地方の運動会騎馬戦においてこの歌詞で歌われているようである[注9]。この詩篇の作者は分かっていないが、現在も引き継がれる、詩篇「川中島の戦」の教育現場への流入は、この普及舎版『新編国語読本』が元となった可能性が高い。ここに挙げた二篇以外についても前掲「材料配当表」にて「韻文」と付されたものはすべて、『歌曲並ニ遊戯法』に楽譜と共に掲載されている。なお、『歌曲並ニ遊戯法』では、尋常小学校の韻文教材についても高等小学校と同じく歌詞・楽譜が掲載されているが、尋常小学校において特徴的なのは、「歌」いながらの隊列運動としての「遊戯法」が加えられていることである。

このようにみてくると、三十年代中期の韻文の教育現場での用いられ方は、ヘルバルト派教育学に基づき、「唱歌」科や「体操」科などといった、他教科との連携の上で行なわれることがあったと考えてよいようである。これは、十九年に「軍歌」という形で新体詩が教育現場に入ったのとほぼ同じ状況である。

また新体詩の教科書への採択は、児童の趣味・趣向を考慮したものでもあった。教科書会社もそれを意識して、採録教材についての工夫を行っている。例えば、三十三年に出された『国語読本』高等小学校児童用（普及舎）には、巻六に「高田屋嘉兵衛」という詩篇が収められているが、これは伝記を新体詩化したものである。『国語教育史資料』にはこのことについて、次のような解説が付されている。

近年の教科書が、平易を目的としてきたために平凡なものとなってしまい、学習意欲と教授効果を失う傾向となった。本書はその弊を防ぐために、新しく有益な資料を集めるために格別に意を注いでいる。特に歴史的人物の発掘とか、伝記の新体詩化（巻六「高田屋嘉兵衛」）など、今までのものには見られない新鮮さがうかがえる。（第二巻「教科書史」、井上敏夫編、東京法令出版、昭和五十六年四月）

教科書の教材採択に当たって、読者である児童・生徒の嗜好も意識されるようになっていたことがうかがわれる。

新体詩の掲載およびその指導について

このような形で、韻文・新体詩は学校教育現場において「国語」科の教材として存在するようになっていった。これまで触れた詩篇の多くは、「文学」「趣味」という点では確かに以前の教科書には見られなかった新しい傾向のものではあるが、当時の詩壇の中心であった抒情詩や象徴詩がこの「国語」科とどのような接点を持ったのか、つまりリアルタイムにどのような相関関係があったのかを検討しなければならない。いわば、個人の「情」の内にまで踏み込みつつある「国語」と、そもそも個人の「情」を歌うことで成立した抒情詩は、先にも述べた通り、日清戦争後の状況にあっては同じ気圏に存在したものであるといってよい。しかしながら、その二つが交差した際には、その差異も鮮やかに現れてくるのではないだろうか。以下、その点について検討していきたい。

少し時代が下るが、教育現場における新体詩の教本として出された『韻文教授法』（福澤悦三郎（青藍）、勝文館、明治四十年十月）をみていきたい。この書では、島崎藤村の詩篇が高く評価されているが、それは恋愛詩以外という限定付きである。つまり、教育現場における新体詩からは恋愛詩が除外されているのである。

本書の「如何なる韻文が普通教育に適するか」（第二章）の「新体詩」の項では「新体詩に至りては然らず、その情の迫るや浄瑠璃の如く、その景の妙なる謡曲を凌ぎ、西洋詩人の想を学び、之を修飾するに古来の雅言、慣用の漢語、練熟の俗語を以てするが故に、之を古の今様に比するに、進歩高尚同日の談にあらず。日本に於て西洋の韻文と比肩すべきは、唯新体詩あるのみ。」として高く評価される。外山正一、小室屈山の詩は「浅薄にして気韻なく、唯七五文字又は朗読体を併列せしのみか、散文にして内に銑練の巧なく、外に嘆賞の妙なし」と手厳しい。「韻文として成功せしもの」としては、落合直文、塩井雨江、武島羽衣、尾上紫舟、大町桂月、土井晩翠、島崎藤村らが挙げられ、「普通教育（義務教育、つまり小学校教育のこと、筆者注）に於て教授せんとせば、所謂羽衣、雨江、晩翠等の派と、藤村及び青年詩人の傑作中につき、その恋に関するものを除き去り、教訓的なるものと純詩的なるものとを撰み、その平易なるものを授くべし。」とされる。「恋に関するものを除き去」ると、寧ろ多くの若者が感得した詩篇の多くはそこから脱落することになる。「教訓的なるもの」は藤村の場合、勤労を勧める詩篇「農夫」（『夏草』所収）などであろうし、また「純詩的なるもの」とは、「若水」や「春の歌」（『若菜集』所収）といった古雅な趣きを持った詩篇ということになろう。

恋愛詩排除の方向は、新派和歌、つまり短歌を教材に選ぶ際においても同様に見られる。教育においての韻文はあくまでも「真情流露するもの、学生の訓戒となすべきもの」を選ぶべきであり、小倉百人一首であっても恋歌は除外すべきとしている。「今日流行の新派和歌の如きは、韻文の邪径に入りたるものにして、用語生硬不熟、内容軽佻散漫、純粋の国風を破壊」するもので、「青年を導きて淫靡矯飾の悪風に陥らしむるもの」であり、「断じて之を教授すべからず」とこれまた手厳しい。「露骨なるラブ、歯も浮くべきハイカラ、星やすみれの厭世観を浮べ、自から得々として古来国風の大家を罵倒するに至りては、僭越の極、言語に絶えたり。」

と、明星派を念頭において罵倒していく。与謝野晶子撰の短歌「落葉や一葉一葉はさびしみの／怪鳥（ケチョー）となりて飛ぶと思ひぬ」が引用され、これは「怪鳥的化物的和歌」であり、これを「和歌」とするならば「小学生の出鱈目」ですら「天使の妙を備へたりとも云ふを得べし」とされる。

ここでは筆者の悪意が感じられる。つまり、あえて不出来な短歌を持ってきて、しかもそれは与謝野晶子が作歌したものではない短歌を持ってきて、徹底的にこき下ろすのは、批判しつつも、晶子を中心とする明星派短歌と直接的には向き合えないことを分かっているからで、逆に言えば、世間で評判のある彼らの文芸的な勢力は認めているからだと言えよう。ここから分かるのは学校教育においては、あくまでもこのような傾向を否定したいという筆者の強い願望なのである。

これらのことは、教育の枠組みにおける個人の「情」の発露の限界を示すものであると共に、これがその枠組み、つまり「忠君愛国」の枠組みが最大限に拡張された、その極北点がここにあるということであろう。この地点を超えることは認められなかったのである。

この傾向はこの一書だけのものではない。『如何に国語を教ふ可き乎』（及川平治、育成会、明治三十九年九月）においても、「文学の価値　小学校に於ける文学教育」の章の「韻文を授くること」の項に、「最も価値ある趣味の養成法は、韻文をよませることである。詩歌は文学の一部である、又児童の心にチヤームと興味とを発揮し、国民的性格を高めることができる。」とあり、ブレイクやテニソンといった「学び易い文を立派に書きうる」「名家」「文豪」の作を扱うべきだとする姿勢も、ここに挙げた「国語」の枠内に入っているのである。

一方、本書においても「学ぶべきは文学で歴史や言語学や哲学ではない。」とされ、言語の習得を通して、さまざまな事象を学ぶといった旧来の「読書」科の教授方針を多少とも受け継いでいる「国語」科の教育内容、いわば「手段としての国語」の側面に対しても、文学重視の姿勢から、否定的な立場を示している。このような姿勢は、さらに「小学校で教ふる文学は、文章を分解し、解剖し、図解し、説明し、語を定義し、語源を探究して授くる必要はない」という、教材を言語的に歴史的に捉えることすら否定し、あくまでも「国語」＝「文学」＝「美的趣味」を感じさせることにその重点を置くのである。「韻文は、文法などの説明よりも、趣味を感ぜしむること」なども同様である。「国語にて記されたる詩歌は、国民の愛国心を喚起するもの」であり、「教訓の淵源を成すもの」とされる。

この一連の記述からも、教育現場における韻文・新体詩の扱われ方は一定の枠組みの内に収められていたことが理解されよう。

「国語」科の成立とその周辺

これまで三十三年の「改正小学校令」を契機として、小学校教育現場に流入した新体詩の受容の様態について述べてきた。先にも述べたように、それは日清戦争後に成立した抒情詩を受け入れる土壌と、国家と個人の調和を志向する点において重なり合っていたものであるといってよいだろう。そういった意味で、日清戦争が文学及び教育に与えた影響は大きい。しかしながら、個人の「情」、なかでも国家の「忠君愛国」の枠組みには組み込まれがたい、恋愛の「情」を中心とした藤村の抒情詩は、学校教育の場から求められず、むしろ意図的に排除され続けたのであった。一方、藤村詩においては恋愛詩排除とはうらはらに、当時藤村が価値を見い出していた「勤労」の喜びといった傾向の詩篇は、教育の場において提唱されていった価値観と同一であることから積極的に肯定されており、学校教育を実際に推し進める層と新体詩が微妙に重なり合っていたことを示唆する一例として挙げることができる。

本章では、文学というジャンル、特に新体詩・韻文が三十年代に教育現場に、とりわけ国家意思体現のための初等教育システムに取り入れられていくさまを素描したが、しかしながら、ヘルバルト派教育学の影響を受け、多様な教材による情緒面への働きかけは、一方で恋愛詩を排除する方向を持ちつつも、感情の自由、抒情への親近感を子どもたちに伝えていったと考えてよいだろう。この流れは、三十七年から始まる、教科書の国定化により、一旦歯止めが掛けられる。国定教科書は、当然のことながら全国一律の教材を、その「解説」にしたがって教え込むシステムである。またそれは「国語」のみならず、「修身」「唱歌」「体操」などといった各教科とも密接な連携を持つことが可能になっていくプロセスでもあった。例えば、『文部省編尋常小学唱歌教材解説』には、唱歌「港」の項に、「尋常小学校読本巻六、第二十三の『港』に関連して選択したる題目である」とあるように、直接的なつながりが明示されている。このように教材レベル、教育実践レベルでの国家統制が進められていき、それに応じて、文学教材・韻文教材は大幅に減少する。これが、後の国民意識形成に対して大きな影響を与えていったとみるのは、間違いではないだろう。

「情」の表現を求める機運は、これだけに留まらない。『若菜集』が多くの読者を獲得したように、このような「情」の表現に対する受容層は大きなものがあった[注10]。それがこの時期、美文読者の急増という形で現れてくる。次章では、この点を中心に論を進めていきたい。

[注1]　『静岡県教育史』通史篇上巻、昭和四十七年

[注2]　「改正学校令」と同時に告示された、「小学校令施行規則」の第三條には、「国語」科の要旨、求められる読本教材について記してあり、「読本ノ文章ハ平易ニシテ国語ノ模範ト為リ且児童ノ心情ヲ快活純正ナラシムルモノナルヲ要シ其ノ材料ハ修身、歴史、地理、理科其ノ他生活ニ必須ナル事項ニ取リ趣味ニ富ムモノタルヘシ」

と、「趣味」ある教材への要請がなされている。

［注3］教科書採択について、都道府県単位で行なわれていたため、その採択の是非は教科書会社の経営に大きく関わるものであった。その結果、教科書会社間の競争は熾烈を極め、全国で贈収賄事件が多発し、所謂、「教科書疑獄」として明治三十五年には大きな社会問題となっていった。そしてこれが、教科書を国定化する大きな契機となったのである。

［注4］「趣味」の語義については、明治期では、「あぢはひ、おもむき、などいふにおなじ。」（『帝国大辞典』三省堂、藤井乙男、草野清民編、明治二十九年十月）「面白み。言はれぬ味」（『日本大辞典』博文館、大和田建樹編、明治二十九年十月）とされている。また現代でもほぼ同様に、「物事のもっているおもしろみ。味わい。おもむき。風趣」（『日本国語大辞典』小学館）、となっている。ただしここでは、「美感」あるいは「美を感じられるもの」として使用されている。

［注5］「改正小学校令」による教育改革を強力に進めたのは、当時の文部省普通学務局長であった沢柳政太郎である。制定までの経緯は、沢柳自身の言によれば、「明治三十三年に至り、樺山文部大臣の下に、奥田義人君を次官とし、私が普通学務局長として、其の年の八月小学校令改正が行はれた。恰度私が普通学務局長になって二年ほどたつてから、私と野尻視学官とが、属官をつれて塩原に来り、朝から晩まで二週間の間非常に勉強して改正案を作り上げた」（佐藤秀夫、「文部官僚としての沢柳政太郎」、沢柳政太郎全集別巻、国土社、昭和五十四年）ということであった。塩原滞在は十一月で、翌三十三年一月には原案が閣議に提出されている。短期間での原案作成・提出といってよいだろう。勅令として公布された「改正小学校令」については、当時、文部省の諮問機関として開設されていた高等教育会議の議を経ることが通常の手続きであるのだが、そこでは全く議論されておらず、「改正学校令」は、沢柳の示した、原案ほぼそのままの形で成立したのであった。したがって、「改正学校令」には、沢柳の教育思想が色濃く反映しているといってよいだろう。「国語」科についても、その成立とヘルバルト派教育学に依拠した教育内容には、沢柳が強く関わっていたことが明らかになってきている。拙論「国語科成立の背景～沢柳政太郎とヘルバルト派教育学との関係を踏まえて～」（『東海大学短期大学部紀要』第四十五号、平成二十三年三月刊行予定）参照。

［注6］中山弘明は、明治三十年代から多くの『中学国語読本』に近代作家の作品が出てくることを指摘し、三十八

年に出された『中等教科明治読本』（芳賀矢一編・冨山房）や翌年出された『訂正中学国語読本』（三土忠造編・金港堂）には藤村の詩篇「春の曲」が収められていることを指摘している。（中山弘明「『若菜集』の受容圏――「藤村調」という制度――」（「国語と国文学」第七十巻第七号、平成五年六月）

[注7]　泉英七『小学教授原論』（細謹舎）、明治三十四年八月

[注8]　「統合主義」を唱えた樋口勘次郎は、教育現場での実践において、形骸化していったヘルバルト派教育学については批判的な立場をとっているが、「統合主義」の発想自体は、ヘルバルト派教育学の影響を強く受けたものであった。なお、ヘルバルト派教育学においては教材の「趣味」性への着目がみられており、今後、「国語」科の方向性を示した理念としてその影響を検討することが不可欠であろう。教科教育に関するヘルバルト主義教育学受容を論じたものとして、杉田政夫『学校音楽教育とヘルバルト主義』（笠間書房、平成十七年三月）があり、その受容と展開に関して詳細な検討がなされている。

[注9]　「おじさん教師のひとりごと」http://kitunedon.blog13.fc2.com/blog-date-200507.html（平成二十一年五月閲覧）

[注10]　中村秋香『新体詩歌自在』（博文館、明治三十一年十一月）には、恋愛詩中心の抒情詩の流行についての見解が述べられている。「近来抒情詩なるものひろく青年の間に行はれ、新聞紙に、将た雑誌に、専ら男女恋愛の情のみを吟哦し、其勢ほと〳〵新体詩は抒情詩にして、抒情詩は即ち男女の恋愛をいふに限るものゝごとく、婀娜奮豔の詞藻をもて、淫猥狎雑の痴情を述べ、道義を破り、風教を害ふもの、実に鮮少なからず、豈なげくべきの至りならずや、夫れ愛は人情の極粋にして、固より尊ぶべく、重んずべきは言を俟たず、随て抒情詩の如き決して排斥すべきものに非らざるのみならず、新体詩に主とする所は、寧ろ抒情詩に在りとも言ふべき程のものなれども、是即ち公正の愛の義にして、之を君臣の間に発しては義となり、父子の間にしては親となり、夫婦にしては別、長幼には序、朋友には信となるもの是なり、豈穴隙を鑽りて相窺ふが如き私欲偏狭なる愛を言ふものならんや。」

第二章 「美文」の流行と学校教育

明治三十年代に、美文が流行したことはよく知られている。美文というと、尾崎紅葉などの硯友社系の小説を指すこともあれば、明治期以前の雅文を指すこともあり、いわば一般名詞としての美文、つまり美的技巧を凝らした文を指すことが一般的であろう。そして、その美文は、言文一致という「近代」的な文章の前では、古典・擬古典として、いわば旧弊な存在として位置づけられているのも事実であろう。しかしながら、このような観点から美文を捉えてしまうと、三十年代初頭の美文読者の急増とそれに対応する美文指南書の大量出版という事態の意味を見逃してしまう恐れがある。つまり三十年代初頭の「美文ブーム」ともいうべき事態は、当時、美文が新しい文学ジャンルとして成立しかけていた可能性を示すと共に、そのブームの裏側に、ある力学が存在していることを示しているのである。この現象を、古典回帰の一環と捉えるか、また学校教育の浸透による識字層の拡大による影響ととるか、さまざまな見方はできるが、三十～三十二年頃にかけての「美文」の扱われ方からすると、こと問題はそれだけでないように考えられる。本章では、この問題についての整理を試みたい。

「美文」を巡る問題系

> 大学出身の大町桂月、武島羽衣、塩井雨江等新体詩に勉め美文を属し遂に三氏の短篇、美文、新体詩を合て「花紅葉」を刊行し与謝野鉄幹亦変調の新体詩を孕み「東南南北（ママ）」「天地玄黄」等の文集を出す、これより再び新体詩紀行文の流行を来し、此種の著作続々として出て中学生亦好んで文を属するに至り従て文学雑誌大に起り美文韻文の声黄吻に喧伝せらるゝに至る。／現時美文家とし銘打ちし人々久保天随あり戸澤姑射あり、田山花袋、遅塚麗水、大橋乙羽諸氏各其紀行文を大和田建樹氏中邨秋香氏等和文的紀行文集を出し土井晩翠、島崎藤村氏等亦新体詩集を出し出版界は殆ど文学的の大小産物に圧せられたり、是れ実に三十年より三二年に至るの現象なり[注1]。

これは三十三年三月に出された、高松茅村『美文自在』の一節である。ここには三十年代に入り、急速に隆盛を見た美文のあり方が記されている。日清戦争後に、桂月、羽衣、雨江、鉄幹、晩翠、藤村等を中心に、「新体詩」「紀行文」が多く出されたことは改めて指摘するまでもないが、ここではこれらも含めて「美文韻文」として一括りに捉えられているのである。

この高松の一文からいくつかの点を指摘しておきたい。第一に、美文の定義についてである。当時の多くの美文指南書にも見られるように、美文と新体詩はほぼ同じジャンルのものとして捉えられていた。美文は、新体詩との地続きのものとして意識されているのである。しかし、「美文」がその独自性を主張するためには、「新体詩」とは異なるものとして、その違いを明確にすることが求められる。三十年代に出版された、多くの美文指南書ではそれぞれの立場の違いにより、「美文」と「新体詩」は、あるときは重複し、またあるときは離反する形で、その定義を巡り、さまざまな模索が繰り返されている。「美文ブーム」の中で、そのジャンル成立への模索を垣間みることができるのである。その前夜である二十年代末には、既に第Ⅱ部第二章で触れたように、詩の形式をめぐり、外山正一、高山樗牛らが論戦を交わしていた。また、藤村が羽衣、雨江の美文を意識して詩の形式を模索していた時期とも重なる。そのような詩の定義を巡る混迷の中、「美文」はいかなるものとして理解されていたのだろうか。

第二に指摘したいのは、いわゆる「美文ブーム」が「三十年より三二年に至るの現象」と時期が明確に示されていることである。同様の指摘は他の美文指南書にも散見できる。

> 詩と美文とは何故に格調を異にするか、蓋し美文なる名称の伝呼せらるゝに至りしは僅かに二三年前の事也、而して美文なるものが、何故にかく特別の名を以て現はるゝに至りしかを考へ来れは、自ら其理由を解釈するに難からざるべき也[注2]。（傍点、筆者）

三十三年十一月に出された『美文韻文法』（羽田寒山、矢嶋誠進堂）からの引用であるが、ここでも「美文ブーム」が、三十年から三十二年にかけての現象であることが示されている。また、「美文」という名称が、「特別の名」と言われているように、「美文」というジャンルは、これ以前、つまり二十年代には独自のものとして認知されていなかったことがうかがえる。これは先に指摘した、ジャンル成立に関する問題点につながることであろう。ただ、この一文が指し示すのは、これまで捉えられてきたように、「美文」は、ただの美しい文、これ以前にも流通してきた雅文などを指すのではなく、特定の文学傾向を持つものとして、こと三十年〜三十二年にかけて認識されていたということであり、それはそのまま「美文」とは何か、という定義に関する問と重なりつつも、そのジャンル成立の時期について、さまざまな疑問を生起させることになる。つまり、なぜこの時期に急速に「美文」が意識されていったのかということである。この点についても検討することが必要になる。

第三に指摘したいのは、この時期、急速に「美文」という文学ジャンルが認識されていったとすると、そもその読者とはどのような存在なのかという点である。当然、ある特定の傾向を持つ（と思われる）文芸がひとつのジャンルとして認知されていくには、それに応じた読者層の存在が必要である。おそらくその読者層は、それまでとは違った、ある「嗜好」または「偏り」（偏向）を持ったものとして理解されるであろう。そのような読書層がなぜ形成されていったのか。この点について、先の二つの指摘とも相俟って是非明らかにしなければならない。もちろん、これが、前出高松の書に「中学生亦好んで文を属するに至り従て文学雑誌大に起り美文韻文の声黄吻に喧伝せらるゝに至る」とあるように、この読者層の中心を「中学生」と推定することはできる。しかしなぜ彼等がその中心になったのか、そのことについての検証が必要である。

この時期、中学生を中心に、「美文韻文」の流行があり、「黄吻」つまり、経験の少ない未熟な者の作品を「文学雑誌」に多くみることができる。また、彼等の「作品」を載せるために、「文学雑誌」がこの時期矢継ぎ早に刊行されているのもよく知られている。

中学生を中心とした投稿雑誌である、「文庫」（少年園、明治二十八年八月創刊）や「中学世界」（博文館、明治三十一年九月創刊）などのうち、例えば「文庫」では、各号毎に、論説を載せた「光風霽月」、紀行文の「山紫水明」、小説・小品の「錦心繍膓」、詩歌・俳句・漢詩の「鶯歌燕舞」、雑報の「飛花落花」と五つの章が立てられており、その中でも特に、紀行文や小品といった美文や新体詩の投稿には多くの稿が寄せられている。このような「美文・新体詩ブーム」の背景には、高松の言うように、中学生の創作意識が関わっていることが推測されるが、なぜこの時期に、中学生がそのような意識を持つに至ったのか、その点を明らかにしなければならないだろう。夥しい数の美文指南書の多くが、生徒向けであるということからも読者層（＝投稿者）が中学生であったということは理解されるが、いずれにせよ、なぜこのような読者層が形成されていったのか、これは当時の学校教育制度とのあり方との関わりにおいて検討することが必要になると思われる。以上に挙げた三点は、接続または重複する問題ではあるが、これら「美文」を巡る問題系を押さえた上で、以下に検討を進めていきたい。

「美文」成立の背景

三十年代の「美文ブーム」の中心となったのは、武島羽衣である。二十八年一月に帝国大学出身者がその中心となる「帝国文学」が発刊されるが、同年三月より、上田敏、岡田正美、大町桂月、佐々醒雪、畔柳都太郎、藤岡勝二と共に、羽衣も編集委員として名を連ね、以後、同雑誌の「詞藻」欄は、羽衣、塩井雨江等の擬古的な作品で占められるようになる。羽衣は、同年六月に、四三連からなる七五調の長詩「小夜砧」を「帝国文学」に発表。翌月には、高山樗牛がこれを「太陽」誌上で高く評価し、彼の名は世に広く知られるようになった。

角書に「美文韻文」と付された、塩井雨江、武島羽衣、大町桂月の合作による『花紅葉』は、二十九年十二月に博文館から出版され、版を重ねていく。また羽衣の『霓裳微吟』（明治三十六年七月）、雨江の『暗香疎影』（明治三十四年六月）、桂月の『黄菊白菊』（明治三十一年十二月）もそれぞれ三十年代に美文集として博文館から出され好評を博した。彼らが所謂「美文ブーム」の中心にあったことは間違いないだろう。いわば、「流麗な雅語を自由に駆使し情趣美を漂わせた詩風」[注3]により多くの読者を獲得していったのである。

これらの現象は、当時の詩壇ではどのように捉えられていたのだろうか。内田魯庵は「読詩饒舌」（「国民之友」、明治二十八年十一月二日）において、新体詩によって「抒情詩を統一」すべきとしながらも、「武島羽衣庵三木天遊等の諸氏は明かに湖処子残花時代の諸篇を圧倒する技倆と諸才を有す。詩形に於ても詩想に於ても遙に二三年前のものに超越すれども猶ほ且つ憾む所は西詩のおもかげを学んで其髄脳を奪ふ能はず、辞藻は全く和歌より借来りて他の俳諧或は小唄等の趣味を採らず、未だ日本に於ける惣ての抒情歌を統合したりと云ふを得ざるなり」とする。羽衣らを高く評価しつつも、いわば、「想」は西洋、「辞」が和歌であることを批判的に述べている。

　このような批判は、他にも多くみることができるが、二十九年四月の「早稲田文学」「彙報欄」からは次のような、彼ら「大学派」（「大学擬古派」）に対する批判をみることができる。

> ◎新体詩壇　近時異状なし、唯大学派の人々の間に其が用語調格上の左右の論あるが如し、蓋し、外山氏一流の新体詩と、他の雨江、羽衣等の典雅を先とするものとは、詩風おのづから相反す、此をもて前者の趣意を賛するものは後者の情を尽くすに十分ならざるを難じ、後者に与するものは前者の非詩歌的に流れ露骨に失するを排す、朦朧体とは前者が後者に附せし名なりといふ、二月の『太陽』記者が吾等は令（ママ）日の新体詩が其文字の長きに較べて其内容の甚だ貧しきを恨みとす云々、今の詩人は故らに其言を迂にし其情を微にし、務めて読者の感情を疎隔せんとするもの丶如し、彼等の作を読むや、我等は望遠鏡を以て其形を見、電話機によりて其声を聞くの感あり云々、所謂大学派の新体詩家は慥に是弊に流れたるものに非るか、
>
> といへるを始とし、『帝国文学』記者が暗に之れに答へて
>
> 浅膚露骨なる新体詩を喜ぶの徒、焉んぞ嫋々たるの言外の余韻を解せんや。彼等が目して朦朧体といふもの、知らず、詩果して朦朧なる乎、抑も読む者の眼果して朦朧なる乎云々。散文に律語は禁物な

るも、詩に之を用ゐ、且つ古雅の語を挟むも、豈に止むを得んや云々、
といひ、近刊『明治評論』の時文記者が其の中を執りて
専ら古雅なる言語を用ふる新体詩家中には、特に「おぼろげ」に詩趣を述べんと企つるが如き傾向なしと断言する能はずと雖も、とにかく所謂朦朧体は彼の外山博士の朗読体、井上博士の雅俗混合体等に比して、遥に大なる詩趣を有するは疑なき事実也。然れども彼の古雅なる義は抽象的言語最も欠乏せる上代の言語を使用せるが為に、其思想の明快と適切とを欠くは又蔽ふ可からざるが如し云々、
といへる如し、彼れ此れ合はせ読まば其の消息を知るに足るべし（略）

長い引用となったが、ここに二十九年の新体詩（美文）を巡る勢力図をみることができよう。ここでは、羽衣ら「大学派」（「大学擬古派」）と外山等が対立的に理解されている。前者が後者の詩を「非詩的」であると捉え、後者は前者の詩を「朦朧」であると捉える基本的な枠組みがここに示されている。先にも述べたように、二十八年九月、外山正一は中村秋香、上田万年らと『新体詩歌集』を刊行し、「無韻散文体」の詩を提唱した。当時の詩壇で、賛否が明確に示された主張であるが、口語体で韻律を廃した外山らの試みは、羽衣らの作品とは対極に位置するものであったのである[注4]。「太陽」記者は、外山らに添い、「大学派」は、いたずらに長く、内容の貧しい作品で、「其言を迂にし其情を微にし」た結果、かえって「読者の感情を疎隔」していると指摘する。対して、「大学派」の拠点である「帝国文学」は、そこには「言外の余情」があると反論する。「明治評論」記者は、「遥に大なる詩趣を有する」と評価しつつも、やはり「上代の言語を使用せるが為に、其思想の明快と適切とを欠く」と、古語使用による不明瞭さを指摘している。

ここに示された各々の見解は、当時の新体詩・美文を巡る状況を的確に言い当てている。羽衣を高く評価し

た高山樗牛も、「吾れ藤村の調を取りて、その辞と想とを取らず。辞柔弱にして想は朦朧なればなり。吾羽衣の辞を取りて其想と調とを取らず、想は浅近にして調は単調なればなり。晩翠は調に於ては藤村に及ばず、辞に於ては遂に羽衣に劣る。然れども其想の高くして情の清きことは遙かに是の二者を凌ぐ」（「太陽」、明治三十年十二月）として、「大学派」つまり武島作品が「想は浅近にして調は単調」であることを指摘する。つまり、修辞的な点を高く評価しつつも、「想」、つまり内容についての不足を言い立てる。また、藤村は少し後になってこの頃を回想し、「武島氏のうたは、よみ口沈つき、自然と位そなはり、花やかなるうちにもおのづからあはれのこもりて姿とゝのひたると、詞の用ゐざまの正しきことにては、当時この人に及ぶものあるまじく候」（『月曜の手紙』、「読売新聞」、明治三十四年五月十六日）と述べており、武島の抒情と「詞」のあり方の優れている点を認めている。羽衣自身、明治二十九年十一月に、「新体詩と雅俗語」を「帝国文学」に発表し、詩歌に古語を用いる必然性を主張し、「朦朧体」を弁護した。

このように当時、羽衣らの作品は、否定的には「古雅」、「朦朧」と捉えられ、また肯定的には「余韻」が感じられると評される一方で、「太陽」に指摘されたように、「情を微に」描いた結果、逆に「読者の感情を疎隔」してしまう結果を生んでいるという指摘までもがなされるのである。

当時の美文に対する一般的な批判を挙げておきたい。三十二年十二月に出された『春蘭秋菊』（三宅雪嶺ほか）には、羽衣らの詩集『この花』に対する批判の一文をみることができる。『この花』（明治三十年三月）は、落合直文、大町桂月、与謝野鉄幹、杉烏山、塩井雨江、武島羽衣、正岡子規、佐々木信綱、宮崎湖処子、繁野天来の十名で起した「新詩会」の手による詩文集で、雨江は、「深山の美人」「深山の花」「君に遺さむ」、羽衣は「草刈りぶえ」「人生」「小夜ぎぬた」と、それぞれ三篇を寄せている。『春蘭秋菊』は、「今の幼稚なる新体詩界は比較的是等の人々を目して大家と称せしむる」として、一人ひとりに手厳しい批判を投げかけているが、そのうち、雨江の項では、「雨江子の此詩は今の新体詩通有の弊所を最も著るしく現はし得たる」として、「今の新体詩（殊に大学派）」に対する批判がなされている。「深山の美人」の五七調に対しては、「子の吟味か多く事件を現はすに努め其情の発現の頗る力なきを感すると共に、殆んど小説又は脚本の概梗を見るの思ひありき」とされ、「事件の手順を七五調にて叙したる結果、かの馬琴の七五調なる小説文を読むよりも尚興味なきを感じたりき」とされる。そして、「複雑なる事件を叙し、精緻なる写実をなし、其真景を現前活動せしむるが如きは到底散文詩の長にして拘束ある韻文には適せざるに非らずや」と述べられる。つまり、ここでは五七のリズムに拘束される形式で、筋を持った長詩自体が成立しないことが述べられており、これは当然、彼等の美文にまでも射程に収めた批判となる。「自然の風景等を吟ずる」「叙事詩」については、「事物の精密なる現前を持たざるも自ら一種の感を具ふるもの」であればよいが、「韻文詩」ではその「叙事詩を成効せしむるやも期し難き也」とされる。羽衣に対しては、「草刈笛」は「冗漫」で「詩想平凡」とされ、「人生」に対しては、「あまりに陳腐なる詩想」で「か丶る一種の無常観は我東洋詩人の古来より繰り返して吾人の耳には既にタコを生せる者なり」とされる。「小夜砧」に対しては、「三篇中尤も長篇にして結構総て他に優れたり」と評価され、「よもぎが宿に小夜砧打つの景は其詩境其者の同情を呼ぶべき者なる丈情景共に多少の感あり」とされる。しかし、熟読した後の印象として、「朦朧たる薄絹は我頭脳を包むで、美感ならざる一種奇感をなさしむ」とされる。これは、詩中、戦から帰ってきた夫が妻を馬上にのせて深山の古寺に至り、そこで墓である塚土の中に引き込まれた時の様子に対する評である。

まとへるころも打さけて、胸もあらはになるなべに、
手足の肉もたちはなれ、まなこは身よりまろびでぬ。

驚く妻は只ひとり、玉をのべたるやは肌を、
骨のむくろにいだかれて、土の中にぞのこりける。

折しもきゆる月かげの　闇をのこして入るあとは、
木深くもゆる青き火に、うかるゝ魂ぞさけぶなる。

「吾人は初め之を読む時これ一ヶの夢物語なるべしと推せしに読過し去れば全く事実として現はしたるなり、詩美は條理と伴はず、智の以て荒誕無稽となす事をも詩として存すべきもの元より少なからずと雖も、此詩に対して唯奇怪の感のみ多くして詩美の感はいと少なし」とされている。

このように、『春蘭秋菊』での、「大学派」批判は、ほぼ外山正一が主張している内容に一致している。つまり五七・七五のリズムで、内容を伴った詩が成立するかという点での批判である。その意味では、行分けをせず、より散文的にみえるほぼすべての「美文」は、彼等の評価軸からすれば否定されるべき存在であっただろう。しかし、そのような状況下においても、「美文」は多くの読者を保持し、またその層を拡大していっているという現実がある。

武島羽衣の美文観

このような美文に対する批判、または理解は、現在に至るまでの基本的な捉えられ方であるが、羽衣自身の美文観、そしてその反映としての作品はどうだろうか。

三十一年九月に出された羽衣の『修辞学』（博文館）は、文章一般に対するものである。構成は、第一編「体

製」と第二編「構想」から成る。「体製」とは、「文字の媒介によれる感情思想の表はしかた」とされ、「凡ての文章の体製」は「吾人の理性、感情、及嗜好に訴ふる」ものとされる。そして「理性に訴ふるものは、之を明晰と称するを得べく、感情に訴ふるものは之れを勢力と称するを得べく、而して嗜好に訴ふるものは之れを優麗と称するを得べき也」とされる。つまり情的な文章表現の基本に「明晰」「勢力」、そして「優麗」を置いていることが分かる。このうち「明晰」「勢力」については、「読者の注意を惹き、感情を激昂せんとする如き文章にありては、明晰に加へて、更に勢力なかるべからず」とされる。これは重要な指摘で、羽衣にとって、美文等の「感情」に訴える文章にあっては、「勢力」だけでなく、基底に理性的な「明晰」が求められているということである。「明晰は理解に訴へ、勢力は感情に訴ふ」が、「最大の印象を与へんとするに至りては、両者共に一なる也」と言いつつも、「勢力の基は実に明晰にある」という判断からは、いわば「理性」重視の姿勢がうかがわれる。これは羽衣の実作を考える上で重要な点であろう。

一方、「優麗」は次のように位置づけられる。「体製をして、優麗ならしめんには一に聴覚に快からざる言語を避けざるべからず、二に聴覚に快からざる言語の配置を避けざるべからず、三にトロープ、フヒギユーアを用ひて文致を高めざるべからず。」とされる。この「トロープ、フヒギユーア」とは、"trope"（比喩）"figure"（象徴）ということであろう。つまり、聴覚に「快」なる言語の使用とその配置、そして比喩や象徴が、「優麗」な文章成立に不可欠とされている。ここから音数律や雅文脈を多用する羽衣の理論的背景をみることができよう。

また、本書には、古語の使用に関して興味深い指摘がみえる。それは「数百年前、有用にして必要と認められたる言語も、今日は已に忘れられたるものあり。これ已に廃棄せられたる言語なり」とされ、いわゆる「古語」の使用については明確に否定されている。そして実際に、「世の声望ある作家は屢、言語を墓より蘇生せしむることを務めたりき　然れども彼等の多くは其声望の高かりしにかゝはらず、失敗したりき。」と指摘する。しかし次のような場合は例外であるという。

マッシュー、アーノールド、其著批評論に、現在の使用なるか否かの問題は、言語が、通常談話の使用以内か以外にあるかにあらすして、そが格段に用ひらるゝ目的に関して、使用以内か、はた以外にあるかにあり。通常の談話散文には古されたる言語も、詩歌あるは格段の散文には毫も廃棄せられざることを得れば也。といへるは妥当の言といふべし。（「第一編第二章　文の構成」）[注5]

つまり、「詩歌あるは格段の散文」についての古語の使用は、前項の目的、「感情」に訴え、「優麗」な文章であるためには認められるという考えが基底に置かれているのである。

このようにみてくると、羽衣の言語観においては、感情を明確に効果的に伝えるためには、感情を直接的に表現するのではなく、理性的な姿勢で、そしてあえて「通常」（日常）から逸脱するため古語を用いる、といった考え方があるとみてよいだろう。これは、例えばワーズワースのいう、「詩は静けさの中で想起された感動である」という詩観に繋がっているように思われる。つまり、詩の主体による感傷の流露というのではなく、むしろ世界認識・自己認識に繋がるような詩観をここにみることができよう。

そのことは、羽衣の古語使用が、戦略的なものであったということであり、その点において彼の拠っている地点は、むしろ「現在」性の強い位置であったということである。ただし、このような考え方は、当時も必ずしも理解されてはいなかった。美文指南書のひとつ、西村酔夢の『美文韻文創作要訣』では、「武島又次郎氏曰はく」として、この『修辞学』の考えが誤った理解で引かれている。

武島又次郎氏は曰はく。／一に其の使用の現在のものなるか否かを確かめ、二に其の国民一般のものなるか否かを確かめ、三にその顕著のものなるか否かを確かむること也。／現在とは言語の死せる、あるは忘られたるに反し、国民一般とは其の一地方一職業に限られたるに反し、著名とは其の生硬粗野なるに反せるものをいふ。是三つの使用法に入らざる言語は、未だ以て国語に於ける正当の言語たる資格なき也[注6]。

つまり、西村の理解による羽衣の言語観は「古語」、「方言」、「俗言」は美文に用いることのできないものである、ということになり、西村はこれに対して、「多少狭量なる見識たり」として「美文にあつては読んで聞き苦しからざる程度迄、即ち調和し居る程度迄、韻文に在りては諷はるゝ程度迄、換言すれば節奏を傷らざる程度まで、用語の使用の自由を許す可きものとす」として、見当違いの批判をしている。羽衣の言語観からは誤った理解であることは言うまでもない。当時、羽衣は「美文」の中心的作家と見られていたが、世評と、羽衣自身の「美文」観とにはズレがあったと言えよう。

では、このような言語観は、実作（美文）へはどのように反映しているだろうか。二十九年十二月に、雨江、羽衣、桂月らが出した、『花紅葉』の中から、羽衣の美文「露分衣」をみてみたい。この美文のあらすじは、「余」が、十三四の小童と農村で出会い、重い鍬で一日中耕作していた様子を気に掛けるところから始まる。小童に両親のことを尋ねると、「父なし母なし」という返事で、ややあって答えるのは、父は三歳のときに亡くなり、残った母、兄と暮らしていたが、兄は祭りの際に酒を覚え、それをきっかけに放蕩に身を崩してしまい、母は兄の放蕩を心配しつつ、病に倒れ、「ことし一月の半ばばかり、兄のことを心にかけたるまゝ、遂にはかなくみまかり侍りぬ。」ということであった。その小童を慰め、別れたのち、「余」は、自らもまた父を亡くし、今春母を亡くしたばかりであることを思い返す。母への思いは景観と一体となって描かれる。

（童子との別れの場面）

夕蔭はやう／＼しげうなりゆけり。鋸山を始めとして、長く眉ずみの如く横はりたる遠山は、皆一つ色に薄霧につつまれて、中腹の松の梢より、むら／＼と登りたつ白雲のみ、只まぎれなく見え渡りたり。／童子は、東南の方に、一の大なる星の、今しも烱晃としてあらはれそめたるを見て、いとあはたゞしげなるさまして、要もなき物語りにいたく時を費しぬ。君にもさこそ倦みたまひたらめ。最早兄の帰らんに程もなければ、おのれはひと足お先に参るべしとて、厚く禮をのべて、かたへの鍬を打になひける（略）

（夕ぐれの旅程）

余が帰りゆく路傍の田家には、はや三々五々として、燈火のかげほのめきみえぬ、折すごさじと鳴きいでたる蛙は穂のへをわたるそよ風に、声打なげびて、一しほ夕ぐれの哀れをそへたり。


（母の死と幻）

感慨は縷々として、絶えず余が胸中につゞきおこりぬ。余はこのかぎりなき悲哀のために、目もくれ心も消えて、前後もわかず、只そこはかとなく足もそらにてあゆみゆきぬ。／夜のやう／＼更けゆきて、塩風の高う渡るにやあらん、磯ひゞく濤声の、いと耳近く聞ゆるにおどろけば、こゝは余の旅宿の後方にあたれる林なり。綱のごとく交りたる枝の影は前後左右を埋みはてゝ、向ひなるひと本松をはなれたる月は、立ちこむるさぎりにつゝまれて、いと濡るゝがほに、わが袖にやどれり。


読者を感動に誘うプロットと、語り手である「余」の感情の高まりが外界と一体渾然となった結果、非日常的空間が成立し、それにより、読者はこの世界に引き込まれていくのであるが、ここでその非日常性の成立を支えているのが、雅語ということになろう。古典的な響きとリズムを持つ雅語により、確かに作品世界は、非日常としてのリアリティーを持ちえるといってよいであろう。これは、武島自身が主張する、感情に訴える「勢力」、理性に訴える「明晰」、そして聴覚に「快」をもたらす言語としての「優美」という理論に合致していると考えられる。そのような前提において、確かに雅語は有効に機能していると言えよう。

また羽衣は、これまで述べてきたように、文章の基本として「明晰」「勢力」「優麗」を置いている一方、語のあり方については「転義」「辞様」という用語を用いている。

> 心内の機微を描き、自然の風光を写し、あるは満腔の熱血を濺きて、色飛眉舞、人をして笑はしめ、泣かしめ、憂へしめ、喜ばしめんとせば、措辞用語の工麗を以て、文の勢力と優麗とを増さゞるべからず。之を為すはいかゞすべき。譬喩法を以てするものもあらむ。倒句法を以てするものもあらむ。特別なる辞法を以てするものもあらむ。而して是等言語の尋常の慣用法を離れて、特殊の措辞をなすことを、爰に名つけて、転義又は辞様とはいふ也。転義とは、通常の義を離れて、文字を使用することをいひ、辞様とは通常の配列を離れて、文字を布置することをいふ。（前出・修辞学）

つまり「転義」とは、通常の意味から逸脱した状態をいい、「辞様」とは、語の配列がこれも通常から逸脱したものを指すことになる。羽衣は、「転義」を大きく三つに分ける。それらは、それぞれ「類似に基きたるもの」、「関係に基きたるもの」、「反対に基きたるもの」と分けられるが、最初の「類似に基きたるもの」としては、「直喩」、「暗喩」、「混喩」が挙げられる。「混喩」とは、擬人法などである。

次の「関係に基きたるもの」では、「数理」「論理」が挙げられている。「数理」とは、「数理的関係に基きたるもの」であり、「一部分を以て全躰に換ふるもの」として、「彼は世にためしなき作手なりき。」と実例が挙げられている。「論理」は「思想の関係に基きたるもの」とされ、「戦争もて買ひ得たる国といはずして血を以て買ひたる国といはゞこれ易名也。」と実例が挙げられる。

最後の「反対に基きたるもの」としては、「誇張」、「貶称」、「美称」、「反語」が挙げられている。このうち「美称」は、「恐ろしきもの、危険なもの、不愉快なるもの等を写すに、穏かなる柔かなる、愉快なる語を以てし、而かも読者に一層哀婉深刻なる感動を与ふる方法」をいい、例えば「死することを眠る」ということがそれに当たるとする。

それぞれに羽衣の修辞に対する見方が分かり興味深いが、これらのうち何が一番必要とされるかというと、それは、「転義辞様の第一の要素は明瞭也。」とあるように、「明瞭」であるとする。つまりここでも、文のあり方に「明晰」を求める言語観とその基底では一致しているとみてよいだろう。つまり、「雅語の使用は詩的次元の自立という一貫した詩歌観」[注7]に支えられており、その作品が、羽衣の美文ということになる[注8]。

「美文」の「現在」性

このように捉えるならば、この雅語の使用を単純に古典的であるとみることはできないであろう。雅語が持つ古典性に「現在」を対置させた結果、「古典」が非日常的であるという意識が生成され、またそのことを羽衣が先述のように明確に意識していたのだとするならば、これは、「現在」を見据えた上での文学上の戦略ということになる。羽衣自身の美文観の根底にはそれが見られるといってよいだろう。また、これに当時の、「美文ブーム」ともいうべき、夥しい数の美文集の出版も踏まえると、「美文」の流行は、多くの若者の古典回帰という現象と捉えられるのではなく、むしろ彼ら自身に内面化している「現在」性、言い換えればある種の「近代」性を担保にした、非日常への憧れという点にその理由を見い出すことができるのではないだろうか。羽衣の「露分衣」も、そして多くの美文、中学生が投稿し掲載された美文も含めて、これらのプロットの前提は多くが、「旅」「漂泊」となっている。「露分衣」の主人公「余」も、目的地の判然としない旅、つまり漂泊の過程において、この「童子」と出会っている。未知の場所において、感傷的な心情、また未知の場所の景観が心象と相俟って、独自の非日常空間を成立せしめている、これも「古語」使用と同様の効果を生じさせているといってよいだろう。

このような漂泊を前提にした詩としては、すぐに藤村の詩が思い浮かぶ。「草枕」（『文学界』五十号、明治三十年二月、のち『若菜集』、三十年八月）や「小諸なる古城のほとり」（初出題名「旅情」、「明星」創刊号、明治三十三年四月、のち『落梅集』、三十四年八月）といった詩篇は、それぞれ藤村の個的な体験に裏打ちされた成立背景を持つものの、一方では、これらのプロットの前提である「漂泊」を歌ったものである。「漂泊」は、当時の若者を捉えて離さない現象であったとみてよいだろう[注9]。

このような現象が起きたことの理由のひとつとして、日清戦争直後という当時の社会が置かれた状況を挙げることができよう。第Ⅱ部で詳説したように、日清戦争中は、戦争がもたらすさまざまな事象・感情をリズム（音数律）に従い歌うことが求められていた。詩歌のリズムへの希求が高まり、実際に七五調の新体詩、軍歌が数多く見られた。そして終戦直後である三十年代初頭は、戦争終結により歌う対象が不在であるということ、そしてこの感情を埋めたいという想い（第Ⅱ部第一章参照）、それ故にもたらされるその閉塞感は、若者を外へ、仮構として外界へと誘っていたのではないか。多くの読者は、その未知なる場所、つまり非日常の場所にて、その景観と同化し、自己の感情を解放する。美文に、「遊子」の漂白・旅の場面が多いのは、そのような若い読者層（そして投稿者としての作者層）がいたことを示唆している。

後に触れるように「美文ブーム」が学校教育制度との関わりを持つ中においても、その「現在」性からの逸脱による漂泊への思いは、多くの若者に共有されていたとみて良いであろう。したがって、羽衣や雨江などいわゆる「大学擬古派」に対して寄せられた批判、その多くに見られる、古典故に新しい思想を盛り込め得ないという批判は、通用しないことになる。

また、羽衣のこのような姿勢は、つまりは彼独自の感性によるものというよりも、むしろ多くの読者が共感できる作品世界を構築する方向に向かわざるを得ないだろう。

本間久雄は『佛蘭西文學史序説』の著者フェルヂナン・ブリュンチェール（Brunetière,Ferdinand）の言葉を踏まえ、「羽衣には、殆んど彼れ自身の悩み、彼れ自身の煩ひ、彼れ自身の疑ひ、彼れ自身の憧れなどを歌つたものはない。その悩み、煩ひ、疑ひ、憧れの殆んどすべては、ブリュンチェールの所謂普遍的な性質のものであつて、何れも人間性の典型的部分に属するものである。そして又人間性の典型的部分に属するものであるが故に、そこには又、おのづから道徳的調子の濃厚なものがある。」（『明治文学全集』第四十一巻「武島羽衣」、筑摩書房、昭和四十六年三月）と指摘しているが、羽衣の美文には、確かに人間の「普遍」的感情に訴えること、換言すれば、最大公約数的な普遍的感情を呼び起こすことにその特徴が認められる。羽衣自身、『日本文学史』（明治三十九年十二月）において、文学の「五個の条件」を挙げ、次のように述べている。

一には文学は必ずや想像力、もしくは考察力の働より出できたれるものならざるべからざること。
二には文学は普通性を備ふべきこと。
三には文学は主として快楽を目的とすべきこと。

四には文学は個人性をそなへざるべからざること。
五には文学は美なる形式あるべきこと。

ここでは、「想像力・考察力」「普通性」「快楽」「個人性」「美」が挙げられているが、特徴的なのは、「普通性」と「個人性」のどちらも記されていることである。これは、そのまま羽衣の実作の特徴を言い表している。つまり、先に述べたような普遍的感情と、それでいて個々にとっては個人の「情」の表出、ここに記されたのは羽衣の実作の傾向と一致すると捉えてよいであろう。

美文指南書の出版について

先にも触れたように、三十年代には夥しい数の美文指南書が刊行されている。その多くが中学生を対象にしたものであるが、内容としては、「美文」の定義を試みたもの、実際に例文を系統別に載せたもの、また歳時記のような形式をとるものなどさまざまである。

三十三年十一月に出された前出、羽田寒山『美文韻文作法』には、自序冒頭に「美文あり、而してその作法を説きたるものなし、韻文あり、而して又之が作法を論述したるものなし、然れども世の少年諸氏にして、美文、韻文に筆を染むるもの、日に追うて多きを加ふるにあらずや」[注10]として、やはり対象を「少年諸氏」に絞っているが、この書においては、「美文」と「韻文」が分けられ、「美文」の効用が、韻文（新体詩）との比較において、次のように述べられる。

新体詩は従来の小形式、小詩想に慊らずして起れり、新詩想ある人々も旧詩想ある人々も、靡然として是に就きたりと雖、新思想を有するものは其格調の一定せるが為めに往々自己の意を束縛せられ、思ふところの十一すら公にする能はざるを憾みたりき、若し奔放の詩想を長篇に依て吐き尽さんとせば、勢散漫冗長の弊に陥りて詩美を破ること少なからず（略）

つまり、「新詩想」を表現するのに「新体詩」では、「格調」（形式）の制約のため、十分に表現できないということである。これは外山らが、「朗読体」を主張し、新体詩批判を行ったのと同じ考え方である[注11]。美文作家側にもこの考えはあり、たとえば塩井雨江なども「美文や、韻文やひとしくこれ詩なり。而して、その字句に拘束あるものを韻文といひ、拘束なきものを美文といふ」（『美文韻文花紅葉』序）と述べている。また『美文韻文法』では、「新体詩」を「長篇」にし、新詩想に適うようにしたところで、それは「散漫冗長」となってしまい、「詩美」が成立しないとされており、「美文」はその位置を占めるものとして位置づけられている。ここで興味深いのは、それ故に「美文」が求められ、流行しているという見立てである。羽田は浅野某の『散文詩の成立』（不詳）を引き、「美文とは精錬したる文体を以て詩的思想を叙したるもの也」と述べ、「美文」の領域を「新体詩」を越えた位置に置いている。

三十三年十月に刊行された、西村酔夢『美文韻文創作要訣』（前出）は、自序には「美文及び韻文が、その内容に於いて詩的主想を要すると同時に、外形に於ては律格的制限を受くることをもて、之を他の散文に比較すれば、そが創作の困難なるは言ふを俟たず」とあり、「美文」「韻文」どちらも「律格的制限」を持つ「詩的主想」の表現と捉えられている。その上で、「詩は詩想発展上、律格的用語の差異により」、「第一種　美文／第二種　韻文」の二種があるとし、「美文」は、英語では「Poetic Prose」つまり「散文詩」と位置づけされている。ここでも、「此の語（美文のこと、筆者注）は従来余り耳にせざる所なりしが」とあり、「美文」が近来成立したものであるとの認識がうかがわれる。ただし、「美文の二字が表示する意味は、美はしき文章也、然れども韻文にも美はしき文章あり、又散文にも美麗なる文章あり」として、「美文」の「真義」についての混迷が示される。そこで西村は次のように定義する。

詩的なる思想を捕捉し来り、壮麗雄健なる散文を以て発展し、其の外形は幾何か厳粛ならざる束縛によりて、諧調の整齋を要するもの、これ即ち美文と云ふ。

つまり、「詩的なる思想」を持ち、「外形」は「厳粛ならざる束縛」を持つものとされる。そして「美文」が「韻文」と異なるのは、「外形」に「制肘限界を附せらるゝ事なし」という点にあるとされる。これも先に触れた『美文韻文法』と同様な捉え方である。いずれにせよ、美文と韻文（新体詩）は、内容的には同じカテゴリーに入れられているのがよく分かる。

『美文集英』（磯野秋渚編、明治三十三年七月）では、その序に「書肆の時好に投じて。其類の本を出版するもの、近来殆んど其底止する所を知らざらんとする傾きを生じ、狡猾にして無識なる、下司根性の原稿屋は、吾も〳〵と、体裁を変へ題面を改め、文語砕金のものを拵へること、飯の上の蠅よりもうるさし。」とあり、当時の美文指南書の大量出版とその質的低下を嘆じている。

美文の流行と学校教育

ここまでは、三十年代初頭の「美文ブーム」に関して、特に、「美文」というものがどのように意識されてきたかを中心に述べてきた。以下、その「美文ブーム」の背景と、その成立に大きく関わったと推測される学校教育との関係について述べていきたい。

三十三年に「改正学校令」（「改正小学校令」、「改正中学校令」、「改正師範学校令」）が施行され、新しく「国語」科が成立した。この「改正学校令」が教育現場に与えた影響は大きく、それまで実学重視または忠君愛国の思想教育に軸足を置いていた学校教育が、児童・生徒の美感の形成という、内面にまで踏み込んでいったという点については、前章で述べた通りである。三十三年の「改正学校令」およびヘルバルト派教育学の推し進めた、「趣味あること」を通して「美感」を形成し、「品性の陶冶」を目指した「国語」科教育では、児童の「美文」への嗜好が指摘されている。三十八年三月に東京高等師範学校付属小学校で行われた「国定小学読本に関する児童の趣味調査」では、『高等小学読本』「巻二」について「美文的のものを好むこと、一層証明せらる、一（秋の野山）二〇（笠置落）等、何れも、文章よきによる」とされ、また「巻三」についても「四（夏の一日）の歓迎せられたるは美文的なればなり、一三（須磨明石）なども、韻文として題目既に適当なるに文も先づ難なければ、第三位を占めたるならん」と、美文への嗜好が高まっていることが指摘される[注12]。

この傾向は中学校でも同様である。美文指南書の大量発行は、そのまま中学生を中心とする若者の「美文ブーム」、より正確には、彼等の投稿雑誌へ「美文投稿ブーム」というべき現象を引き起こしている。実際に、当時の文学雑誌に載ることが中学校の格付けとして意識された結果、それを教師自身が代作するといったような過熱した事態まで起こっている。

三十年代に、発刊された中学生向け投稿雑誌は、「中学世界」や「中学文壇」などであるが、実際の投稿者には中学生を中心として、兵隊なども入っている。

三十一年に発刊された月刊誌「中学世界」では、この時期の中学生を取り巻く世界がどのような価値観を持ち、それを示しているのかが分かる。毎号巻末には、読者から募った、新体詩、書簡、漢詩、紀行文を「募集」

し、それぞれの賞を出している。「中学文壇」でも同様で、この雑誌の場合、「模範文」として幾つかの作家の文章が掲載され、その後に読者から投稿された原稿が載せられている。「普通文」、「和文」、「書簡文」、「新体詩」、「和歌」、「俳句」の六つのジャンルが設けられ、それぞれに「天賞」「地賞」「弦賞」「黄賞」（以上、美文の場合）とランク付けされた賞が与えられる。また各作品末に短評が付されており、投稿者の意欲をかき立てるように工夫されている。「投稿略則」には、「投書家は中学校師範学校生徒高等女学生若しくは此程度の少年たるべし」とあり、誌名どおり、中学生を中心とした投稿雑誌であることが分かる。

武島羽衣は「中学世界」に自らの詩作の方法を開示している。三十一年九月に発刊された「中学世界」第一号（博文館）の「文界時評」には、武島羽衣は、国語教材における「趣味」について次のように述べている。

「趣味の養成」

我国の教育に於て従来欠くるところありしは、趣味の養成なりき。殊に中学に於ける国文学を教ふるに於ては、文章としての価値はともかく、成るべく倫常の通を説き、日常の智識を与ふること多きものゝみを撰びて、美を歌ひ真を歌へる詩歌の如きは殆んど顧みざる有様なりき。趣向の程度低ふして文学の真味を解するものを、一人だに中学生徒に望むあたはざりしはうべなりといふべし。此頃報告せられたる国語科教授課目の如きはやゝ是欠陥を補へるものか。例せば一年生の講読科に新体詩を入れ、二年三年生の講読科に今様歌をとり、四年生の講読科に中古の歌集を用ゐ、五年生の講読科には近世の和歌を読ましむる如き、あるは四年生の講読科よりは修辞上の智識を与へ、五年生よりは、外国文学の翻訳を加へて、東西文学趣味の異同を翫味せしむる如き、其他稗史の類と雖も教育上の目的に戻らざる限りは之を採るを許したる如き、謡曲の文を用ゐたるが如き、いづれか多少趣味の養成を促すのあとなからむや。（略）

「趣味養成と文学者」

趣味の養成深からざらんには、高尚なる嗜好あるものは出でじ。高尚なる嗜好あるもの出でざるに、何ぞ大詩人大小説家の生るゝことわりあらむや。趣味の養成深からざる国民は到底大文学者を出すに足らず、又大学者を所有する権利もあらざる也。西洋の詩人を見るに、その、高等学校を卒業する頃までには、大抵、自国の文学は更なり、諸各国のものをまで味ひ終へ、大学にありて、已に高妙なる詩集など世に出すもの、ためし少なからず。これ偏へに趣味養成の方法宜しきを得たる所以、我国の中学生の詩歌の何物たるを知らず、高等学校生の日本文学の何物たるを知らず、大学生にして、なほ草野集怜野集等の何物たるを知らざるものあるに比して豈にたゞ天淵の差のみといはむや。

ここに示されているのは、「今」の日本社会には「趣味」養成が欠けているという指摘である。いわば「教養」としての「趣味」「文学」の必要性が述べられているのである。これを読んだ中学生が、大いに文学趣味をかき立てられたと推論するのは間違いではないだろう。これに応じるような中学生等が、つまりは「美文ブーム」を支えたと言ってよいだろう。

［注1］高松茅村『美文自在』（太平洋文学社）、明治三十三年三月

［注2］羽田寒山『美文韻文法』（矢嶋誠進堂書店）、明治三十三年十一月

［注3］青木生子「塩井雨江年譜」（『明治文学全集』第四十一巻）、筑摩書房、昭和四十六年三月

［注4］外山は『新体詩歌集』（二十八年九月）の「序」において、「七五若しく五七の調は。抵抗力少なく平穏に。軽々と舌の動く為に便利なるも。種々変化ある思想及び情緒は。到底斯る一定窮屈なる体形を以て常に適当に云ひ表はし得べきに非らず。却て種々変化ある体形を使用するこそ適当なるべけれ」と定型からの離脱とその結果得られる（はずの）新しい「思想」「情緒」の表現に可能性を掛けている。

［注5］武島羽衣『修辞学』（博文館）、明治三十一年九月

［注6］西村酔夢『美文韻文創作要訣』（文武堂・博文館）、明治三十三年十月

［注7］九里順子「武島羽衣」（『現代詩大事典』事項、三省堂）、平成二十年二月

［注8］九里順子は、『明治詩史論』（和泉書院、平成十八年三月）において、次のように述べている。「羽衣は、詩的表現の基盤としての雅語を成立させるべく、西洋の芸術論を援用し、雅語の超越性を芸術の本質として定義しようとした。しかし、羽衣が捉えた超越性は、「真実」（truth）と葛藤する「理想」（ideal）ではなく、「天然の道理」という秩序に赴く「真相」「至誠」であった。抱月の理論を借りれば、「美象」が「音声」と結合して初めて超越性は形象化されるのであり、「美象」と「音声」の結合の仕方、ひいては「美象」を形成する甲種から丁種までの「内容外形」の結合、「音声」を形成する「言語」と「声調」の結合によって、「理想」と「真実」の調和も生じる。しかし、羽衣は、諸要素の結合及び統合の結果として生じる超越性を雅語という「音声」の属性であると見なした。従って、雅語の体系性を「天然の道理」として意味づけ、雅語によるイメージの喚起力を「想像」として析出したのである。雅語の体系性をより高次な詩的表現として自立させようとすれば、イメージの喚起力を高度に洗練させた後は、「真相」を目指して概念的な説明を加えてしまうことになりかねない。」

［注9］「漂泊」を主題とし、当時の青少年に影響を与えた詩人としては、藤村の外に土井晩翠を挙げることができる。晩翠は、藤村の和文脈とは対照的な男性的な漢文脈をもって、「天地の悠久に比し人生のはかなさを感ずる無常感のようなもの」（岡崎義恵「晩翠の詩風」、初出「いづみ」五の一、昭和二十八年一月、のち『岡崎義恵著作集』第十巻

所収、寶文館、昭和三十七年八月）を歌い出した。九里順子は「世の無常を慨嘆し悠久の自然を仰望する心情が、ときに観念用語を擬人化した理想への憧憬あるいは畏怖として形象化された。この浪漫性が、勇壮かつ高唱に適した近代性を感じさせたのである。」（前出『現代詩大事典』、「土井晩翠」の項）と指摘している。詩集『晩鐘』に収められた詩篇「万里の長城の歌」では、「嗚呼跡ふりぬ人去りぬ歳は流れぬ千載の／昔に返り何の地かかれ秦皇の覇図（はと）を見む、／残塁破壁声も無し恨みも暗し夕まぐれ／春朦朧のたゞなかに俯仰の遊子身はひとり。」として、天地悠久の存在と対置し、畏怖仰望する感傷的な心情が、漢文脈によって歌われている。

［注10］　**［注2］**と同じ

［注11］　**［注4］**と同じ。

［注12］　五章参照。佐々木吉三郎『国語教授法集成』（育成会）、明治三十九年九月

第三章　ヘルバルト派教育学と国語教育

本章では、明治三十年代の抒情詩の時代に大きく関わったヘルバルト派教育学の日本への移入について詳しくみていきたい。特に、「国語」科教育にどのような影響をもたらしたのかについて、検討を進めていきたい。

ヘルバルト派教育学の日本への移入

十九世紀前半のドイツの教育学者ヘルバルト（Johann Friedrich Herbart）[注1]の日本への移入は、明治二十年代である。まずヘルバルトの教育についての基本的な考え方を示しておきたい。

ヘルバルトは、教育の目標を「道徳的品性の陶冶」に置き、高い倫理性を求めると共に、その実践方法を心理学に求め、「管理」「教授」「訓練」の三要素（教育的教授）の観点から、「明瞭―連合―系統―方法」の四段階教授法を提唱した。これを受けて、ヘルバルト学派（ツィラー、ラインなど）の学者たちは実践的教授方法を改良し、日本ではラインの五段階教授説（「予備―提示―比較―総括―応用」）を中心として、教育現場での実践が多く見られた。

ヘルバルトが目指した、「品性の陶冶」には、当時の教育学に求められていた理論科学的側面、つまり「人間の成長可能性を基礎づける哲学」が志向されていた。ここには当時の美学理論が踏まえられており、「ヘルバルトは認識の最高形式として美的判断力ないしは趣味をあげ、美学によって人間の成長発達ばかりか、教育学をも基礎付けようとした」（鈴木晶子）としたのである［注2］。

実践方法としては、眼の前にある事実（表象）を捉えるために、要素による分解、還元を行い、次に、分解された諸要素に対して名付けによる、要素間の系統・関連付けを試み、それを一覧の中に位置づけて認識するという方法が取り入れられた。『一般教育学（Allgemeine Pädagogik aus dem Zweck der Erziehung abgeleiter）』（1806）においては、それを教授の四段階として「指示・結合・教授・哲学」と位置づけ、更に、それに応じる子どもの認識過程を「明瞭・連合・系統・方法」として捉えた。

日本では明治二十年代後半に、谷本富、湯原元一、立柄教俊らによってヘルバルト及びヘルバルト派教育学の理論が紹介されていく。その元となったのは、二十年の、エミール・ハウスクネヒト（Emil Hausknecht 一八五三年〜一九二七年）の帝国大学哲学科への招聘である。文部大臣森有礼の支援を得て、二十二年四月より一年かぎりで、文科大学に特約生教育学科が設けられ、そこに十二名の特約生が学ぶこととなった。そこは高等学校、尋常中学校の教員養成のための課程であったが、その中に、後にヘルバルト紹介の中心となる、谷本富がいた。ハウスクネヒトの講義「教育学」は、文科大学の学生であれば受講できたため、同大学に席を置く、大瀬甚太郎、沢柳政太郎、湯原元一等もハウスクネヒトから直接教えを受けることになった。彼等は、ヘルバルト派教育学の導入に努め、また直接ドイツに学びヘルバルト派教育学を身につけた、野尻精一、波多野貞之助、森岡常蔵等が同教育学の日本での展開の中心になっていった［注3］。

日本では、谷本富がヘルバルト紹介の嚆矢であり、『実践教育学及び教授法』（明治二十七年）、『科学的教育学講義』（明治二十八年）において、ヘルバルト派教育学を踏まえた国家主義的道徳の理論とその実践を推進させることとなった。稲垣忠彦によれば、「「ヘルバルト主義」の導入において大きな影響力をもったのは、ヘルバルト自体ではなく、右のヘルバルト派のものであった」[注4]とのことで、またその時期についても、「邦人の手になる著作においても三十年前後を境として二つのピークが認められる。一つは、二十七、八年をピークとする、ケルン、リンドネル、ラインにもとづく教授理論の紹介であり、主としてハウスクネヒト門下の人々による紹介である。他の一つは、三十一年以降のピークであり、ラインの『国民学校教授の理論と実際』にもとづく、教授法を中心とする紹介であり、実用的性格のつよいものであり、その紹介の主要な担い手は高等師範学校系の人々であることも、前者と対照的である」と指摘されている。

教育現場におけるヘルバルト派教育学の実践

前者のピークとして、次のような記事が挙げられる。「昨年は、ヘルバルト学説の大流行を来し、至る処、ヘルバルトの呼声熾んに起り、五段教授法の工夫頻繁なりしも、本年に入りてはヘルバルトの論説漸く其声を沈むるに至れり」（「教育時論」、明治二十九年十一月）とあり、学説としての流行が、一時のものであったことがうかがわれる。

後者のピーク、つまり教育実践に関する「ヘルバルト主義」の流行は、三十年代の東京高等師範学校および同付属小学校での実践報告という形で全国に広まっていく。全国においても各県師範学校や付属小学校の訓導らによる勉強会が開かれ、また、教育実践に関する雑誌も多く発刊されていった。三十二年十月「千葉教育会雑誌」には、「ヘルバルト主義」普及を目的とした講習会ブームのことが記されている[注5]。北海道師範学校では、三十二年に、秋田師範学校から転任して来た校長、槇山栄次により、ヘルバルト派教育学の導入が強力に進められた。北海道師範学校と同附属小学校とが道内小学校の模範となって、率先してヘルバルト派教育学に基づいた授業実践を行うとともに、同校編纂の『各科教授提要』（富貴堂）により、その実践の普及に努めたのであった。同様な実践の指南書ともいうべき書物は他にも多く見られる。ヘルバルト派教育学を下敷きにした、泉英七『小学校教授原論』（明治三十四年八月、前出）も、その「凡例」から、同書が岡山県教育会の委嘱による夏期教員講習会で用いるため書かれたものだということが分かる。教育の目的は、「児童成長の後、能く国民の本分を尽し、人間たるべき職能を完くせんには、豊富にして統一したる智識と、純美にして熾盛なる感情と、及強健にして多方なる意志とを具へざるべからず。故に此の如き智識感情及意志を養成するは、亦教育の目的とする所なり」と述べられる[注6]。

『小学校教授原論』第四章の「興味」の項には、「吾人の渾ての思想及行為の源泉」と位置づけられる「興味」は、「求智的興味」、「審美的興味」、「顕我的興味」、「社交的興味」、「超絶的興味」の五つに分類され、「各教科目は、同様に此五種の興味を誘起し得べきもの」ではなく、「仮令ば。理科は主として求智的興味を養へども、社交的興味を養ふこと少く、体操科は……」と、各教科により、それぞれ育むべき「興味」が異なることを認めている。続けて、「チルレル氏の如きは、歴史を以て各教科統合の中心たらしめんとせり。故に、普通教育に於ける教育は、時の古今、処の東西に亘りて、材料を択採し、是等を調整配合して、以て多方の興味を養はんことを期す」と述べている。つまり「チルレル氏」は、「歴史」をすべての教科の中心に置こうとしてことが述べられるのであるが、ここで引かれている「チルレル氏」とは、日本におけるヘルバルト派教育学の理論的中心人物であるツィラー（Tuiskon Ziller）のことである。泉は、「各教科目は、凡て開化史的段階に排列せらるべしとせり。此開化史的階段説は、かの五段教授法、また中心統合法と共に、ヘルバルトを祖述する、チルレル一派の三大特徴と称すべきものにして、勿論斬新なる学説なり」と肯定的見解を示している。

五章の「教材の内容的選択」では、「道徳上」、「生活上」、「審美上」の各観点からの教材選択が示される。

ここでは、審美的な「趣味」は、「人の品格を上品ならしむる点より見ても」必要なものとされ、教育により発達するものとされる。また「国語科は其趣味ある文字詩歌に於て……美育に寄与する」とされ、ヘルバルト派教育学の目指す、「品性の陶冶」という観点から、審美的な教材として、文学が教材選択の有力な対象と見なされている。

このようにヘルバルト及びヘルバルト派教育学が日本で受け入れやすかったのには理由がある。先にも触れたが、教育の場において、「修身」科を中心とする「忠君愛国」意識の形成を目指していた日清戦争（二十七年）前後の時期にあっては、ヘルバルトの「品性の陶冶」はまさに求められていたことであったのである。またヘルバルト派の、認識行為を「中心統合」によって捉える考えが、「修身」を中心に各教科間の連携を図るという教育体系と合致していたことも挙げられよう。さらに言えば、実際に日本に移入された「五段階教授法」は、実践レベルでの明確な方法論として確立しており、そのため全国規模での実践が可能であったことも挙げられる。これらがヘルバルト派教育学が受け入れられた理由であろう。そのため、ヘルバルト派教育は日本においては、「忠君愛国」の国家主義と結び付けて考えられ、本来は、ペスタロッチをふまえた人間解放にその理念を持つヘルバルト派教育学は日本においては変形した形で受容されることになったのである。

このようにヘルバルト派教育学は国民道徳の高揚に資する教育学として一度は非常な流行を示したが、三十年代に入ると、教育学の分野においては、その個人主義的性格が批判される。これはあくまでも子どもをひとりの個人としてその発達成長過程を考察対象としたのに対して、社会的見地に立つ視点の欠落が指摘されたためであった。しかしながら「国家の品位勢力は個人の品位勢力に属す」（谷本富）として、個人と国家を不可分のものする考えのもと、体制側からも、そして教育実践を進める側からも肯定的に扱われていったのであった。

ヘルバルト派教育学と国語教育

このようなヘルバルト派教育学の実践としてのピークは明治三十年代の前半といってよいだろう。この時期にヘルバルト派教育学が実践として定着していった理由のひとつは三十三年の「改正小学校令」（改正学校令）の発布が挙げられる。前章で述べたように、「改正小学校令」により、「国語」科が成立すると、「趣味あること」による「品性の陶冶」が教育目標のひとつとして掲げられていく。美的なものに対する興味により倫理的成長を促すことを考えているヘルバルト派教育学にとっては、まさに受け入れの土壌がそろったということになろう。先に示したように、東京高等師範学校の教師（前出・友納友次郎、佐々木吉三郎等）らはライン（Wilhelm Rein）等による『国民学校教授の理論と実際』（Theorie und Praxis des Volksschul-unterrichts）に基づき、再びヘルバルト派教育学を実践の中心に盛り立てていくのであった。三十三年に抄訳が出されたラインの『ヘルバルト・チルレル派教授学』は、『国民学校教授の理論と実際』を踏まえたものであるが、そこでは教育とは、「児童ノ精神ニ自由ニシテ、多方ナル興味ヲ起シ、依テ以テコノ教育的教授ヲ満足」[注7]することにあり、そのため「教材ノ撰択及排列ハ、興味ヲ以テ標準トナスベシトノ原則」に従うべきだとされる。さらにその「興味」の赴く教材として、「吾人ノ教授学ハ、興味ノ観念ヲ標準トス。コノ標準ハ第一ニ教材ノ撰択ニ関シテ其効力ヲ有シ吾人ヲシテ心情的修養ノ教材（歴史的説話材）ヲ撰択セシムルナリ。」と、「心情的修養ノ教材」、つまり歴史や文学を重視する姿勢が示されている。高等師範学校教師たちが目指したものは、そのまま「改正小学校令」及び「同施行規則」において教材選択の観点として、「趣味に富むもの」、そしてそれに対応する教科書における採択教材に繋がっていくのである。

市川源三は『国語科教授法』（明治四十一年）において、「命令的よりは忠告的に、教誡的よりは寧ろ自得的に、理性に訴へんよりは感情に訴へ、良心を刺戟せんよりは美感を刺戟し、かくて彼等の幼き胸の中に孝の徳の大に孝の美に行の孝の行の必ず為さざるべからざる所以を感銘せしむべき材料を収むべきなり。これ趣味に富むものたるべし」[注8]として、「文学的詩的」教材の必要性を挙げている。

これらはヘルバルト派教育学に賛同する高等師範学校の教師らを中心とした解釈であり、この捉え方が、教師養成にも色濃く反映していったことが推察されよう。

ヘルバルト派教育学を求めるその基盤にあったのは、感情的な事柄を重視する姿勢にあったのである。「忠君愛国」という「情」の形成、さらにそれを中核に教育内容の体系化を図ったこの時期の学校教育にとっては、必然的に「情」に対する教育志向が生起すると共に、それに応じられる形でヘルバルト派教育学が受け入れられたと考えてよいだろう。稲垣忠彦はヘルバルトの主張した「直感」から「概念」への過程が、日本においては「観察」から「概念」への過程と見られたことを指摘し、「ペスタロッチ、ヘルバルトがその過程にこめていた人間解放、主体形成のための概念形成という価値的把握が欠落している」[注9]と述べているが、教育実践の場においては、必ずしもそうではなく、ヘルバルト派教育学の受容によって、「忠君愛国」の「情」をも含みこんだ形で、道徳的「品性の陶冶」が目指されていたと理解することができよう。

〔注1〕　ヨハン・フリードリヒ・ヘルバルト（Johann Friedrich Herbart）、一七七六年～一八四一年。北ドイツのオンデンブルクに生まれる。ドイツの哲学者、心理学者、教育学者。初期主要三部作として『一般教育学』『一般実践哲学』『形而上学の主要点』がある。

〔注2〕　ヘルベルトに関する記述については、教育思想史学会編『教育思想事典』（勁草書房、平成十二年五月）「ヘルバ

［注3］ルト」の項（執筆・鈴木晶子）によった。

明治三十三年の「改正学校令」策定・導入の中心となったのは、ここでハウスクネヒトの講義を受けた沢柳政太郎である。「改正学校令」施行当時、文部省普通学務局長であった沢柳は、おなじくヘルバルト派教育学を学んだ視学官・野尻精一と共に、「改正学校令」（「改正小学校令」の原案策定を行っており、「改正学校令」が目指した方向に、ヘルバルト派教育学が直截に関わっていた可能性を指摘することができる。「改正小学校令」のヘルバルト派教育学との関係については、拙稿、「国語科成立の背景〜沢柳政太郎とヘルバルト派教育学との関係を踏まえて〜」（東海大学短期大学部紀要四十五号、平成二十四年三月、刊行予定）に詳説した。

［注4］稲垣忠彦『増補版　明治教授理論史研究』（評論社）、平成七年六月

［注5］［注4］と同じ。

［注6］前出・稲垣の著作では、ヘルバルト派教育学の受容のプロセスが多くの資料を基に論証されている。しかしながら、特定の教科に関して、そこに起きる固有の問題については論及の対象とはなっていないようである。特定の教科を対象にヘルバルト派教育学の影響を論じたものに、杉田政夫『学校音楽教育とヘルバルト主義』（風間書房、平成十七年）が挙げられる。「国語」科教育に対する言及はないが、「国語読本」との関係について触れられている。なお、ヘルバルトの「趣味」については、浜田栄夫「ヘルバルト教育学における趣味判断の位置づけ」（「教育哲学研究」第六十二号、平成二年十一月）に詳しい。多面的「興味」が「趣味」を経て、「倫理性」を醸成するプロセスが述べられている。

［注7］Wilhelm Rein（立柄教俊訳）『ヘルバルトチルレル派教授学』（三育舎）、明治三十三年五月

［注8］市川源三『国語科教授法』（同文館）、明治四十一年五月

［注9］［注4］と同じ。

第四章　国定教科書における韻文教育

三十三年の「改正小学校令」によって成立した小学校「国語」科の教科書は検定制とはいえ、各出版社の編集によるもので、各社は都道府県単位でなされるその採択に向けて、自らの教科書の特徴を「編纂趣意書」によりアピールしていく。そしてそのいずれもが「趣味」ある教材として韻文を積極的に取り入れていったのはこれまで記した通りである。それら熾烈を極めた教科書採択競争の結果、三十五年には所謂「教科書疑獄」を招くことにもなったのである。これらの反省から、義務教育、つまり小学校教育においては教科書の国定化が進められた。三十七年には国定教科書（第一期）が刊行され、また四十三年には第二期の国定教科書が刊行され、全国同一内容の教科書で義務教育が進められることとなったのである。

本章では、これら国定教科書よる国語教育において、文学・韻文教育がどのように展開したのかを明らかにすると共に、改めて三十三年の「改正小学校令」及び「同施行規則」で示された「趣味」という語に着目し、国定教科書期における、ヘルバルト派教育学と教育実践の関わりについて検討していきたい。

第一期国定教科書の制定

国語教育が、明治三十年代に文学教育へと重心を移していくことについては、既に指摘されている。中山弘明は、三十年代の『中学国語読本』に近代作家の作品が出てくることを挙げ、三十八年の『中等教科明治読本』（芳賀矢一編・冨山房）や翌年出された『訂正中学国語読本』（三土忠造編・金港堂）には、藤村の詩篇「春の曲」が収められていることを指摘している[注1]。また前田雅之も明治・大正・昭和と進んでいく国語教育が文学教育に傾斜していく様を捉えている[注2]。

これらはいずれも特定の生徒が通う中学校国語教育に焦点を当てた指摘であり、当時の義務教育である小学校教育についての指摘ではない。しかし当然のことだが、当時、文部省が進めていた教育政策が、小学校・中学校と連続した教育課程であり、その方向性についても連続した中で考えられていたことに着目しなければならないだろう。

先にも述べたように、三十三年の「改正小学校令」「同施行規則」を受けて、翌年にはそれに応じた教科書が民間書肆より発売された。これは十九年「小学校令」に基づく第一期検定本、二十三年の「小学校令」「小学校教則大綱」（二十四年）に基づき、府県単位での採択がなされた第二期検定本を経ての、いわゆる第三期検定本ということになる。この第三期検定教科書が教育勅語の影響を色濃く受けたものであったことは既に知られていることであるが、一方では、前章で述べたように、ヘルバルト派教育学の、美感による「品性の陶冶」にも対応した内容であった。

「教科書疑獄」後の三十七年に制定された国定教科書は、小学校「国語」科では、『尋常小学読本』及び『高等小学読本』の二種類であるが、尋常小学校、及び高等小学校に対して、各学年毎に二冊ずつ出版されている。

これら第一期国定教科書のうち『尋常小学校読本』は、表紙本文黒一色刷で、冒頭に置かれた教材から「イエ・スシ読本」と呼ばれている。この教科書は、文部省教科書審査官吉岡郷甫を中心とし、保科孝一、巌谷小波、武島羽衣、岡田正美が編纂に当たったもので、文字の指導、語句の解釈、文の文法的分解に力点が置かれていた。これは編纂意図が、方言是正による共通語（口語）の習得にあったためで、「第一期の小学校国定教科書は、「イ」「エ」「ス」「シ」という発音しにくい単語としての列挙で始められている」[注3]と指摘されている通りである。事実、編纂委員であった保科孝一は、その著『国語教授法指南』（宝永館、明治三十四年十月）において、「今後の国語教育わ（ママ）、今日の生語の上に、その基礎お（ママ）おくことが、最も適当な方法と考える」として、東京語を基本とした全国共通の「口語」への志向を述べているが、一方では、「国語読本」をすべて口語にしてしまうと、「綴り方」との間に連絡を失ってしまうのでそれができない旨を述べている。ここには「口語」／「文章語」の言語の二重性を巡る、当時の国語教育が抱えたジレンマが顕現化しているのであるが、結論的に言えば、選び取られていったのは、この保科自身の著作の表記からも分かるように、共通語としての「口語」教育への方向性であった。共通語としての口語を想定して、そこに向けて作られた教科書が第一期国定教科書『尋常小学校読本』ということになろう。したがって、口語によるコミュニケーション重視の教材選択がされ、児童の心情を育む目的である文学教材・韻文教材の位置は低く抑えられている。

　このことに関して言えば、保科は『国語教育に就て』（明治三十三年七月）において、「是までのやうに文学上に基礎を置て、研究又は教授するのを廃め、言語学上に基礎を置くやうにすることが必要である」と述べ、文学教育からの転換を示唆している。そして、「活語」、つまり「現代語」に関する観点から国語教育を構想している。「明治時代の標準語、標準語法、標準文体」を確立し、これらに従った「適当なる教科書」を編纂して、国語教育を進めるべきだとする意見には、既に第一期国定教科書（読本）編集の基本的考えをみることができる。

文学教育／言語教育という二つの考え方には、当時の国語教育の抱える問題が端的に示されていると考えてよいだろう。それは国語改良運動に展開していくものであるが、ここで注目したいのは、彼の考え方に見られる、「活語」／「古語」という区分けの根底には、やはり実用／非実用という思想があること、そのようなプラグマティックな価値観からすれば、その言語体系から逸脱する形を取る、文学教材、韻文教材はやはりこれは全く認められなかったというのが正直なところであろう。このような観点からすれば、美文どころか文学教材全般が全く無用な教材ということになる。

第一期国定教科書『尋常小学読本』の傾向は、『国語教育史資料』（第二巻「教科書史」）[注4]によれば、「国定化による形式面の統制的整備は、反面教材内容が児童の心理や生活からはなれて、知識教材の重視と共に文学的教材の減少をみるに至った」ということになる。第三期検定本である、坪内雄蔵編『国語読本』尋常小学校用（冨山房）との比較では、文学教材（韻文、童話、物語）は、坪内本ではそれが四十％であるのに対し、国定教科書は二十五％と教材の傾向に大きな内容的差異が生まれてきている。

この国定教科書の編纂には、巌谷小波、武島羽衣といった、既に当時知られた文学者も携わっている。特に武島は、三十四年に普及舎版『新編国語読本』（第三期検定本）を小山左文二と共に編集しており、第一章で指摘した通り、「韻文の美」を教育すべきこととし、実際に自らの詩篇「美しき天然」を収めている[注5]。そういった点からすると、第一期国定教科書は武島の意図がどこまで受け入れられたのかは詳らかではないが、ただ三十九年に出された『日本文学史』（人文社）において、武島は、国語教科書と文学の目指すところの違いについて、明確に述べており、その点からすれば、武島の意図を必ずしも国定教科書が裏切ったとは言えないようである[注6]。

いずれにせよ、一旦は文学教育への方向を持ちかけた国語教育は、ここで国民同一の言語技術の習得という方向に向かっていく[注7]。これは、三十三年「改正学校令」及び「同施行規則」を受けて作られたさまざまな第三期検定本教科書の編纂の方向とは大きく異なるものである。「改正小学校令施行規則」（明治三十三年八月）第三条では、「国語ハ普通ノ言語、日常須知ノ文字及文章ヲ知ラシメ正確ニ思想ヲ表彰スルノ能ヲ養ヒ兼テ智徳ヲ啓発スルヲ以テ要旨トス」と、言語学的な観点でその重要性が述べられているものの、「読本ノ文章ハ平易ニシテ国語ノ模範ト為リ且児童ノ心情ヲ快活純正ナラシムルモノナルヲ要シ其ノ材料ハ修身、歴史、地理、理科其ノ他生活ニ必須ナル事項ニ取リ趣味ニ富ムモノタルヘシ」（傍点、筆者）とその文学教育的側面が明確に記されていた。また「改正中学校令施行規則」（明治三十四年三月）においても、「国語及漢文ハ普通ノ言語文章ヲ了解シ正確且自由ニ思想ヲ表彰スルノ能ヲ得シメ文学上ノ趣味ヲ養ヒ兼テ智徳啓発ニ資スルヲ以テ要旨トス」（同）とあり、前にも述べたように、ここでは「品性の陶冶」を目的とした「趣味」ある教材が求められていたことが分かる。そして民間から出された検定教科書（第三期）の多くが、この「趣味」という点に特徴を持った教材を収録し、採択を競っていったのである。

しかし、注意しておきたいのは第一期国定教科書が、三十三年の「改正学校令」（「改正小学校令」、「改正中学校令」、「改正師範学校令」）及び「同施行規則」を全く裏切った形で作られたのではないということである。これら法令には、字音仮名遣いの平易化（例えば、「おう」を「おー」と表記、「ゐ」「ぢ」「づ」をそれぞれ「い」「じ」「ず」と表記）、また漢字字数制限が設けられ、なるべく簡易な「国語」が目指されていたのである。その一環としての「共通語」としての「口語」志向が形成されたのは、先に述べた通りである。これは、国民皆兵という方向の中、兵役においての言語上の統一を軍隊が強く求めたこととも密接に関わっている。大江志乃夫は次のように指摘している。

軍隊・工場あるいは農事改良運動において、平易で実用的な文章の読解力、表現力への要求および他の徳育知育水準向上の要求が高まったことへの対応であると考えられる。とくに、軍の側からの国語教育の普遍化、したがって平易化と、他の知育徳育水準向上への要求は高かったと考えられる[注8]。

これも教科書国定化の背景と言えるだろう。国が求める形に国民意識（能力）を形成していく。そのためには教科書の国定化は不回避と考えられたのであった。

第一期国定教科書への批判

このような傾向を持つ、第一期国定教科書（読本）に対しては、教育現場を中心に多くの不満が上がっていった。これには、三十三年に「国語」科が成立し、その教育内容、教育方法についてさまざまな試行錯誤が行われている最中での、教科書国定化による教育内容の大幅な変更だったためである。そもそも、「国語」科が成立した時点で、どのように授業を行うのかについて、多くの不安があったようである。

師範学校教科書、教員講習会向け教科書、小学校教員検定試験用受験参考書として書かれた『小学校教授法』（原安馬・末広菊次郎共著、金港堂、明治三十四年十一月）の「はしがき」には、その様子が「新小学校令実施後は改むべき事項多く、殊に国語科教授法につきては、疑問を抱くもの少からず」と示されている。この書は、「現行の法令を経とし、実地の経験と、教育の学理とを緯として」（はしがき）として、「国語」科教育の実際を位置づけていく。

本書では、国語科の目的として、「施行規則第三条第一項」「普通の言語日常須知ノ文字及文章ヲ知ラシメ正確ニ思想ヲ表彰スルノ能ヲ養ヒ兼テ智徳ヲ啓発スル」を挙げ、これを六項目に分ける。

一、普通の言語を知らしむること、
二、日常須知の文字を知らしむること、
三、日常須知の文章を知らしむること、
四、言語を以て正確に己の思想を表彰せしむること、
五、文章を以て正確に己の思想を表彰せしむること、
六、智徳を啓発すること、

ここに挙げられた整理自体は全く「法令」とのズレはないといってよいだろう。しかし、「読本の文章」については、次のように述べられる。

読本は、……其の文章は平易にして、国語の模範となり、且、趣味を有せしめ、乾燥無味なるを避けざるべからず。従ふて、美文、詩歌等を挾むも宜しからん。要は児童に多方の興味（第三編第二章に詳なり）を感ぜしめ、且、文章は児童の綴り方模範文たらしむるを得るに在り。

「実地の経験と、教育の学理」から導き出された、教育内容・教育方法として、「美文、詩歌」という読本教材が、児童の「興味」への育みに繋がるという捉え方が明確に現れている。また、「教授材料」の項では、「第一標準」として「人生に密接の関係を有する天然の現象及社会の人事を理解し、此の間に生活する為に必要なるもの」、「第二標準」として「心情の啓発練磨に最、効力あるもの」、「第三標準」として「事物に対する興味を振起するに足るもの」、「第四標準」は「実行を促すに足るもの」が挙げられている。これら四「標」準のう

ち、「興味」に関する「第三標準」は「教授に依りて伝達せらるべき智識技能は甚、僅少なれども、興味は事物に対する研究心を惹起し、実行に至らしむるものなるを以て、教育家の中には、興味を振起することを唯一目的とすべしとの説をなすものあり」と説明され、ヘルバルトの説の受容が見られる。また、教授方法についても「予備―提示―連結―統括―応用」（五段階教授法）等と、ヘルバルト派教育学に依拠していることが分かる。以て「教育の目的及方法」という章には、その冒頭に、「教育は幼弱なる児童の身体、及心意の発達を促し、以て其の独立自活の能を養ひ、高尚なる品性を陶冶し、一方には自国に於ける有用なる一分子となり、其の国家全体の進歩に与りて力あらしむるを目的とするものなり。これを約言すれば、教育は一個人として、又国家の一人として最完全なる人物を養成するを期するものなり。」とある。ここでは、国家有為の人物養成を言いつつも、教育の目的の主眼はそこには置かれず、個人の高尚なる「品性を陶冶」することに置かれる。ここにはヘルバルト派教育学の良質な部分の反映が見られ、忠君愛国の教化という観点は見られない。本書は「法令」に準拠しつつも、的確にその点を押さえている。そういった意味で、ヘルバルト派教育学に依拠した教育実践をベースにしつつ、「改正小学校令」の関係整合性を持った書として位置づけることができよう。そして、そのような捉え方の中で、子どもの「興味」を育むものとして、国語教材としての「美文」「詩歌」が原理的に要請されているのである。

このような教育実践が進行しつつある中、「美文」「詩歌」といった文学教材を排除する方向の第一期国定教科書（読本）の使用が求められていくのである。

三十九年一月に出された、三宅衍星『韻文の作り方』は、このような観点から、第一期国定教科書を批判している。本書には「国定読本中の韻文」という章がある。小学校教員向けに書かれたものであるが、少し長いが引用したい。

噫国定読本、何為ぞそれ彼が如く、無趣味殺風景の甚だしきや。吾人は固より一国の読本、而も文明国民の読本なれば、時勢の進運上、科学思想の養成及理学経済観念の修養の、適切且つ急務なるを感知する者なり、而して之を感知すると同時に、文学的趣味、国民的情操の涵養、亦一日も等閑に附すべからざるをも感ずる者なり。今吾人は該読本を読むに及んで、其余りに科学的材料の勝過ぎて、殊に比較にならぬ迄、文学的材料の乏しきを、大いに遺憾とする者なり。（中略）

試に見よ、該書に挿まれたる韻文の性質如何、其形式と云ひ内容と云ひ、全然お話にならぬにあらずや、モットらしき材料はなかりしか、モットらしき形式もなかりしか。

取材余りに低くして、事陳腐に過ぎたり、清新ならざれば、品威もなく、従ふて尊重すべき重味もなし、用語亦浅薄にして軽浮に、絶えて詩の生命たる美感に接せず、快感は時に喚起せらるあるも、詩の生命に接せざれば、全然韻文挿入の価値なしと云ふべし。

形式余りに単調に過ぎたり、七五調何等不可なしと雖も、好物も毎度なれば飽くが人情なり、況んや韻文の如き、直接感情を支配するものに於ては、最も変現出没の妙を極めざるべからず、即ち、或る間隔を置きて、差繰り変化せしむるが宜からん、他に形式は多くあるなり、強ち七五調のみに限らず。変化と児童、また一考の価値なしとせず。

以上の内容と、以上の形式とを有す、読本中の韻文には、吾人余り多く、敬服を払い得ず。

夫れ韻文の教育的価値は、児童に冥想感会せしめて、始めて得らるべきものに非ずや、故に其取材も慎重ならざるべからず、最も詩的ならざるべからず、美感を喚起するに適切ならざるべからず、其形式に至りても、最も厳めしき態ならざるべからず、重味あるべし、変化あるべし、而して内容と相俟つて、美感を促進せしめざるべからず。斯の如くにして始めて冥想感会に価す、教育的価値茲に現はるゝなり［注9］。

三宅は、第一期「国定教科書」所収教材に、「文学的材料の乏しき」を指摘する。そして所収されていたとしてもその質の低さを非難している。特に所収「韻文」に「教育的価値」がないことは徹底的にこき下ろされる。それらは、「陳腐」「単調」「浅薄」「軽浮」「七五調のみ」のもので、そこからは「韻文の教育的価値」である児童の「冥想感会」が得られないという。三宅は、「高等科用国定教科書」に収められた「韻文」を次のように分類整理している。

「叙事体叙事詩」（「春の景色」「富士山」「笠置山」「奈良」「須磨明石（脚韻）」「日光の滝」「白虎隊」「ぴらみつど」「琵琶湖」「勧学の歌」）
「叙事体抒情詩」（「夏やすみ」「連隊旗」「海国男子」「遠洋漁業」「気の変り易き男」「母の愛」）
「抒情体叙事詩」（「浦島子」）
「正躰抒情詩」（「強者弱者（頭韻）」「処世の歌」）

確かにこれらのほとんどが、三宅のいうように、七五調であり、単調な感は否めない。三宅は、「韻文の詩形」には「七五調」「五七調」「七七調」「八七調」があり、そのような「詩形」を持った「韻文」の必要性を述べると共に、次のように点が必要だとする。

① 諸調の渋滞佶倔ならざること
② 意義の朦朧陥らざること
③ 主想の始終一貫すること

④　全篇の緊縮に力あること
⑤　句連の断続其当を得ること

そのどれも当然のことであろうが、ヘルバルト派教育学に依拠する当時の多くの「国語」科教育実践においては、確かに「単調」で変化の乏しい国定教科書の韻文教材では、児童の興味を惹きつけることができず、それだけに不満も多く出たのであろう。三宅は、本書巻末において、「嗚呼教育と韻文、韻文と児童、絶好有趣味の現象ならずや。」との一文により現状を嘆いている。

一方、ヘルバルト派教育学を基にした教育実践を行う際、これとは違った見方も出ている。三宅は、国定教科書により削減された、従来の韻文教材の復権を願っているのだが、これまでの、つまり第三期検定本に収められた韻文教材に対する不満も出ている。宮崎県資金学校附属小学校主事、伊藤裕は、『小学校国語科教授論』（金港堂、明治三十六年四月）において次のように述べている。

読本中の美文の如きは、其の散文なると韻文なるとに関せず、凡て此の読方にて読ましむるやうにせねばなりませぬ。併し日本は美術国であるといふて威張りて居るやうたが、小学校の読本などに、美文は甚だ少ないやうである。偶あると思へば、古めかしい雅言で綴りたる歌などで、児童が解らないのみか、教師も解り兼ぬるやうなものである。是れ等の材料ではとても美的の読方を養ふやうがない。美的の読方には感情が必要である。感情の起るには意義が解らねばならぬ。近頃は新体詩とかいふものが流行してよろしいが、やはり雅言が多い。俗言といふと、如何にも卑しいやうであるが、俗言でも決して卑しきもの許りでない。今日雅言とかいふて世人の多くが骨董的に弄びつつあるものも、其の言葉の世に生きて働きつつありし其の際には、やはり俗言であったと思ひます。どうか俗言即ち普ねく人の用ふる言葉で美文を作りてもらひたいのである。（略）

伊藤が指摘するのは、むしろ「古めかしい雅言」を廃棄して、人々の間に通用する「口語」による「美文」教材の必要性である。「美的の読方には感情が必要である」という点からは、美感を育み「品性の陶冶」を目指すという、ヘルバルト派教育学の影響が見られるが、そのために彼はむしろ「口語」による「美文」教材の存在を望んでいる点が興味深い。ここには、先の三宅とは全く逆の形で、文学教材優位の主張がなされているのである。いずれにせよ、教育実践の場において、美感の形成による「品性の陶冶」を目指す教育理念が、広く深く浸透しているのが分かる。この点が、三十年代の学校教育の特徴であると共に、それを支える社会的な価値観が、抒情詩、美文のブームを招来させていったとみてよいのであろう。ただ気をつけておきたいのは、明治政府が「忠君愛国」の教育を推進しつつも、教育実践の場においては、それらを含みこみつつも、児童個々の美感の形成、「品性の陶冶」が目指されていったという二重性である。第一期国定教科書の出現は、辛うじて保っていたその二重性を破壊するものであった。

第二期国定教科書の制定

教育現場からの、第一期国定教科書に対する風当たりが強い中、四十年の「小学校令」中改正により、尋常小学校は四年制から六年制に変わる。それを受けて四十三年には第二期国定教科書『尋常小学読本』十二冊が刊行され、全国で使用されていった。（大正六年まで使用）。巻頭教材が「ハタ（旗）」、「タコ（凧）」であったことから「ハタ・タコ読本」と呼ばれたこの教科書の特徴は、その名付けられ方からも分かるように、これまでの音声言語としての「字」から、対象を持つ「語」にその目指す方向が一変している点にある。つまり、第一期国定教科書の示した音声言語重視の方向が大きく修正されているのである。第二期国定教科書の編纂の中心は芳賀矢一である[注10]。当時、芳賀は『国民性十講』（冨山房、明治四十年十二月）を著し、その第一に「忠君愛国」を据え、日露戦争後の国民意識の高揚に合わせるかのようなナショナリスティックな振舞いをみせていた。芳賀と同時に編纂に加わった上田万年は、三十五年の東京高等師範学校内国語学会演説で、「国民教育を施す為に国語教育を施すならば、今申したやうな、立憲思想であるとか・実業思想であるとか・海国思想であるとか・科学思想であるとか・文学美術思想であるとか・宗教思想であるとか・此等の事を教材として教へるのが本体であつて、それと同時に、関連して始終必要である言語文章を特に選択して教へねばならぬ（略）小学校では国民思想を養成して、其の国民思想にどの子供をも引き附けようといふ目的から言語文章を教へるので、従つて小学校で教へる言語文章は多く国民思想に直接関係あるものを選ばなければならぬ」とし、「国語」科教育による国民思想の形成へ強い意志を示している[注11]。さらに上田は、当時（三十五年）の小学校教科書は半分が「文字」だけのもので、「一枚に一字しか書いてなかつたり、字より絵の方が多かつたりするのは、何処の国へ行っても決してない」と字音を中心とし、文章読解をないがしろにする教育方針を批判している。

彼らの手による第二期国定教科書は、第一期『イエ・スシ読本』に示された方言是正、共通語としての言語習得の目的を、「忠君愛国」を基底に据えての「品性の陶冶」を目指す方向に転換したことを示すものに他ならず、言語技術としての国語教育からの転換は明らかである。

第二期国定教科書『尋常小学読本』は、四十三年から、また『高等小学読本』は四十四年から使われ始める。これらに収められた教材には、国民的行事、習慣、趣味あるいは、童話、伝説、神話等に関するものも多く、文学教材大幅増加しているのが特徴である。特にこれまではほとんど採録されていなかった美文が多く載せられている。また、日露戦争勝利後の国民意識の高まりを受けて、国家主義的「忠君愛国」の精神の高揚を意図した軍事教材（「広瀬中佐」「日本海海戦」など）も見られる[注12]。

第二期国定教科書の「編纂趣意書」第三章「言語及ビ文章」七には、「行文ハ成ルベク変化アラシメ、趣味多カラシメンコトヲ期セリ。」とあり、また同九には「韻文ハ第一巻ニ一第二巻ニ二、第三巻以上ハ各三ヲ収メタリ。初年級ニ於テハ口語体ニヨリ、上級ニ及ビテ漸次文語体ヲ用イヒタリ。（中略）其ノ格調ヨリ分類スレバ左ノ如シ。　七五調　一九／七七調　三／五七調　二／五五調　一／八七調　一／八八調　一」とその性格が示されている。採録された教材の傾向については、第四章「材料」の三に次のようにある。

多クノ国民的童話・伝説ヲ加ヘタルコトモ亦新読本ノ一特色トスル所ナリ。第一巻ヨリ桃太郎・猿蟹合戦・牛若弁慶・瘤取・餅ノ的・天神様・花咲爺・野見宿禰・義家・浦島太郎・仁田四郎・因幡ノ白兎・那須与一・小子部蜾蠃・鵯越ノ坂落シ・天岩戸・釜盗人等、人口ニ膾炙シテ趣味アル説話ヲ加入シタリ。

ここから分かるように、「国民的童話・伝説」がその「特色」とされている。その理由は、「童話等トトモニ謎ヲ加ヘタルモ、趣味ヲ豊富ニシ、児童ガ考案思索ノ力ヲ養ハシメンガ為ニシテ（略）」（同四）とある通り、やはり「趣味」という言葉に収斂される。また、ここにはヘルバルト派教育学の、特にラインが主張する、初等教育における童話、伝説、昔話による「品性の陶冶」が改めて意識されていたと考えてよいだろう。

実際に収録された韻文教材は次の通りである。

「ツキ」「タコノウタ」（巻二）、「こうま」「かへるとくも」（巻三）、「ふじの山」「とけいのうた」「母の心」（巻四）、「春が来た」「うめぼし」「虫のこゑ」（巻五）、「人のなさけ」「かぞへ歌」（巻六）、「ゐなかの四季」「何事も精神」（巻七）、「たけがり」「花ごよみ」「近江八景」（巻八）、「舞へや歌へや」「かぶりもの」（巻九）、「家」「水師営の会見」「松の下露」（巻十）、「吉野山」「我は海の子」「出征兵士」「同胞ここに五千万」（巻十二）、「鎌倉」「国産の歌」「卒業」（巻十二）が収められている。また美文については、『尋常小学読本』では、「雨と風」（巻九）、「冬景色」（巻十）、「吉野山」（巻十一）、『高等小学読本』では、「空の景色」（巻三）、「鎮守の森」（第三学年用上）が収められている。

資料編に詩篇「うめぼし」（第二期国定教科書『尋常小学読本』巻五第十、資料編④、三六八頁）、詩篇「人のなさけ」（同巻六第十八、同、三六九〜三七〇頁）、美文「冬景色」（同巻十第九課、同、三七〇頁）、美文「空の景色」（第二期国定教科書『高等小学読本』巻三第十三課、資料編⑤、三七〇〜三七一頁）、美文「鎮守の森」（同三学年用上第十七課、資料編⑤、三七一頁）を掲載した。どれもこれまでには見られない傾向の教材であり、ナショナリズムをベースにした情緒面の教育に向けて、教材が選択されていることが分かる。

このことは、明治政府にとっては「忠君愛国」の思いの醸成、教育実践の場においては児童個々の美感の形成による「品性の陶冶」、という二重性において、特に政府にとっては、前者への強化を狙ったものと言えようが、実際の教育現場では、必ずしもそのようにはなっていないことには注意すべきであろう。そのことを明らかにするため、第二期国定教科書において、この教科書がもたらしたもの、つまり児童の美感の形成による「品性の陶冶」について、それがどのようになされていったのか、また、それを受けた児童の意識はどのようであったのかについて検討していきたい。

再び「趣味」ということ

まず、実際の教育現場においては、この第二期国定教科書を用いて、「品性の陶冶」に向けてどのような工夫がなされていたか、第二期国定教科書編纂にも加わった、当時の師範学校教員が成した教師向けの指導書の検討を通して見ていきたい。

文章を総合的に取扱い、読解にあたっては、直観性、感受性、想像性を尊重し、言語の表現と理解の指導を通して、「品性の陶治」を目指すのが、新しい国語教育の方向性であった。このような方向性を切り開いたのは、『国語教授法集成』（三冊、明治三十九〜四十年）の著者佐々木吉三郎、芦田恵之助、友納友次郎らである[注13]。

当時、芦田恵之助は東京高等師範学校附属小学校、友納友次郎は広島高等師範学校附属小学校の師範である。友納は国語の目的として「国語の教授は、常に国語其の物によつて或は国民固有の思想感情を陶治し、或は現代の文明其の物に交渉せしめると言ふ所に大なる価値を認めなければならないのである。彼の唯文字・語句の教授にのみ齷齪して、それで国語の使命を全うしたかの如き浅薄な考へは、一日も早く国語の教授者の念頭から取り去らなければならないのである」[注14]と指摘し、まさに第一期国定教科書を乗り越えるべき対象として捉えている。また、第二期「国語読本」の編集方針については、「1、材料を成るべく多方面に渉つて選択することに努めたこと。／2、国民の大多数を標準として、階級ではなるべく中流以下を対象にとり、都会三分に田舎七分といふやうな割合で材料を選択し排列したことにある」と捉え、更に、「1、人文自然の両方向を調和して選択し、初学年では主として自然的の材料を多くし、級の進むに従つて人文的の材料を多くしたこと。／（略）／3、児童の心意発達の程度を顧慮し、且前後の連絡にも注意したこと。／4、旧読本は理科的・地理的の自然的材料が多くて、歴史的・文学的の人文的材料が乏しかつた。現行読本は歴史・理科・文学・地理・修身・実業・法制経済等のすべてに亘つて普遍的に選択し、殊に趣味に富んだ修身的材料を増加したこと」とその編纂意図を述べている。

実際に友納は『読方教授要義』において、「高等小学校読本」巻二に載った新体詩「森林」について「又一種趣の異なつた感興を喚起し、清新な幽遠な寂寞な自然の美趣に恍惚たらしめる」として、詩篇の解釈を示した上で次のように述べる。

此の如く吾々の心は自然や人事の或物にふれて動く。優美なものに触れるとそこに優美な心が動き、壮烈な事柄にふれると、そこに壮烈な心が動く。喜び、悲しみ、怒り、憤り、愛し、悪む、皆必ずそれ相当な事柄がなければならぬ。

ここでは「品性の陶冶」という目的に向けて、「忠君愛国」からはみ出し、むしろ「忠君愛国」の「情」も包摂するあり方において、新体詩＝教材が捉えられている。

同じく第二期国定教科書の編纂者であった佐々木吉三郎も、『国語教授法集成』（前出）において、「韻文教授の方法」についても触れている。ここでは「一、韻文の意義」、「二、国定小学読本における韻文の種類と排列」、「三、韻文を小学校に加ふる理由」、「四、韻文教授上の注意」と、四項に分けられ、その第四項において、「分解」「総合」「連合」「系統」「方法」という「チルレル氏等」の主張する「形式的段階」の方法が示される[注15]。「チルレル氏」、つまり、Tuiskon Ziller（ツィラー）（第三章参照）の名は、Wilhelm Rein（ライン）の『ヘルバルト・チルレル派教授学』（立柄教俊抄訳、三育舍、三十三年五月）にもみることができる。つまりここで佐々木が「韻文」教授方法として取り上げているのは、まさにヘルバルト派教育学を踏まえての方法なのである。ちなみに先に触れた友納も「物の実在に触れるには、どうしても総合的直感的の態度を採らなければならぬ」[注16]とその認識方法を示しているが、これもヘルバルト教育学の基本的な認識方法である。ヘルバルト派教育学の日本への受容とその展開については既に触れたが、いずれにせよ、友納や佐々木といった国定教科書編纂者が韻文教育の推進を図っていることとの意味は大きい。それは教師養成所としての師範学校において、彼らの考えを受けた者が、「韻文」教育推進の力を得て全国に分散、展開していくからである。「品性の陶冶」を目指し、「趣味」ある教材、つまり感情への訴求性をもった教材が求められ、それが実際の教育現場に近づく立場であるほど、明確に文学教材、特に韻文教材への志向という形となって現れてくるのである。そしてこれを理論的に、または方法論的に支えたのがヘルバルト派教育学なのであった。

島田民治『新国定教科書国語科教授要義』（広文堂書店、明治四十三年三月）は、国定教科書改訂により、「童話及び国民伝説」が多く採択されたこと、また修身的な教材では「文学的趣味」を含んだものに入れ替えられたこと、また韻文などの「文学的材料」の採択が見られたことなどを指摘しているが、同様の指摘は同時期の教育書に散見できる。ここからも師範学校主導により各地に定着していたヘルバルト派教育学の、「国語」科教育に与えた影響の大きさを推察することができよう。

同書には、美文の学習を通して、「綴り方」へ展開する、いわば作文教育の方向もみることができる。ここでは「読み方教授の任務」として「一　言語の教授／二　文字文章の教授／三　徳性の教授／四　知識の啓発／五　趣味の養成」が挙げられており、それに対応する方法が続けて挙げられている。そのうち、「趣味の教授」には、「美文韻文教授」の方法が挙げられている。

一、美文にして、特に内容に難解の箇所多き場合には、内容より理解せしめて後、形式の練習に移るを本体とすべし。

二、韻文にして、口調整頓し、格律法に適ひ、措辞宜しきを得ば、仮令内容に難解の箇所ありとも、通読の衷、自ら律に触れて感興を起すべきものなれば、かゝる詩形にありては、初め形式より入り、後内容を詳細に検討し、再び形式に帰りて、充分の練習をなさしむるを以て、有効なる方法と認む。
三、長篇にして数時間に亙る者は取扱上如何に分割すべきか。即ち全篇を数節に分ち、一時間毎に一節宛取扱ふべきか。又は第一時間に全篇を掲示し、第二時間にも亦全篇を取扱ふ如くすべきかの問題なり。此問題の解決は、趣味損失の有無によりて定むべし。即ち分節するも趣味を損害せざるものは、前者の分割法に依るべく、損害の虞あるものは、後者に拠りて、取扱ふべきなり。
四、読本中にある美辞佳句は勿論通読に価すべき文章は、其一節又は全文の暗誦をなさしめ、以て綴り方の資料に供すと共に読書力の養成に資すべし[注17]。

ここに挙げられているのが、「美感」の形成により「品性の陶冶」を目指すというヘルバルト派教育学の考えであることは言うまでもないだろう。遡って、三十六年一月に刊行された、黒田定吉、東基吉『実践教育学教科書』（六盟館）でも、「例言」に「本書は主として師範学校教科書用として適当ならしめんがために著述したるものなり」とあり、やはりヘルバルト派教育学を踏まえた上で、次のように述べる。

読本の内容的材料は（中略）被教育者をして国民的精神を発揚し其趣味を純潔ならしめ其理想を高尚ならしめんがために純良高潔なる国語の文学的材料たるべく一方に於ては被教育者をして我国現時の開化の状態を知らしめ以て自国に対する観念を一層強固ならしめんが為め美的形式を以て現はされたる諸種の実科に関する材料たるべくかくて文学的趣味と実科的智識と相待て一方に於ては言語を習練せしむると同時に一方に於ては被教育者の思想を多方的に陶冶育成せんとするものなり。

これらからも分かるように、ヘルバルト派教育学が児童の「国民的精神」の発揚を推奨しつつも、あくまでも「被教育者の思想を多方的に陶冶育成」することを目指しており、「国語」科教育の、特に実践面において大きな影響を与えていたことが分かるのである。

【注1】中山弘明「『若菜集』の受容圏―「藤村調」という制度―」(「国語と国文学」第七十巻第七号)、平成五年六月
【注2】前田雅之「文学は「教科書」で教育できるのか」(「日本文学」第五十四巻八号)、平成十七年八月
【注3】長志珠絵『近代日本と国語ナショナリズム』(吉川弘文館)、平成十年十一月
【注4】井上敏夫編『国語教育史資料』第二巻「教科書史」(東京法令出版)、昭和五十六年四月
【注5】第一章参照。
【注6】武島は教科書の目的と、文学の目的とは異なるものと考えている。「然らば教科書はこれ文学なるか。いはく否。何が故ぞ、則その目的教訓にありて快楽にあらざれば也。されどあるものは問はむ、吾人一部の教科書をよむに、源平の時代にいたり戦国の時期に及びては覚えず肉躍り腕鳴り、快いふべからず、何ぞ快楽なしとはいはむと。問ふものゝ言げに一理あり。然れどもこは、著者がことさらに読者に快楽をあたへむとしたるよりいでたる快楽にはあらずして、事実それ自身が興味ある也。おもしろき也。さればその快楽は自然の結果也。本来の目的が教なりといふ事の上には何等の影響あらざる也。これを教科書の文学を以て目すべからざる理由とす。」
【注7】標準語指導の一環としての文学教材の利用もなかったのではない。坂本喜章「国語科に対する意見」(「北海道教育雑誌」、「北海道教育史」全道編二)において、文学家、寺院、演劇、議院及演舌、講談、新聞紙(雑誌等)の力をかりて言語の統一を図ることを主張している。
【注8】大江志乃夫『国民教育と軍隊』(新日本出版社)、昭和四十九年四月
【注9】三宅術星『韻文の作り方』(積善館本店・辻本修学堂)、明治三十九年一月

[注10] 芳賀矢一が巌谷小波に宛てた書簡（四十一年九月二十七日）には、自らが「教科書調査会国語部」の責任者（「主任」）となったが、「貴族院の人を入れるとか官途の履歴とか下らぬ事」で小波を「調査委員」に入れることのできなかったことに触れ、小波宛にはこれまで通りの「編集事業嘱託」として継続を願う内容が記されている。

[注11] 上田万年『国民教育と国語教育』（高等師範学校内国語学会演説筆記）、のち『国語のため第二』（冨山房）、明治三十六年六月

[注12] 第二期国定教科書には、これまでほとんど載せられていなかった美文が多く載せられている。当時の美文指南書の内容は、方丈記、徒然草、太平記など、古典を範にするものが多く、美文＝古典の摸倣ということができる。そしてその定義についても、読者の感動に誘い、そのための「律」があることが多くに共通する概念である。また、指南書が三十年代に入り、多く出された背景には、これらの美文を中学生を中心に求めていたという実態が挙げられよう。

[注13] 『北海道教育史』（全道編二、北海道教育委員会、昭和三十五年）の記述による。

[注14] 友納友次郎『読方教授法要義』（目黒書店）、大正四年四月

[注15] 佐々木吉三郎『国語教授法集成』（育成会）、明治三十九年九月

[注16] [注14]と同じ。

[注17] 島田民治『新国定教科書国語科教授要義』（広文堂書店）、明治四十三年四月

第五章　国定教科書所収教材の受容調査

先にも述べたように、ヘルバルト派教育学では教材選択の要件として、第一に子どもが「興味」を持つものであることを求めたが、佐々木吉三郎は実際に尋常小学校教科書所収教材に対する児童の好悪を調査している。その結果からは、同教育学のラインの指摘するように、「心情的修養ノ教材」、つまり韻文・文学・歴史への嗜好を読み取ることができる。

国定教科書所収教材に対する児童の意識調査

『国語教授撮要』（育成会）は、三十五年七月に佐々木吉三郎により出された教育書である[注1]。「改正小学校令」「小学校令施行規則」の施行を受けて成立した「国語」科を意識して、対象は現職の小学校教員が想定されている。

佐々木吉三郎は、明治五（一八七二）年、宮城県の生まれ。宮城師範学校を経て、高等師範学校卒業。三五年に同付属小学校の訓導となり、三七年より東京高等師範学校教授。柔道に長じ、加納治五郎の推挙により三九年より柔道研究のためハンガリーに留学、続けて文部省の命によりドイツ留学。四三年の帰国後、東京高等師範学校教授および同付属小学校主事を務め、大正十一年からは東京市学務課長視学長。大正十三年に、五二歳で没している[注2]。

著書等は多数に及び、理論と実践に長けた教育家であった。三十五年に出された『国語教授撮要』の前後には、翻訳書として、ラインの『小学校教授の原理』（共訳・山口小太郎、同文館、明治三十四年）、同じく『小学校教授の実際　第一〜四学年』四冊（共訳・波多野貞之助、同文館、明治三十五〜三十八）があり、また著作としては、『師範教科教育史』（同文館、明治三十五年）、『修身教授撮要』（同文館、明治三十五年）、『訓練法提要』上下巻（同文館、明治三十六年）などがある。また『国語教授撮要』を改題・増補改訂し、上下巻に分けたものに『国語教授法集成』（明治三十九年）がある。

本書は、読本の教材選択について、小学校児童の好悪を直接にアンケート調査しており、その点から必要な教材観が構築されているのがとても興味深い。「児童の悟性と、心情を養ふ」（前出）ために、児童の趣味・趣向に目を向けるのは尤もなことだからである。

調査対象となった教科書は、佐々木の勤務する東京高等師範学校付属小学校で使用していた、普及舎版『新編国語読本』である。学年別に作られた各巻のすべての所収教材を対象に、尋常小学校四年、高等小学校二年、つまりすべての学年について、その好悪の調査がなされている。好まれる教材、嫌われる教材が挙げられ、そのように感じた理由も記されている。

この読本調査は、「読本中如何なる教材が最も児童に歓迎せらるゝかに関する研究報告」とされ、三十四年三月に実施された。この研究の目的は次のように示される。

過去一学年間に教授せる読本の教材に対して児童が如何なる感想を懐けるか、之を研究せば、既往の教授に対して反省を与ふると同時に将来の教授に向て参考となすべきものあらんと信じたるによる。（中略）教材の研究は我が国教育改良上、必要なる一大問題にして、従来教育家が、奮つて之れが研究に従事せざりしは、教育上の一大欠陥たるに相違なし。

方法等については、次の通りである。

「調査方法」

学年の終に於て其一学年間に読了せる教科用書を、二冊ともに学校に持ち来らしめ、先づ、教師が、左の口上（幼年生）又は板上にて問ひ（尋常二年生及び三年生以上）第何課を好むといふことを、其課をあらはす数字にて、手牒に記し置かしめ、其理由の如きは口上にて答へしめ、尋常四年生以上にありては之を筆答せしめたり。

「問題」

あなた方は、此一年の間、読本二冊づゝ読んだ訳でありますが、其中で、皆さんが大変好いた課で、何遍でも読んで見たいと思ふやうな課がどれであるか聞きたいと思ふ、それで、一冊の本の中で、ごく好いたの丈け、三つつゞ書いてもらいたいと思ひますが、もー読んでから大分間があつたから、大変好きな課でも忘れて居つて、ぬかしたりするかも、知れませぬから、先づ一冊つゞ、始めつから、よく〳〵見返へして、其の中で、一番に、好きな課だと思ふものだけ、三つ、選り出して書いて御覧さい。

以上の「調査方法」「問題」により、尋常小学校児童に実施した調査結果が以下の通りである。ここでは、二年生が学習する巻三、四での調査結果を紹介する。

「新編尋常読本」巻三・全二十五課（教材数）
回答者　第一部男児四十四名及び第二部男女二十七名、計七十一名対象

好まれる教材（上位三教材）
「森蘭丸」（第十八課）　三十五名
「松平よしふさ」（第二十四課）　三十名
「人形のへいたい」（第二十二課）　十六名

好まれない教材（上位三教材）
「じしゃく」（第十四課）　〇名
「てふ」（第三課）　一名
「くだもの」（第十六課）　一名

「森蘭丸」と「松平よしふさ」が「好まれる教材」として挙げられた理由として、どちらも「エライ」人物であるため、「好き」と「ためになる」を混同した児童がいること、また、「森蘭丸」については、挿絵、つまり「絵画の力」によるものだと分析している。「好まれない教材」として挙げられた「じしゃく」については、

「其叙述、平板に流れ、乾燥無味に陥れるが如し、（中略）目的は他にあつて、只、其目的を達せんがために、故らに事実を構え、以て説明的、叙列的に記載したるが如きものは、到底、児童の興味を惹起せざるもの丶如し」として、その傾向は他の巻にも共通した弊であるという。

「新編尋常読本」巻四・全二十五課（教材数）
回答者　巻三と同じ

好まれる教材（上位三教材）
「家康の幼時」（第十二課）　二十六名
「本多平八郎」（第十三課）　二十六名
「天満宮」（第十九課）　二十五名

好まれない教材（上位三教材）
「やまびこ」（第九課）　〇名
「雪のあした」（第十四課）　〇名
「一月一日のうた」（第十六課）　一名

「やまびこ」については、「反響の理を説きたるものに過ぎず」、「雪のあした」は「老人めきて」いる点、「一月一日のうた」は、「露骨なる教訓」である点が敬遠された理由であるとしている。「結論」として、低学年の児童が好む教材の傾向は、「歴史の物語」、特に「勇ましい」「強い」ものが好まれるとみる。また、「日常の生活に近き遊び事」を描いたものが好まれるという。それは「挿絵の如何に関係」すると推測されている。

同様の調査が各学年毎に展開されるが、尋常小学三年生においては、「巻五」「巻六」を対象に調査が実施され、その結果は、「滑稽的、文学的材料、及び勇壮なる軍人の話」に児童は興味を持ったということであった。続く、四年生においては、「第一に滑稽的なものを好む、第二に多少着実なる人物の伝記をも喜ぶ、第三に、多少文学的趣味を解し得るに至る、第四に、説明的、叙列的、訓戒的のもの、而かも露骨に書けるものは一切之を好まず」とされている。「露骨」な「訓戒」が避けられているのは、興味深い結果である。また、この「第三」、つまり「文学的趣味」に関する点については「第三学年の頃より、多少、文学的の記載に興味を有するに至れるを以て見れば、亜米利加の如く、第四学年頃より、文学的の材料を採用することは決して不当にあらず、児童にかゝる年齢に至れば、文学的の事項を理解する可能性を有するものなることを忘る可らず」とされ、発達段階を意識した、文学教材導入に関する意見が示されている。。

同様の調査が高等小学校児童一年生を対象にも行われている。

「新編高等読本」巻一・全二十五課（教材数）

回答者　第一部男児五十名、第二部男児二十三名、第二男女部十名　計八十三名対象

好まれる教材（上位三教材）

「福島大佐の旅行」（第二十一課）　五十一名

「坂上将軍」（第十一課）　三十名

「富士登山」（第十六課）　二十八名

好まれない教材

「吾等の始業」（第一課）

「四月三日」（第二課）

「日用書類」（第十四課）など七教材が〇名

「新編高等読本」巻二・全二十五課（教材数）

回答者　巻一と同じ

好まれる教材（上位三教材）

「一谷の戦」（第十四課）　四十七名

「三疋の金魚」（第二十三課）　二十七名

「芸競べ」（第六課）　二十四名

好まれない教材

「我等の郷土」（第一課）

「藤原氏」（第五課）

「織物の性質」（第十課）など十教材が〇名

高等小学校一年生に対する調査の「結論」は、「歴史談に於ては、一個人的の伝記ならずとも、多少之を歓迎するに至れること丶、其勇気を愛するの心は盛なる自己活動と結合して、冒険談、旅行談の如きものを歓迎し、更に転じて、地理と結合して一種の興味を生じ、登山の話などを歓迎せるが如し」とあり、児童の興味関心を基軸に、他教科との連繫が意識されている点が特徴的である。一方、「好まれぬもの」については、「日用文、歌の如きものに向つては、未だ其趣味を解せざるか如く見えたり」として、発達段階と教材内容との不適合が指摘されている。

高等小学校二年生についての結論では、「高等第一学年は、さまでの大差なし、但だ、史談に於て、武勇談ならず伝記的ならざるものも、趣味を感ずるに至れること、文学的の趣味は一層発達して、各種の方面にひろがり、頗る多方的になれること、即ち高等一年生に於ては、歌も日用文も未だ興味なかりしが、高等二学年に於ては、歌も日用文も地理も歴史も理科も修身談も、ひとしく興味を有するに至れるが如し」とされる。高等小学校の第一学年と第二学年とでここまで大きな変化があるのは、興味を持つ教材の傾向が大きく変わったことだけでなく、実際の授業者（教員）の授業の方法等にも大いに関係あると思われる。しかしながら、ここで述べられているように、「文学的な趣味」の発達、つまりここでは情緒的な面からの品性、人格の陶冶については、十分その効果があったと捉えられている。

最後に、「全体の総括」として次の六点が挙げられている。

①「形式は事実より影響軽し」
②「絵画は読本と非常に密接なる関係あり」
③「男女の嗜好は尋常三年生頃より分る」

④「児童は総じて活動的なるものを好む」
⑤「児童は文学的のものを好む」
⑥「児童の趣味は個体のものより次第に関係的のものに移る」。

①については、漢字の教育上の配列は実際にはあまり好悪には関係ないこととして解釈されている。また、②については「殊に幼年者は最も其影響を受く」とされる。これは、就学前教育において、当時から絵本の必要性が述べられていたことに注意したい。④については、「児童は漸成のものなり、是れ活動を喜ぶ所以なり、又、児童は、野蛮人なり、是れ濃厚にして劇烈なるものを喜ぶ所以なり、然れども、其活動にも、自ら階段ありて、一年生頃は、詩的想像の世界に遊ぶのみなれども、二年三年四年生頃は、武勇談を好み、高等一年頃に至れば、更に冒険的の勇気を加味し、高等二年頃より稍実着なる傾きを呈するが如し」として、発達段階に嗜好の違いが述べられている。⑤、⑥はまさにヘルバルト派教育学の観点をここから見い出すことができよう。即ち、「文学的」教材についても、「二年生頃は、手近き所の想像的仮作談を好み、三年四年頃に至れば、滑稽的の文学を好み、高等小学校二年生頃は理科地理の如きものを文学的に書けるものを喜び、而かも未た歌及び日用文を好まず、然るに高等小学校二年に至れば、一般の事項に関するものを理解するに至る」と、発達段階に応じた嗜好の変化についても触れている。また⑥についても、尋常小学校四年生までが「個体的」であるが、高等小学校二年生に至っては「総体的一般的」なものに対する嗜好の傾向が見られるとする。

この調査からみえてくるのは、児童の各発達段階における興味関心のあり方であり、その方向性と大きくは違わぬ第三期検定教科書の編集方針である。ここに示された児童のプラグマティックなものに対する拒絶感と、文学的、情緒的なものに対する親近感を踏まえると、明治政府の目指している「忠君愛国」の情が、決して前景化されているのではないということが分かってくる。

第一期国定教科書に対する調査

佐々木吉三郎は、三十八年三月にも同様の調査を第一期国定教科書に対しておこなっている。そこでも同様の傾向をみることができる[注3]。さらにこの調査では、次のような注目すべき特徴が挙げられている。「今回の調査によつて著しく感ずることは、概して韻文が児童に歓迎せられたること是れなり、従来の統計によれば、韻文の好まれたるもの殆ど是なしといふも過言ならざりき、今回のか、る結果を得たるは、韻文を口語体など、したるためにて、よく児童の理解する所となりたればならん」（『国語教授法集成』、明治三十九年九月）。また巻五については「五（夕立）の韻文、第二位を占めたるは、大体歌のよろしきことは、児童の既に述べたる所なるが、最後の一段が雨のやみたる景色を詠み出したるにて、一層児童に愉快を与へたるなるべし、こは既に巻の三の條下に述べたる理由もあるべし」として、「口語体」が児童の興味関心を惹き付けていることを指摘している。ただし、巻八については、「韻文は二（新聞紙）あれど、着想も、句も面白からずして、全然失敗に帰したるは致し方なし」としている。

『高等小学読本』（国定教科書）に関しては、「三（春の景色）の最大多数を占め得たるは、児童は、美文的のものを好むことを証せり、（巻二に最大多数を占めたるも然り）而も此文は、児童の作文にあらずやと思はれる程、児童の記述の仕方に近寄せたる体なるを以て、一層児童の歓迎をうけたるものにあらざるか、若し果して然らば、読本編纂者は其の時期の児童の作文を参照して記述することも、必要の一つとなるべし」と、これも美文尊重の態度を示している。先にも示した通り、多くの教師にとって、第一期国定教科書（読本）所収教材は不評であったが、韻文に関しては、「口語体」の使用により、児童の興味がそちらに向いたことが分かる。しかしながら、第一期国定教科書「高等小学読本」においては、児童の文学的な興味関心を引き受ける文学教材自体が少なく、その嗜好を汲み取れないというジレンマを抱えることになったのである。

このような児童の嗜好は、「国語」科以外に向かわざるを得ない。その受け皿になったのが「唱歌」科である。二十五年から使われていた音楽取調掛編の『小学唱歌集』は、歌詞全てが古語、雅語であったが、三十年代に入ると、児童に日常語による歌詞で歌わせるべきだとの考えのもと、現在でも人口に膾炙する「金太郎」や「花咲爺」が収められた、『教科適用幼年唱歌』全十冊（納所弁次郎、田村虎蔵共編、明治三十三年六月〜三十五年九月）など言文一致の唱歌集が現れた。四十年代に入ると、言文一致、つまり日常語での「唱歌」が主流となっていった。第一期国定教科書「高等小学読本」に現れた嗜好は、「唱歌」への嗜好として顕現化することになる。

日常語としての唱歌推進の中心にあったのが、東京高等師範学校付属小学校に勤めていた田村虎蔵であった。田村は、ヘルバルト派教育学の、特にラインの論を援用し、唱歌による美感の形成を目指しており、その考えのもと、『教科適用幼年唱歌』をはじめ、多くの唱歌集を成している[注4]。「美感の形成により人格を陶冶する」というヘルバルト派教育学が、明治期の日本の初等教育に与えた影響は強大なものと言えるだろう。

また、この流れは、小学校のみならず、中学校においてもほぼ同様である。ここでは中学校「唱歌」科のありようについて確認をしておきたい。

中学校「唱歌」科は「体操」科同様、特定の教科書の使用は認められていなかった。三十五年に定められた『中学校教授細目』では、全学年とも「普通楽譜法」（楽典）と共に、実際の唱歌名が挙げられており、それに応じた授業が実施されていた。第一学年で指定された唱歌を挙げると、「雪中行軍」、「運動会」、「明日は日曜」、「朋友」、「朝起の鐘」、「駒の蹄」、「雲雀」、「牛おふ童」、「我等は中学一年生」、「前途万里」、「占守島」、「夏やすみ」である。「朋友」が『国教唱歌集』所収唱歌である以外は、すべて『中学唱歌』（東京音楽学校編、明治三十四年三月）に収められた唱歌である。『中学校教授細目』には「歌詞ハ特ニ趣味ニ富ミタルモノ」とされ、実際、「雲雀」、第二学年に収められた「宿舎の古釣瓶」などは情趣に富む歌詞が示されている。これらには「忠君愛国」への直接的な教化意図は見られないものの、全般的には、「雪中行軍」、「占守島」や「大皇国」（第二学年）、「義勇奉公」（同）などに見られるように、「軍国的＝忠君愛国的唱歌の比重が大きいことが特徴」（大江志乃夫『国民教育と軍隊』、第三章**［注8］**参照）と言えるのである。

しかし、四十三年になり、「国語」科での使用教科書が第二期の国定教科書になると「唱歌」科教科書も大きく教材を入れ替えている。同年に編纂された『教科統合中学唱歌』第一巻から第三巻（田村虎蔵編　東京音楽院）では、その「例言」に「題目。及び其事実は、全国中学校を通じて、最も広く採用せられたる教科書中、専ら、国語・修身・地理・歴史の教科に関係を有する事項、並に生徒の実際生活に親しき事項等に之を取り、以て各教科の統一を図り、生徒の心理的要求に適応せしめんと力めたり。」と、ヘルバルト派教育学の教育理念の一つ「中心統合」の考えを踏まえて、他教科との連携が図られていることが分かる。本書の「例言」には「歌詞。本邦名家の手に委し、各学年国語科の程度を斟酌して之を作り、初は平易流暢なるものより、漸次高雅雄大なるものに及ぼし、以て中学生徒の性情陶冶に資せんとしたり」（傍点、筆者）と、「国語」科との関わりにおいて、「性情陶冶に資せんとし」て編集されているのである。

そのような本書が、抒情的傾向の強い歌詞を取り込んだのは注目すべきことであろう。第一学年向けの「第一巻」においては、十四の歌詞が収められているが、「学友」「遠足」「帰省」「運動会」等はまさに学生生活として「生徒の実際生活に親しき事項」であろうが、「雲雀」、「漁火」、「兎狩」、「秋の山路」、「楽しき一月」は、春夏秋冬の自然に対する思いを述べたものであり、「忠君愛国」に関する歌詞は「我国兵士」「進軍」のみである。これは「国語」科との連携において、「国語」科における文学教育、韻文教育への志向が、「唱歌」科において顕現したものと捉えられるのではないだろうか。

国語教育と文学

明治政府が国民教育に求めた「忠君愛国」の思想は、ある面ではそれを含みこみながらも、「国語」科教育においては、それを逸脱していった様相がうかがえる。教育実践の場において、教師も児童も、興味関心をもち、美感の形成による「品性の陶冶」に向けての教育実践が試みられていたと考えてよいだろう。そこにはヘルバルト派教育学が大きく関わっていた。またその場面で教材として用いられた韻文、美文に関しては、学校現場でそれらが好まれたのと同じように、多くの若者たちから受け入れられていったと考えてよいだろう。このような明治の教育・文学の関係は、大正期になると、人々への文芸への関心を生む一つの原動力になったと考えられる。国語教育＝文学教育という通念が成立したのもこの時期以降である。教科書採択教材は、そのまま国民すべてを読者に持ち、それがために採択教材の作者は「文豪」という記号のもと、人々から持てはやされていく。このような現象は現在まで続いているといってよいだろう。第Ⅲ部においては、現在まで綿々と続いているそのような現象の端緒について、さまざまな角度から検証した。

［注1］　佐々木吉三郎『国語教授撮要』（育成会）、明治三十五年七月
［注2］　『東京教育大学付属小学校　教育百年史』（東京教育大学附属小学校創立百周年記念事業委員会）、昭和四十八年
［注3］　佐々木吉三郎『国語教授法集成』（育成社）、明治三十九年九月
［注4］　杉田政夫『学校音楽教育とヘルバルト主義』（風間書房）、平成十七年三月

結語　新体詩と教育について

本書を振り返りつつ、各部をまとめ、併せて課題を記しておきたい。

『新体詩抄』とその詩篇を収めつつも、さらに広範な「新体詩」を含みこんだ『新体詩歌』、これらが新体詩という新しいジャンル形成とその認知に向けて大きく関わったことはある意味当然の如くに受け取られているが、しかし、実際にそれらの新体詩集が認知され流通していく契機となったのは、明治十九年の学校令をきっかけにした軍歌による忠君愛国教育の徹底という、明治政府による極めて意図的・政治的な戦略の一環であった。以降、おびただしい数の新体詩集・軍歌集が出版され流通していくが、そのほとんどの書物はまず、「児童」を、「学校」をターゲットにしている。そこには必然的に、子どもたちをどのように教育していくのかというさまざまな要因が不可分に関わっていくことになる。つまり教育の側からの事情も視野に収めねばならないということになる。

本書ではこのような新体詩の成立と展開について、特に新体詩が短期間に人々に認知されていった現象から、新体詩の生成・認知のプロセスを探り、さらにそれが日清戦争という大きな社会現象においてどのように変容していったのか、そして戦後に訪れた抒情詩の時代において、新体詩が教育、特に国語教育においてどのように用いられていったのかを明らかにすることで、明治期において、文学と教育が、それぞれ相互に与え合った影響について考えてきたつもりである。

本書では、三つの部を通して、新体詩の成立と展開を、教育との関係を中心に論じてきた。明治政府が成立し、欧化政策を推し進めつつも、その一つである自由・平等という考えが、自由民権運動という形になって、明治政府に刃向かってきた結果、明治十年代中盤には、極めて政治的に緊迫した状況が生まれてきており、新体詩もそのような状況に大きく関わっていたことが浮かび上がってきたと考えている。さらに、小学校という国民皆教育・義務教育の場において、国民教化の具として、新体詩が、忠君愛国の意識を持たせるため、巧妙に利用されていったことも述べてきた通りである。しかしながら、明治三十年代以降は、日清戦争を契機として、個人の「情」を述べる土壌が成立していった結果、抒情詩や美文に対する人々の嗜好が起きていったと捉えてよいだろう。このような流れにおいて、学校教育においても、美感の形成による「品性の陶冶」を目指すヘルバルト派教育学の方法が、その教育実践において主流となり、詩や美文といった文学教材が、そこに活用されていくことになったのである。

第Ⅰ部について

第Ⅰ部「新体詩の成立と展開――学校教育との関わりから――」では、『新体詩抄』と『新体詩歌』とその周辺について触れ、新体詩がどのように人々に認知され、そしてどのように使われていったのかについて論じた。第一章「漢語の流行と『新体詩抄』」では、明治十年代中頃に、「漢文・漢語」が多く流通した現象を捉え、これが、多くの啓蒙家に見られる、「新／旧」、「西洋／日本」という二項対立的な発想法では捉えられない文化的言語状況を示すことを指摘した。『新体詩抄』の編者三人（外山正一、矢田部良吉、井上哲次郎）の思考の枠組みも同様であり、そこには、時代の強いた限界があった。しかし、この編者達の思いとは別に、新体詩の詩篇自体は、まさにその時代を表しており、さまざまな可能性を含んでいるものであった。第二章「『新体詩歌』詩篇と自由民権運動」では、『新体詩抄』詩篇のほとんどを含みこんだ『新体詩歌』を取り上げ、『新体詩抄』との比較により、新たに付け加えられたものには、忠君愛国・尊皇を主想とするものと、自由民権運動に材を得たものの二つの系統があることを明らかにした。この一見相反する二つの傾向について、特に自由民権運動についての触れた詩篇の読解、および周辺資料により、この意味を解き明かそうと試みた。具体的には、鈴木券太郎「湘南秋信」を中心に据えて検討を進めたのであるが、その結果、東京大学を接点に何人かの詩人の交流がみえてきた。特に、自由党の植木枝盛と東京大学（おそらく外山正一）との関わり、鈴木と植木との関わりについては、自由民権運動と新体詩の関係をみる上でたいへん興味深い組み合わせである。いずれにせよ、自由民権運動が緊迫化していく中、自由民権運動に関わる一連の詩篇が収められたことは、『新体詩歌』の一側面を示すものであるといってよいだろう。これを受けて、第三章「「社会学の原理に題す」を読む」では、『新体詩抄』に収められている同詩篇を取り上げ、作詩と同時期になされた外山と加藤弘之との論争の様子も踏まえて、外山の自由民権運動に対する考え方を析出した。ここでは、外山が自由民権運動に対して肯定的な姿勢を持っていたことを明らかにすると共に、また実際の自由民権運動には尊皇の思いが内包されていたことを指摘し、『新体詩歌』には、忠君愛国、自由民権という一見異なる二つの系統の立場・詩篇が並存していることを示した。これらはいわば、近代と前近代、西洋と日本といった二項対立的な図式では捉えられない、明治黎明期の混沌ともいうべき多元性とそのエネルギーを感じさせるものであるが、新体詩とその周辺にはその痕跡が明確に刻印されていたということであろう。そういった点で、新体詩は、多義的な、そして雑多な可能性を内包していたと考えられるのだが、実際には、明治二十年前後の国家体制の強化の中に新体詩は巻き込まれていく。第四章「新体詩流行の背景と軍歌」、および第五章「学校教育の場における新体詩の位相」では、十九年の「学校令」による学校現場への軍事教育導入により、『新体詩歌』およびその詩篇を受け継いだ『軍歌』の大量発行が見られ、実際に、行軍や運動会に際して歌われ、忠君愛国の思想を注入するために使われていったことを明らかにした。また、学校教育における「修身」科の強化に伴い、そこで使われていた新体詩「小楠公を詠するの歌」が、「修身」の内容に沿うべく作られていたことを明らかにした。第Ⅰ部では、この様な流れを捉えてきたつもりである。

第Ⅱ部について

第Ⅱ部「新体詩の変容――日清戦争と抒情の成立――」では、新体詩が抒情詩として認知されていくプロセスについての検討を行った。これまで藤村の抒情詩の成立に関しては、日清戦争、そしてこの戦争が社会に与えた影響をあまり読み込んでいなかったようである。藤村詩のブームだけではなく、日清戦争後の三十年代初頭の「抒情詩ブーム」全般について、それがどのような背景のもと形成されていったのかについて、特に日清戦争と戦時下の詩壇の状況を含めて論じられることはあまりなされてこなかった。第一章「日清戦争と新体詩」では、二十七年から始まった日清戦争という実際の戦に向き合った軍歌の、その変容を示すと共に、実際に「情」の発露が求められていったことも指摘し、戦後においては、「歌」ふ対象であった戦争が消滅したため、個人の情を「歌」ふ土壌が作られつつあったことを指摘した。第二章「日清戦争後の新体詩をめぐる言説について」では、日清戦争中から戦後にかけてなされた、新体詩の表現に関する論争について整理を試み、その論争の過程において、「思い」(「情」)を表現することが自明のこととなっていく様子を明らかにした。第三章「藤村と日清戦争」では、これまであまり注目されていなかった、藤村の長詩「農夫」を取り上げ、日清戦争との関わりを検証し、ここから、忠君愛国のナショナリズムとは全く異なった、後の「草莽の民」(『夜明け前』)にまで通底する、藤村の「国民」への眼差し捉えると共に、恋愛詩という浪漫的抒情の成立の背景には、時代をみつめる醒めた認識があったと捉えた。

第Ⅲ部について

第Ⅲ部「新体詩と学校教育――ヘルバルト派教育学との関わりから――」では、三十年代以降を中心とした詩と学校教育との関係を論じた。先に述べたように、新体詩が多くの読者を獲得した背景には、十九年の学校令を契機にした、忠君愛国を教育の核とした学校教育の存在があった。その流れは二十七年の日清戦争期に至るまで、「軍歌」という形で、教育現場に強く浸透しているのであるが、三十年代に入ると新たに、「美感」の形成による「品性の陶冶」が目指されてくる。そこにはヘルバルト派教育学が深く関わっているのだが、それと並行するように、中学生を中心に、藤村『若菜集』に代表される「抒情詩ブーム」や「美文ブーム」が起きている。

第一章「「国語」科成立と新体詩の受容」では、三十三年の「改正小学校令」を受け、新しく設けられた「国語」科の教育内容について検証した。ここでは「趣味あるもの」つまり、「道徳」＝「美感」というフレームの中で文学教材としての韻文教材が採択されていく。教育実践において、それを主導していたのがヘルバルト派教育学であるが、この傾向は、忠君愛国を求める明治国家の姿勢とも矛盾しないものであった。このような現象と同時に、中学生を中心に、「抒情詩ブーム」「美文ブーム」が起きる。第二章「「美文」の流行と学校教育」では、「美文ブーム」の実態とそれを支えた美文指南書について検討したが、ここからみえるのは、中学生向けの投稿雑誌への美文投稿ブームというべき現象であった。このことに学校教育が深く関わっていることは改めて指摘するまでもないが、「情」の表現を求める層の増加がこの時期に見られたのである。第三章「ヘルバルト派教育学と国語教育」では、改めて、ヘルバルト派教育学に焦点を当て、その理論と実践の両面から、どのような影響が見られたのか詳説した。特に、三十三年の「改正小学校令」に合致した、同教育学の実践的の方法が、東京高等師範学校の教師たちによって主導されたことで、全国の教師に広がったことを指摘した。第四章「国定教科書における韻文教育」では、三十七年から四十二年にかけての第一期国定教科書時代、続く第二期国定教科書時代の二期に分けて、「国語」科教育の、その実践上の相違を中心に論じた。第一期には、言語教育としての面が中心となり、文学教材の採録は減少するが、第二期においては、文学的教材の増加、童話・説話・韻文の増加が見られ、高学年では、美文が教科書にも採録されるようになったことを指摘した。続く、第五章「国定教科書所収教材の受容調査」では、実際に児童に対して行われた、教科書収録教材に関する好悪の調査を掲げ、童話、韻文といった文学教材へ児童の強い嗜好が見られることを指摘した。児童の好む、童話や韻文（詩）といった文学教材は、忠君愛国を志向させる国家の意図を超えて、「品性の陶冶」とも言うべき方向へ子どもたちを導いていった。国民皆教育の場である義務教育における文学教育への志向は、子どもたちが成長した後の、つまり「大人」としての、国民の意識形成に関わっていったと考えられよう。

今後の課題について

以上が、本書で述べたことのあらましであるが、これらを踏まえた上で、いくつかの課題が見えてきており、今後の研究の方向を述べておきたい。

文学の分野については、新体詩の成立に関して、和歌、特に長歌との関係について詳説する必要があるだろう。明治二十年代においては、詩論と歌論は未分化であり、それぞれの視角から韻律や用語のあり方について重複した問題意識が見られる。ここに美文も含めて、その混沌とした様相が本書で明らかになったとは言えない。今後の課題としたい点である[注1]。

また、本書で示したような、詩と教育との関係にあって、常にそこに関わってくる「戦」との関係について、その考察の必要性を感じている。本書でも述べたが、新体詩は誕生の当初から、軍歌という側面を持っていた。これはいわば題材として「戦」を扱ったものであったのだが、しかし、実際の戦争に向き合い、ナショナリズムが高揚する季節になると、詩は実際に「戦」にまつわる感情を捉え、歌いだす。本書で示した通り、明治三十年代の抒情詩の季節は、このような前段階なくしては成立し得なかった。抒情と「戦」とは、ある面では全く相反するもののようであるが、その後の詩史を追ってみると、「戦」とそれと共に高揚するナショナリズムの季節には、必ず抒情詩の興隆が見られている。これは戦争が社会にもたらすものが、「高揚感」と「悲哀」という、極めて情動的なものであることと関わっているのだろうが、昭和十年前後においても、四季派の抒情がそれに当たる。当然、抒情が「戦」を肯定しているという意味ではなく、「戦」が抒情をどう呼び寄せているのかという点で考えることが必要であろう。昭和期について言えば、萩原朔太郎、立原道造や保田与重郎が、ナショナリズムと詩（抒情）という問題に向き合っている。立原においては、若き晩年に当たる昭和十三年には、日中戦争の戦勝を祝う群衆に対して距離を置き、そこに安易に一体化することを拒絶しつつも、それ故に同時代から孤立した自己を冷徹に捉えている。そして、その立脚地において「情」を叙べている[注2]。また、保田与重郎は、現実の戦を厭い、「詩」うことが詩人であるという認識から、尚武的な「志」を歌う存在へと詩人像を転換せざるを得なくなっている[注3]。いずれにせよ、戦争とそれがもたらす社会状況から詩人たちは切り放たれて存在することはできない。このような「戦」のもと、どのような詩を歌わねばならなかったのか、それを明らかにすることを今後の課題としたい。

国語教育の分野に関しては、本書で触れた、ヘルバルト派教育学が国語科教育全般に与えた影響を検証する必要があるだろう。明治期の国語教育の特徴を明らかにすることで、それが国民意識形成にどのように関わっていったのかという、近代日本のナショナリティに関する新しい切り口の可能性が考えられる。具体的には、既に指摘されているように、明治・大正・昭和と進んでいく中で、国語教育が文学教育に傾斜していき、その過程で、夏目漱石や森鷗外等といった特定の文学者に対する「カノン」(聖典)形成がなされたと考えられるように、それらを含みこんで、義務教育という国民皆教育の場での文学教育への傾斜が、「大人」としての、後の国民の意識形成にどのように関わっていったのかは極めて興味深い問題である。このことに関していえば、明治三十年代における、国語の内実を巡る闘争、つまり方言是正や表記の問題という言語技術的な教育内容と、子どもの興味や情緒的な面の伸長を図る文学的教育内容との闘争の様相を捉え、後者の理論的かつ実践的な面での中核にあったヘルバルト派教育学の果した役割を明らかにすることは必要不可欠であると考えられる。そして、このような闘争的な関係にも関わらず、基本的にはどちらも国家の主導する「忠君愛国」といった一定の価値観の枠組みに収斂する形でのぶつかり合いでしかなかった点に、その後に繋がる多くの問題点を見い出せるのではないだろうか。つまり「忠君愛国」に寄与する形での文学教育が、「興味・関心」という児童・生徒の情緒的な面を用いてナショナリティの形成を図る「優れた」装置として機能したこと、これらが何を生み出したかについては、継続的に追究すべき問題であると考えている。

またこのことは、教養教育としての文学教育の役割の再検討に繋がると考えられる。広くは大正教養主義、焦点を絞れば、例えば「円本ブーム」などといった文化現象については、これまで国民皆教育である義務教育が果たした役割は捉えきれてなかったようである。しかしながら、これらの現象の基底に、義務教育、特に文学教育が果たした役割があったのではないかと推察している。今後は、文学教育成立のプロセスを明らかにすることを通して、大正期・昭和期の文化現象との関わりを検討することが必要であろう。

［注1］小泉苳三『明治大正短歌資料大成』Ⅰ〜Ⅲ（立命館出版部、Ⅰ『明治歌論資料集成』：昭和十五年六月、Ⅱ『明治大正歌書綜覧』：十六年三月、『明治大正短歌大年表』Ⅲ：十七年四月、のち『明治大正短歌資料大成』、鳳出版、昭和五十年七月）に収められた、歌論、詩論といった明治期の韻文関係の評論、そして夥しい数の明治期の歌集からは、新体詩と歌、つまり短歌、長歌との関わりへの目配りが必要なことを教えられる。特に、明治二十年代前半の長歌改良に関する争点には、本書でも触れた三十年前後の詩壇の論争を先取りしている感があり、興味深い。また新体詩の黎明期には、新体詩は常に和歌を意識して、その違いを意図的に言い立てることが求められており、それ故に和歌との境界線は実質的にはさほどなかったと考えてよいであろう。そういった意味において、今後、新体詩と和歌の関係について、本書を踏まえての検討の必要であろう。

［注2］拙論「立原道造　晩年の認識——評論「風立ちぬ」の成立をめぐって——」（「四季派学会論集」第九集）、平成十二年五月

［注3］拙論「保田与重郎における詩観の変容——「詩」から「志」へ——」（「昭和文学研究」三十二集、昭和文学会）、平成八年二月

参考文献

【明治期文献】

十年代

箕作麟祥『改正勧善訓蒙』（後編　改正第四版）、中外堂、十四年十二月
東京大学法理文三学部『東京大学法理文三学部一覧』、明治十五年十二月
小川昌成［編］『修身啓蒙』（上巻・下巻）、水琴堂、十九年一月
深井鑑一郎［編］『修身談（絵入）』近藤東之助、十九年六月
松村新太郎『日本全国　新聞雑誌細見』、友文社・浮木堂、明治十九年六月
『学令類纂』、東京府学務課、十九年十二月

二十年代

中村鼎五［編］『修身事実録』、中近堂、二十年
田口卯吉『楽天録』経済雑誌社、明治二十一年
渡辺嘉重『尋常小学校教師用　修身鑑』、教育書屋、二十二年四月
奥田栄世『訂正軍歌集註釈』、出版元不詳、二十二年七月
咄々居士『滑稽新体詩歌』、栗原書店、二十五年十一月
小林八郎［編］『修身鑑画解説』、学海指針社、二十六年二月
能勢栄『ヘルバルト主義の教育説』、漸新堂、二十六年十二月
谷本富『実用教育学及教授法』、六盟館、二十七年十月
湯本武比古『新編　教育学』、普及舎、二十七年十月

三十年代

新詩会〔編〕『この花』、同文館、三十年三月
小中村清矩『陽春廬雑考　巻八』、吉川半七、三十年十二月
武島又次郎『修辞学』、博文館、三十一年九月
中村秋香『新体詩歌自在』、博文館、三十一年十一月
高松正道（茅村）『美文自在』、太平洋文学社、三十三年三月
立柄教俊〔翻訳〕『ヘルバルト・チルレル派教授学』、三育社、三十三年五月
磯野秋渚『美文集英』、生成社、三十三年七月
久保天随・江藤挂華『文学攻究法』、渡邊書店、三十三年七月
西村真次（酔夢）『美文韻文　創作要訣』、文武堂・博文館、三十三年十月
羽田薫（寒山）『美文韻文作法』矢嶋誠進堂書店、三十三年十一月
澤柳政太郎『改正小学校令ニ対スル批評ヲ論ス』、帝国教育会、三十三年十一月
蘆田恵之助〔編〕『小学校に於ける今後の国語教授』、同文館、三十三年十二月
伊藤裕『小学校国語科教授論』、金港堂書籍株式会社、三十四年四月
帝国通信講習会『新選教育学』、帝国通信講習会、三十四年四月
泉英七〔編〕『小学教授原論』、細謹社、三十四年八月
佐々木清水（皆無齋）『作文資料　美文』、澤本駒吉、三十四年九月
東基吉『新編小学教授法』、東京通信講習会、三十四年九月
保科孝一『国語教授法指針』、宝永館書店、三十四年十月
三樹一平『中等国語読本編纂趣意書』、明治書院、三十四年十一月
原安馬・末広菊次郎『小学校教授法』、金港堂書籍株式会社、三十四年十一月
島村瀧太郎（抱月）『新美辞学』、東京専門学校出版部、三十五年六月
佐々木吉三郎『国語教授撮要』、育成会、明治三十五年八月
黒田定治・東基吉『実践　教育学教科書』、六盟館、三十六年一月

大瀬甚太郎・立柄教俊『教授法教科書』、金港堂書籍株式会社、三十六年三月
山崎彦八『現今小学校之欠点』、博報堂書店、三十六年四月
菊池大麓『教科書国定ニ就テ』、文部省、三十六年七月
武島又次郎『文学概論』、人文社、三十六年九月
金港堂書籍株式会社『夏期講習用書便覧』、金港堂、三十六年
小泉又一・乙竹岩造［編］『小学校各教科教授法』、大日本図書株式会社、三十七年四月
武島又次郎（羽衣）『文章綱要』、金港堂書籍株式会社、三十七年六月
国語調査委員会［編］『国字国語改良論説年表』、日本書籍株式会社、三十七年四月
文部省普通学務局『国定教科書に関する沢柳普通学務局長の演説』、三十八年一月
黒田定治・東基吉『女子教科　実践教育学』、目黒書店、三十八年一月
三宅衍星『韻文の作り方』、積善館本店・辻本修学堂、三十九年一月
帝国教育会『第一回全国小学校教員会議録』、帝国教育会、三十九年九月
佐々木吉三郎『国語教授法集成　上巻』、育成会、三十九年九月

四十年代

三宅衍星『韻文提要　理論編』、斯文館、四十年三月
久保得二（天随）『美文作法』、実業之日本社、四十年九月
福沢悦三郎（青藍）『普通教育　韻文教授法』、勝文館、四十年十月
市川源三『国語科教授法』（六年生小学校各科教授全書）、同文館、四十一年五月
田村虎蔵［編］『教科統合　中学唱歌　第壱巻』、同文館、四十三年四月
島田民治『新国定教科書　国語科教授要義』、広文堂書店、四十三年四月
五十嵐力『国定読本文章の研究』、二松堂書店、四十五年五月

【大正期文献】

友納友次郎『読方教授法要義』、目黒書店、大正四年

【研究論文（単行本）】

牧野謙次郎『日本漢文史』、世界堂書店、昭和十三年十月

山宮允『日本現代詩体系』第一巻解説、河出書房、昭和二十五年

岩村行雄「『農夫』小論」（比較文学研究）、昭和二十九年

太田三郎『比較文学』、研究社出版、昭和三十年六月

内藤莞爾『社会学の歴史と方法』（講座社会学第九巻）、東京大学出版会、三十三年七月

板垣退助［監修］『自由党史（下）』、岩波書店、昭和三十三年十二月

岡野他家夫『日本出版文化史』、春歩堂、昭和三十四年十月

馬場明男「日本社会学――スペンサーとコント――」（『日本大学創立七十年記念論文集』第一巻）、昭和三十五年十月

北海道教育研究所［編］『北海道教育史』、北海道教育委員会、昭和三十六年三月

関良一『近代詩』、有精堂出版、昭和三十八年九月

海後宗臣［編］『日本教科書体系　近代編　第五巻　国語』（二）・（三）、講談社、昭和三十九年三月

柳田泉『明治初期の文学思想　上巻』（「明治文学研究」第四巻）、春秋社、昭和四十年三月

国立教育研究所附属教育図書館［編］『国定教科書内容索引　尋常科修身・国語・唱歌篇――国定教科書内容の変遷――』、広池学園出版部、昭和四十一年八月

猪野謙二『明治の作家』、岩波書店、昭和四十一年十一月

山住正己『唱歌教育課程の研究』、東京大学出版会、昭和四十二年三月

野田宇太郎［編］『与謝野鉄幹・与謝野晶子集』、筑摩書房、昭和四十三年五月

飛田多喜雄『国語教育方法論史』、明治図書出版、昭和四十三年五月

伊東一夫『島崎藤村研究――近代文学研究方法の諸問題――』、明治書院、昭和四十四年三月

中島健蔵・矢野峰人〔監修〕『近代詩の成立と展開──海外詩の影響を中心に──』、有精堂出版、昭和四十四年十一月
静岡県史料刊行会〔編〕『明治初期静岡県史料』、静岡県立中央図書館、昭和四十五年三月
久松潜一〔編〕『鹽井雨江　武島羽衣　大町桂月　久保天随　笹川臨風　樋口龍峡　集』、筑摩書房、昭和四十六年三月
稲田正次『教育勅語成立過程の研究』、講談社、昭和四十六年三月
中島健蔵・外〔編〕『日本近代詩──比較文学的にみた──』、清水弘文堂、昭和四十六年十二月
稲富栄次郎『ヘルバルトの哲学と教育学』、玉川大学出版部、昭和四十七年三月
笹淵友一〔編〕『島崎藤村集』、筑摩書房、昭和四十七年六月
文部省『学制百年史　資料編』、帝国地方行政学会、昭和四十七年十月
静岡県立教育研修所〔編〕『静岡県教育史』通史篇上巻、昭和四十七年十一月
矢野峰人〔編〕『明治詩人集（二）』、筑摩書房、昭和四十七年十二月
東京教育大学附属小学校創立百周年記念事業委員会〔編〕『東京教育大学付属小学校　教育百年史』、昭和四十八年
色川大吉『新編　明治精神史』、中央公論社、昭和四十八年十月
大江志乃夫『国民教育と軍隊』、新日本出版社、昭和四十九年四月
井上敏夫・他〔編〕『近代国語教育論体系1明治期Ⅰ』、光村図書出版、昭和五十年三月
井上敏夫・他〔編〕『近代国語教育論体系3明治期Ⅲ』、光村図書出版、昭和五十年三月
小泉苳三『明治大正短歌資料大成』Ⅰ～Ⅲ、鳳出版、昭和五十年七月
井上敏夫・他〔編〕『近代国語教育論体系2明治期Ⅱ』、光村図書出版、昭和五十年十一月
長野県教育委員会『長野県教育史』（第十一巻史料編五）、昭和五十一年九月
平岡敏夫『明治文学史の周辺』、文弘社、昭和五十一年十一月
藤一也『島崎藤村の仙台時代』、萬葉堂出版、昭和五十二年九月
林勇『島崎藤村──追憶の小諸義塾──』、冬至書房新社、昭和五十二年十二月
吉田精一・外『藤村　花袋』、三省堂、昭和五十三年二月
是常正美『ヘルバルト教育学の研究』、玉川大学出版部、昭和五十四年二月
高森邦明『近代国語教育史』、鳩の森書房、昭和五十四年十月

十川信介『島崎藤村』、筑摩書房、昭和五十五年十一月
井上敏夫［編］『国語教育史資料』（第二巻）、東京法令出版、昭和五十六年四月
増渕恒吉［編］『国語教育史資料』（第五巻）、東京法令出版、昭和五十六年四月
首藤基澄『藤村の詩』、審美社、昭和五十八年五月
野地潤家『芦田恵之助研究』（第二巻）、明治図書出版、昭和五十八年十月
「講座日本教育史」編集委員会［編］『講座日本教育史』第三巻、第一法規出版、昭和五十九年四月
関良一『島崎藤村　考証と試論』、教育出版センター、昭和五十九年十一月
庄司他人男『ヘルバルト主義教授理論の展開─現代教授理論の基盤形成過程─』、風間書房、昭和六十年一月
野地潤家『国語教育通史』、共文社、昭和六十年六月
野山嘉正『日本近代詩歌史』、東京大学出版会、昭和六十年十一月
入谷仙介『近代文学としての明治漢詩』、研文出版、平成元年二月
前田愛『前田愛著作集』第一巻、筑摩書房、平成元年三月
山住正己『教育の体系』、岩波書店、平成二年一月
河井酔茗『酔茗詩話』、日本図書センター、平成二年一月
植木枝盛『植木枝盛集』第七巻、岩波書店、平成二年二月
松尾章一『増補・改訂自由民権思想の研究』、日本経済評論社、平成二年三月
鈴木博雄［編］『日本近代教育史の研究』、振学出版、平成二年十月
赤塚行雄『『新体詩抄』前後─明治の詩歌』、学芸書林、平成三年八月
西田直敏『『新体詩抄』研究と資料』、翰林書房、平成六年四月
北村透谷研究会［編］『透谷と近代日本』、翰林書房、平成六年五月
遠藤芳信『近代日本軍隊教育史研究』、青木書店、平成六年十二月
平岡敏夫『北村透谷研究　評伝』、有精堂出版、平成七年一月
稲垣忠彦『増補版　明治教授理論史研究』、評論社、平成七年六月
新保邦寛「二重写しの「風景」・そして「実の世界」へ──「詩文集」という制度から」、（平岡敏夫・剣持武彦編『島崎藤村　文明

批評と詩と小説と〉、双文社出版、平成八年十月
野山嘉正〔編〕『詩う作家たち』、至文堂、平成九年四月
高野光男・外『国語教育史に学ぶ』、学文社、平成九年五月
尾西康充『北村透谷論──現代ナショナリズムの潮流の中で──』、明治書院、、平成十年二月
野地潤家『中等国語教育の展開──明治期・大正期・昭和期──』、渓水社、平成十年三月
和田博文〔編〕『近現代詩を学ぶ人のために』、世界思想社、平成十年四月
大畑哲・外『山口左七郎と湘南社　相州自由民権運動資料集』、まほろば書房、平成十年五月
三浦叶『明治の漢学』、汲古書院、平成十年五月
三浦仁『詩の継承──『新体詩抄』から朔太郎まで──』、おうふう、平成十年十一月
長志珠絵『近代日本と国語ナショナリズム』、吉川弘文館、平成十年十一月
槇林滉二〔編〕『北村透谷』、国書刊行会、平成十年十二月
杉本邦子『明治の文学雑誌──その軌跡を辿る──』、明治書院、平成十一年二月
下山嬢子〔編〕『島崎藤村』、若草書房、平成十一年四月
大岡信『詩歌における文明開化』、岩波書店、平成十一年九月
ポール＝ルイ・クーシュー、金子美都子・柴田依子〔翻訳〕『明治日本の詩と戦争』、みすず書房、平成十一年十月
吉見俊哉・他『運動会と日本近代』、青弓社、平成十一年十二月
神田重幸〔編〕『島崎藤村詩への招待』、双文社出版、平成十二年四月
教育思想史学会編『教育思想事典』、勁草書房、平成十二年五月
津島正『明治　薩摩琵琶歌』、ぺりかん社、平成十三年十月
阿毛久芳・明治詩探究の会・外『新体詩　聖書　讃美歌集』、岩波書店、平成十三年十二月
国文学研究資料館〔編〕『明治の出版文化』、臨川書店、平成十四年三月
倉田喜弘『近代歌謡の軌跡』、山川出版社、平成十四年五月
宮崎真素美『鮎川信夫研究──精神の架橋』、日本図書センター、平成十四年七月
中村洪介『近代日本洋楽史序説』、東京書籍、平成十五年三月

山田有策『制度の近代――藤村・鷗外・漱石』、おうふう、平成十五年五月
矢野貫一〔編〕『近代戦争文学事典　第八輯』、和泉書院、平成十六年六月
北村透谷研究会『北村透谷とは何か』、笠間書院、平成十六年六月
藤富康子『サクラ読本の父　井上赳』、勉誠出版、平成十六年七月
下山孃子『島崎藤村――人と文学』、勉誠出版、平成十六年十月
杉田政夫『学校音楽教育とヘルバルト主義――明治期における唱歌教材の構成理念にみる影響を中心に――』、風間書房、平成十七年三月
櫻本富雄『歌と戦争』、アテネ書房、平成十七年三月
佐藤伸宏『日本近代象徴詩の研究』、翰林書房、平成十七年十月
阿部猛『近代日本の戦争と詩人』、同成社、平成十七年十二月
笹沼俊暁『「国文学」の思想――その繁栄と終焉――』、学術出版会、平成十八年二月
九里順子『明治詩史論――透谷・羽衣・敏を視座として――』、和泉書房、平成十八年三月
新保祐司〔編〕『北村透谷――《批評》の誕生』、至文堂、平成十八年三月
笠原英彦『明治天皇――苦悩する「理想的君主」』、中央公論新社、平成十八年六月
浅田徹・勝原晴希・外〔編〕『和歌をひらく第五巻　帝国の和歌』、岩波書店、平成十八年六月
斉藤利彦・倉田喜弘・外『教科書　啓蒙文集』、岩波書店、平成十八年六月
滋賀大学附属図書館〔編〕『近代日本の教科書のあゆみ――明治期から現代まで――』、サンライズ出版、平成十八年十月
安田敏朗『「国語」の近代史――帝国日本と国語学者たち』、中央公論新社、平成十八年十二月
飛田良文〔編〕『日本語学研究事典』、明治書院、平成十九年一月
望月久貴『明治初期国語教育の研究』、渓水社、平成十九年二月
宮崎真素美・外『言葉の文明開化――継承と変容――』、学術出版会、平成十九年五月
安藤元雄・外〔監修〕『現代詩大事典』、三省堂、平成二十年二月
山東功『唱歌と国語――明治近代化の装置』、講談社、平成二十年二月

【研究論文（雑誌）】

十川信介「『若菜集』と近世歌謡——「純粋なる日本想」をめぐって——」（『日本文学』第三十巻一号）、昭和五十六年一月
浜田栄夫「ヘルバルト教育学における趣味判断の位置づけ」（『教育哲学研究』第六十二号）、平成二年十一月
中山弘明「『若菜集』の受容圏——〈藤村調〉という制度——」、（『国語と国文学』第七十巻第七号）、平成五年六月
中村格「天皇制下における歴史教育と太平記——正成・正行像の変容——」（『研究紀要』第一分冊、人文学部九、聖徳大学）、平成十年十二月
榊祐一「明治十年代末期における「唱歌／軍歌／新体詩」の諸相」（『日本近代文学』第六十一集）、平成十一年十月
市川真文「明治期初頭の国語科教育課程の形成——長野県下の郷学校を中心として——」（『武庫川女子大学文学部五十周年記念論文集』、和泉書院）、平成十一年十一月
前田寿紀「明治期における「（中央）報徳会」機関紙『斯民』の鈴木券太郎記事の報徳解釈」（『淑徳大学社会学部研究紀要』、第三十五号）、平成十三年
府川源一郎「樋口勘次郎と国語教科書」（『横浜国立大学教育人間科学部紀要（教育科学）』6）、平成十六年二月
宮崎真素美「『新体詩歌』の語るもの——文芸・政治・教育の交差する場所——」（『文学』隔月刊　第五巻第三、岩波書店）、平成十六年五月
前田雅之「文学は「教科書」で教育できるのか」（『日本文学』第五十四巻八号）、平成十七年八月
宮崎真素美「竹内隆信編『纂評　新体詩選』にみられる教育観」（『明治詩探究』第四号）、平成十八年三月
宮崎真素美「竹内隆信編『纂評　新体詩選』の試み——〈花柳の情〉をうたうこと——」（『日本近代文学』第七十四集）、平成十八年五月
中村格「歴史唱歌の光と影——『桜井の訣別』をめぐって——」（『言語と文芸』百二十三号）、平成十八年十二月
宮崎真素美「『滑稽新躰詩歌』の登場——パロディから見る新体詩——」（『文学』隔月刊第九巻第四、岩波書店）、平成二十年七月
勝原晴希「「詩歌の近代」をめぐる二、三の考察——『新体詩抄』・中村秋香・近代今様——」（『文学』隔月刊　第九巻第四、岩波書店）、平成二十年七月
青山英正「『新体詩歌』の出版を支えた人々——未紹介資料と諸本調査をもとに——」（『明星大学研究紀要』十七）、平成二十一年三月

資料編

資料解題

①『訂正軍歌集註釈』（奥田栄世、出版元不詳）（国立国会図書館蔵）

明治二十二年七月。奥付欠。作者奥田栄世は、文部省より滋賀県学務課長に転じ、教員養成に力を入れた人物である。大津師範学校の設立に尽力した。当時、大量に出版されていた軍歌集には粗雑なものが多く、本書「凡例」にあるように「字句誤謬多くして意義通ぜざるもの」が多かった。本書は、「原歌の意味高尚にして児童解し難きもの」があるため、その解釈のために作られたという。軍歌が教育の現場で用いられていた一端がうかがわれる。また「故事歴史」については、「必ず正史に拠り明かに其出処を示すと共に、解釈においても忠君愛国を主軸にした「教育的配慮」がなされた内容となっている。なお、巻末が欠落している。

②『新編国語読本編纂趣意書』（小山左文二・武島又次郎、普及舎）（国立国会図書館蔵、近代デジタルライブラリー）

明治三十四年八月。武島羽衣らが中心となって編集した教科書の編纂趣意書。他社の教科書と比べると、「韻文の美」を感じることができる教材選択が意識的になされている。また「審美的」、「趣味」という語が頻出することからも分かるように、総じて、美感による人格・品性の陶冶を目指していることが特徴である。

③『新編国語読本　歌曲并ニ遊戯法』（菅沼松彦・永井幸次）（個人蔵）【部分】

明治三十五年八月。②に挙げた普及舎版『新編国語読本』の韻文教材に曲を付したものである。ここでは、武島羽衣（又次郎）作詩の「美しき天然」、唱歌に関する欧米人のエッセイ、そして「修身」科との関係で収められている、楠父子の別れの場面である「櫻井の里」、現在でも中学校体育祭で行われているという「川中島の戦」を収めた。

④ **第二期国定教科書『尋常小学読本』（詩篇「うめぼし」、「人のなさけ」、美文「冬景色」）明治四十三年**

詩篇「うめぼし」、「人のなさけ」どちらも三年生対象の教材で、七五調の詩篇である。詩篇「うめぼし」は、うめぼしを擬人化し、面白おかしく描くことで、児童の興味関心を惹くような内容となっている。末尾の「ましていくさのそのときは、／なくてはならぬこのわたし。」には、忠君愛国に繋がる内容がしっかりと埋め込まれている。詩篇「人のなさけ」は、道徳的色合いの濃い詩篇である。姉と妹、そして盲目の少女との心のふれあいに子どもが共感したことが推測される。会話体を用いて分かりやすい。美文「冬景色」は五年生対象の教材。叙景的な内容で、色彩豊かに作られている。後半は、春の到来を予感させる内容となっている。

⑤ **第二期国定教科書『高等小学読本』（美文「空の景色」、「鎮守の森」）明治四十四年**

美文「空の景色」は、まさに「壮大微妙」な景色を色彩豊かに描いている。「尋常小学読本」の美文と比べると、文語体であり漢語も多く用いられている。またそれゆえに朗々と読むに相応しい教材となっている。美文「鎮守の森」も文語体、用語とも「空の景色」同様であり、当時の美文の典型とも言うべき内容を持っている。

資料① 『訂正軍歌集註釈』（奥田栄世）（国立国会図書館蔵）

凡例

一 新撰軍歌抄なるものハ世に行はる而して其書中字句詰
屈聱牙多くして意義通ぜざるもの少なからず又原歌の意味高
尚にして児童解し難きものあり夫れ既に之を謳唱して
[illegible]解せずんば是れ唯哇鳴噺喋のみ亦何の益あ
[illegible]あり余に之が解釈をなさんことを勧む
[illegible]毎篇註釈をなし其古事歴史に渉るものゝ如
[illegible]必ず正史に據り明かに其出處を示し以て読者の一
[illegible]
[illegible]註釈をなすものあり又三句四句を集めて註釈
するものありて一定せず是れ他の意義あるにあらず唯
本歌の都合より斯の如く不同あるものとしるへし故
に本歌の意義高尚にして解しがたきもの又ハ難字多く

一

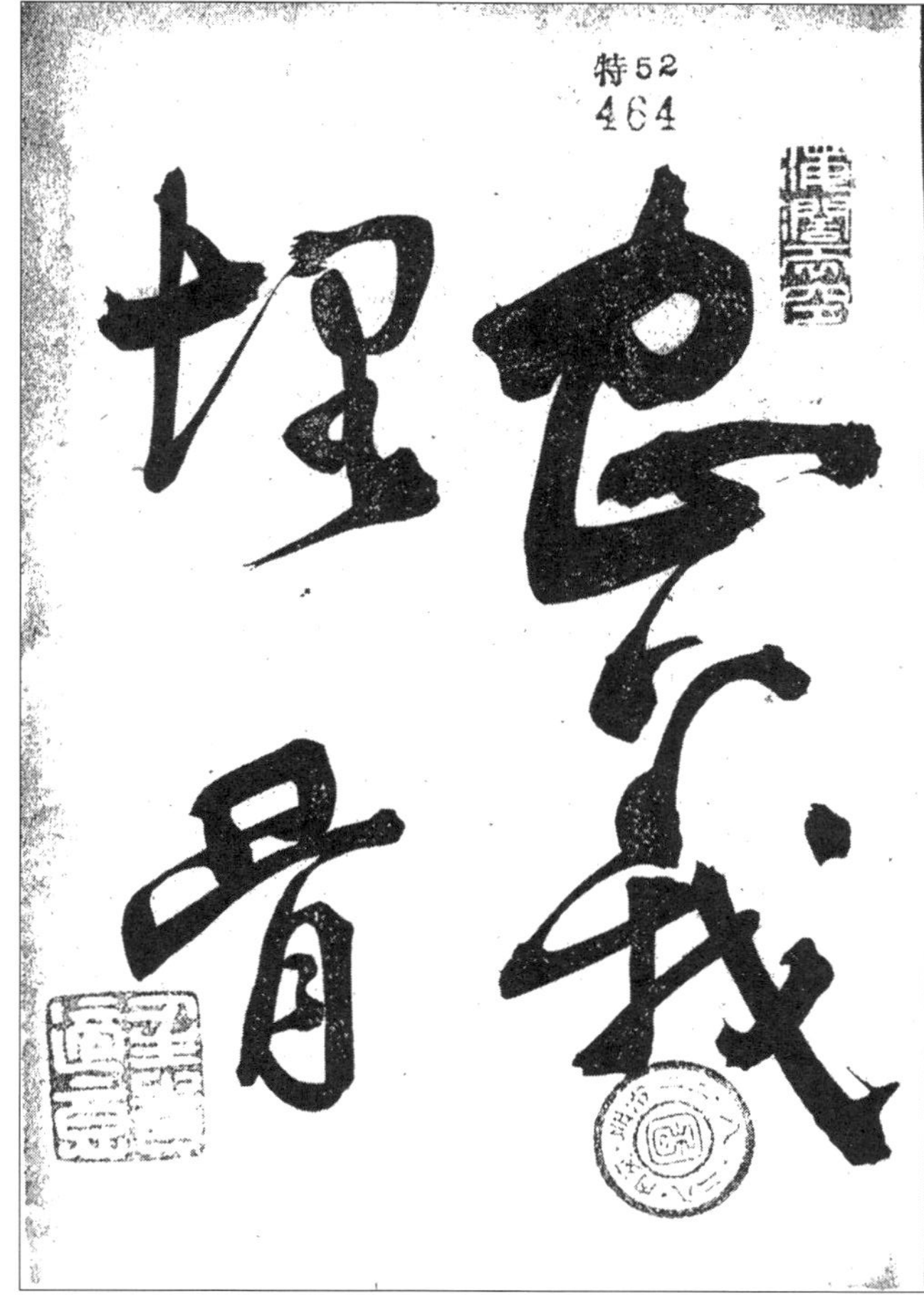

二

して讀み易からざるもの有る時は二句三句にして註釋を爲すも其意義明瞭にして文字解し易きものは毎一節に就て之が註釋をなせり讀者請ふ之を諒せよ

一原本誤字頗る多くして爲に本歌の意義明瞭を缺けり今皆之が訂正をなす

明治二十二年七月

編者識

訂正軍歌集註釋目次

三

訂正軍歌集註釋

霞村樵夫　奥田榮世編纂

凱戰の歌　大庭景陽

凱旋とハ軍よく打勝て歸る事也凱旋乃歌ハ味方の官軍が首尾よく敵軍に打勝て花の都の凱風に吹れつゝ引つけて歸る時の歌なり之を凱歌と云ふなり

第一節

都の春の朝風に
柳櫻をこきまぜ〳〵

是は都の春の景色をのべたるものなり都て春ハなにによらず草木の美わ〳〵き者なれども分て柳櫻はうつくしきものなり其うつくしき柳や櫻の木あぜが色々と立まじりてうるわしき都の春の朝の風と云ふ事なり

吹き翻る日章旗
今日凱旋の我軍を

都の春の朝風にひら〳〵と吹きあひる〳〵て見事に見ゆる皇國のしるしある旗

を推し立てゝ今日敵軍に打勝て元氣よく九重の花の都ふ歸る味方乃官軍をと
いふさまとなり

六

欣ひ迎ふ國民の　見渡す遥あなたより

孰れも我味方の打勝て歸り來れるを悦び祝ひて迎に出たる人々が遠く見渡すむかふの方よりと云ふ心にして我味方の兵がいるかむかふのさきより歸り來れる樣をうつしたる者なり

歩兵騎兵の肅々と　喇叭の聲の勇ま〳〵

遥の乃彼方より歩兵や騎兵が數千万人隊を整へ足並を揃へて物靜に行儀みださず喇叭の符につれて歩み來れる有樣ハ見るも中々勇ましく元氣よく〳〵てあつぱれ皇國の軍人とこそ見ゆるなれと云ふさまとなり肅々とハ形儀正しく物靜なる騒々しからぬさまなり

第二節

勇む喇叭の聲々を　聞く國民は氣も勇む

前節よありたる喇叭の聲の勇ましきさまを聞たる出迎の人々はさの喇叭の音聲に氣も浮き心もうかれてなんとなく心雄々しくありにける

勇む兵士に勇む駒　凱歌の聲も勇むなり

勇む喇叭に出迎の人々の勇むのみならず來る兵隊も勇めは騎兵の乗りたる馬もなにもかも謡ふ凱歌の聲諸共に勇ましく見へよけるとなり

旗も勇めハ大筒も　小筒もともに勇むなり

唯馬や兵士の勇ましきのみならず兵士の推し立たる旗も砲兵の牽たる大砲も歩兵の持たる小銃も同じく勇ましく見ゆるあり

勇み〳〵兵士や　喇叭の聲の勇ま〳〵

あやふき勇氣ふ勝ほこりたる戎兵や吹く喇叭の聲も勇みにいさみて頼毋しく聞るなり

七

第三節

勇む兵士も戰場に　あり〳〵辛苦わ幾許ぞ

此一段ハ兵士か戰場に在る時の艱難辛苦のありさまをいふものなり第二節に謡ふ通り人も馬も旗も喇叭の聲も踊り來る時ハ實に面白く勇み進めども此の勇む兵士の戰場にありたる時のうきつらさハ如何ほどのものにてありしか中々あんぎならんとなり

霰ふる日も雨の夜も　氷りの刃鐵の

霰降る日の寒さにも雨のふる夜のあんぎにもなんのとんちやくもなく氷の様ある刀の光るおそろしき處や鐵の玉の飛來る中をもといふとなり

火玉飛來るが中に　何をか厭ハん大君の

爲と思へはいとゞなを　喇叭の聲も勇まし〳〵、

大砲小砲の火玉の飛來る其中も我大君の御爲と思へハなに厭ひさくるとあく

八

吹く喇叭の聲さへも實に勇ましく聞ゆるなり

第四節

あな勇〳〵の兵士や　國と君とのうか爲に

此一節ハそのはじめの第一節に立もどりてこの歌の心を結びとむる所なり第三節にのべたるよふに雨霰火玉の中になんぎせし兵士は嗚呼勇〳〵さきとであるこれも御國の爲や我大君の御爲を思ひてかく働きしなり

修羅の巷に出入〳〵　萬死の中に生を得て

修羅の巷とハ戰場のこととなり目もあてられぬ戰ひ盛なる處に出入〳〵て幾度も死なねばならぬ難義の中に仕合能も命を拾ひ得て無事に歸るとあり

銃と名譽を擔ひつゝ　歸る都の春げ〳〵き

柳櫻もうらゝかに　喇叭の聲も勇〳〵、

苦戰百難の其中に首尾能敵に打勝ておのれが持たる鉄砲と共身に得たる名譽

九

のほまれとを擔ひて勇ましく歸る都の春の景色は欣びて出むかう人々の顔のうるはしきばかりでなく心なき柳櫻の類も色うらゝかに吹く喇叭の聲も勇氣凛々として世間に聞へ渡るといふとなり

十

軍旗乃歌　　立見尚文

此歌ハ軍隊ニ用る旗の歌なり軍隊の旗ハ兵士の目標にして軍隊中にてハ誠に大切成著なり

第一節

二千五百年以來　光り輝く日本國

二千五百年とハ我國人皇一代　神武天皇日向の高千穂の峯より軍を興し給ひて諸々の國賊を打平げ都を大和の國の橿原に定め天皇の御位ニ即せ給ひし年より　今上天皇の今の御代に至るまでの間のことなり光り輝くとハ大陽の光りとゝもに四方萬國に光り渡りたる日本の國といふことあり

其國守る軍人よ　汝の仰ぐ大旗は

其國とは四方萬國に光り輝き渡りたる日本のことありかく光り輝きいとも目出度日本を守り居軍人どもよ其方たちが目標として仰ぎをる軍旗は大切なものであるなり

我大君の御標ーぞ　君の仰せ畏みて

此軍旗ハ我　天皇乃御標にてあるなれは中々ニ大切なるものにてある大君の仰せつけらるゝ事をも恐れかしこみて何事によらず大切に心掛て此旗をおろそかに思ふなといふことなり

いかなる敵をも打攘へ　忠と義とに此旗を

いかなる大敵なりとも大君の仰せを畏みつゝしみて國の外へ打ハらい忠と義の爲に此御國の旗をひるかへして敵を外へ打攘へといふなり

地球の上に輝かせ　いかなる寇をも打攘へ

十一

十二

忠と勇とに此旗を　地球の上にかゝやかせ

此日の丸の御旗をおし立て、いかなる敵をも打はらひ御旗の光を世界地球の上に輝かして忠義と勇氣の爲には一歩も此旗をあとへひくまじとはならぬなり

第二節

昇る旭と諸ともに　代々の皇と神々は

晴れ渡る空にさし昇る朝日と、もに皇國代々の皇帝の神灵や八百万の神々だちも軍隊乃忠義をみそなわし給ふなりとぞ

汝を助け給ふべし　汝の功を立つる場ハ

此八洲國の内ならで　外つ國々にありとしれ

代々の皇帝の神靈も八百萬の神々も汝等の忠義あるを見給ひて汝等をたすけ給ふべし又汝等軍隊が手柄功名を立つる處ハ此日本の内にはあらで外國へ打出て外國との戰に手柄功名を立ねばならぬと知り心得べしとの意なり

神功皇后豐太閤　昔の功烈想ふべし

神功皇后ハ人皇十四代仲哀天皇の皇后にましまし、が其節熊襲といふ夷ども九州に來りて亂を作し朝廷の御下知にそむきければ天皇ハ皇后と共に此熊襲征伐の爲めに九州へ御親征あらせられたり然るに中途にして天皇ハ崩御し給ひける故皇后ハ其軍隊を率ひ給ひて神の教に随ひ直に朝鮮國に打渡り熊襲の根本なる朝鮮を伐ち随へて我日本の屬國とおし給ひしより再び熊襲ども我九州を騒がすことなかりしなり今の山城國伏見に御香宮と申すハ此皇后を祭れるものなり誠に古今に比類なき皇后にてまし〳〵しなり

豐太閤ハ元木下藤吉郎と稱して尾張國愛知郡中村の人なり國主織田信長に仕へて羽柴筑前守秀吉と名乘り信長に代りて中國の毛利と戰爭中に明智光秀といふもの信長を京都本能寺において害したるときゝ毛利と和睦して明智と山崎に戰ひ一戰に伐ちほろぼして信長に代りそれより日本國中の諸大名を切

十三

十四

随へ慶長二年朝鮮を征伐し遂に支那四百餘州をも我日本國の屬國となさんと
企たれども病死して其志を遂げざりし
採此歌の意ハ汝等軍隊の手柄功名を立るは我日本の内にハあらで外國へまで
推しだして手柄功名を立る様に心掛げねばならぬなりむかしの神功皇后や豐
太閤の手柄功名をよく〱想ひ考ふべしとなり
忠義と勇氣を振ひて軍旗の光を地球の上に輝かして汝等の手柄功名をせよと
のことなり

忠と勇とに此旗を　地球の上に輝かせ

第三節

四方海なる日本國　砲臺よりも艦よりも
末頼母しき金城は　汝等忠義の軍人ぞ

此日本國は四方皆海にして外國への地つゞきなき國なる故に外國の軍艦が攻
來る時にハ砲臺なければならず又我味方より推しだして代べき軍艦もなけね
ばならぬまだ〱軍艦や砲臺よりも第一に末かけて日本の金城とも頼むへき
は忠義に富める軍人たちが第一大事なり如何に軍艦が澤山にあり砲臺が堅固
なりとも忠義なる軍人がなくば砲臺も軍艦も役をなさぬなりされバ又汝軍人
も如何程人數が澤山ありたればとて忠義の心と勇氣とがなけれハ其功をなさ
ぬものなり兎角軍人ハ忠と勇とが第一なりといふことなり

翼猛かる鷲とても　爪牙鋭き獅子とても

翼ハ羽ねのことなり爪牙とはつめときばのことなり鷲ハ鳥類中の猛鳥にして
比ひまれなる鳥なり獅子ハ歐羅巴の北部に居る猛獸にして其爪牙の強きこと
虎狼も遠く及ばぬ處ありされハ外國の強き敵を鷲や獅子にたとへたるもの
にて如何程強き鷲の如く獅子の如き敵に逢とも恐るゝなといふことなり又鷲ハ
魯細亞の旗章獅子ハ英吉利の旗章にして兩國とも世界に比類なき強國なり

十五

此二句の意ハ即ちこれをいふたるものと知るべし

我皇國に寇をなす　兇者どものあるならば

鷲や獅子の様に強き敵にても我皇國に向てあだかたきなす兇者のある時にハといふ也寇とハ外より我ニ向て犯し來ることなり

雷なせる大砲と　電光欺く劔もて
いかなる敵をも打攘ひ　忠と勇とに此旗を
地球の上にかゞやかせ

雷とハかみなりのとなり電光ハいなつまのひかりなり雷の様に大なる音のする大砲にて打はらい電の光れる如き日本の劔よてきり立て雉きたていかなる大敵强兵までも汝等が忠義と勇氣ともて打攘ひて此軍旗を地球の上にかゞやかせといふなり

十六

第四節

皇國の鑑と軍人が　用る利器ハ何ものぞ

皇國の鑑とハ皇國人の魂といふことなり此譯は下にくわしくしるすべし利器とハ便利よき武器のことあり皇國人の魂と軍人が用る便利よき道具ハなんであるぞ

昔ハ弓矢槍刀　今ハ銃砲軍艦よ

むかし軍人が用ひし利器は弓矢槍刀でありしが今ハ小銃大砲といふ便利なる機械あり又軍艦といふ堅固ある舟軍の道具が備りたり

汝が帶べる銃劔は　大和魂ある人の

汝が帶る銃劔とハ是乃ち皇國の鑑なりさて如何なるものを大和魂といふかと尋るに上ハ天皇陛下を尊敬し下は我父母を大事よ孝養を盡し君の爲國の爲にハ如何ある艱難辛苦をも忍びこたへ如何程强敵大勢なりとも恐れ退くことなく命のあらんかぎり忠義を盡す精神を大和魂といふありされバ汝が今腰

十七

よさせる銃剱は忠義よおりたる大和魂のあるもゐこそ勝に勝る事を得べけれども卑怯未練なるものどもは中々さし得ぬものなり

十八

揮ふべき時揮ひつゝ　鷲をも獅子をも打攘ひ
此大御旗推立て　いかなる敵をも打攘へ

されども其腰に帯べる銃剱は事なき時は無暗に引抜て振りまわすべきものならず敵に臨みて揮るふべき時には鷲や獅子の様なる強敵までも打振り切り立て攘はねばあらぬなり

第五節

我大君の御標を　國の光と建る旗
益々光り輝きて　寇を平け民を撫で

我大君の御しるしなる軍旗を常に光りかゞやけとも汝軍人等の忠義の為にますます光り輝きて外國の寇讐を打拂ひ國中の民を安んずるなり

吾人陸海軍人の　功績を挙めて諸人が

功績とは手柄功名の事をいふ諸人は衆人をいふ事なり

祝ひ唱へて悦びて　榮譽は限りなかるべし

吾々陸海軍人が手柄功名を諸人が祝ひ悦びて吾人軍人のほまれは千代までも限りなき事であるとなり

烈しき戦ひすみし時　國の光と此旗と
益々光り輝きて　萬世不朽の帝國の
御稜威は世界に響くらむ　御稜威は世界に響くらむ

はげしき戦もすみて無事に治りたる時よハ御國の光りと此の旗とはますます光りの色を添へ万々代も朽ちくされざる日本帝國の御威光は世界万國に響き渡ることであろふされど兵隊軍人は皇國の為めに愈々忠義を抽んで、此旗の光を添へねばならぬことゝもなり

十九

二十

デニソン氏軽騎隊進撃の詩　外山正一

此詩ハ一千八百五十四年英佛の両國土耳斯を援けて魯西亞と戰ひ遂よ高名なるクライミャの戰争とあり同年六月廿五日英の輕騎隊六百騎が目に餘る敵の大軍へ乗り込み古今無雙の手柄を顕わしたれ共惜哉衆寡敵し難く其大概ハ討死したり當時英國に有名ある詩人デニッソン氏が其進撃の有様を吟咏したるものなり

第一節

一里半なり一里半
死地に乗り入る六百騎
士卒たる身の身を以て
答をなすも分ならず
死するの外はあらざらん

並びて進む一里半
将は掛れの令下ず
譯を糾すは分ならず
これ命これに從ひて
死地に乗り入る六百騎

一里半は敵軍までの距離あり掛れ乃令ハ進めの號令なり士卒たるものハ進退生死ともに唯士官乃號令よ從ふべきものなれば士卒の身分を以て事の入り譯を詮議せるハ分限を越したるものなり士卒は唯士官の號令よ從ひて死するの外えあいずとの志とあり

第二節

右を望めば大筒ぞ
共に打出す砲撃は
響の如く凄まじや
猛り勇んで進撃は
勇んで乗り入る六百騎

前も左りも又筒ぞ
天に轟く雷の
弾丸雨飛の間にも
死地にころ入れ鰐の口

轟くハ物の鳴る音なり雷ハかみなりなり弾丸は大砲小銃の丸なり雨飛とは大砲小銃の丸が雨の飛ぶ如く繁く來ることなり鰐ハ支那國の南部又え印度

二十一

鱷等に産する悪魚の名にて能く人を捕へて喰ふといふ故あやうき場所に譬へたるものあり

第三節

抜けば玉ちるやいばをば　皆もろ共に振かざし
きら〳〵と輝かし　敵陣近く乗り入りて
大砲方をなで切りて　最と目冷しき働きぞ
煙の中に飛込みて　烈しく陣を破るなり
太刀の早業見ごとにて　敵の軍勢たぢ〳〵と
遂に支ふることならず　むら〳〵はつとむら崩れ
馬の頭を立直す　以前に進みし六百騎
残るはいとゞわずかなり

二十二

最とハもつともなり目冷しき働きとも最とも目にさへて見事なる働きといふことなり太刀の早業とハ洋刀の使ひかの早き手業なりたぢ〳〵とは敵軍が味方の六百騎に駆けたてられて色めくさまなりむら〳〵はつとゝハ敵軍遂に支ふることを得ず四方へ一時に総崩れにあるさまなり

第四節

右を望めば大砲ぞ　左りも後も又筒ぞ
共に打出す砲撃は　天に轟くいかづちぞ
弾丸雨飛の其中に　縦横むじん切り靡く
死地より出で乗り帰へす　鰐の口より脱れ出て
帰るは元の一里半　六百人の其中で
残るはいとゞわずかなり

前節にて敵軍を打砕たる無類の働きを示し此一節は帰る時の事を書たるなり

二十三

第五節

嗚呼勇ましき武士の　よに香しき其譽れ
手柄は永く傳へなん　今のをさなご生立て
とる年あまた重りて　腰は梓の弓となり
頭に霜を戴きて　孫ひこやしやご多き時
六百人の豪傑が　敵の陣へと乗り入れる
其ふる事を物語り　末代までの名は朽し

此の一節にて六百人が功名手柄の末代まで傳はりて人々に賛美せらるゝ事を書きたるなりをさなごハ幼者のこと生立は成長あり腰ハ梓の弓とハ今の幼者が成長して遂に老年となりて腰ハ弓の如く曲れる様なり頭に霜を戴きてとハ老年白髪とありて恰も霜の降りかゝれるか如きさまなり子の子を孫と云ひ孫

二十四

の子を彦と云ひ彦乃子を(やしやご)といふなり此の歌の意味ハ六百騎が切り込みたる時の手柄功名ハ子々孫々の末に至る迄人々もてはやし語り傳へて其名ハ末代までも朽ぬとの意あり

兵士の歌　大庭景陽

此歌ハ兵士たるものゝ心得べき事柄をのせ記したるものあれば別して記憶をうねばならぬものあり

第一節

皇國の爲めと君の爲　力を盡すは人の義務

凡て我が日本國に生きとし生けるものは國の爲めと君の御爲めにはあらんかぎりの力を盡さゞるべからず國の爲めに力を盡すを愛國といゝ君の爲めに力を盡すを忠君といふ此愛國忠君の務めをなす此の國に住むものゝ義務責任なり義務とは人々ののがるゝことのできぬ是非ともせねばならぬ務を云ふ又

二十五

責任とはおなじ譯にて先づあたりまへの職掌といふが如し

我國むかし忠臣と　仰ぎ尊とむ楠公は

忠臣とは眞心の人といふことにして眞實君の御爲めを心掛け我が身の事を打忘れて君に仕へる人乃ことなり扨むかし我が國にて忠臣と世の人〻に仰ぎ尊ばる〻楠正成と申人あり此人ハ元河内國金剛山の人にして元弘の昔後醍醐天皇は畏しこくも北條高時の不法を怒り給ひ王政復古を思召立せられ鎌倉征討の軍を興し給ひしが軍破れて山城乃笠置に避け給ひし時或夜楠正成あるものありて能く官軍を助け賊高時を伐ち亡ぼすとのことを夢み給ひけり翌日人を金剛山に遣して正成を召し軍の事を御尋ねになりければ正成委細に御請して河内に歸り赤坂千窟の二城を構へ少勢を以て關東數十万の兵を打退け遂に　天皇を京師に歸し奉れり程なく足利尊氏謀叛してしば〳〵京師を騒がせける其時正成奇策を建て尊氏を西九州の方へ追ひ退ぞけ置しが延元元年五月尊氏又九州乃兵を率ひて責め上りける正成新田義貞と攝津國兵庫に防

二十六

ぎ戰ひたれ共衆寡敵せず味方の宗族十六人兵士五十餘人となりければ今ハ是までなりと諦らめ湊川の農家に入りて共に腹かき切りて死したりける今の湊川神社とは是の楠公を祭れるものにして誠に古今稀なる忠臣なり

皇帝の御爲に　湊河原の朝露と
共に屍は消れども　香しき名は今もなを
我大君の大御稜威と　我日の本の國光と
共に世界に輝けり　共に世界に輝けり

皇帝ハ天子の御事なり大御稜威とハ天子の御威光といふことなり扨楠公は時の天皇の御爲めに賊尊氏と戰ひて湊河原に討死して屍ハ野邊の草葉の朝露と共に消へうせたれども其香しき名聲ハ我が天皇の御威光と日本國の光と共に幾百年の後までも世界に輝き渡るとなり

第二節

二十七

二十八

皇國の爲と君の爲　兵士となるは民の義務
國に寇なす敵あらば　進で之を打攘へ
君に叛ける賊あらば　進で之を打攘へ

皇國の爲と君の御爲に力を盡すハ國民たるもの丶義務にして兵士となりて皇國を護るも亦國民たるもの丶義務なり國に寇なすとハ外國より我國に手向ふものあり君に叛ける賊とは我天皇に叛きて御下知に從はぬものなり之を朝敵といふ外國より我國に手向ふ敵あるゝ又天皇の御下知に叛き奉るの賊徒あらば兵士たるものは奮ひ進んで打はらへとの心となり

彈丸も中ろが避けはせず　劔も我身を刺ばさせ
功名手柄顯して　我日の本の國光と
其名を世界に輝かせ　其名を世界に輝かせ

たとひ敵の彈丸が我身にあたるとも逃げ隱れず又敵が劔もて我を刺さばさせ我はそれらの心を恐れハせず唯功名手柄を顯して香しき名を日本の國光と共に世界に輝かすべしとなり

第三節

皇國の爲と君の爲　死するは兵士の常なるぞ
死人の山を踏越て　劔花の下に斃るべし

皇國の爲と君の御爲に兵士となるは人民の務めなり既に兵士となりたる上は事ある時に進んで討死するハ兵士の職分にてあたりまへの事なり又味方の難義に及んで如何に死人の數多くあるともそれらにひけをとらず死人を踏み越へ乘りこして敵の劔の下に斃れよとの意なり

屍をあれ野に曝すとも　なを其靈は消やらず
天翔り來て事あらば　國と君とを守るべし

屍はなきがら又しかばねといふ即ち人の死骸のことなり靈ハ人の魂なり天翔

二十九

りとハ空中を飛ぶことなり扨兵士ハ敵軍に向ひ討死して屍を野原の露とさらすとも其魂ハ消ゆるものにあらず故に皇國に大事のある時には必ず空をこのけり來りて國と君とを守るなり臣たるもの〻國を愛し君に忠するは死したればとて其義務の盡くるものに非ずされバ楠公は七度人間に生て此賊を亡ぼさんと云ひ又死して靈鬼とありて國賊を亡ぼさんと云ひし人あり之を誠の忠臣といふなり

靖國神社に祭られて　我日の本の國光と
其名を世界に輝かせ　其名を世界に輝かせ

靖國神社ハ東京九段坂に祭れる招魂社なり是ハ王政維新の時伏見をはじめ諸處の戰ひに戰死したる官軍を祭れる神社なり

扶桑の歌　福羽美靜

扶桑とは日本の一名なり昔日本に扶桑といふ大樹ありて其長高く枝繁りければ支那朝鮮までも太陽の影をかくして照さゞりき故に支那朝鮮人ハ日本を指して扶桑國と云ひしとあり蓋し之は外に意味のあることあるなれども兎に角日本の一名と心得べし

皇尊の統御す　我日の本は千五百世も
一世の如く神ながら　治め給へば大御稜威

皇尊といふも天子の御事なり一世といふハ一代を一世とも云ひ又百年を一世ともいふあり然れども此處にてハ一代を一世と見へし扨我日本國ハ　皇尊の統御治め給へる國にして千五百代の永き間も一代の如く昔神代のまゝに治め給へるゆへ天皇の御威光もむかしにかわることなしとなり千五百世と書きたるは作者が文の都合よりて斯く書きたるものなれば一概之にかぎることゝ思ふべからず唯永く久しき間と心得べし

猛く雄々しく平げて　豐に安くありとかや

其大威朝宵に　あやに畏み安國と
仕へまつろふ人民は　いや陪す益々眞心の
一つ心に集もひて　我日の本を守りける

猛く雄々しくハ威勢の熾なるさまなりあやにかしこみとハ口にも云ひ盡されぬほど貴ときといふ事なりいや陪す益々ハいよ／＼ます／＼なり一つ心に集もひてとは同心一致の意なり

然ればこそ世に此國を　浦安國と稱へたり
浦安國と稱へたり

此日本國ハ　皇尊が昔神代のまゝに治め給へるゆへ世平かに民豊かに人民ハます／＼皇室の御威光を敬ひ畏みて朝夕忘るゝことなく同心一致して守り奉れりそれゆへ世界にて我國を浦安國と稱へけるとあり浦安とハ津々浦々の隅〳〵まで波風なく太平無事に治るとの意なり

三十二

抜刀隊の歌　外山正一

此歌は明治十年鹿兒島戰争の時警視廳にて臨時に抜刀隊といふ隊を組立兵士の打出す大砲小銃下より刀を抜きつれ敵軍に切込ませたることあり是れ其時の歌なり

第一節

我は官軍我敵は　天地に容れざる朝敵ぞ
敵の大將たる者は　古今無雙の英雄ぞ
之に從ふ兵は　共に慓悍決死の士

我等が味方ハ孰れも　皇室の御味方にして我等に敵對するものは天子に叛ける朝敵なり敵の大將は音に聞へし西郷隆盛にて古今比類なき英雄である又之に就き從ふ兵士ハ孰れも必死を極めし氣象強き薩摩武士であるなり天地に容れざるとハ天地の廣き間にも容ることのできさる程の大罪人といふこと古

三十三

今無雙とハ古今に並びなきことと慓悍ハ氣のあらきことと決死ハ死を決したること
とあり

三十四

鬼神の如き勇あるも　天の許さぬ叛逆を
起し、者は昔より　榮えし例あらざるぞ
敵の亡ぶる夫れ迄は　進めや進め諸共に
玉ちる劔抜き連れて　死ぬる覺悟で進むべし

敵の大將は鬼神にも均しき英雄なり其手に從ふ兵士ハ皆武勇決死の士ありされども天道よそむきて叛謀を起したるものはむかしより富み榮へたる例しあることなし敵の亡ぶるまでは玉ちる劔を抜き連れ死する覺悟を極めて進むへき決して恐るに足らずとなり

第二節

皇國の風と武士の　其身を護る靈の
維新このかた廢れたる　日本刀の今更に
又世に出るつるぎ太刀　敵も味方も諸共に
刃の下に死ぬべきぞ

皇國の風とは日本の風俗といふことなり我が國の男子ハ腰に大小の二刀を帶び晝夜片時も側を離さず其身を護る魂とおもし來りしが明治維新の御代となり廢刀の令ありてより刀劔ハ世に廢たり居しに此度の戰爭に付きて殊更又此世に顯ハれ來りて功をなすことなりしあり

大和魂ある者の　人に後れて恥かくな
死すべき時は死すべきぞ
敵の亡ぶる夫迄は　進めや進め諸共に
玉ちる劔抜き連れて　死ぬる覺悟で進むべし

三十五

すべて人は死すべき場合にも潔よく死なねばならぬものなりされば古人も死すべき時に死せざれば死にまさるの恥ありといへり故に死すべき時を誤りて恥を後の世に遺すなかれといふ意となり

第三節

前を望めば剣なり　右も左も皆剣
剣の山に登らんは　未來の事と聞つるに
此世に於てまのあたり　剣の山に登るのも
我身のなせる罪業を　滅す爲めにあらずして
賊を征伐するが爲

此第三節を次の第四節とは戦争の真最中の様をかきたるものなり未來とは佛語にて過去現在未來といふ過去はすぎ去りし事現在はまのあたりの事未來はまだきたらぬ先きの事にして此處の未來は死して後といふ意なり剣の山は佛法に

三十六

いふ地獄の剣の山なり罪業とは我がなしたる悪事なり前も後も右も左も敵味方入り亂れて剣の光より外に物とてはなし誠に凄しきことである此世にて悪事をなしたるものは地獄に墜て剣の山に登らせらるゝことは死ての後の事と聞つるに中々以て今目のあたり剣の山にのぼらねばならぬ事になりたり左れども此は我がなしたる悪事を消す爲にはあらず全く天皇に叛き奉りし逆賊を征伐するが爲なればそれとこれとは大に譯の違ふ意となり

剣の山もなんのその　進めや進め諸共に
玉ちる剣抜き連れて　死ぬる覺悟で進むべし

第四節

剣の光ひらめくは　雲間に見ゆる稲妻か
四方に打出す砲撃は　天に轟く雷か

剣の光のきらくと光るありさまは秋の雲間に光れる稲妻の如く又四方の敵

三十七

三十八

味方より打出す砲聲の響き天に鳴り渡れる雷の如しとなり

敵の刃に伏す者や　丸に砕けて玉緒の
絶へて墓なく失する身の　屍は積て山をなし
其血は流れて川をなす　死地に入るのも君が爲
敵の亡ぶる夫迄は　死ぬる覺悟で進むべし

玉緒とハ命といふことなり敵の刃に伏して死し丸に中りて命を失ふもの、屍は山を築きたる如く澤山あり又其血は流れて川をなす有様にて中〳〵盛なることなり

第五節

彈丸雨飛の間にも　二ッなき身を惜まづに
進む我身は野嵐に　吹れて消ゆる白露の
果敢なき最後をとぐるとも　忠義の爲に死する身の
死して甲斐あるものならバ　死するも更に怨なし

彈丸雨飛の間とハ解デニソン氏軽騎隊進撃の部にあり彈丸雨飛の間に立て二ツとなき此の身を惜まず縦令ひ此の世のさいごをとぐるとも死して死にかひあるならばさら〳〵怨なしとなり

我と思はん人たちは　一歩も後へ引なかれ
敵の亡ぶる夫迄は　進めや進め諸共に
玉ちる劔抜きつれて　死する覺悟で進むべし

我れと思はんとハわれこそ人にをとらじと思ふといふことなり一歩とハひとあしなりわれこそ人にをとらぬと思ふ人〳〵ハ一足も後へひくことなく敵のほろぶるまではすゝめよとのことなり

第六節

我今茲に死ん身は　君の爲なり國の爲

三十九

四十

捨つべきものは命なり　假令ひ屍は朽ぬとて
忠義の爲に捨る身の　名は芳しく後の世に
永く傳て殘るらん

今茲に死ん身とハ今茲にて討死する身といふことなり我等が今此處にて討死するものハ君と國との爲なりされバ縱令屍ハ野邊に朽はつるとも忠義の爲に討死したる芳しき譽れハ後々まで永く傳り殘るなるべし人は一代名ハ末代といへり能く心得ねばならぬとあり

武士と生れた甲斐もなく
義もなき犬と云るゝな　卑怯者となそしられそ
敵の亡ぶる夫迄は　進めや進め諸共に
玉ちる劔抜き連れて　死ぬる覺悟で進むべし

武士と生れ來れる甲斐もなく死すべき場所にて討死せず世に不義ものよ犬猫にひとしきものよと笑ハれ卑怯未練ものよと譏られぬように心がけよとの義あり卑怯とハ臆病にして勇氣のなきことなり

熊本籠城の歌　大庭景陽

此歌ハ明治十年二月元陸軍大將西郷隆盛が桐野篠原以下二万餘の大軍を率ひて謀叛を企て熊本城を攻めたる時景况を作りたるものなり

西も東もみな敵ぞ　南も北も皆敵ぞ
寄せ來る敵は不知火の　筑紫のはての薩广潟
世にも名高き猛ら夫の　猛り狂ふて攻め來り
西九州に名も高き　熊本城を圍みけり

不知火とハ筑紫といふ冠辭なり筑紫ハ九州の總名なり猛ら夫は勇者といふが如し猛り狂ふとは怒りくるふさまなり熊本城は昔加藤主計頭清正の築きたる

四十一

四十二

九州第一の名城なり此一節は薩广の大軍が猛虎の勢を逞ふして俄に城を取圍みたるありさまなり

敵の總督隆盛は　古今無雙の豪傑で
之に從ふ大將は　桐野篠原村田など
中にも逸見十郎太　慓悍決死の烈丈夫
其外兵士二三萬　何れをとらぬ薩广武士
進み打出す砲聲に　天地も崩るゝバかりなり

總督ハ總大將なり西鄕隆盛ハ王政復古の忠臣よして明治元年伏見鳥羽の戰ひを始めとし東京上野の戰爭に中〱の武功を顯えし古今稀なる豪傑なれバ朝廷にも重く用ひ給ひて陸軍大將よ迄任ぜられしが事の間違より遂に明治十年二月謀叛を企てしハ誠よ惜むべき事なり

桐野利秋篠原國幹村田新八など皆維新の功臣にて桐野篠原は此時まで陸軍少將なり此戰爭に逸見が働きは敵味方共よ舌を捲きたりと云へり烈丈夫とハあつぱれ盛んある男子といふことなり薩广武士の强き事は昔より人の知る處なり近くハ奧羽戰爭に諸藩第一の强兵と云ハれ我も亦日本第一の勇士ありと誇り居たるゆゑ此時の勢ハ中〱烈しく目の前よ熊本城を拔んとして天地も崩るゝばかりの勢なりしあり

天地は崩れ山河は　裂るためしのあれバとて
動かぬものは君が御代　城の中なる官軍は
忠義の旗をふりかざし　死を見る歸する如くにて
唯一節に國の爲め　進み進んで防戰す

賊軍の勢烈しくて天地ハ崩れ山河ハ裂け破るゝ例しありとても動きうれらぬもの乃ハ我大君の御代なりされバ城中ある谷少將は斯程の賊をもゝのとせず忠義の旗を振り立て防戰せしとなり死を見る歸する如しとハ死する事をなん

四十三

ども忘はぬとの意あり防戦は防ぎ戦ふなり

過ぎし昔佛の　戦ひに　蹇士の城の降りしは
長く青史を汚したり　夫にはあらで城中は
千窟の城の楠公の　睢陽城の張巡の
谷少将を始めとし　下も兵卒に至るまで
家をも身をも打忘れ　一心不乱に防戦す

過ぎし昔佛の戦ひとハ一千八百七十三年日本明治三年の頃佛蘭西と普魯西亜との戦に佛蘭西方の大將バゼーヌと云へる人三十万の兵を以て蹇士の城を守りしが普軍に降参して永く佛國の歴史を汚したることあり青史とハ國々歴代の事を書記しさる書物あり

それにてあらでとハ熊本城ハ蹇士の大將バゼーヌの如き臆病者とは違ひて昔千窟の城の楠公や睢陽城の張巡の如く忠義一途に決心して谷將軍を始め下も兵卒に至るまで家をも我身をも顧みず唯一心に防戦したりとなり睢陽は支那國の地名張巡ハ支那唐の代の人祿山の軍を睢陽城に防ぎ援兵至らず食物盡きて遂に討死せしあり

四十四

此時都の方よりは　錦の従旗ひるがへし
多くの官軍出陣す　されども城の連絡は
空飛ぶ鳥のそれならで　翼なければ通ひ得ず
城中城外諸共に　音信する由なかりけり

此時都の方よりとハ廣島大阪名古屋東京等諸鎮台及び近衛の諸軍推出して熊本指して進發せり然しさしもの賊軍厳しく取囲みしゆへ城中と城外との行き通ひハできずをとづれすべき便りなかりしなり連絡とはつゞくといふ意にて城外城中行き通ひのことあり空飛ぶ鳥の云々は空飛ぶ鳥の様ではなく翼がないからといふ意音信ハおとづれあり

四十五

四十六

折揃猛き若者が　國の爲とて健氣にも、
單身鋏を提げて　城を出てつゝ夜に乘じ
蟻のはい出る穴もなき　賊圍の中を潜り出で
都の軍に身を投じ　城の中なる有樣を
語りつ問つ示しあい　賊兵原を打破り

健氣とは元氣と同じ賊圍は賊軍の圍みしところなり城中城外共に音信すること出來ざる折揃獨の若とのが國の爲ありとて元氣にも夜中にまぎれ城を脱け出て都方の官軍に來りて城内の有樣を物語り色〳〵示談の上遂に賊軍を打破りしとのことなり

愛に始めて連絡の　解けて嬉しき厚氷
池中の魚も時を得て、　跳る心の活潑地
進め〳〵の號令に　萬銃天地に鳴り響き
西北みな東なる　圍の賊を打攘ひ
空前絶後の功を立て　名を揚け父母を顯せし
我日乃本のますらを、　譽め美まぬ者ぞなき
譽め美まぬ者ぞなき

愛にはぢめて城中城外行通ひの路開けて誠に嬉しきことの限りなり此有樣を物に譬ふれば池中の魚が寒中厚氷にとぢられて難義せしが春の陽氣に氷も解け俄に元氣よく跳り出てたる時の如き心地なり活潑地は魚のばた〳〵とはねは跳るさまなり空前絶後は今より以前にも今より後にもあしといふ事にて古今無類の手柄なり名を揚げ父母を顯すとは我が名を四方に揚げたるばかりではなく父母の名までも四方に顯したりとのことなり

カムプベル氏英國海軍の詩

矢田部良吉、

四十七

此の詩は英國のカムプベル氏の作を翻譯したるものなり

イギリス國の海岸を　固く守れる水兵よ
一千年のその間　汝が建る大旗は
戰爭のみか嵐をも　支へ得たれバ此後も
敵を受くどもたゆみなく　勇氣の限りひるがへせ
軍烈しくあれバあれ　嵐も強く吹かバ吹け

英國も日本と同じ樣なる四方海に臨みし國なりそれゆへ陸軍よりも海軍を澤山に設けしなり此詩も海軍の爲に作りたるものと知るべし水兵は海軍兵士のことなり

一千年の久しき間汝ち海兵が建て居る英國の國旗は唯一度も戰に後を取りたる事なきのみか強き風雨にも撓まず支へ得たれば此後敵を受けたりとも弱りたゆまず勇氣のある限り力の續くかぎり此旗を推し立て堅固に國を守れとの意なり

四十八

第二節

立ちくる海の浪間より　汝が祖先あらはれて
汝を援けたまふべし　蓋し先祖が軍艦の
其甲板はてがらの場　大海原は其墓場
太子ルソンやブレーキの　死にし處は人しのぶ
軍烈しくあらはあれ　嵐も強く吹かバ吹け

汝水兵よ汝等能く此大旗を守り居るかならず縱令敵兵が攻め來るとも海上の浪間より汝が祖先の神靈が現はれ來りて汝を助け給ふならん蓋し祖先が乘り居たる軍艦の甲板は祖先が功名をなしたる場所にて海上は祖先が討死したる墓場である太子ルソンやブレーキが討死したる所は今に人々むかし語に云出て其功業手柄を譽めそやすことであるとなり

四十九

第三節

四方海なるブリダニヤ　とりでも城も用はなし
山と立ち來る浪とても　千尋ろこの淵とても
慣るれバ我家に異ならず　いかづちなせる大砲も
船より放ち轟かし　波をわけつゝ進み行く
軍烈〳〵あらバあれ　嵐も強く吹かバ吹け

ブリダニヤとはグレートブレッテンと稱し大英國といふことありとりでハ砦と書し今の砲臺と心得ふべし英國ハ四方海あるより城も砦も用はない唯海軍さへあれば宜しきあり山の如く立ちくる波も千尋もある深き淵の上にても船よ乗りあるれば我家にをるも同様であるなり

第四節

國の光とたてし旗　益々光り輝きて、
危難も都て解去りて　太平の日にもどるらん
其時汝つはものゝ、　いさほし響て諸人が
歌に唱ひて悦びて　安樂限りなかるらん

水兵等深き淵にも搆ハず荒き波にも恐れず能く敵を防ぎなば英國の旗章は益々光り輝き危難も解けさりて太平の日に立返り來るべし其時こそ汝等の功績を諸人譽めはやし之を歌に詠み詩ふ吟ぎて汝等の安樂ハ限りあかるへきなり

烈〳〵軍すみし時　強き嵐のやみし時

此二句を疊みかけて此歌の仕舞を結びしものまて誠に面白し汝水兵等が功各手柄を諸人に譽められて安樂ある暮しをあすも皆汝等の勉強よりて烈しき軍もすみ強き嵐も治りたるときに安樂なる暮しができるとの事あり

五十

西鄕追慕の歌　勝安房

勝と西鄕隆盛とは昔より深き交際ありしゆへ西鄕が城山に討死したる後其人

五十一

ありを一たひて此歌を作りたるものなり

五十二

夫れ達人は大觀す　抜山蓋世の勇あるも
榮枯は夢か幻か　大隅山の狩倉に
眞如の月の影清く　無念無想を觀ずらん

夫れは發語の詞今世の人々話の始めに「あの」といふ辭をつかふと同し事なり達人は事物の道理にあかるき人なり大觀そとハ人世の榮枯消長の理を見抜きて能く悟りを開くことなり此一句ハ西郷の人物たることを云ん爲めに置きたるものなり抜山蓋世とハ楚國の項羽が作りたる詩の辭なり其句には力山を抜き氣は世を蓋ふとありて力量人にすぐれ勇氣衆にまさりしことなり榮枯ハ草木のさかへたり枯れしほることなれども此處にてハ人間の生死榮辱にたとへ見るべし狩倉ハ狩場のことなり眞如の月とは佛語にて眞如ハまことゝいふ義なり人間が諸物の悟りを開き無欲無我の本心に立戻りたるとき恰も一点の曇りなき月の清き如きなり無念無想とは即ち無我無心にして清淨潔白なることなり抑此迄の六句を解釋すれば左の如し

人間は如何に山を抜くの力量を貯へ世間を壓倒する乃勇氣を備ふるとも人間一生ハ定まり居るものにて其榮枯消長は恰も夢幻の如きのみ西郷ハ力山を抜き勇氣一世を蓋ふの豪傑にて一時の勢に乗じ熊本城を攻め事ならずして城山の露と共に消へ失せぬ然れども彼さすが達人の智識を備へたる人物なれば今ハゝや大隅山の狩倉に心身の汚塵を拂ひ眞如の月の如く淸淨の本心に立戻りて人生の榮枯浮沈ハ夢幻の如くなることを觀念志居ならんと乃ことなり

何を怒るやいかり猪の　俄にげきする數千騎
勇みにいさむはやり雄の　騎虎の勢一轍に
若殿原にむくひなん

騎虎乃勢とハ虎に乗りたる如く中途にてとゞむることのできぬ事なり若殿

五十三

五十四

原ハ若き壮士のことなり
西郷が手勢で何事よ立腹したるゥ怒れる猪の如く勇みにいさみて一轍よ起
りたちて來れることである一轍はいちづといふが如し

明治十年の秋の末
諸手の軍打破れ　討つ討れつ頓て散る
霜の紅葉の紅ゐの　血汐にそめど顧みぬ

諸手とは諸處の味方の軍勢あり霜の紅葉とは上乃句の頓てちると云ふと下の
血汐といふにかけていへるなり

薩广武雄のをたけびに　打散る玉は板屋うつ
霰たばしる如くにて　面をむけん方ぞなき

薩广武雄は薩广武士の荒れ狂ふこととなり打出す銃丸は多の霰の板屋に迸しる
如く顔を向くべき様もなしとなり

木魂に響くときの聲　百の雷一ど時に
落るが如き有様を　隆盛打見ほゝろ笑み

味方のときの聲は林よ響き打出す鉋聲ハ百千の雷の一時に落來れるが如し
ありさまを隆盛打見てにつこと笑ひしなり

あな勇しの人々や　亥年以來養ひし
腕の力もためし見て　心に殘る事もなし

あゝハ褒め詞なり亥年ハ明治八年西郷が私學校を設諸士を養し時をいふなり

いざ諸共に塵の世を　脱れ出ては此時と
唯一ト言を名殘にて　桐野村田を始とし
宗徒の輩もろともに　露と消へにしますら雄の
心の中こそ勇しけれ

五十五

五十六

塵の世とハ此世の事なり脱れ出るは死せんといふことなり宗徒ハ一味同盟の味方なり最早此世よ心残りの事なければ一同討死して此世を去るぞとの隆盛が一言を形見として桐野以下一味の人々討死したる心中こそ誠に勇ましきことゞもなり

官軍之を望み見て
きのふは陸軍大將と仰れ
たぐひなかりし英雄も
山下露と消へはて、
無常を深く感しつ、
唯悄然と隊伍を整へ
君の寵遇世の覺ゑ
けふはあへなく岩崎の
移れば替る世の中の
無量の思ひ胸にみち
目と目を見合す計りなり

君の寵遇は　天皇の御寵愛世の覺へとは世人か隆盛を慕ひ尊敬することなり
無常は定りなきこと無量ハかぎりなき悄然とはひつそりとして靜まるさまなり扨此一節は世の榮枯浮沈の常なきさまを書きて感慨の情を述べたるものなり官軍隆盛が最後の有樣を見て昨日まで陸軍大將と仰れ君の寵愛世人の尊敬も並びなき英雄も今日は岩崎の露と消へ果てつるハ誠に哀れはかなき次第なりと世の移り替の定りなきを感じ無量の思ひハ胸に塞がり敵ながらもいとゞ哀れを催し誰れもゝのいふ人なく唯悄然と靜りかへり目と目を見合すばかりでありしとなり

折しもあれや吹下ろす
岩間にむすぶ谷水の
悲鳴するかと聞なされ
城山松の夕嵐
非情の色もなにとなく
戎服の袖を濡し添ふるらん

此一節は其時の景色の凄ましき有樣を書きたるものなり扨斯る折から城山の松の夕風や岩間よ流るゝ水の音も此有樣を嘆き悲むかと聞きとられていとゞ哀れを催ほしさしもの官軍も一入鎧の袖を濡したることであるとなり

五十七

五十八

日本刀の歌

大庭景陽

此歌は作者が日本刀の世に類ひなきことを基として日本人が忠義に厚き魂ひに寄せて作りさるいと面白き短歌なり

第一節

氷か雪かはた霜か　水より清く潔よく
光りも寒く又凄く　凛然萬古に輝きし
實にも貴き日本刀　世界に類ひなかりけり

氷か雪かはた霜かとハ作者が日本刀を氷雪霜の清きさまに見立て假りに疑を起したるものあり此刀は氷であるか雪であるか抑々亦霜であるかいやく氷よりも猶清く又雪霜よりも潔よく其光りハ冬の月よりも寒く又凄く凛然萬古に光り輝きて其貴きことと世界に比類なきことであるとなり

第二節

百練千磨の功を經てきたひ出せる丈夫の
忠魂義膽は鐵壁の　城より堅き頼もしさ
動かぬ君が大御代と　世界に類ひなかりけり

百錬千磨の功とハ日本刀を作りなすに百度も練り千度もとぎ多くの手數を要するとの事にして日本人の忠義の魂も斯様に千辛万苦を積み鍛いゝだせるものゆへ鐵にて築き立てたる城よりも堅く行末頼母しく千代かけて動かぬ君が大御代は世界に類ひなきものであるとのことなり

第三節

抜けばきらめく青蛇の尾　揮ひ來れば烈日に
霜雪飛す心よさ　姦臣賊子を切倒す
日本刀の切れ味は　世界に類ひなかりけり

抜けば青蛇の尾の如く光り揮れた夏天の烈日にも霜雪を飛ばすが如き有様あ

五十九

りて彼の姦臣賊子を切倒す日本刀の切れ味は世界に類ひなきふとなり

六十

第四節

我國勇氣の存亡は　此寶刀に因るぞかし
此寶刀のなかりせば、大和魂ひ地に墜ちむ
貴にも貴き日本刀　世界に類ひなかりけり

吾國人勇氣の存亡ハ唯此寶刀の中に存するなりもし此寶刀あらりせバ大和魂も滅亡するならんされば日本刀ハ唯其品の貴にあらで實ニ其精魂の貴きあり

護國の歌　作者詳ナラス

軍隊ハ護國の必要なり蓋し此歌は其軍隊が國家を保護する上に付ての必要ある心得を書き記したるものなり

第一節

汝等朕の股肱ぞと　最も惶きみことのり

朕とは我といふ意にして天子御自身ニ仰せらるゝ辭なり股ハもゝ、肱はひぢにして手足といふことあり最も惶きとハ此上もなき恐れ多く有りがたきといふことみことのりハ詔にして天子の仰せ出さるゝことを詔りといふなり汝ち軍人等ハ我れの手足であるぞ我は汝等を我が手足の如く頼母しく思ふぞと恐れ多きみことのりである

義は山岳も啻ならず　死は鴻毛と覺悟して
護れや守れ軍人　皇國を護れ諸共に

山岳は山なり鴻毛ハ鳥の毛なり世の中に山ほど重きものなく鳥の毛ほど輕きものなし然るに人間の忠義の大切なるに比ぶれば山岳も重しとするに足らず又人間ニ死するほど難義なる事とハなけれども忠義の爲めには鳥の毛よりも輕きありされば軍人たるもの忠義が第一ニて忠義の重きにくらぶれば山岳ものゝ數ニ足らざれば忠義の爲ニ死するハ鴻毛の輕き如くに覺悟して此皇國を守護せねばならぬぞといふことなり

六十一

第二節

我を育てし父母の　墳墓の國とは此國ぞ
父母に孝ある者ならば　死して忠義の鬼となれ
護れや守れ軍人　皇國を護れ諸共に

墳墓ははかなり墳墓の國といふハ我が本國といふことなり我〻をいつくしみ育てし父母の本國とはどの國であるか即ち此日本國であるなり汝等自分の父母に孝行を盡し父母を大切に思ふならば死しても忠義の鬼となりて此皇國を守護せねばならぬぞとあり

第三節

國の大事に死するのは　兼て覺悟の前なるぞ
水火の中もなんのその　忠義と名譽を盾にして
護れや守れ軍人　皇國を護れ諸共に

六十二

軍人が皇國の大事に臨みて討死する兼て人々覺悟の事あればまして火水の中位はをろかなることである汝等忠義と名譽とを我身の盾板と心得て皇國を守護せねばならぬとなり

第四節

寄せ來る敵は多くとも　當る鋒先き強くとも
旭の御旗を建て　一歩も後に退かず
護れや守れ軍人　皇國を護れ諸共に

縦令寄せ來る敵の人數を多くとも又其ほこさき強くとも旭の御旗をゝし建て一足も後へ引かず皇國を守護せよとのことなり

第五節

二千五百有餘年　汚れしとなき國の名を
汚せし者ぞと後の世に　笑われぬ樣覺悟して

六十三

護れや守れ軍人　皇國を護れ諸共に

神武天皇御卽位の年より今上天皇の御代まで二千五百餘年の久しき間未だ外國より恥辱を受て汚されたることあき我國なれば中〱大切なる國柄なり然るを汝等不覺をとりて皇國の名を汚せしもれずと後の世に笑ひ譏れてハすまぬ次第ゆへ能く〱悟して守護せよとなり

六十四

第六節

丸は霰と飛びくるも　劍は林を成すとても
大和魂あるもの、　恐るゝことはあるべきぞ
護れや守れ軍人　皇國を護れ諸共に

大砲小銃の丸ハ霰の如く飛來り敵の銃劍は林の茂れる如く多かるとも忠義の魂を胸に備へたるものハ恐るゝことのあるべきにあらじ必ず力を協せ心を一にして皇國を守護せねばならぬとなり

第七節

劍も我身にたちはせじ　丸も我身はとをしえじ
皇國を護る兵もの、　身は鐵よりも尙堅し
護れや守れ軍人　皇國を護れ諸共に

忠義一途にこりたる軍人には敵の劍もたゝず敵の丸もとふし得さるなり何となれば皇國を護る軍人の身は鐵よりも尙堅ければなり

第八節

昔よりして今までも　民を愛する大君と
國を愛する兵士に　勝つべき者ハ世にあらじ
護れや守れ軍人　皇國を守れ諸共に

我大君は神の御末よましくて厚く人民を愛し給へりそれゆへ二千五百年の久しき間不忠不義の逆臣もなきにあらざれとも恐れ多き事ながら一人として

六十五

六十六

君の御位に手を掛けたるものなし又國に力を盡すものに勝つべきものあきらふとなり遠くは相馬の將門近くハ會津桑名西郷隆盛の如き勇將強兵なきにあらされども皆官軍に打亡ぼされぬ唯時の不幸にして楠正成新田義貞の如き足利尊氏の爲めに討死したれども其名幾百年の後までも芳しく湊川の神社と云へば女子供に至るまで楠正成たることを知らざるものなけれども足利十三代の墓ハ今何處にあるや心得たるものあり是れ逐に國を愛するもの乃に勝へきものなき例しなり

第九節

文明開化の春風に　今を盛りと咲き匂ふ
我が敷島の山櫻　異國の嵐に散さじと
護れや守れ軍人　皇國を護れ諸共に

敷島ハ日本の一名にて猶大和又ハ扶桑と云ふ如し敷島ハ大和といふ枕詞なり下に山櫻といふ爲に上に敷島のと置きたるものあり又我が敷島の道などいふ時は直に日本の道といふことゝしるへし

第十節

昇る旭と國の名を　地球の上に輝かし
千代も八千代も萬代も　香しき名を殘さんと
護れや守れ軍人　皇國を護れ諸共に

小楠公決死の歌　橋本謙作

小楠公は楠正成の嫡子正行なり此歌ハ正平二年正行死を決し吉野の皇居に參内し後村上天皇に拜謁せし時の始末を記したるものあり

正平二年正行は　吉野の皇居に參内し
四條隆資卿を經て　心の中を奏しける奏しける

六十七

六十八

正平は後醍醐天皇の皇子後村上天皇の年号なり吉野は大和國吉野郡吉野山なり皇居は天皇の御所なり楠正成新田義貞討死せしより足利尊氏京師を犯しけるゆへ後醍醐天皇都を吉野の山中ニ移し給ひしなり此時正行年廿一歳ありけるが心の中に思ふよしありければ乃ち吉野の御所にまゐり出て中納言藤原隆資卿によりて我思ふところを申し上けゝけるとなり天子ニ申し上るを奏といふ

先臣正成勤王の　軍を興し朝敵を
打滅して先帝の　叡慮を安め参らせし

是より正行が申上たる言葉あり先臣とハさきの御家臣といふ事にて凡そ臣下より天子ニ申し上る時にハ臣某と申すなり勤王とハ王事ニ勤むといふ義にして朝廷の御味方乃ことなり叡慮ハ天子の御心先帝は後醍醐天皇なり私父正成ハ御味方の軍を興し朝敵北條高時を討亡し先帝乃大御心を安んし奉りしとなり

其後天下又亂れ　逆臣尊氏筑紫より
都をさして攻上り　正成覺悟や定めけん
遂に津の國兵庫なる　湊河にて潔よく
戰死をこそは遂けたりき

逆臣ハ叛逆の臣といふことニて尊氏の如きものなり覺悟や定めけんとは覺悟を定めたりとの意なり津の國とは攝津の國なり父正成高時を滅ぼし天下を鎭め置しに其のち天下又亂て賊尊氏都の方へ攻め上りし時父正成は必死の覺悟を定め攝津國湊川にて戰死したりしなり

其時正行漸くに　十一歳になりぬるを
軍の場へば伴はで　河内へ送り歸しつゝ
敵を亡し我君の　御代になせよと細くに
遺し訓へし言の葉は　今尚耳に留まれり

六十九

七十

留まれり

此時正行宛も十一歳ありしが父正成は討死の場所へハ連れゆかで攝津國櫻井驛にてこれより本國河内に歸り舊臣を集め賊尊氏を討亡し我君の御代となせよと細々と申されし遺言ハ今も尚私の耳に残り居て片時も忘れ候ハぬとなり

然るに正行今は早　年も壮となりければ
今ぞ及びて朝敵を　打亡さで過しなば
いつをか待ん人の身は　思ふに任せぬ習にて
病の爲に死しもせば　君の爲には不忠なり
父の爲には不孝なり

しかるに當年正行も血氣盛とありければ今此時に朝敵尊氏を打亡ぼさであだに何の時をか待申すへきぞ凡死生の頼み難きハ人身の常なりもし病乃爲に死して父の遺言を空しくせば君の爲には不忠乃臣となり父の爲にハ不孝の子とあらんとあり

されば此度師直と　手痛き軍を仕り
彼が頭を正行が　手に打取るか正行が
頭を彼に取らるゝか　二つの中に戰の
雌雄を定め申ずべし

師直は尊氏無二の味方師直なり此時吉野攻めの大將として尊氏より差向られたるものなり手痛きとハきびしきといふ義なり雌雄とハ鳥のめすをすの事あれども此處にてハ味方が勝つか負るか二に一の勝負を決すへしとの意なり

今度の軍正行が　必死の覺悟に候へば
今生にてハ今一度　龍顔拜ませ玉はんと
申しも敢へず涙をば　鎧の袖に注ぎつゝ

七十一

義心氣色に見えたりき

正行此度の軍は必死を定め候へば重ねて皇居ょ參拜すへき程覺束なし哀れ今生まて今一度君の御容拜し奉り度と申しも果てず涙ハ鎧の袖を濡し其忠義の心顔色にあらはれていとあはれょありしとあり

天子御簾をば揭げさせ　近く召れて正行よ
此度數度乃戰ひに　敵の勇氣を摧しは

之れより先き正行賊軍を河内攝津に擊て屢敵兵を破りし事あり故ょ此度數度の戰といへり扨正行が切なる願を聞し召し隔ての簾を揭げさせ御前近く召し寄せられ其許此度所々の合戰ょ打勝て敵軍乃勇氣をとりひしぎしは誠にあつぱれの働ょて朕が滿足するところなり

父子累代の勳功は　深く感ずる所なり
朕は汝を股肱とす　必ず命を全ふし

七十二

王家の重きに任ぜんと　畏き詔とありければ
正行首を地に着けて　之を最後の參内と
思ひ定めて退きぬ

累代ハ代々重きょ任ずとは當朝廷の重きたよりとするといふ義最后ハ終りといふことと參内は人臣の朝廷へまかり出るを參内といふなり其許父子代々此手柄功名れ我等深く感心する處である我等は汝を手足とも頼むへければ必ず生命を全くし首尾よく歸陣あれ當朝廷ハ偏に汝によりて深く便りとすれば猥りに死を輕んじて容易の振舞あるなかれと辱けなき詔りに正行いと、感涙を催し首を地に着け此度を終りの參内なりと覺悟して退出したりとなり

斯くて一族朋黨と　後醍醐帝の御陵へ
參りて御暇申上げ　如意輪堂の壁板に
各々名字を書き連ぬ

七十三

七十四

一族ハ一家親族郎黨も家來御陵は天子の御墓如意輪堂は御陵の御堂なり正行ハ一族郎黨を率ゐ連れ先帝の陵に至り御暇乞を申しあげ御堂乃壁板へ一統の姓名を書きならへ〜となり

又其奥に歸らじと
兼て思へば梓弓　なき人數に入る名をば
記し留むと鏃もて　一首の歌を書き殘し
芳野を出て勇ましく　四條の畷に向ひける　向ひける

姓名を書き記したる奥に「歸らじと兼て思へば梓弓なき數に入る名をぞ留むる」といふ一首の歌を鏃にて書きしるし芳野山を出て勇ましく河內國四條畷に打向ひけるとなり

櫻の歌

大庭景陽

此歌ハ櫻の花の色香清く且つ操の正しきさまを皇國人の大和魂によせて作りたるものなり

我國守る武士の　大和心を人問はゞ
朝日に匂ふ山櫻

皇國守る武士の心ハ如何よそやと人の問ふことあらば立ち昇る旭の空に咲き匂ふ山櫻花の清淨にして一點汚穢の色あき如しと答へよとなり此三句は下乃諸句を起す爲めに冠らしめたるものにして都て此歌の精神ハ此三句中にありとしるべし本居宣長の歌に「敷島の大和心を人問はゞ朝日に匂ふ山櫻花」といふ名吟を引き來れるものなり

咲くや霞も九重の
左近の花に風吹かば　守れや守れ武士よ
槊とり直して守るべし

七十五

七十六

咲くや霞もといふは上の山櫻の句を請て下の九重といふを起さん爲めなり九重とハ九重の雲井又は九重のみかどなど、續けて奥深く又空高き処に使ふ冠辭にして朝廷のことなり扨花咲き霞立籠むる九重の朝廷の庭に植へ置ける櫻の花よ風の吹くこともあらば契り直して守護せよとのことなり左近の花とは禁裏紫宸殿の御庭よ左近の櫻右近の橘とて昔より栽付ありしなり其花に風吹くとは我大君よ叛きて仇なすもののあらばとの意なれども作者意を用ゐて花に風吹くと云ひしなり

櫻ハ忠義の花なるぞ
其色其香たゑなるも　浮薄の風にさそわれて
花散ることはなきぞかし

櫻花の色香はさしも艶にやさしけれども世乃心うきさる風にさそわれて散ることハなきなり是れハ櫻を忠義の人よ譬へ風を不忠不義の人よ譬へて書きたるものなり

千春萬春動かざる　共に世界に例しなき
聖帝の大御代と
櫻花こそ愛たけれ

千春萬春は千萬年といふことなり蓋し萬世一系の天子ある我國の外よ其例なし又櫻は日本の特有産にして外國よなき花なり故よ千萬年動かざる大君の御代と、もよ世界に比類なき櫻ハいと目出度しと云へるなり

昔し兒島の三郎ハ　十字の詩をも作りなし
夜行宮に忍び入り
赤き心を墨染の　花と其香を競ひける
世にも稀なる忠烈は　鬼神とても泣んめり

兒島三郎ハ高徳と稱し備前兒島郡の人なり行宮は天子御旅行中假の御殿なり

七十七

七十八

昔元弘の亂に北條高時後醍醐天皇を隱岐國へ移し奉るよし聞へければ高德父兒島範長と兵を興し天皇を奪ひて御難を救ひ奉らんとせしが既に別路より山陰道の方へ進ませ給ひしと聞き味方の兵散り〳〵になりければ高德せん方なく其夜竊に行宮の庭に忍び入り櫻の皮を削りて二句の詩を題しけり是卽ち十字の詩なり其詩に云く

天莫レ空二句踐一時非レ無二范蠡一句踐は越王の名范蠡は越王の忠臣なり越王句踐呉王扶差の虜となりし時范蠡千辛万苦して之を救ひ出し遂に呉王夫差を打亡して越王の怨をはらしたる人なり

此詩の意は句踐を後醍醐天皇に譬へ范蠡を自分になぞらへあるものにして天道は曲れるを矯して直なるを助くるものあれば天豈に陛下を空しくし給わんや斯る末世の時節なれども昔の范蠡が如き忠義の士ありて陛下を救ひ奉るものなきに限るべからずとの意にして暗に自分が范蠡となりて救ひ奉るとの心を示したるものあり赤き心とは眞心のことなり高德は赤き眞心を詩に作りて櫻の花と其色香を競ひくらべしとなり墨染とは詩を墨にて書き付けたることにて上に赤きと書きたるゆへ墨と文を對したるなり世にも稀なる云云それかほど世にめづらしき忠臣の心には天地鬼神も其誠に感じて泣くことであろふといふことなり

去れば今尚武士が　花見るたびに古の
三郎如き忠臣を　羨み慕ひ慷慨し
帝に仇する者あるか　國に敵する者あらば
忠義の劔ふりかざし　只一打にきり倒し
國平らけく安らけく　聖帝の御威德を
廣く世界に輝かし　櫻の花と諸共に
千萬春を迎ゑんと　矢武心のいや勝る
我武士の忠烈は　櫻と共に例なし

七十九

八十

櫻と共に例なし

軍歌

此歌は前に出したる護國の歌と意詞共ゝ略々類したるものなれば毎節強ち
註釋を下さず唯所々字解を附し置くべし

第一節

來れや來れいざ來れ　御國を守れや諸共に
寄せ來る敵は多くとも　恐る勿れ恐るゝな
死とも退くこと勿れ　御國の爲なり君の爲

第二節

進めや進めいざ進め　玉は霰と飛び來るも
劔は林をなすとても　ためらふ事なく進みゆけ
死すとも退く事勿れ　御國の爲なり君の爲

第三節

勇めや勇め皆勇め　劔も彈丸もなんのその
御國を守る兵士は　身は鐵よりも猶堅し
死すとも退く事勿れ　御國の爲なり君の爲

第四節

勉めよ勉め皆共に　汚れし事なき國の名を
汚せし者ぞと後の世に　言れぬよふにと覺悟して
死すとも退く事勿れ　御國の爲なり君の爲

第五節

懷へよ懷へ能くをもへ　神より受けたる此國は
我身の失せざる其中は　人手に決して渡さずと
死すとも退く事勿れ　御國の爲なり君の爲

八十一

八十二

我身の失せざるとハ自分が死しうせざる中ハ此國を決して外國人よ渡さずとの意なり

第六節

守れや守れ皆守れ　異國の奴隷となる事を
恐る丶ものは父母の　墳墓の國をば能く守れ
死すとも退く事勿れ　御國の爲なり君の爲

奴隷とて人の爲よ己れの權利を奪はれ其者の意まゝ氣まゝよ追ひ使ハれるものにて亞佛利加洲の黒奴や印度人を英人が牛馬同樣に苦使するものあり西洋人の奴隷たるふとを恐るゝずならぞ我父母の墳墓のある日本國を堅固よ守護せよとのことなり

第七節

恐る丶勿れ恐る丶な　民をば愛づる我君と
國をば愛づる兵ものに　勝つべき者は世に非ず
死すとも退く事勿れ　御國の爲なり君の爲

此一節の意味は護國の歌第八節と同じ愛づるはあいするふとあり

第八節

進めや進め皆進め　腐り一心のなき者は
命を惜まず進み行け　御國の旗をば押立て
死すとも退く事勿れ　御國の爲なり君の爲

腐り一心のなきものとは心の腐りをらぬものといふことなり

第九節

進めや進め皆進め　御國の旗を押立て
進めや進め皆進め　祖先の國をば守りつ丶
死すとも退く事勿れ　御國の爲はり君の爲

八十三

進軍歌

此歌ハ軍隊進撃の時に用ゆる爲よ作りたるものなり

彈丸は霰と空に飛び　劔は野邊の電か
雷擬ふ砲聲に　吹來る風も腥く

大砲小銃の丸ハ霰の如く空に飛び劔の光は野邊の電の如く砲聲は雷かとも思ハるゝ程烈しくて吹來る風さへ死人の血腥くあるとの意よて激戰の有様なり
雷擬とハ雷に似てあるとの意となり

我魂の緒も打絶へん　今はの時ぞ勇壯しく
進むに猛き武士は　躊躇ふことは何のその

今ハの時とは最后の覺悟を極めし時なり躊躇とはたちもとふるといふことゝして即ち思案して決し兼ぬる意となり進むに勇ましき武士あれば此場に臨ミ思案ふ時を遷し進み兼ぬる事などは決してあれなしとの意あり

八十四

屍は野邊に曝すとも　名は后代に馥郁しく
櫻と匂ふ九段阪　空に聳ゆる靖國社
祭り納めし諸靈は　是大丈夫の龜鑑ぞへ

九段阪は東京麴町區富士見町よあり靖國社ハ招魂社の事なり龜鑑は人の鏡又手本ともなるべきものであるとの意なり馥郁ハ花の香氣のさかんなることなり

冦なす戎夷盡るまで　假令火の中水の底
何爲厭はん敷島の　倭魂飽くまでも
堅固に堅き金剛の　石より光輝灼々は
人皆なべて羨慕す　青白なせる桐の章
故郷人に品格高く　錦繡を飾る心氣よさ

金剛石ハ金石中第一の堅硬物にして又其光ハ夜中といへども物を照すとの意

八十五

となり堅きと云ひしより光るといふ処へかけて使ひたるものなり青白あせる桐の章とハ白銀地よ青桐の形を彫りたる勳章の事あり戰ひ首尾よく治りて勳章を賜はり錦の如き立派なる名譽を生れ古郷に飾りて人〻に羨まることの心地よさといふことなり

行軍歌

此歌は軍隊行進中に用ふる爲よ作りたるものあり

我日本の國体は　故き神代の頃よりも
神の御國と稱へ來て　五百海阪隔てたる

稱へきてはほめとをとみ來りてといふこと五百海阪とハ海外萬里の遠き國の事あり

遠き戎夷が國までも　光り輝く旭根の
射すや草葉の露程も　侮り受けし例しだに
類ひ少なき緒環さの　盡きぬ皇帝の功績と
守るは誰の職務ぞや

五百海阪をも隔てたる海外萬里の異國まで我國の光りは照り輝きて草葉の露ほども外國の侮りを受けたる例しなき我天皇陛下の績を守護するハ誰れの職掌であるか之れ陸海軍人の務めならずや緒環きは糸を巻きさるものよて下の盡きぬといふことを起す爲の序語なり

誠實ある身は甘美にも　束の間も忘るなよ
五つの訓戒銘肝し　醜の御楯と拔き連て
多聚がる人の其中に

甘美よもとハ少しく解し難けれどもうまきものを食ぞる間にもといふ心よて飲食の間よも五つの訓を忘れなとの意なるべし五の敎とは君臣の義父子の親長幼の序朋友の信兄弟の友なり訓戒をしゐと讀むべし銘肝ハ我肝にきざみ

八十八

付て記し置くとのことよて卽ち忘れぬといふ注意あり多聚れむらがると讀みて群れ集まるさまなるべし扨君臣の義とは君臣の間よ自然よ行はるゝ義務の事よして君は臣を愛し臣は君の爲に忠を盡すを君臣の義といふなり父子の間は睦まじきを第一とす苟も父子睦じからざれば是れ家亡滅の基なり故よ父れ子を慈しみ子は父に仕て孝を盡すを要す之を父子の親といふあり長幼の間よ秩序なかるべからず故よ長者は幼者を扶助して侮らず幼者ハ長者を敬して之を凌がす之を長幼の序といふなり朋友の間は信義を厚ふして其誠を盡さゝるべからず之を朋友の信といふなり兄ハ弟を愛し弟ハ兄を敬ひて爭ふことあきを要す之を兄弟の友といふあり凡そ此五つの教ハ人間片時も忘るべからさるものなり故に人たる者飮食する僅かの時間にも此五訓を忘るべからずとのみとなり

厚き仁惠は駿河なる　不二の高峯も尙低く
伊勢の海すら尙淺し　其皇に君やまた
寇なす戎夷有もせば　蹶躪ふ事はなきものを
討夷げて大君の　御心慰め奉れ

我大君の御惠は富士の山よりも高く伊勢の海よりも深しされば我大君よ寇なすゑびすあるときは油斷なく討平げて君の御心を慰めねばならぬとなり

楠正成遺訓の歌

此歌ハ延元元年五月楠正成後醍醐天皇の　詔を奉じ賊將足利尊氏を兵庫湊川に防がん爲め攝津へ下向の途中櫻井の驛に至り子正行を本國河内へ歸さし時の遺訓を淺見絅齋先生の謠曲に作りたるものを誰人か軍歌よ取直したるものあり遺訓とハ申し遺しの訓へといふ事にて遺言なり

建武の昔正成は　肌の守を取り出し
是は一歳都攻め　吉野の宮にありし時
下し給ひし綸旨なり　之を汝に讓るなり

八十九

九十

建武は後醍醐天皇の年号なり正成の討死せしは延元元年五月なれども建武より延元へ改元せし間もなく又歌の句調より作者わざと建武を作しものなるべし綸旨は天子より賜ハりたる賊徒征伐の御下知状なり

我とにかくになるならば　世は尊氏が世となりて
叡慮を悩し奉らんは　鏡にかけて見る如し

我兎角になるならばとはいふ事にて我等討死せしならばとの心あり我等討死せば此世ハ尊氏のものとなりて天皇の御心を苦め奉らんことは鏡にかけて見る如く誠に明らかなることであるとの意なり官軍の諸将楠公の外新田菊池名和兒島北畠等の諸氏ありて獨公のみにあらざれども公が一身を以て天下の安危に任ずるの心中誠に感ずるに餘りあり其後果して公の言の如く尊氏が世となりたり若し公をして湊川の不幸なからしめば尊氏も志を恣にするを得ざるべし誠に惜むべきなり

さは去乍ら正行よ　暫時の難を遁れんと
弓張月の影暗く　家名を汚すこと勿れ

此世ハ尊氏が世とならむとて汝此世の安樂を貪ぼりしばしの難を遁れん爲弓張月の影暗く我楠家の家名を汚すべからずとなり弓張月ハ月初の月を云ふ

父が子なれば流石にも　忠義の道は兼て知る
討洩されし郎黨を　はごくみ扶助し隱家の
吉野の山の奥深く　流も清き菊水の
旗を再び飜へし　敵を千里に退けて
叡慮を慰め奉れ　嗚呼叡慮を安んじ奉れ

其許未だ幼年なれども我等の子にしあれば忠義の道ハ兼てより心得居ることなり必討洩されたる家臣どもをはごくみたすけて吉野の山の水清き我家紋の旗を飜へして敵尊氏を打平らげ叡慮を安んじ奉れとなり

九十一

九十二

小楠公を詠ずる歌

此歌ハ正平二年正行討死の覺悟を極め吉野の皇居に參内せし時の事を作りたるものなり

嗚呼正成よ正成よ　公が逝去のこのかたは
黒雲四方にふさがりて　月日も爲に光りなく

嗚呼ハ嘆息の辭なり此一句は深く正成の戰死せしを嘆き悲しみたるものなり
逝去ハ死去なり正成戰死して黒雲四方に塞がり日月も爲に其光を失ひしとのことにて賊軍四方に充滿し天子の御威光も次第に衰へしとなり

惡魔は天下を横行し　下を虐げ上をさへ
侮り果てゝ上せず　吹來る風は腥さく
絶る間のなき人馬の音　春は來れども花咲ず
芳野の山に花見えと　訪ひ來る人は絶てなく

惡魔も賊軍に譬へたるものなり逆賊自在に天下を横行し下人民を虐げ上を天皇をも侮り果て上と奉らず無禮至極の至りなりされば諸所の戰爭ハ已む時なく吹き來る風も腥く軍人戰馬の往來する音ハ絶へし事なく春ハありたりとて花も咲き匂ふ心地せず名高き吉野山に花を尋ねて訪ひ來る人なく誠に世ハ大亂の極りあり

君が御代てふ千代〳〵と　囀る鳥の聲聞くは
いづれの時にあるなるや　嘆かはしきの至りなり

大君の御代千代〳〵とハ大君の御世は千代といへるを鳥のなく音によそゑて書きたるものあり鳥の聲うるハしく大君の御世の太平を祝するハ何時の事にてあるべきかと感慨の意を寫したるものなり

嗚呼大君の御爲に　振ひ起りてけがれたる
此世の塵を拂はんと　する人とてはあらざるか

九十三

此世の塵ハ賊徒の事なり

遠くあなたを見渡せば　金剛山は巍莪として
雲の上まで屹立し　繁る林の木の間より
見ゆる菊水の其旗は　實にころ國の寶なり

前節迄正成逝去以來の有様を述べしが此より小楠公の事を述るなり巍莪ハ山の險しきさまと屹立ハ高く空にそばだつことなり

父の賜ひしこの刀　腹を切との爲ならず
賊の頭を斬せむ爲　惡さも惡し彼の賊等
國の仇なり父のあだ　斬て捨ずに置べきか

父が櫻井の驛にて形見に賜はりし寶刀は賊を斬るべき爲めに賜ひしなり惡むべき賊徒等は忠義の爲にハ國の仇あり孝道の爲にハ父の仇あれば彼れが頭へをとらずば已むべきぞとあり

九十四

拂へば來る夏の蠅　頃は正平戊子の春
熟ら思ひめぐらせば　元來弱き此のからだ
若も病に冐されて　空しく失せし事あらば
不忠不孝と誹られむ　討死するは此時ぞ

拂へば來る夏の蠅とハ賊軍の逐へども拂へどもつけ來りて心惡き事を云なり

死出のなごりに今一度　願かなへて親面り
君の御影を伏し拜み　生て歸れのみことのり
聞て切なる胸のうち　哀れといふも愚なり

親面はまの訶たりと讀みしたしくといふことなり哀れといふも愚ゝなりとハ其時正行が心中の悲嘆ハ哀れといふをろゝかにて唯ひとゝおりのなげきにハあらずとあり

書き殘したる梓弓　引きてかへらぬ赤心を

九十五

九十六

誓ひし者は百餘人　雲霞の如き大軍を
ものともせずに斬まくり　君の方をば枕して
討死せしは潔よく　勇ましかりける次第なり

梓弓の歌ハ小楠公決死の際に出づ誓ひしハ討死の約束せしものなり

都も遠き村里の　女わらべに至るまで
忠臣孝子の鑑ぞと　響る其名は香しく
天地と共に傳はらん　天地と共に傳はらん

此一節ハ作者が賛美の辭なり都も遠き片田舎の女子供に至るまで譽め稱へぬものなく正行父子の忠義の名ハ永世天地も共に傳へ殘ることであらうとなり

日本魂　矢田部良吉

日本魂其は何ぞ　寄せ來る敵を打拂へ
外國人の侮を　夢にも受ることはなし

資料②　『新編国語読本編纂趣意書』(小山左文二・武島又次郎、普及舎)
(国立国会図書館蔵、近代デジタルライブラリー)

新編國語讀本編纂趣意書

第一 本書編纂の由來

小學校令の改正に原づきて、本舍がさきに編纂したる國語讀本は、すでに、多數の府縣に採用の榮を荷ひたれども、實地教育家の要求は、日を逐ひて、その條件を増加し來り、世間の識者、また、新意見を發表せしもの少なからず。本舍、また、別に見るところあり、他の意見、および、要求を參酌して、舊讀本に數歩を進めたるものを得んと欲し、今春以來小山左文二・武島又次郎の二氏に託して、本書を完成せり。本書が、他のあらゆる讀本に

一

比し、優劣如何は他評に一任せん。

第二　種類

一、尋常科用書巻一は、甲乙二種に分ち、巻二以上、および、高等科用書全部は、單に一種と定めたり。

第三　文字

一、假名文字は、字畫少くして、記憶し易く、書し易く、かつ正しく發音し易きものよりはじめ、漸次、字畫の多きもの、書し難きもの、正しく發音し難きものに及ぼす方針を以て排列したり。

一、清音文字の教授全く終りて後、濁音文字の教授に移るが如き機械的の弊をさけ、清濁兩音を混

二

合して授くべき方針をとりたり。

一、一時に假名兩體を兒童に教ふるは、不可能のことなると信じ、最初の半年間、すなはち、巻一にては、片假名のみを教ふることとせり。

一、平假名は、兒童の困難を減ぜんがため、巻二の始より、片假名の文句中に加へて教ふることとせり。これ、實に、本書の一出色なりと信ず。

一、算術科との連絡上、十までの數字は、尋常科巻一において教授を終ることとせり。

一、漢字を最多の限界まで及ぼすことの、教育上に不利なるを信じ、尋常小學校用書にては、新字の

三

數を、きはめて少なくして、左表の如くしたり。

巻／新字	一	二	三	四	五	六	七	八	計
數	一〇	一四	六四	八一	九二	一〇〇	一三八	一五九	六五八

一、高等小學校用書にて教ふる漢字數も、またなるべく減じたり。すなはち、その合計、千五十二字なり。

一、畫數多き漢字は、幼兒に教へがたきものなれば、尋常小學校用にては、從來、普通に用ゐ來たりし「虫」「礼」の如き略字を用ゐたり。

一、從來用ゐ來たりし漢字にても、誤謬に屬する「決」「步」等の字は、嚴密に字畫を正して、「決」「步」などとし

四

たり。

一、なるべく、既知の文字を習はしめんがために、習字帖の文字は、大抵讀本中より採れり。讀本中にあるとなきとを問はず、膳椀等の如き日用文字は、處々に、これを加へたり。

一、習字帖の書體は、尋常•高等共に、楷書、および、楷書に近き行書を用ゐたり。ただし、日用文に屬するものは、必要によりて、行書を專用したり。

一、習字帖の書風は、正格にして癖なく、しかも、氣韻高尚にして、筆力歛勁なるものを採りたり。

第四　文章

五

一、初等教育に於いては、談話文のことに必要なるを認めたれば、本書は、尋常科第三年のほとんど中頃(第十課)までは、全く、談話體にて記述せり。

一、文章體を、教へはじめし後といへども、なほ、談話文の分量を多くせり。

一、談話文は、高等科に於いても、なほ、必要なるを認め、毎巻、平均、およそ、三分一を談話文としたり。

一、談話語は、力めて、東京語を採用し、その耳障りなると、野鄙なるとを避けたり。

一、談話文は、兒童的なるものを、もっとも多くし、これに交ふるに、各種の形式を以てしたり。

六

一、假名を教ふるに、悉く、單語を用ゐるが如きことなく、なるべく、早く、短句を讀ましめんことを期したり。

一、應用の才を養はんがために、練習文句には、處々に鈇字を設けたり。

一、行文の難倔なるは、初等教育上、もっとも忌むべきものなれば、その談話體たり、文章體たるに論なく、すべて、平易流暢に記述したり。

一、韻文の美を感ぜしむるの必要を思ひ、尋常科用巻二より、毎巻、二章もしくは三章を、韻文體として記述したり。

七

一、韻文は、千篇一律の弊をさけて、短歌・長短・今様體・七七體等、種々の形式を用ゐたり。

一、韻文には、主として、談話語・半談話語・普通文語を用ゐ、また、散文に用ゐざりし歌詞をも用ゐたり。

一、日用文の形式を國語教科書中に擧げおくは、實際上、有益なるを信じ、尋常科第三年より、毎巻、二章づつの日用文例を示せり。

一、日用文は、もっとも、達意を要するにより、その文體は、高等第一年まで、全く談話體のみを採り、高等第二年より、始めて候文を示したり。

一、本書の候文は、「有之」「候處」「候間」等の形式を用ゐず、きはめて、平易なる新例を擧げたり。

一、日用文に、男子風・女子風の區別を立つる從來の弊を改め、ほとんど、近似せる形式を用ゐたり。

一、本書の文章は、普通の散文といへども、その材料の如何によりては、審美的に記述せり。

第五　材料選擇

一、本書の材料は、出來得る限り多方ならんことをはかり、遍く、各方面にもとめ、網羅して、洩すなきを期せり。

一、本書は、趣味あり實益ありて、知識の活用自在なるものを選擇採取したり。

一、本書は、目的明瞭にして、一讀の下、直ちに要領を得べきものを選擇採取したり。

一、本書には、世界無比なるわが國體の精華を發揮して、忠君愛國の思想を養成すべき材料を選擇採取したり。

一、本書は、立憲國の人民として、まさに知得すべき法制・經濟に關する材料を選擇採取したり。

一、本書は、海國思想を養成するに必要なる材料を選擇採取したり。

一、本書は、軍事および實業に關する數多の有益にして多趣なる材料を選擇採取したり。

一、本書の材料は、廣く世界に求め、幾多の斬新なる題目を加へて、時勢に後れざらんことを期せり。

一、本書には、多くの有益なる少年的材料を加へたり。

一、本書は、力めて、男女兩性に等しく興味ある材料を採りたれど、また、又、ことに女に適するものをも加へたり。

一、本書には、本文を補益すべき趣味ある練習文を多く加へ、以て、綴方の模範に供せり。これ、また、本書の一出色なりと信ず。

第六　材料の配置

一、本書は、兒童に、もっとも強き印象を與ふべき位置、すなはち、毎巻の巻首と巻尾とにおいて、國民的思想の養成に適すべき材料を配置せり。

一、本書は、本書中、および、他教科との連絡を保たしめ、力めて、知識の分立する弊を避けんことを期したり。

一、本書は、毎巻、各種の材料を偏頗なく網羅し、兒童知識の深淺を顧みて、程よく、これが順序を立てたり。

一、本書は、季節に關係ある材料の配置にすこぶる意を用ゐ以て、教授上の便を圖りたり。

十二

一、本書は、日用文につきても、前課、もしくは、後課の材料と連絡點あるべき位置に配置せり。

一、本書は、長篇と短篇と、智的文章と情的文章と、談話體記述と普通文體記述とを、交互錯綜して配置せり。

一、本書は、毎巻各課の間に於ける連絡をして、強ひて一様ならしめず、あるひは、二三課を直接に關係せしめ、あるひは、四五課を密著せしめたり。全體においても幾分の鏈鎖あるは、勿論のことなり。

第七　材料配當表（別紙の如し）

十三

新編 國語讀本 尋常小學校兒童用 材料配當表

課＼卷	一	二	三	四	五	六	七	八
一		キユージョー	あさ日	わが家	日の丸のはた	東京見物のあんない（文）	三種の神器（文）	わが國體（文）
二		キシャ	カサミ	うぢがみ	大日本帝國	靖國神社	霧島山	櫻井驛ノユイゴン（文）
三		オキャクアソビ	はるかぜ（韻）	アキノ山	いせまゐり	ゐなか	いちごの花（一）	郵便
四		オサラヘ	うんどーくわい	天ちょーせつのうた（韻）	春の野あそびのうた（韻）	「ゆけゆけ」と「來い來い」	いちごの花（二）	大阪よりのてんぽー（文）
五		ひのまるのはた	あらゐはくせき	くわんぺいしき	ヨーサン	里の小川の水車（韻）	織物と燒物（文）	あきなひ
六		テンチョーセツ	五月のぼり	キツノ花	太郎の手紙（手紙）	山林ノハナレ（文）	仕立物をさいそくす（手紙）	動物ノ世界（一）
七		よいねこ	太ローのはたけ	つき山	日日ノツトメ	きのことりにさそふ（手紙）	受取	動物ノ世界（二）
八		きんたろー	カヒコ	次郎ノ車	かんしんな子ども	石炭と石油（文）	オモナル國産（韻）	海ノ底（韻）
九		ままごと	きんぎょ（韻）	ままごと	ツカハラボクデン	大阪ノハンジョー	横濱（文）	わが國の歴史（一）（文）
十		かり（韻）	小さいふね	炭	モノサシ・マス・ハカリ	かまどのにぎはひ（文）	てんかのいとへい	わが國の歴史（二）（文）
十一		おやこーこーをさる	ほたるがり	シホバラタスケ（一）	しほとさとー	少女母をすくふ（文）	京都（文）	子ヲモツテ知ル親ノオン（文）
十二		いくさのまね	トリノ王	シホバラタスケ（二）	臺灣と北海道	たすけぶね（一）	坂上の田村麻呂	妙冲
十三		じょーきせん	田うゑ	お月さまとさる	うをつり	たすけぶね（二）	にじ（文）	ココロエチガヒノオヤ
十四		しょーがつぢぢ（韻）	木ぎれのいへ	オセイボ	川のうた（韻）	竹（文）	カミナリヨケ	藝くらべ（一）
十五		ゆき	おそろしいゆめ（一）	年の始	クルメガスリ（文）	としよりのつぎ木	水のゆくへ	藝くらべ（二）
十六		うらしまたろー	おそろしいゆめ（二）	とけい	オ絲の手紙（手紙）	モノイフオレトロヲヨムメクラ	めくらむすめの裁縫（文）	金銀銅鐵（文）
十七		うさぎとかめ（韻）	おやごころ（韻）	小川タイザン	こぶとりのはなし（一）	學校用品（文）	金剛石の御うた（韻）	貨幣と紙幣
十八		フジノ山	ニンギョーノキモノ	雪ガッセン	こぶとりのはなし（二）	本を借る（手紙）	鵯越のさか落し	日本銀行（文）
十九		よくのふかい犬	まはりどーろー	いくさのどーぐ	獣ノ王（文）	雪	神戸牛	貯金のことを問ひ合す（手紙）
二十		おきゃがりこぼし	アキナヒアソビ（一）	かんしんな小むすめ	空氣	まんざはくすり	養生をすすむ（手紙）	汽船の旅（韻）
二十一		おいしゃあそび	アキナヒアソビ（二）	ヲロチタイヂ（一）	夕立	大掃	日本三景（文）	汽車中ノ日記（文）
二十二		ウグヒス	ももたろー（一）	ヲロチタイヂ（二）	山ビコ（文）	紀元節	隣國	世界
二十三		つみくさ	桃太郎（二）	めくらとちんばのかはわたり	ヤマトタケルノミコト	神武天皇の御東征（韻）	もーこ來る	今の日本（一）（文）
二十四		オツキサマ	桃太郎（三）	三月三日（韻）	げんぶ門のつとり	キンシクンショー	軍艦ト砲臺（文）	今ノ日本（二）（文）
二十五		フナアソビ	松だひらよしふさ	じこー	日本男子（韻）	宇佐の御使（文）	朝日のうた（韻）	しょーぎの盤（韻）

備考 （　）ナキモノハ談話文 （文）ハ普通文 （韻）ハ韻文 （手紙）手紙ノ文ナリ

新編 國語讀本 高等小學校兒童用 材料配當表

課＼卷	一	二	三	四	五	六	七	八
一	春（談）	我等の郷土（文）	御聖徳（文）	靖國（文）	皇后陛下の御聖徳（文）	わが國の國風（談）	孫天府（文）	憲法發布（文）
二	花ノ王（談）	近江八景（談）	ワガ國ノ軍備（文）	海の歌（韻）	日本赤十字社（文）	病院船（文）	武士道（文）	政治組織（一）（談）
三	大和めぐり（文）	宇治川ノ先陣（文）	軍艦内の生活（談）	[illegible]（談）	赤十字社に入るを勧む（手紙）	遠足ノ記事（文）	やまと島根（韻）	政治組織（二）（談）
四	運動會（韻）	木曽の谷（談）	日本刀の歌（韻）	山田長政（談）	蚕の履歴ばなし（一）（談）	木の葉と蝶々（韻）	日光（文）	徳川時代の文學（文）
五	[illegible]（談）	苗木を註文す（手紙）	さんご（談）	勇將牧臣に泣く（文）	蚕の履歴ばなし（二）（談）	コロンバス（一）（談）	日光廟の華麗なるを知らす（手紙）	頼山陽（文）
六	野菜をおくる（手紙）	世わたる森（文）	獅子狩（文）	祭禮に人を招く（手紙）	疏水工事（文）	コロンバス（二）（談）	孝女儀野（談）	維新ノ三傑（文）
七	志ノ堅イ少年（談）	わが母（韻）	花火の發明者（文）	害蟲（談）	朝風の歌（韻）	米國ノ農業（文）	風流三題（文）	望遠鏡の發明（談）
八	女子の仕事（談）	秋の野山（文）	博覽會（通信）	保護鳥（談）	庭先の小世界（談）	綿花と綿布（文）	ペートル大帝（文）	[illegible]（韻）
九	感心なる姉妹（文）	果物（談）	故郷の友にしらす（手紙）	佐藤つる（文）	養蠶と製絲（文）	孟母（文）	孝子の爲勤業（一）（談）	歐洲への旅路（文）
十	塵もつもれば山となる（韻）	女子のたしなみ（文）	北京籠城（一）（談）	賢母の教訓（文）	太古の樹木（文）	子守女のせわをたのむ（手紙）	孝子の爲勤業（二）（談）	ピラミッド（文）
十一	傳染病ノ話（談）	紫式部（談）	北京籠城（二）（談）	櫻井の里（韻）	鐵の効用（談）	老人ノ眼鏡（談）	とらんくりん（文）	英國の商工業（談）
十二	ジェンナー博士（文）	松のみさを（韻）	村上彦四郎義光（文）	風鈴（談）	豐太閤（韻）	伊藤圭介（文）	電氣の應用（談）	倫敦市の状況を知らす（手紙）
十三	須磨浦（談）	宮崎安貞（文）	歌の音數三題（文）	畑の目方（談）	平壌の戰（文）	動物の工藝（談）	地下の古都會（文）	吉田松陰の母（文）
十四	蓮根とり（談）	呂宋彦兵衛（文）	忠犬（韻）	噴火山（文）	すちーぶんそん（文）	動物の生存競爭（文）	リビングストーンとスタンレー（一）（文）	母の愛（文）
十五	富士登山（一）（文）	買物を頼む（手紙）	[illegible]（談）	親族を見まふ（手紙）	農家の副業三題（文）	七福神の話（文）	リビングストーンとスタンレー（二）（文）	朋友の交り（韻）
十六	富士登山（二）（文）	獅子と兄弟（一）（談）	賀茂眞淵の事（談）	[illegible]（文）	春日の局（談）	孔子（文）	臺灣（文）	アマゾン河の流域（文）
十七	遠足に友をさそふ（手紙）	獅子と兄弟（二）（談）	勇敢な兵卒（談）	平田篤胤（文）	一家の經濟（文）	[illegible]（文）	濱田彌兵衛（談）	ごむ樹の栽培（文）
十八	小猫（談）	島ノヤマト（文）	兵卒のてがみ（手紙）	愛國少年（談）	物ノ價（談）	水雷ノ話（談）	[illegible]（韻）	發明王（談）
十九	大膽なる少女（一）（文）	英王海神を叱る（文）	兄の命乞ひ（談）	農村三題（文）	書物の價を問ひ合す（手紙）	川中島の戰（韻）	商品を註文す（手紙）	[illegible]の状況を知らす（手紙）
二十	大膽なる少女（二）（文）	寓言三題（談）	塙保己一（文）	内地雜居（文）	砂漠の旅（文）	遠足三題（談）	わが國の貿易（文）	福澤諭吉（文）
二十一	智惠のはたらき三題（談）	昔の旅と今の旅（文）	讀書の心得（文）	三十五勇士（文）	象を捕ふる話（談）	郷里の兄に贈る（手紙）	長江航路（文）	軍人への勅諭（一）（文）
二十二	鵜と鳥（韻）	美しき天然（韻）	勤學の歌（韻）	割り算（文）	世界の人種（文）	釋迦（文）	民法ト商法（文）	軍人への勅諭（二）（文）

明治三十四年八月二十日印刷
仝　年八月二十六日發行

（非賣品）

著者　小山左文二
著者　武島又次郎

發行者　株式會社普及舎
東京市日本橋區呉服町壹番地

右代表人
社長　山田禎三郎

發行所　株式會社普及舎
東京市日本橋區呉服町壹番地

資料③　『新編国語読本　歌曲并ニ遊戯法』(菅沼松彦・永井幸次)(個人蔵)【部分】

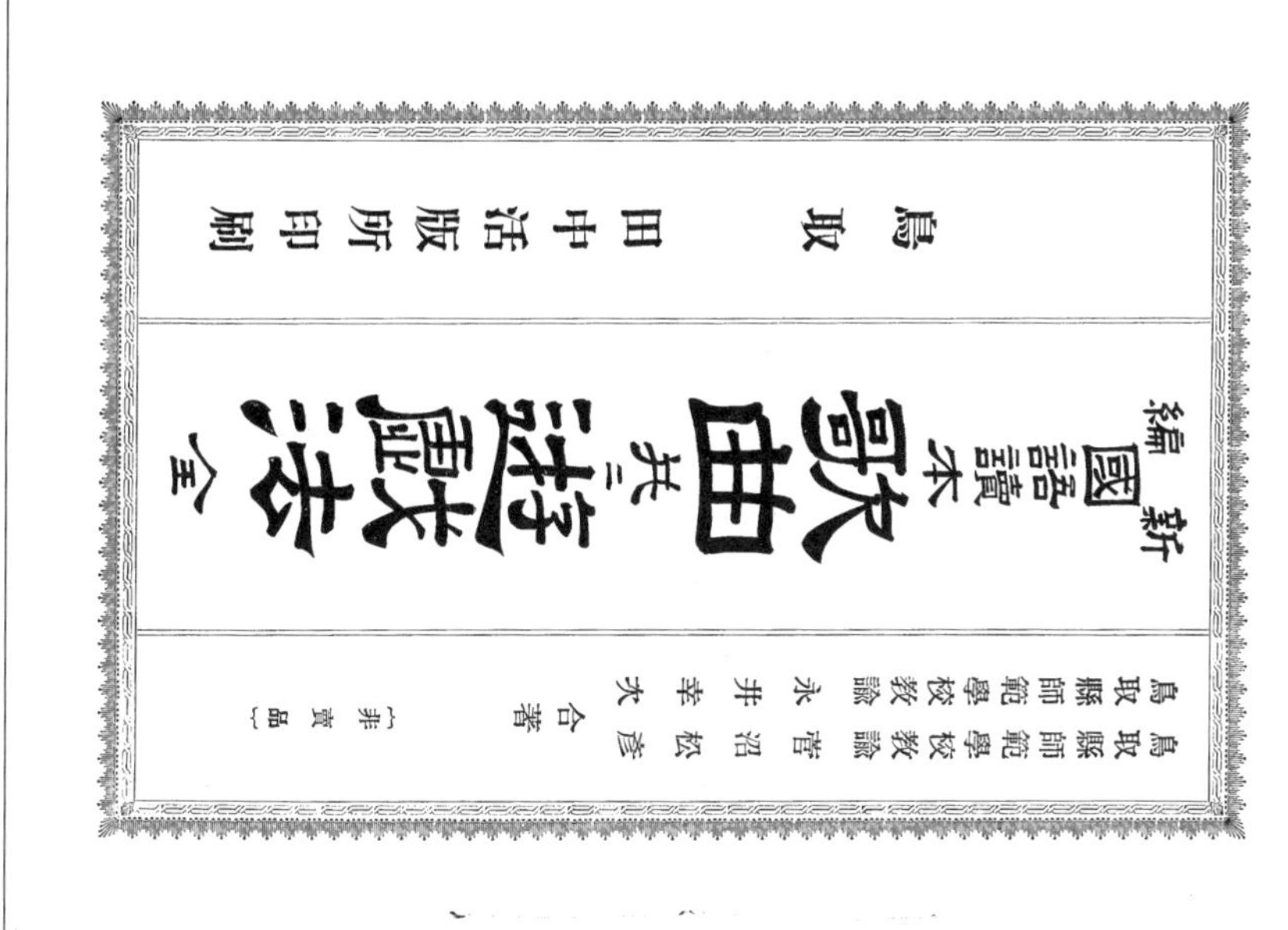
新編國語讀本

歌曲并ニ遊戯法

〈全〉

鳥取縣師範學校教諭　菅沼松彦

鳥取縣師範學校教諭　永井幸次

合著

〔非賣品〕

鳥取

田中活版所印刷

緒言

一、本書ハ予輩ガ謭劣ヲ省ミズ株式會社普及舍出版ノ新編國語讀本尋常高等兩小學校教科書中ニ散在セル歌詞ニ曲譜幷ニ遊戯法ヲ附セシモノナリ。

一、本書ハ主トシテ讀書科ト唱歌遊戯兩科トヲ關連セシムル目的ヲ以テモノシヌトハ雖モ又之ヲ兒童ニ謳ハシムレバ其歌詞ノ材料ニ從テ修身地理歴史等ノ諸學科ニ關連セシムルコトヲ得ベク或ハ又徳性ノ涵養及勇壯ノ氣風ヲ培ハム一助トモナルベク又ハ兒童ガ倦怠ノ念生セシ際、一唱セシメバ以テ他學科ノ爲メニ疲勞シタル腦髓ヲ一洗スルコトヲモ得ベシ、要スルニ近時唱ヘラル丶所ノ統合主義ノ教授ニ便ナラシメンガ爲メナリ。

一、本書ハ有志諸君ノ希望ニ從ヒ謄寫ニ代ヘテ印刷セシモノナリ

明治三十五年四月

著者識ス

新編 國語讀本歌曲及遊戯法

目次

尋常科

一いくさのまね	（新編國語讀本卷二、二十六）	二
一うさぎとかめ	（全　卷二、四十）	四
一うんどーくわい	（全　卷三、第四課）	六
一小さいふね	（全　卷三、第十課）	八
一ほたるがり	（全　卷三、第十一課）	一〇
一おやどころ	（全　卷三、第十七課）	一二
一くわんべいしき	（全　卷四、第五課）	一四
一三月三日	（全　卷四、第廿四課）	一六

目一

高等科

目四

音樂を學校に用ゐるは必要の事なり學生亦必す之を習ふを要す音樂は人をして温雅敏達ならしむれはなり學校教師たるものゝ唱歌を能くせさるへからす然らすは以教師となすに足らす……ルーテル

音樂は人をしてしとやかに情は深く譯けの解りたるものたらしむる所の保姆なり……ルーテル

小兒にして音を知覺することを得るに至らは直ちに投くるに繰返せる單一の音調の進行節度に合せる音調若しくは一部の音曲等を以てし音樂界と直接に親接せしめてこゝに眞に自然の法則に從て音樂教育を施せるものありと謂ふへけれ即ち兒童は先つ唱歌し耳によりて學ひ音樂に親むことを得て而して後文字によりて唱歌することを學ふへき也……フリードリッヒ、ウヰルヘルム、ジユッツヱ

音樂應用の遊戯は耳に美音を聞きつゝ身躰四肢の運動をなすものなれは無味乾燥に唯規律のみによりて運動する種類のものと異なり精神を愉快ならしむると同時に敢て勞苦と覺へす筋肉の運動をなさしめ從て血液の循環を活發ならしむるは以て躰育上兒童に課するに最上の方法たるへきは勿論其唱歌と音樂は道德的情操美的情操等をも併せて養成す可きものたるなり……山田春耕

1

美しき天然

空にさへづる鳥の聲、
峰より落つる瀧の音、
大波小波とうとうと、
ひびき絶えせぬ海の音。
聞けや人々おもしろき、
この天然の音樂を、
しらべ自在にひきたまふ、
神の御手の尊しや。』

春は櫻のあやごろも、
秋は紅葉のからにしき、
夏はすずしき月の霜、
冬はま白き雪の布。
見よや人々うつくしき、
この天然の織物を、
てぎは見事に織りたまふ、
神のたくみの尊しや。』

薄墨ひける四方の山、
くれなゐにほふ横霞、
海べはるかにうちつづく、
青松白砂の美しさ。
見よや人々たぐひなき、
この天然のうつしゑを、
筆も及ばずかきたまふ、
神の力の尊しや。』

あしたに起る雪の殿、
夕べにかかる虹の橋、
晴れたる空を見渡せば、
青天井に似たるかな。
あふげ人々めづらしき、
この天然の建築を、
かく廣大にたてたまふ、
神のみわざの尊しや。』

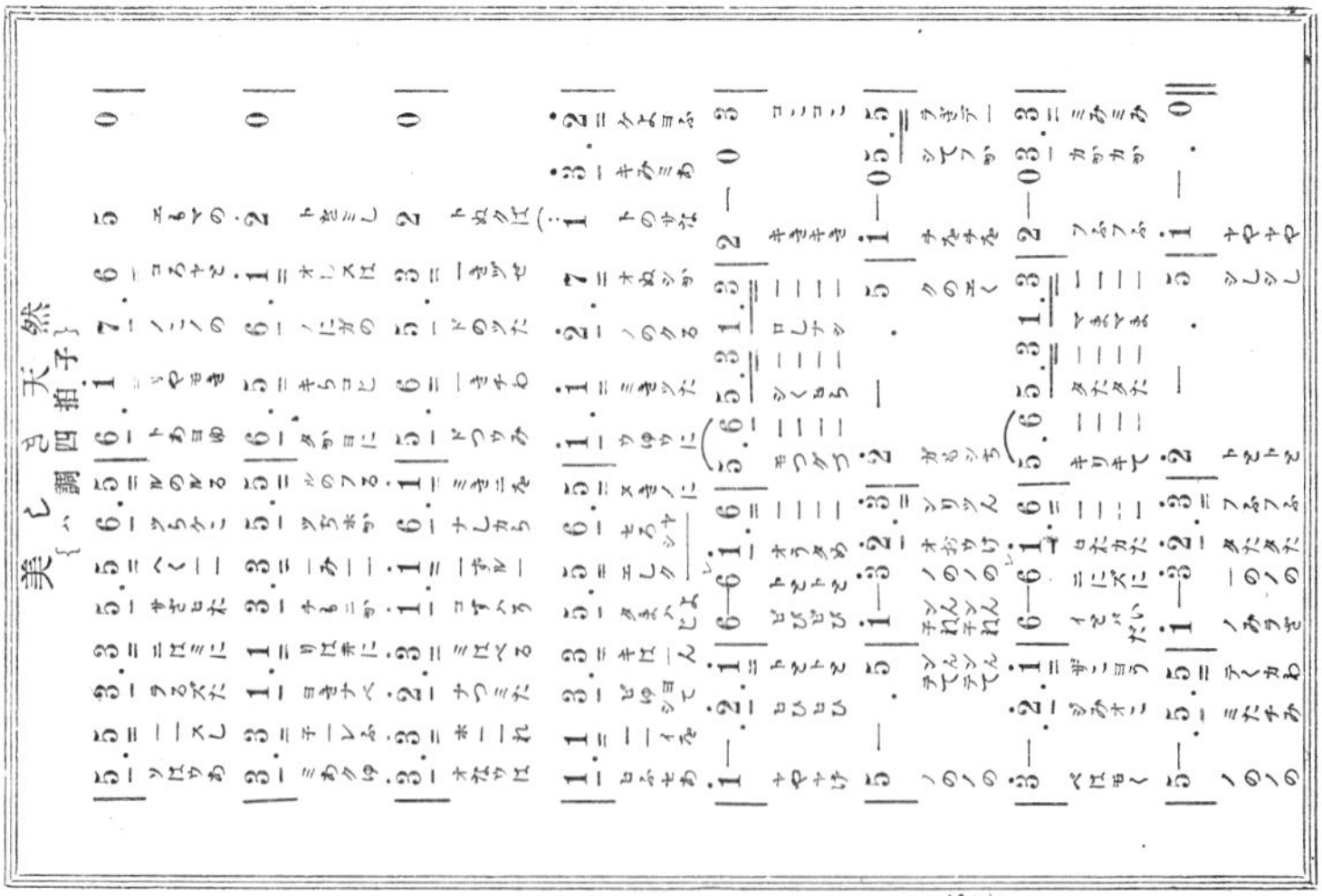

六二

美しき天然

{ハ調四拍子}

六三

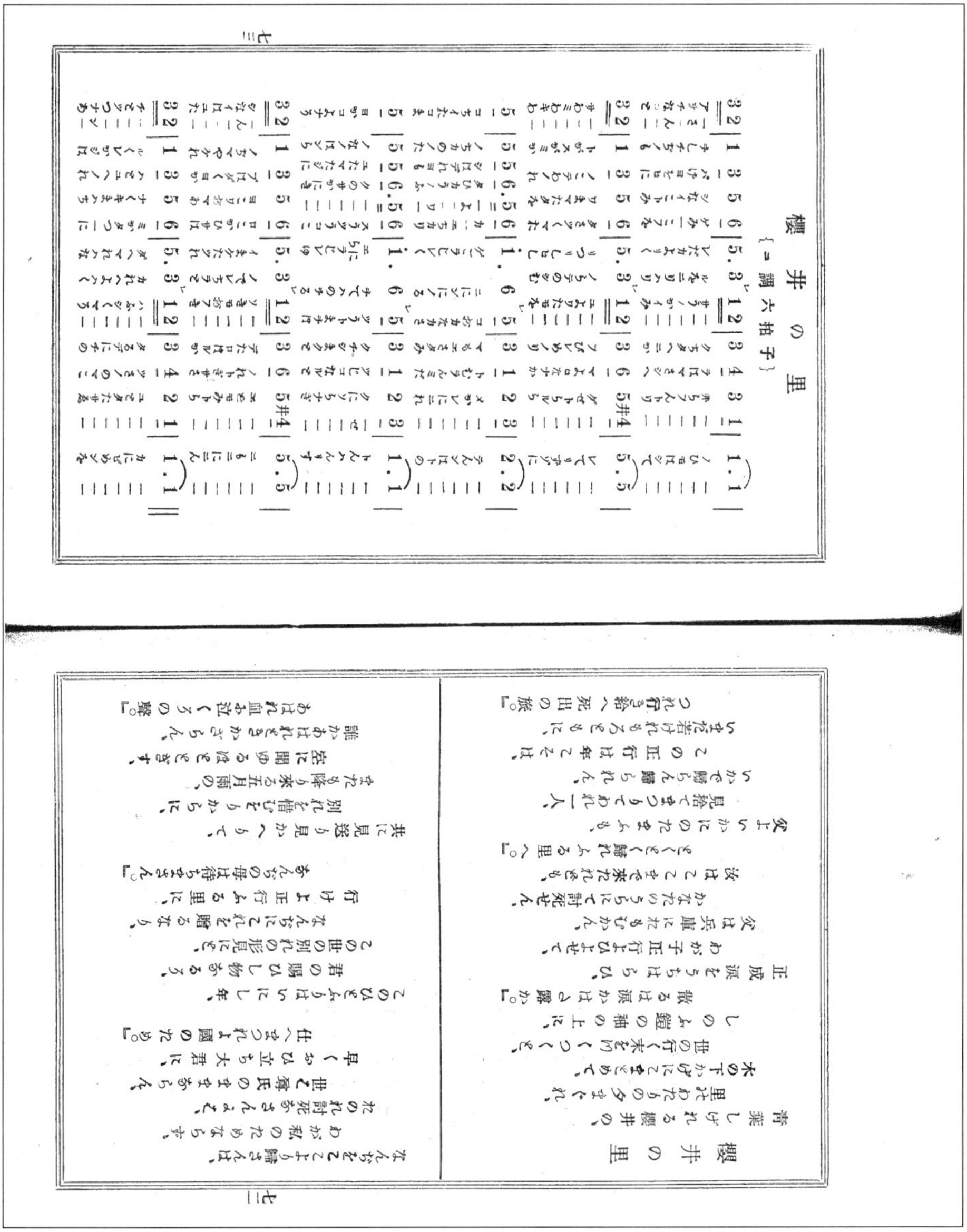

櫻　井　の　里

青葉しげれる櫻井の、
里わのわたりの夕まぐれ、
木の下かげにこまとめて、
世の行く末をつくづくと、
しのぶ鎧の袖の上に、
散るは涙かはた露か。」

正成涙をうちはらひ、
わが子正行よびよせて、
父は兵庫におもむかん、
かなたのうらにて討死せん、
汝はここまで来れども、
とくとく歸れふる里へ。」

父上いかにのたまふも、
見捨てまつりてわれ一人、
いかで歸らん歸られん、
この正行は年こそは、
いまだ若けれもろともに、
つれ行き給へ死出の旅。」

なんぢをここより歸さんは、
わが私のためならず、
おのれ討死なさんには、
世は尊氏のままならん、
早くおひ立ち大君に、
仕へまつれよ國のため。」

このひとふりはいにし年、
君の賜ひし物なるぞ、
この世の別れの形見にと、
なんぢにこれを贈るなり、
行けよ正行ふる里に、
老いたる母は待ちまさん。」

共に見送り見かへりて、
別れを惜む折からに、
またも降り來る五月雨の、
空に聞ゆるほととぎす、
誰かあはれと聞かざらん、
あはれ血に泣くその聲。」

七二

櫻　井　の　里
{ニ調六拍子}

七三

川中島の戰

いでこの度は信玄を、
擊ちはたさんと越後より、
信濃に出でし謙信が、
率ゐる勢は八千騎。』

勇める人馬整々と、
犀川ちかく來たる時、
秋の日はや暮れはてゝ、
水の音のみいと高し。』

謙信少しも猶豫せず、
敵の不意をば擊たんとて、
鞭のおとさへ肅々と、
波を蹴たてゝ渡りゆく。』

川中島にいたりつき、
隊伍ろへてあるほどに、
東天はやく明けそめて、
次第にはるゝ四方の霧。』

謙信小手をさしかざし、
馬上ゆたかに見わたせば、
川の向ひに數萬の、
甲州勢ぞひかへたる。』

吹きおろしたる大小の、
旗はあらしにひるがへり、
拔きはなしたる槍刀、
のぼる朝日にひらめけり。』

あゝわが敵手好敵手、
汝と雌雄を決せんと、
十年以來とぎたりける、
刀の味を今日ぞ知れ。』

謙信その日のいでたちは、
黄ある衣に栗毛の馬、
白き布もて顔つゝみ、
勇みきつてぞ見えにける。』

たちまち太刀をぬきかざし、
ただ一騎にて信玄の、
かたはら近くせまり寄り、
ふた太刀三太刀斬りかくる。』

雲間をもるゝいなづまの、
光の如きはやわざに、
信玄あわてさわぎながら、
なほも動かずふせぎけり。』

とりかく近くかけつけし、
甲斐のつはもの一騎二騎、
勇めに勇む兩將の、
あひだをからくもへだてけり。』

八〇

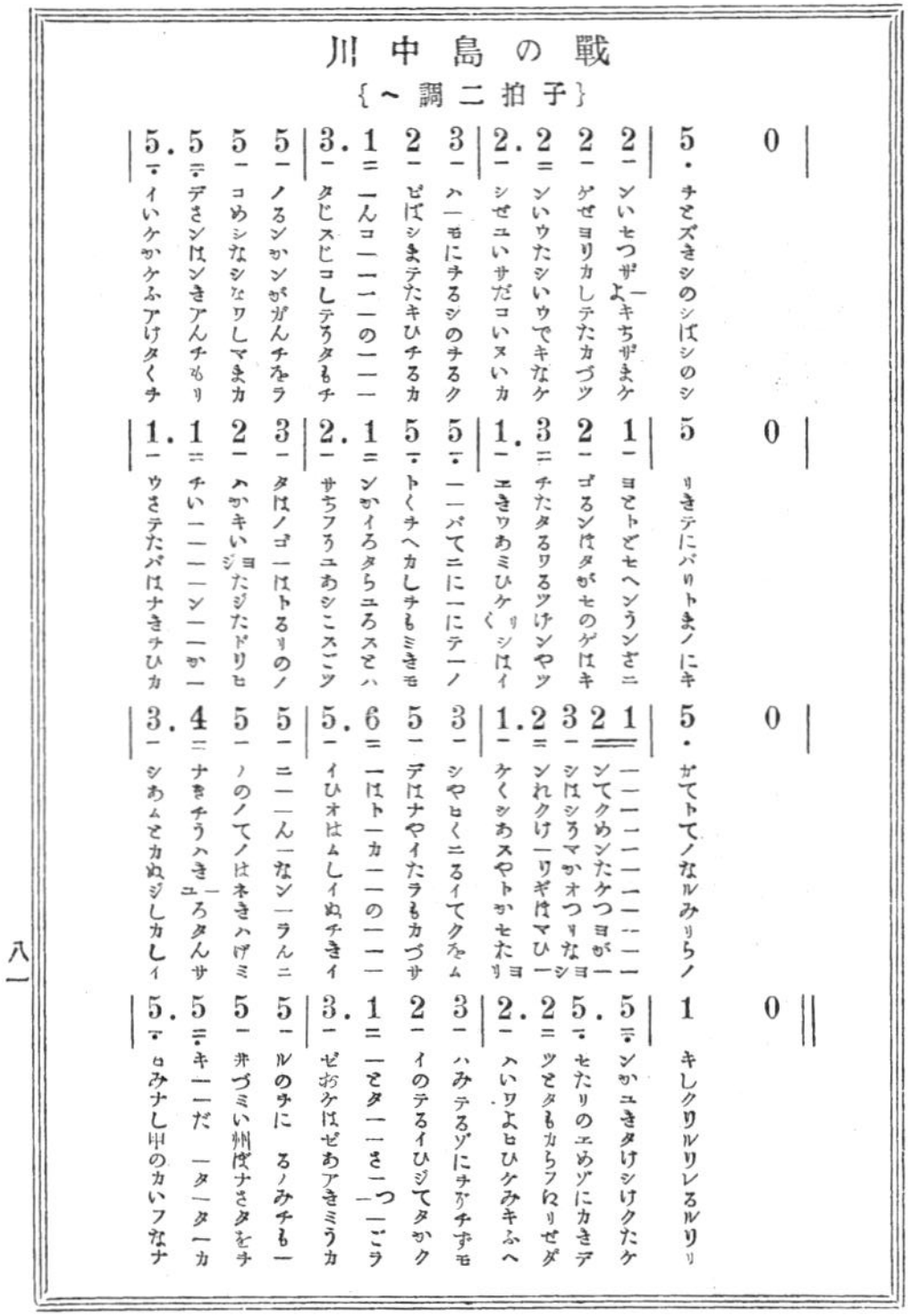

川中島の戰

{へ調二拍子}

| 5. 5 5 5 | 3. 1 2 3 | 2. 2 2 2 | 5・ 0 |

| 1. 1 2 3 | 2. 1 5 5 | 1. 3 2 1 | 5 0 |

| 3. 4 5 5 | 5. 6 5 3 | 1. 2 3 2 1 | 5・ 0 |

| 5. 5 5 5 | 3. 1 2 3 | 2. 2 5. 5 | 1 0 ||

八一

明治三十五年七月廿六日印刷
明治三十五年八月一日發行

編輯者　和歌山縣士族　菅沼松彦　鳥取縣鳥取市馬場町五十二番地
編輯者　鳥取縣士族　永井幸次　鳥取縣鳥取市西町百六十六番地
發行者　永井幸次　鳥取縣鳥取市西町百六十六番地
印刷者　田中章　鳥取縣鳥取市東町百二十七番地
印刷所　田中活版所　鳥取縣鳥取市東町百二十七番地

資料④　第二期国定教科書『尋常小学読本』【部分】明治四十三年 詩篇「うめぼし」、詩篇「人のなさけ」、美文「冬景色」

「うめぼし」（第二期国定教科書『尋常小学読本』巻五第十・三年生）

二月・三月花かざり、
うぐひす鳴いた春の日の
たのしい時もゆめのうち。
五月・六月実がなれば、
枝からふるひおとされて、
きんじよの町へ持出され、
何升何合はかり売。
もとよりすつぱいこのからだ。
しほにつかつてからくなり、
しそにそまつて赤くなり、
七月・八月あついころ、
三日三ばんの土用ぼし、
思へばつらいことばかり、
それもよのため、人のため。
しわはよつてもわかい気で、
小さい君らのなかま入り、
うんどう会にもついて行く。
ましていくさのその時は、
なくてはならぬこのわたし

「人のなさけ」（第二期国定教科書『尋常小学読本』巻六第十八・三年生）

身をきるやうな北風の
吹く夕暮れにあねいもと、
かへりをいそぐ野中道。
　八つばかりの女の子
たもとを顔におしあてて、
ひとりしく／＼泣いてゐる。
姉のおつるは立ちよつて、
「なんでそんなに泣いてゐる。
もしおなかでもいたいのか、
　おとし物でもしたのか。」と、
その子のかたに手をかけて、
ことばやさしくなぐさめる。
涙をふいて女の子、
「いゝえ、さうではありません。
まえからわたしは目がわるく、
　杖をたよりにあるきます。
いまはその杖をもぎ取られ、

「わるい子どもが大ぜいで、
わたしの手からもぎ取つてい、
　はふつた音はしましたが、
かなしいことに目が見えず、
さがすことさへ出来ません。」
それを聞くより妹の
おふみはいそぎ道ばたを
そこかこゝかとさがすうち、
　少しはなれたくさむらに、
やう／＼杖を見つけ出し、
すぐに拾つて取つてやる。
めくらは杖を受取つて、
「あゝ、ありがたうございます。
うれしいこと。」とれいいつて、
　見えぬ目ながらふりかへり、
二人の行くへ見送れば、
二人も後ふりかへる。

かへりの道が知れません。」
「そんなわるさを誰がした。」

「冬景色」（第二期国定教科書『尋常小学読本』巻十第九課・五年生）

黄に紅に林をかざつてゐた木の葉も、大方は散果てて、見渡せば四方の山々のいたゞきは、はやまつ白になつてゐる。山おろしの風は身にしみて寒い。

宮の森のこんもりと茂つた間から、古い銀杏の木が一本、木枯に吹きさらされて、今は葉一枚も残つてゐない。はうきを立てた様に高く雲をはらはうとしてゐる。中程の枝の上に鳥が二羽止つて、さつきから少しも動かない。広い田の面は切株ばかりで、人影の見えないのみか、かゝしの骨も残つてゐない。

唯榛の木に雀がたくさん集つてゐて、時々群になつては飛立つ。畑には麦がもう一寸程のびてゐる。それと隣り合つて、ねぎや大根が青々とうねをかざつて、こゝばかりは冬を知らないやうに活々とした色を見せてゐる。畑に続いて、農家が一けんある。霜にやけて、赤くなつた杉垣の中には、寒菊が今を盛りと咲いてゐる。（略）

資料⑤　第二期国定教科書『高等小学読本』【部分】明治四十四年　美文「空の景色」、美文「鎮守の森」

「空の景色」（第二期国定教科書『高等小学読本』巻三第十三課・二年生）

空の景色の壮大美妙なること、到底地上の景色の及ぶ所にあらず。地上の景色は多く同一変化を反復し、其の変化亦緩慢なれども、空の景色の千変万化窮りなきや、瞬時も同一の状態に止ることとなし。雞鳴暁を報ずるや、東天一帯の曙光は夜の暗黒を破り、靉靆たる暁靄は白となり、黄となり、紫となり、淡紅色となり、其の他名状すべからざる幾多の色彩を呈しつゝ、次第に消散して、光まばゆくさし出づる朝日の美しさ。是朝々見る所にして、しかも、朝々相同じからず。（略）

「鎮守の森」（同三学年用上第十七課）

一簇の古杉古祠を包んで、我が村の南端に在り。是我等が鎮守の森なり。朱の鳥居の鮮かなる色は緑樹と相映じて、遠く之を望むも頗る饒し。境内太だ濶からざれども、本殿の外に拝殿あり、神楽殿あり。数基の石灯籠碧苔深く鎖して、社前の狛犬も数百年の昔を知顔なり。春は階下の梅先づ綻びて、吹来る風もたゞならず、秋は瑞垣の蔦早く紅葉して、千入の色目もあやなり。一たび此処に来りて、滾滾として石間より湧出づる御手洗の水を掬べば、心気の頓に爽なるを覚ゆ。（略）

初出一覧

序論

第一章〜第二章 （書き下ろし）

Ⅰ 新体詩の成立と展開――学校教育との関わりから――

第一章 「明治十年代に於ける漢語の位相――『新体詩抄』相対化の試み――」

（「明治詩探究」一号、明治詩探究の会）、平成二年七月

第二章 （書き下ろし）

第三章 「外山正一「社会学の原理に題す」小考」［大幅改稿］

（「明治詩探究」二号、明治詩探究の会）、平成五年十二月

第四章 「新体詩流行の背景と軍歌――明治期学校教育の場における力学――」

（「東海大学短期大学部紀要」三十七号）、平成十六年三月

第五章 「明治初期学校教育の場における新体詩の位相――『軍歌』所収新体詩を中心に――」

（「東海大学短期大学部紀要」三十八号）、平成十七年三月

Ⅱ 新体詩の変容――日清戦争と抒情の成立――

第一章 「日清戦争軍歌と新体詩」

（「明治詩探究」三号、明治詩探究の会）、平成八年十二月

第二章 「日清戦争後の新体詩をめぐる言説について――島崎藤村・抒情成立の前夜――」

（「明治詩探究」第四号、明治詩探究の会）、平成十八年三月

第三章　「日清戦争期における新体詩の位相（1）――島崎藤村「農夫」におけるナショナリズムを巡って――」
（「東海大学短期大学部紀要」三十九号）、平成十八年三月

Ⅲ　新体詩と学校教育――ヘルバルト派教育学との関わりから――

第一章〜第四章　次の論文を再構成
「明治三十年代学校教育の場における新体詩の位相――「国語」科成立と新体詩の受容を巡って――」
（「東海大学短期大学部紀要」四十号）、平成十九年三月
「明治四十年代「国語」科における韻文教育の位相――ヘルバルト派教育学との関わりから――」
（「東海大学短期大学部紀要」四十一）、平成二十年三月
「明治期三十年代「美文」の流行と学校教育」
（「東海大学短期大学部紀要」第四十二号）、平成二十一年三月
第五章　（書き下ろし）

結語　（書き下ろし）

付記　第Ⅲ部第五章の執筆、ならびに第Ⅲ部第一章から第四章の改稿補筆に関しては、平成二十一年度日本学術振興会科学研究費補助金（基盤研究（C）課題番号21530816「明治期国語研究とヘルバルト派教育学」、採択期間平成二十一〜二十三年度）の研究成果を反映させたものであることを付記しておく。

あとがき

本書は、平成二十一（二〇〇九）年度に東海大学大学院文学研究科に提出した学位請求論文「明治詩の展開と成立　学校教育との関わりから」（平成二十二年三月博士学位取得）を基に、全体を加筆訂正したものである。審査を御担当くださった、東海大学大学院の小林千草先生、蟹江秀明先生、鍛治光雄先生、伊藤一郎先生、そして都留文科大学の阿毛久芳先生には、厚く御礼申し上げたい。

私が、近代詩に初めて向き合ったのは、東海大学文学部日本文学科の二年生の時である。阿毛先生の授業で、萩原朔太郎の『月に吠える』に初めて触れたのであった。演習形式の授業であったが、萩原朔太郎について語る阿毛先生の伸びやかな、そして深みのある講義にすっかりと魅了されてしまった。爾来、本務校を別に持っておられたお忙しい先生にお願いして、放課後の研究会をお願いしたりする中で、益々、詩の不思議さに捕われていった。卒論を御担当いただいた先生に、萩原朔太郎『氷島』についての拙い論文を提出したものの、何かが分かったのではなく、むしろ詩や言葉に対する不思議さばかりが増していったのである。社会人経験二年を経て、改めて勉強しようと、大学院に入り、小泉浩一郎先生のもと、萩原朔太郎について勉強をすることとなった。大学院では鷗外を専門とする小泉先生から、文献実証を通して史料分析を学び、またそれを踏まえた明治期の思想的な枠組みや課題について鋭く、そして幅広く学ぶことになった。大学院での議論は、いままでも自分の基盤となっている。

詩への世界を開いてくださった阿毛先生、研究の厳しさをお示しくださった小泉先生、お二人の先生がいらっしゃらなければ、私はそもそも研究の途に就くことすらなかったであろう。そういった意味で、先生方から受けた学恩をどれだけお返しできるのかは分からないが、本書でお示しできるのを祈るばかりである。

院生時代には、阿毛先生のもと、当時同じ東海大学の院生であった、庄司達也氏、他大学の院生であった宮崎真素美、野呂芳信両氏と共に、「明治詩探究の会」を立ち上げ、定期的な勉強会を行った。近代詩がどのように誕生したのか、そしてそれがどのように展開していったのかについて、明治期文献を集め、輪読するという勉強会から得たものはたいへん大きかった。本書に収めた、「明治詩探究」所収の論文は、この会が基となったものである。本書のテーマともなっている、明治の詩がどのような形で、誕生し、どのように人々に受け入れられ、何をもたらしていったのかについて、まだ明らかになっていないことも多く、本書でどこまでそれに応えることができたのかについては心許ないが、いずれにせよ私の問題意識の原点は、この「明治詩探究の会」で得たものである。今は、斯界で活躍されている同人各位には、厚く御礼申し上げたい。

二〇〇一年に縁あって、東海大学短期大学部に職を得たが、そこでは児童教育という、これまでとは違った世界と接することになった。そこで小学校の国語教育について学び、教えていくうちに、文学を、国語教育、特に明治期国語教育から捉えることの面白さに気づくことになった。本書に収めたように、明治十九年の新体詩ブームが、「学校令」という教育政策の転換を契機にしたものであることなど、これまで「文学」側から見ていたら気づかなかった多くのことが捉えられるようになったのである。これらは本学の「紀要」を中心に、毎年少しずつ発表していったが、研究を進めるほどまた新たな視点が得られ、その結果、本書第三部においては、これらの既発表論文を大きく組み替え、修正した上で収めざるを得なくなった。更に時間を経て、本書を上梓するにあたり、研究の進展を反映させ、いくつかの事項の追加も考えたが、博士論文の内容を基本として出版することとした。一旦の中仕切りとしてお示しすることが大切だと考えたからである。その後に気づいた視点や課題については、今後より研究を深化させた上で、改めて問いたいと考えている。

これまで述べたように、文学と教育との関わりの視座を得られたのは、本学で教育学に本格的に携わるようになったからである。その契機を作ってくださり、その後も常に励まし、見守り、応援して下さった、東海大学常務理事、蟹江秀明先生には、心から御礼申し上げたい。蟹江先生の励ましがなかったら、本書を世に問うことはできなかったであろう。また、本学学長、松任茂樹先生には、本学の生活科学研究所所長として、「研究奨励」採択を含め、研究環境についてのご支援を頂いた。厚く御礼申し上げたい。同僚教員としては、同じ学科に所属する、桑原公美子准教授、そして経営情報学科の中上健二准教授には、博士論文作成の支援を始め、研究・教育両面から常に支援を頂いており、ここで改めて御礼申し上げておきたい。

教育と文学、特に詩歌との関係において、まだ多くの課題があると考えられる。今後、謙虚に研究を深めていきたいと考えている。

最後に、研究書の出版が難しくなっていく中、本書の刊行をお引き受けくださった、ひつじ書房房主、松本功氏、そして森脇尊志氏をはじめ編集スタッフの皆様には、いろいろとご迷惑をおかけいたしました。お詫びと共に、厚く御礼申し上げます。

山本　康治

本書は、独立行政法人日本学術振興会平成二十三年度科学研究費補助金（研究成果公開促進費）の補助を受け、刊行されたものである。

わ

へ

ほ

ま

み

む

め

も

ひ

ふ

な

に

の

は

ち

つ

て

と

す

せ

そ

た

さ

し

く

け

こ

お

か

き

索引

【著者紹介】

山本康治（やまもと　こうじ）

〈略歴〉

一九六二年、愛知県生まれ。東海大学大学院博士後期課程満期退学。専攻は日本近代文学、国語教育。東海大学短期大学部専任講師、准教授を経て、現在、東海大学短期大学部教授。博士(文学)。

〈主な著書・論文〉

「茨木のり子」(『展望　現代の詩歌　詩IV』明治書院)、「『新体詩歌』注釈」(『新古典文学大系明治編12 新体詩・聖書・讃美歌集』岩波書店)、「八木重吉」(『新研究資料日本現代文学第7巻』明治書院)、「明治期国語教育の展開――文学教育はどのように生まれたのか」(『可能性としてのリテラシー教育――21世紀の〈国語〉の授業にむけて』ひつじ書房)、「小学校教員養成課程『国語科教育法』実践報告」(東海大学教育研究所研究資料集)、など。

明治詩の成立と展開
――学校教育との関わりから

発行　二〇一二年二月一四日　初版一刷
定価　五六〇〇円＋税
著者　©山本康治
発行者　松本功
装丁者　大熊肇
組版者　中島悠子（4&4,2）
印刷・製本所　株式会社シナノ
発行所　株式会社 ひつじ書房
〒一一二-〇〇一一　東京都文京区千石二-一-二　大和ビル二階
Tel. 03-5319-4916　Fax. 03-5319-4917
郵便振替00120-8-142852
toiawase@hituzi.co.jp　http://www.hituzi.co.jp/
ISBN978-4-89476-592-4　C3091